末卜之夜

王東岳 著

自願放棄永生而去受死的馬人喀戎做了普羅米修士的替身。

——施瓦布《希臘神話》

後生可畏——《未卜之夜》序言

己亥年臘月二十九，從江城武漢傳來了因新型冠狀病毒——事過20天，世界衛生組織宣佈將其命名為「COVID-19」——而封城的消息，臘月三十，我舉家從鄭州往嵩山腳下，閉門而居的日子，每天醒來第一件事就是在手機裡查看與「COVID-19」有關的消息，隨手轉發些引起情緒波動的不同形式的資訊，常常為一個又一個生死離別的故事淚目，是，淚目，一個剛從網路學到的詞；2月7日傳來李文亮醫生去世的消息的當天晚上，也在朋友圈滿屏的淚目後面放上一支點燃的蠟燭，願逝者前往天堂的路不再像人間這樣坎坷；那些來自日本、韓國、美國不同國界的援助，總能讓人感受到建立在自由、平等之上，由合理、健全充滿人性的社會體制而產生的無私的愛心，總能映照出我們自身長期浸泡在獨裁權力之下被扭曲的內心的醜陋。等海量的資訊潮水樣過後立在窗前，看著近在眼前不能親近的嵩山常常沉默無語；隨後，打發時光的方式是看電影，或者是閱讀。

書籍是行前準備好的，卡達萊的《夢幻宮殿》《破碎的四月》《亡軍的將領》以及《誰帶回了杜倫迪娜》；其中，還有王東岳這冊這會兒放在我案頭裝訂成書籍模樣的《未卜之夜》。計畫中，是要在這些日子裡閱讀《未卜之夜》，並寫下一些關於這書稿的文字，用來作為本書的序言。

２０１７年12月上旬的某一天，王東岳和好朋友趙渝一起來家中，自此就有了後來的多次交往；有時，還有另外的一些朋友，我們常常聚集在我居住的社區對面的一個名叫「悅食小館」的餐館裡；那裡有幾個相對比較合口的小菜，可供我們喝酒聊天，談論文學。漸漸地，我知道了東岳的一些情況：這個１９８６年出生在北方的青年在南方的嶽麓山下讀完大學後，去到澳大利亞攻讀教育學學位，回國後曾任志願者於立人鄉村圖書館，到第九館所在地重慶的忠縣編輯閱讀課讀本——《未卜之夜》中，在臨州三中任教並與鐘亞雯相愛的姚燦，就和現實中的王東岳有著相同的生活經歷——也知道他已經完成了一部以這段生活為背景的長篇小說。２０１９年6月下旬的某日，我收到了東岳發來的這部小說的修改稿，並希望我為此能寫下一些文字，而巧合的是，《未卜之夜》中故事的發生地，同現在我們所處因「COVID-19」而引起巨大災難的武漢，同在長江邊上。

《未卜之夜》的背景是２０１０年左右，地點就是上面我說過的一個名叫臨州的縣城——忠縣，周時為巴國地，漢武帝元鼎五年（西元前１１２年），置臨江縣，屬巴郡，各種出身背景下的青年聚集在這裡，這些十七八歲的青年衝破牢房一樣的枷鎖去尋求自由：蹺課、嫖妓、未婚先孕、參與黑社會等等，以此向虛偽的價值標準進行挑戰。仿佛我們所處這個時代的所有社會元素都集中在這裡。雖然我不知道王東岳是否讀過庫爾特・馮內古特、約瑟夫・海勒或者湯瑪斯・品欽的作品，但王東岳在澳大利亞留學的背景，使他在作品裡所講述的比如姚燦在鐘亞雯死後所做出的病態的、荒誕的，從殘忍中尋求人生價值的戀屍行為，確實有些「黑色幽默」的意味；他試圖促使人們對現存的社會道德準則和價值觀念產生懷疑。

從王東岳筆下這群青年所經歷的生活中，我們能到聞到作者在文本中類似威廉・巴勒斯、傑克・克魯亞克這些作家的作品裡所傳達出的氣息：一個女生被繼父強姦，一個老師把自己學生的不幸當成新聞傳播，結果在黑夜裡被人割下了耳朵；一對超越了家庭關係的老師在自己學生的起轟中當面喝交杯酒……一個紛亂的世界從我們所處時代的一個普通的縣城展開，傳統的價值觀和道德觀開始崩潰。面對已經糜爛的社會，這些青年雖然也有迷茫和彷徨，但他們選擇的不是沉默，而是行動。像小說中任芳這樣的女生，她已經毫無羞恥地在眾目睽睽之下挽著乾爹的胳膊離開學校，在這群孩子的身上，遍佈著這個時代所展現出來的人性的醜惡。

我就在想，在20世紀70年代，我的那個狂熱的、沒有自我、喪失了靈魂的青年時代，能比他們好多少呢？在這段時間，我恰好在溫習隋唐歷史：開皇八年（西元588年）冬天，隋朝興兵平南朝的陳時，剛剛20歲的楊廣已經是領銜的統帥；李世民隨軍前往雁門關參營救被突厥人圍困的隋煬帝楊廣、鼓動父親李淵在晉陽起兵反隋時，也正是《末卜之夜》中這群青年們十八九歲的這般年齡；這真的就像李世民在貞觀八年賜名臨州為忠州一樣，隨著時間的推移，社會時刻都在發生著我們無法掌控的變化。

這部小說的寫作經驗，對作者今後的創作來說，是十分珍貴的；對於一個立志寫作的作家來說，更值得珍惜。我們從《未卜之夜》裡已經看到作者所擁有的觀察生活與理解世事的能力，他作品裡的有些文字，確實已經像鋒利的刀刃一樣刺痛了我們：

濱江路兩側不斷有新樓盤冒出，又高又瘦又薄，像墓地的碑林，樓上的窗戶遠看是一個個的黑點，如墓碑上的文字。

他們在一個街口停下，冷不丁像見到一條白亮的小河，小街陡峭，石板亮亮地映著月光。

就像我們常常說的那樣：後生可畏。

墨白

2020年2月16日

目次

第一章

1

臨州三中地處長江上游的臨州縣，建校已有若干年。長江在西藏的蔚然雪嶺發端，在寒冷的冰雪間，一路悄寂，隱忍穿行，下來川蜀，終於境界和暖開闊起來，江水東下，遇見山脈隔擋勒住勢頭，在轉折處寬闊儼如湖澤，向南繞行，在南岸蓄養出一片沃土，即是臨州。臨州下轄二十九鎮三百零三村，幾年來各村鎮學校不斷拆除，縣城蓋了幾座大型學校，有的從小學直到高中，網羅各村鎮的青少年來上學，吃住都在學校圍牆內。高中每週只放一天假，星期日早晨可以坐船或車回村鎮的家裡吃午飯，下午又要回縣城上晚自習，家離縣城較遠的沒法來回，就在縣城玩耍一天，成年見不到父母。

這些年縣城經濟發展，出了許多有錢的企業家暴發戶和高級混混，三中門口常有他們的身影車影，這些人在高中包養女生，甚至簽好協議一個月幹幾次，給女生多少錢，意外懷孕如何，有女生管情夫叫乾爹的，甚至學校統計家長姓名職業時乾脆填乾爹的名字，這樣乾爹一給老師打電話，女生馬上能拿著假條出門，於是每天下午五點，許多塗脂抹粉的高年級女生聳著胸脯擺著長腿，扭扭捏捏走出學校，繞來繞去到一輛車前開門鑽進去。陰差陽錯，許多乾爹簽在星期四和女兒做好事，每個星期四傍晚三中門口的車排到路口紅綠燈仍排不完，從另一段路繼續。開家長會，來的有真爹也有乾爹，有時一個女生到下學期忽然換了爹，老師問怎麼回事，有說生父剛死母親改嫁了金龜婿的，也有說自己是母親與他人偷情所生，生父原本遭母親唾棄現在出人頭地肯前來認女兒了的，離奇古怪無所不有。然而這些乾爹中，有些給學校捐了款，有些給學校招了生，有些常跟校領導一起吃飯按摩，老師無可奈何，訓斥一番就不了了之。

但一些特殊時期，如有人視察或評比，就突然嚴格了管理，這時乾爹們的小臥車紛紛銷聲匿跡，學生晚上不能出去，晚自習教室人數突然增多，眾人一頭霧水不知該做什麼，你看著我我看著你，坐著呆傻一片。老師們成天瞎忙，什麼都聊偏不聊教學，什麼都尋偏不尋意義，慢慢的一些老師生出另一種癖好，平時紮堆喝酒專愛打聽女學生的故事，白天卻又板著臉打罵學生。老師與學生之中很多人都會武功，學校如江湖一般。

這天上午，高二九班一個叫巴特勒的學生正在教室做題。巴特勒被一些人喚作呆巴，身材瘦削，蒼白的臉上常凝著思索，他正啃一道習題，筆被拽了一下，以為一個閑漢找他麻煩，一抬頭卻是二班邵思宇，和巴特勒同寢室的，黑瘦，矮小，綽號小猴子。

小猴子蹲在他凳前說，巴特勒，今天是王婉楓生日，晚上在縣城大專外萬州烤魚擺宴，請假條已經有人幫你寫好了，拿著。

巴特勒沒來及回話，就聽班主任老楊一聲大吼，嚇得小猴子連蹦帶爬從門口躥了出去。

老楊在教室後一手叉腰，另一隻肥厚的肉掌揮舞著，老楊一米四身高，說話卻如一米八大漢，嗓門洪亮，她格外胖，小腿到頭頂幾乎同樣粗，黑紅的脖臉終年油汗，稀疏的頭髮做成大波浪卷兒，根根抖著像暗器要飛向你。

她正罵班上一眾閑漢，他們把石頭塞紙團裡纏上透明膠，在教室後頭當足球踢，老楊進來時一個抽射射在她腿上，此射非彼射，當然不會射得老楊舒服得吱哇呻吟，卻射得老楊痛得吱哇亂叫，老楊推推眼鏡，誰踢的滾出來！幾個閑漢早不見了人影，老楊只抓住張揚一個人，張揚是不是你！

張揚指著自己左右環顧，老楊說別指了，我看見你踢的，張揚想笑，憋住，卻越發露餡了，老楊把張揚的胳膊鉗住抓去了辦公室。

上課鈴響，巴特勒的同桌小胖子孫睿從他椅子後硬生生擠進來，語文老師鐘亞雯穿著女式西服進了教室。

鐘亞雯是四班班主任，她長得漂亮，他們說像波多野結衣，波多野結衣是誰，巴特勒不久前才知道。那會兒好幾個寢室的男生聚一起，用手機看黃片，巴特勒也湊上去。他們不敢放外音聽那銷魂的呻吟，四五個人爭一副耳機，一人聽一會兒。張揚說他最喜歡波多野結衣，因為她口交的姿勢很風騷，只是她叫得有點粗嗓門，不夠性感。又說，有天晚上，他想著波多野結衣手淫，不知怎麼，又想到鐘亞雯，腦子裡一會兒是波多野結衣穿著制服被幹著叫，一會兒是鐘亞雯被幹著叫，包括抱著坐講臺上，他站著用正面姿勢，脫了下身，上身穿著好好的幹，像黃片常見的那樣，也包括站在教室地上，讓他從屁股後面幹。張揚說，鐘亞雯的叫聲他幻想不出來，只能想像她咧嘴陶醉的樣子，但就算這樣，也痛快地射了。同寢的孫睿問他射哪，張揚說射襪子裡了，襪子套上雞巴真好用。孫睿問什麼時候射的，張揚說你們睡著以後。巴特勒在一旁聽到說，真流氓，還好意思說，張揚說操，你他媽就不手淫嗎，巴特勒就不說話了。

鐘亞雯頭髮蓬亂，講了不一會兒就讓眾人自習，她在講桌前用手支著額頭，似乎很累，孫睿撥過巴特勒的腦袋說，鐘亞雯昨晚一定跟老公幹多了，你看她頭髮亂的，還有那沒力氣的樣子。

鐘亞雯站起來說，大家安靜，張了幾下嘴卻沒聲了。她突然後縮，奇怪地聳身子，抖一下又一下，全身痙攣坐在講臺上，向右歪倒了。眾人擁上去把她架起，孫睿見她胸口有一雙手從背後繞過來，架到椅子上坐下，那手才緩緩縮回去。

鐘亞雯被攙扶回了辦公室，班長說剩下時間大家自己看書，教室立刻沸騰，閑漢們把門關好又到後面踢起了紙足球。

下午五點下課，巴特勒踩著傍晚的冷風出了校門。

×　×　×　×　×　×　×　×　×

二月末，隆冬之尾，傍晚，冷颼颼的江風提醒人們，冬天依然左右著世界。巴特勒坐上一輛摩的，沿濱江路從三中向大專馳去。

大專位於濱江路中段的繁華地帶，三中在縣城西北，濱江路的起始。路一側野草灘外是浩蕩的長江，長江向東南，漸入縣城，燈火越發稠密，一座跨江橋從此岸伸向對岸。

天剛擦黑，巴特勒在摩的上奔馳，身旁的紅霞與暗雲垂映江心，跨江橋下一排明燈已經亮起，如古時浩蕩的戰船煙火。

這些年大興土木，濱江路兩側不斷有新樓盤冒出，又高又瘦又薄，像墓地的碑林，樓上的窗戶遠看是一個個的黑點，如碑上的文字。

過一座橋，濱江路左轉入主城，兩側是時興店鋪，巴特勒久在學校，看街上琳琅滿目的，頓覺耳目清新，傍著江風疾馳，像走出牢籠的獅子。他看見那些大專生，男男女女抱著親嘴，男的摟著女的屁股，女的抖著腿往男的身上靠，眼前卻浮現出不同的幻想。他暗戀著一個女孩，經常望著她卻不敢跟她說話，他彷彿看到自己捧著她的臉，輕貼著她的嘴，感受她的呼吸，雙方用全部的愛體會這些細微的接觸，讓肉體融化在美好時光中，只服務于美好的心靈。

司機吼他給錢咯，他驚醒了，眼前許多帳篷，肉味噴著暖香沖進鼻孔，花花綠綠的衣服在彌漫的黑煙裡拎著一把把烤串，捏著一打打鈔票。

他掀開簾子。一陣尖叫哄笑，有個圓臉姑娘面頰緋紅，頭髮披肩，圍巾下面胸脯鼓鼓地起伏著，咳嗽著把酒杯放下，這正是二班的王婉楓，她含笑起身，喊服務員再拿把椅子，巴特勒卻說這裡有，坐到了姚燦旁邊。

姚燦是二班班主任，也是巴特勒的九班數學老師。兩年前留學回國時，眾人都詫異他為何跑到了這荒僻的縣城。才來半年，就和重慶的幾個商人，聯繫到一個公益組織，力爭在學校騰出一間教室，建起了圖書館。姚燦是圖書館的本地理事，圖書館的運營是上線公益組織招募的志願者在做，三萬多冊文史哲經典和各類科普讀物，仿佛從天外飛來，和學校的格調全然不符。然而漸漸的，學生開始去圖書館晃蕩，晃來晃去開始看書了，有時借本小說晚自習看，被班主任沒收了，又去找姚燦求情，老師們就抱怨不該在學校弄這麼多課外書，耽誤考試，姚燦有一堆的說法，老師們很反感，告到校長那裡卻石沉大海，仿佛校長在暗中支持。有人揣摩，學校日後可能會建國際部，才留下姚燦的。老校長這學期退休，新上任的校長叫黃衛功，姚燦沒當過班主任，這學期卻讓他當了二班班主任，老師們都很高興，把這當成一個信號，因為班主任比任課老師每週多上幾十個小時班，月薪卻只多五百塊錢。

張揚和小猴子都在，鐘亞雯也在座，她此刻仿佛恢復了體力，揮動著瘦削的手臂勸酒，自己卻出於禮貌，僅泯一小口就漲紅了臉。

小猴子附在王婉楓耳邊說，他來了，你該如何獎勵我？

王婉楓不動聲色地笑著。

這話被旁邊一個姑娘聽到了，姑娘插嘴說，獎勵你買單！今天把姚老師和鐘老師都請來了，要喝個痛快，不醉不歸的。

小猴子說查寢怎麼辦？

這插嘴的姑娘說，查寢你們男生就死定了，我們女生宿管慵懶，而你們就讓那，老驢還是什麼？

小猴子說，就是老驢，一放晚自習他就在操場上拿手電照，生怕有人在角落裡打炮，上次張揚的女朋友到縣城看他，剛吻上手電光就來了，嚇得他們咬了舌頭，揚哥上火了一周才好哩！

張揚看似認真地衝撞起來，小猴子忙往王婉楓背後躲。

插嘴的那女生就攔住說，今天婉楓生日，沒人不痛快，說話也都無忌諱的，揚哥壞了規矩，罰一杯！

張揚對這女孩說，好你個萬香，灌我是吧，喝就喝。一杯酒不喘氣地幹完，瞪著萬香，到你了！

這萬香挑起眼皮，似笑非笑地說，小猴子，給我倒酒！邵思宇慌不迭滿上一杯，她一看，媽的誰讓你倒白酒了，沒看揚哥喝的啤酒嗎？

她看一眼酒杯說，揚哥你看好了，我酒量也不小哩！

婉楓伸手要奪，香兒別硬來，萬香卻用另一隻手擋住了，喝完臉熏紅著，漲著兩眼說，還來不來？

張揚說不來了，得罪！他早有些不好意思，咧一嘴笑，又喝了一杯啤酒。

萬香說，小猴子，剛才說獎勵你買單沒聽見嗎？我們錢不夠呀！

小猴子抓抓腦袋，我也沒錢，我家是官壩鎮農村的，我媽每月給我五百，現在點個菜這麼貴，這小縣城裡一盤小炒黃牛肉竟要二十多塊，重慶才十五哩！
姚燦說，不夠我請。
萬香忙說，今天橫豎不能讓老師掏錢，老師搞起個圖書館，平時鬱悶了還能去看書，不像上課，什麼都聽不懂還要傻坐著。說句不好聽的姚老師，你的數學課我落下好多了，一節課沒聽後面的就都不會了，你要趕進度，一路講下去，我們——不只我，還有一堆人呢——只能天天傻坐著，還不如去圖書館自己抓本書讀更長知識，也來得更實際些，痛快些。
姚燦說，我覺得也是，我要是校長一定不是現在這個搞法，說完看了一眼鐘亞雯，鐘亞雯笑著說，你說吧，這裡言論自由。
王婉楓說，姚老師好氣魄，將來一定能當校長，實現教育理想的。要說和我們耍得好的老師，只有您和鐘老師了，鐘老師是鞠躬盡瘁，您是長歌當哭，學生敬你們二位！
大家舉杯，數杯下肚，十幾瓶啤酒和一瓶白酒已經喝完，又叫服務員再拿酒。眾人問鐘老師昨天是不是沒休息好？
鐘亞雯說，昨晚判卷子到深夜，今天沒吃早飯就來查早讀了，有些低血糖，但照說也不至於暈倒，不知為何近來總是胸悶，鎖骨下方隱隱地痛。眾人都勸她注意身體。
姚燦說，你們鐘老師身體本來就弱，當了一年班主任身體更加不好了，這學期把我也排上了，每天十幾個小時，哪有這樣的勞工？這是奴隸嘛！連教室沒關窗投影儀沒蓋住，都恨不得半夜催你去，那還要後勤人員幹嘛？

正說著，熱騰騰的烤魚端上四大鐵盤，每個盤裡一條，劈成兩半片，焦脆的魚皮上，是香菜、辣椒、蔥絲，翠綠緋紅，煞是可人。

鐘亞雯看著姚燦說，瞧你一說就生氣，出來就別再想學校的事了。她給他夾了一塊兒魚，同學見狀紛紛動筷子。

王婉楓對萬香說，香兒，萬不可逞能，快吃些飯菜，真醉了怎麼辦？

萬香穿雪青羽絨服，頭髮紮成骨朵，向右竄出個尾巴，兩側幾縷長髮，十分時尚。

巴特勒對姚燦說，姚老師，我覺得可能考不上大學了，在這樣的學校裡你也知道的，萬一考不上還不知道該幹什麼呢。

萬香嗤之以鼻，正聊的痛快，說考學幹什麼，考不上學就不活了？我爸沒上過學，生意不是照樣做得好？他就是對我媽太壞了，偶爾高興了來看我們一次，買一堆東西像糊弄傻子一樣，但他沒上過學，還不是一樣有本事！

婉楓聽罷神情激動，似有什麼東西即將得到證實，除去萬香敏銳地發現了之外，沒有別人察覺。萬香也是二班的，她剛從外縣轉來，但沒人知道是從哪，她也從來不說。但眾人都覺得，她和去年三中鬧得沸沸揚揚的被繼父強姦後離校的一個女孩，頗有一些神似，可是論相貌卻又全然不同。去年寒假結束時，高一四班有個女生坐船回烏楊鎮的家，離臨州兩小時的水路，上岸到自家門口，村裡都是獨戶的小樓，見窗戶開著，露出一張臉，短髮前後搖晃，表情痛苦，女生看是母親忙去開門，母親呀地驚叫，身後卻站著繼父，掐著母親頂她屁股，二人來不及挪動，女生就明白了，慌亂進了屋。當晚女生正睡覺，黑洞洞的有人爬上床把她強姦了，竟是繼父。女生很小時候，生父外出打工常年不回家，先做運輸司機，後包攬工程，掙了錢耍起風流，和情人生了個女兒，最終被發現了，就拋棄這邊家庭和那情人另立了家庭。母親後來和鄰村農民結了婚，繼父起初老實，逐漸露出野蠻本性，常有意無意當著她的面和母親幹。她素來害怕，這次事後，身心震盪。繼父在事發後跑路，據說投靠了縣裡黑社會，很快憑本事扶搖直上。女孩默默忍受些時候，跟班主任老師吐露了真相，本想得到安慰排遣抑鬱，沒想班主任吃酒聊天與別人大談此事，傳入學生耳中，許多學生就來作踐那女孩，女孩某個晚自習後不見了影蹤，在公安局報案未果。一天早晨，這老師突然紗布包著一隻耳朵來上課，以後再沒摘去，人問則避而不答，有人猜測該老師掉了一隻耳朵，有人說，那天老師正睡覺，黑暗中有利刃閃爍，不知是夢是真，接著白光一晃，右耳劇痛，掙扎著坐起，四下無物，開燈一看滿床的血，右耳赫然在桌上。據說是和老師喝酒時套出來的話，不知真假。學生算計著取下老師耳朵的紗布看個究竟，沒能得逞，不久，這老師悄悄離開了三中，有人說他在縣裡做了黑社會大哥，排行第三，外號獨耳老三。他走後鐘亞雯就接手四班，當了班主任。

婉楓說，我們縣的人常把上學和讀書混為一談，上學是上學，讀書是讀書，上學的何嘗真在讀書？想讀書又何須上學？

姚燦說，別看你繞來繞去的，挺有道理，上學要麼就上到底，努力研究學術，我年輕時曾有此想法，後來陰差陽錯沒走上學術的路，現在當了老師，雜事操心的多，混得浮躁，難以再沉靜地鑽研什麼。其實當老師的何嘗想管你們，但領導訓起我們也像我們訓你們一樣，這是沒辦法的事，哪個國家的基礎教育都要管班，除非打破這種制度，但配套的考核制度也要改，那樣從國家層面又該如何運轉？牽扯面太廣，且就目下來說不啻癡人說夢。但可恨的是，有些學生恃強淩弱，混蛋透頂，我以前抱著美好的想法，覺得人可以改變，現在看來教育並非萬能的。比如我們二班有個叫鄭強的，如果不是我的學生，僅當作人來看，簡直是壞透了的人。人的能力有大小，成績有好壞，有想學的，不想學的，都無可厚非，但如果以欺負人為樂，性質則不同了，我剛接手二班時就說過，不學習無妨，別的錯亦可犯，就是不能欺淩他人。鄭強聯手班上閑漢去各班打架，在路上截學生的錢，還動用黑社會，被我好一頓收拾，目前結仇了一般，每天目光中充滿著怨恨，他們的家族各有勢力，學校奈何不得，可我姚燦卻不怕！我知道你們當中有能打的，也有帶刀上學的——

大家都看著張揚，張揚穿著迷彩軍服，尷尬地說，看我幹嘛，都別看我！眾人全笑了。

姚燦繼續說，希望能止於防身，不要主動欺人，否則休怪我翻臉不認人！

張揚感覺衣角動了一下，突然，一把小型砍刀哐啷橫在了桌上，刀柄為綠色粗線纏牢，刀頭為橫，刀刃銳利。

張揚紅著臉說，姚老師身手真厲害，佩服！我的確只是防身的。

還有更厲害的呢！姚燦說著抓起刀柄，另一隻手在刀刃處一使勁，白光閃處小猴子杯裡酒花四濺，小猴子沒坐牢，連椅子倒下了，腳在空中揮舞著，眾人看酒杯好好的，裡面卻多了一截小小的刀頭。姚燦手中的刀已折去了頭。

你以為刀能防身嗎？姚燦向張揚瞪起眼。張揚早驚得不能言語，半晌說，姚老師，教我功夫罷！

鐘亞雯握住姚燦的右手，我看看你的手，沒受傷嗎？語調低幽幽的。

萬香對旁邊一位四班的女孩耳語，這女孩叫張璐，是王婉楓的室友，瓜子臉長頭髮，張璐又向旁邊耳語，如此一圈，偏跨過姚燦和鐘亞雯，每個人都笑眯眯的，突然大家一齊拍手，喝交杯酒！交杯酒！

叫聲越來越大，恭喜著姚燦鐘亞雯，姚燦紅著臉說你們誤會了，鐘亞雯卻面若桃花，用筷子敲著碗說，一定要喝給你們看嗎？

眾人興奮地說，對，姚老師和鐘老師天生絕配，合該在一起，今天生日宴上能成全你們，真是無量的功德！

鐘亞雯含笑望著姚燦，姚燦瞧見鐘亞雯的眼神，愣住了，皺起眉凝神不語，眾人也都緊張地不說話了。

然而姚燦搖起腦袋笑了，大家都松了口氣，鐘亞雯對眾人說，在不在一起另說，你們既然想看，又是婉楓生日，就喝給你們！她灑脫地端杯，挽起姚燦的胳膊，姚燦也忙端起酒說，你行嗎，鐘亞雯說，我行的，二人挽著彼此喝了一杯。

萬香打趣，交杯酒都喝了哪能不在一起？姚老師和鐘老師情投意合，我們竟蒙在鼓裡！

小猴子說，我看不夠，今天得成全兩對，婉楓姐你說是不是？
王婉楓聽到，看了巴特勒一眼，見他尷尬，忙正色跟小猴子說你跑題了，我們正說考不上大學怎麼辦，姚老師還沒告訴我們。
姚燦說，剛才講了，上大學最好抱著搞學問的目的，大學在以往是高級知識份子的殿堂，現在時興擴招，大學越來越多，比如這個大專也是大學，雖沒學位，裡頭很多人又會拼命考個學位證，其實有什麼用？大學讀到博士去做學術是一條路，但是是少數人的，不做學術還不如趁早讀技校學些技術來得實用些，空洞地學些理論皮毛，技術工作用不上，做研究工作理論又不夠，正因此你看多少大學生都不如技校生有能力。讀技校早立業並不丟人，我在國外見當地的許多人並不讀大學，也不跟這股風，我們卻不知何時起，全民都要奔著大學了似的。
眾人覺得有理，不覺吃喝到了九點多。鐘亞雯說你們回去吧，驢子要查人了，張揚說，慌甚，兵來將擋，水來土掩。
鐘亞雯手機響，高二年級長在電話裡對她喊叫，鐘亞雯說知道了我儘快。
姚燦緊張地看著鐘亞雯，怎麼了？
鐘亞雯說，今天本該我盯你們班晚自習的，我與老楊調了時間，老楊盯到一半卻回自己班轉悠了，年級長路過時，鄭強拿著個棍子，正要打裴勝，年級長喝止住了，叫我立馬回去呢！
姚燦說，鄭強這混蛋，看我不收拾他，又說，年級長的話別往心裡去，只當耳旁風，學生聽了都忍不住想笑。

鐘亞雯泱泱地說，我哪有你臉大，我得給她個解釋，姚燦說解釋什麼，本來晚自習就不合理，還有早自習統統該取消，學生要學會自學，老師也要正常休息，目前這哪像人的生活？

學生見狀忙湊錢買單，差了兩百塊，卻說附近有取款機，死活不要老師掏錢，喊個出租把他們推進去，回來又喝了幾杯，卻消沉下來。

王婉楓問巴特勒，大才子，你今天吃好了嗎？

巴特勒說，挺好，很久沒有這麼痛快了。

巴特勒和王婉楓同是姚燦建立的圖書館的學生義工，沒事常一起閒聊，或同去館裡看書，他倆都崇尚自由主義，雖年齡尚小，卻也都在圖書館看過如哈耶克、密爾的，或我國為數不多的一些自由知識份子的主要著作。姚燦建立的圖書館選書標準很嚴格，這一類書籍格外得多，二人也因此頗為意氣相投。

萬香把杯中的殘酒飲盡說，你們聊，我去找錢。

王婉楓抓住她，你去哪兒？嘴唇抿動，似有話說不出來。

萬香捏捏她的臉，目光深長地看她一眼，別擔心，我去去就來，然後鑽出了帳篷。

巴特勒問什麼事，半晌，婉楓說，我怕她一個人出事，又說，按本地的習俗，今天我生日，該我請客的，但我也沒拿夠錢。

巴特勒說，我知道你說的習俗，但什麼狗屁習俗，過生日對一個人來說就像過節，他過節應該別人請客，怎麼他反而要請別人？我們老家就不這樣，我喜歡這裡的山水風景，卻不喜歡這些習俗。

巴特勒父母在重慶，老家在更遠的河北。父親的工廠在南方建分廠，他作為核心人員被長期派往臨州，母親在醫院上班，為與丈夫一起，辭去工作舉家南遷。巴特勒高一時，父親又調到重慶市，母親也進了重慶人民醫院，唯獨巴特勒學籍不好轉，他沒考上全縣最好的第一高中，上了三中，情緒落寞，自己呆在了臨州。

張揚說，別總老家長老家短，來了這兒就要適應，否則不如回去。

婉楓慌張地看巴特勒一眼，似怕他生氣。小猴子咳嗽一下又要說話，婉楓卻搶先說，小猴子，去看香姐怎麼還不回來。

小猴子有點沮喪，好，我不當電燈泡。說著去尋找萬香了。

婉楓不理張揚，繼續問巴特勒，再說說你們北方。

巴特勒說，我們那兒空氣乾燥，近年污染越來越重，一到傍晚郊區的化工廠造紙廠就開始冒煙，不仔細瞧還看不出來，在天藍得只剩一丁點兒亮時，會發現一些黑柱悄悄上升，開始以為是雲，後來卻發現直卜直下，是一直在排煙，從傍晚排到早晨，我爸肺不好老咳嗽，來南方是來對了。

婉楓正要再問，張揚嗷一聲叫，兩腮像小老鼠一樣躥動，對著手機說，你若再這樣對我，我就——

說到這裡，他又像突然泄了氣，到底出什麼事了？……什麼狗屁不合適，都一年半了……那人是誰？……不是你說的有嗎？……就是信你才這麼問的啊……操……這不是髒話問題，別揪住這些，這和我們說的有什麼關係？……喂！喂！

張揚氣得把手機摔地上，四班女孩張璐撿起來還給他，揚哥，談個戀愛連手機都不要了？螢幕裂了，張揚看它像從少女變成滿是皺紋的老太太，憤怒地自言自語著，又在耍我，看來我得去一趟了，從桌上拾起刀揣入懷中。

婉楓手機響，小猴子在裡面喊，大專旁的籃球場邊，快！接著人聲雜遝，似有千軍萬馬，再嘟一聲眾聲皆無。

婉楓謔地立起，香兒出事了！

眾人起身往帳篷外湧。

張揚踩到篷壁，橫架脫鉤，掉下來打在了巴特勒頭上。一隻手摟過來，顫聲問，疼不疼？巴特勒出去才疼得抱住頭，卻抱住了頭上一隻手，一看婉楓正望著自己，頗不自在地說，我自己揉，甩掉她的手。

婉楓紅著臉說，你先回去，我怕影響你明天上課。

巴特勒說我跟你們一塊兒吧，卻滿臉的不情願。婉楓知道他的想法，催他先走了。漫天星斗，剛剛升起。

2

眾人沿街跑，有個聲音說錢沒給夠呢！張揚見烤魚店老闆攆上了，情急說，手機押著回來再給，把裂屏手機塞給了老闆。

王婉楓從後趕來，恰巧遇見了同寢室的任芳，和另一個室友在逛街，雖然同寢，婉楓過生日卻沒請她們，她們見到婉楓很不自在，任芳埋怨，你和別人慶祝生日，卻不告訴我們一聲。

婉楓沒解釋，只說萬香遇險，她們就也跟了來。

拐進一條小路，沒路燈了，沿路灌木叢和遠處施工的高樓都立在死寂的漆黑中，右側幾個老式羽毛球場，周圍是荒亂的矮樹。這裡剛拆，像個巨大的廢墟，夜風穿梭，倍增寒意。

眾人穿過灌木奔向廢墟後的球場，只見四條黑影在移動，一條胖漢勒著小猴子的脖子，小猴子腳不著地，像風中的黃瓜在藤上蕩著。

萬香飛腳踢向另一人，那人黑瘦，斜身躲過，抓住萬香的腿，拉她向前栽倒，踢她肚子，拽著她領子打她的臉。

張揚火起，大喝著躍上抽刀就砍，那黑漢鬆開萬香，張揚緊追，一刀削向黑漢右臂，對方拔出鋼鞭嗖地甩來，張揚感到一股小風時，已被鞭頭火辣辣抽在肩上，於是打起精神，迎戰黑漢。

這邊張璐甩開辮子，撲向掐著小猴子的胖漢，胖漢把小猴子丟到半空，像秋葉飄起落下，小猴子捂著脖子叫著真疼，不該小瞧這胖子！

胖漢進攻張璐，張璐冷笑著，忽如魅影，一轉身不見了。胖漢一條腿翹起，帶著另一條腿朝天仰倒，張璐像條蛇從他身下溜過，回身立穩。

小猴子眼花繚亂，大叫著，好哇我也來了！躥飛上天，想落在胖漢身上痛快壓他一把。

胖漢打個滾躲過了。

張璐一腳斜向下，踢小猴子屁股，小猴子手腳蜷縮彎身向前頂，胖漢未及調整，被他四個肘彎把心肝腸肚頂了個結實，小猴子的腳不偏不倚落在了他雞巴上，胖漢被悶住了，半晌提不上氣。

萬香看張揚長刀戰長鞭，唯恐張揚不敵，張揚幾次伸刀前刺，卻忘記刀沒有尖兒，且被姚燦掰去了前端更鈍了，卻被鐵鞭不斷抽上身。

萬香叫苦。張揚迎著鞭身走，鞭子抽在右臉上他竟不躲，被長鞭卷住脖頸，驚呼著沖到了黑漢面前，另一隻手揮動著，亮光閃動，像一顆星星墜落，劃向黑漢。

黑漢一顫不動了，張揚一擰，黑漢後挫，張揚鬆手，黑漢倒下。只見一段刀柄，刀身已沒入黑漢的身體。

婉楓她們跑來，任芳看清了地上人的相貌，躲到婉楓身後，像怕他們認出自己。婉楓雖然沒幫忙，但眾人知她素喜文藝，不會功夫，因此並不怪她。

婉楓扶住萬香，萬香說我沒事的，走到張揚身邊說，給我看看，把手伸向張揚脖子。

張揚說別碰，疼。

萬香說，呀，流血呢！

張揚用手抹，月光下黑乎乎的，果然是血。

婉楓打開手機的手電筒，見張揚從臉下方到鎖骨有粗而斑駁的血痕，張璐拿紙給他擦，發現動脈無損，只是皮外傷，血淋淋的傷口不淺。

眾人都稱張揚好漢，張揚對萬香說，別光說我，看你自己。

婉楓見萬香的臉似紅腫了，用手機照著她，萬香撥開說，我只是衣服髒了，大冷天的又要洗了，學校連熱水都沒有。說完四下裡看，卻驚叫著完了！

倒地的倆壯漢已經不見。

萬香又一掏身上，真的完了！

婉楓忙詢問，萬香說，我的學生證被他們掏走了。

婉楓說你再找找，萬香說不用找了，一定是的。

張璐問，這些是什麼人？你怎麼會和他們在一起？

冷風劈面，吹散眾人的頭髮，任芳抱著雙臂跺腳說，這天氣早他媽該鑽被窩了，我們不打聽了，回去罷！

萬香沉著氣說，他們是獨耳老三一夥的。聲音裡似乎含著仇恨。

小猴子覺得有趣，獨耳老三，什麼怪東西，人還是動物？人會起這名字？哪頭動物又有這麼怪的綽號？

張揚卻呀了一聲，這回真捅大婁子了！

眾人不解。

張揚說，獨耳老三是我們縣有名的黑社會大哥，他們八個兄弟拜把結義，獨耳老三聽說去年才入夥的，除了老大外按年齡排座次，不分先後一律平等，老三據說以前是我們學校老師，鐘亞雯之前的四班班主任，傳聞被削掉一隻耳朵的那個。老三入夥後他們的產業又翻了一番，這些年縣城拆了那麼多房，多少農戶因談不攏賠償費，打著條幅不肯搬，城管也奈何不得，有家境破落的，眷戀祖宅的，也有靠拆遷發財的，有一條街的人聽說街要拆了，先拆自家院牆，往街上移幾米後再重蓋，為的是增加面積多獲補償，不知鬧出多少故事，最後全平息了，你們知道為什麼？因為沖在前面把拆遷戶打趴下的就是他們。他們插手各行業，大發橫財，員警也好官員也好，都束手無策，唯有利用他們，萬香，你的學生證若是被他們拿走的，麻煩可就大了！

萬香說，事已至此，還有什麼辦法！淒涼的聲音，伴著呼嘯的夜風。

張揚說，我捅了他一刀，刀還在他身上呢！懊喪地抱住了頭。

萬香在一旁想拍拍他，手挨著他的衣服卻又放下了。

張揚說，本沒想捅，只想靠近他給他一下子，沒想到他勒我那麼緊，就拔刀捅了。

任芳追問道，萬香，你還沒說為什麼和他們在一起呢！任芳冰冷的手抹著上唇快掉又遲遲掉不下來、像鐘乳石一樣凍住了的鼻涕。

萬香說，我向朋友借錢，他約我到這兒的，來了卻是這倆不認識的人，說錢可以給，但要自己去賺，他們按摩店正缺小姐，叫我過去，被我一口拒絕了，他們不讓我走，就打起來了。

任芳似笑非笑地說，但你又怎麼知道他們是獨耳老三的人？

萬香怔住了，說，是他們自己說的，說罷看著任芳，像要搞清她為什麼這麼問，任芳躲開了萬香的目光。

婉楓表情十分迷惑，她說，香兒別怕，時候不早了，我們先回去再看該怎麼辦。

任芳說好主意，再這麼凍下去，我該跟周圍爛草一樣，凍得結霜枯萎，沒人要了。

跟任芳一起逛街的室友說，你本來就沒人要，就你這沒把門的嘴，誰要了你你准滿世界吆喝，人家男的還不跟扒光衣服上街一樣？

任芳說閉嘴，要老娘的人多著呢。小猴子說，你們不瞭解男的，這種事女的怕外揚，男的才不怕，越外揚越顯示他的本事哩！

張揚說，我要去楊渡鎮中學，我女朋友出事了，而且我捅了人也要躲躲的。我趕明早的船，今晚回寢拿些東西。

萬香問，你受了傷，學校那麼高的圍牆還能翻過去嗎？

張揚說能，你也躲躲吧，別讓他們發現你。

萬香說我知道，不過沒什麼，況且有我親爸，實在不行了就跋山涉水去找他，他准能幫我擺平的，說完一臉的興奮與哀傷。

王婉楓表情忽然又緊張起來，像在思索著什麼，眾人都看見了。其中如張璐巴特勒和小猴子都知道，婉楓有個從未見過的同父異母姐姐，婉楓一直在尋找她，想必認為萬香是打開這個謎團的鑰匙。

張揚說，小猴子，今晚你跟我一起吧，幫一幫我的忙，小猴子說但憑差遣。眾人走出廢墟，張揚目送女生們離開後，陰下了臉，跟小猴子大踏步回了夜市。

3

張揚和小猴子回到烤魚店，張揚想要回自己的手機卻沒錢可贖，問老闆，老闆說，原本放在前臺上的，前臺妹子還沒收，來了倆點菜的，一個要酒，一個趁妹子回頭拿酒的功夫，順手偷了。

張揚脖子上血印火辣辣地疼，說，刮壞了的手機誰會要，老闆說，沒人要我們就要嗎，來的都是回頭客，誰會拿客人手機，張揚說反正你得賠，老闆說我賠你媽的逼！輕蔑地揚手進屋，張揚上去揪老闆，店裡躥出幾個穿圍裙的大漢，拿著燒紅的鋼釬，食客和路人都停下看熱鬧，張揚罵聲恨，拉著小猴子灰不踏踏走了。

去一個開電子產品店的朋友那兒借錢，說明遭遇，朋友拿出一個手機問，是不是這台？張揚一看正是，朋友說剛才有人進來，問五十塊要不要，他測試沒壞就收了，張揚既慶倖又吃驚，央求著朋友借了八百塊錢，把去楊渡鎮的錢弄妥了，渾身脹痛，幻想著自己女朋友走向別的男人，憂心如煎。

濱江路大部分商店打烊了，高挑的路燈把世界射得金黃，金黃的燈影外，夜空迷蒙，像另一個世界。二人走到杜甫江閣，這個老杜曾臨風泣水，吟詠浩歎的地方，在濱江路下方的野地裡，紅簷秀瓦，七彩雕琢，如從天外飛來，孤獨地伴著長江。

他們買了啤酒，吹了好一會兒江風，喝完又溜回了濱江路。路另一側有向上的小街，他們在一個街口停下，冷不丁像見到一條白亮的小河，小街陡峭，石板亮亮的映著月光。

走進去，店鋪歪歪斜斜，漆黑擁擠，向右轉有更小的巷子，下矮幾米，玻璃門裡是暗紅的光，有的厚厚的棉簾忽然敞開，一個光腿女人鑽出滿頭的黑髮。有人悄然進出，像黑漆的江面冒出鬼影和一排紅燈籠。二人繼續向前，心卻都慌慌的，像浮在水面的葉子。

張揚剛才在江邊，對著宏闊的天水，大口地吸著冷風，煩惱頓消，體內仿佛有無窮的力量在潛伏著。現在卻又開始咀嚼起女朋友的事。

興許不晚，還能把她搶回來。婊子……

他竟念叨上了。但看小猴子也像在撒癔症，似乎沒聽到。正在一籌莫展，猛然見到黑暗裡這些殷紅，霎時跌跌撞撞起來，仿佛只有自己先完蛋，破罐子破摔了，才能感到踏實。

張揚克制著想拐回去的衝動，問小猴子，你知道這是什麼地方？

小猴子說，妓院唄，誰不知道。我還沒和女人幹過哩！初中畢業有一次，半夜趁父母睡著了，騎車溜了出來，告訴自己今晚一定要去一次。那是在老家，每次放學都路過那種地方，心砰砰跳，腳卻不敢停，一直盯著它，想，這次去定了，但最終仍是沒進去。憑我的相貌，誰會跟我談戀愛？我喜歡誰，就只能躲著。但最不行還有妓院，想到此心裡就踏實了許多。那晚我揣著錢，騎著車繞來繞去，路過每家的門口，見廳裡有人就趕緊走，沒人，就緊張地用腳支著車子等著，到最後受不了了，心跳太快，還是走了。揚哥，你路過這種地方，心也會狂跳嗎？

張揚搖頭。

小猴子說，真羨慕，你和女朋友每月都能見，不是你去看她就是她來看你，生活中有了另一人，不再孤單，凡事可以商量著來，這樣的小日子，多美！

張揚還沒來得及說，這種日子並不美，小猴子又說，你看，這是兩百塊錢，那天晚上兜裡揣的，一直沒花。剛才王婉楓生日宴，錢不夠，我本想掏出來的，都忍著了。我一直帶著這錢，我想自己總會大起膽來的，我也要嘗一嘗女人的滋味的！

張揚不吭了，凍得冰冷的手撫在小猴子臉上，把他腦袋往自己胸口按。他停住了腳步，仿佛十分的明亮，漫天星星射出了激烈的光。

小猴子跟著停下，怎麼了？

張揚說，走。

小猴子說，去哪？

張揚說，去那兒。

小猴子說，真的？

張揚擺腦袋，做了個回去的姿勢。

小猴子表情很奇怪，看了張揚一會兒，突然說，揚哥，我不想去。

張揚說，不是你說想去的？

小猴子說，我也不清楚。

張揚說，走吧，別想那麼多，去完就好了。

小猴子拽住張揚，目光興奮地說，算了，今天估計有零下幾度，穿這麼多，半晌脫不完，手也凍僵了，而且我還沒在女人面前脫過呢，先脫上衣還是褲子？在女人面前脫，這怎麼好意思，在男人面前我都彆扭呢！揚哥，慢點，我還沒說完呢！

離小巷子越近，小猴子越激動。

張揚脖子上的傷口凝結，乾巴巴的，寒風吹著，不那麼疼了。他說別怕，哪個女的也不敢吃了你，等會兒找個靚的，讓你告別你的處男。

小猴子說，誰怕了，去就去，不過別急，我先買盒煙，還要買安全套的，對不對？你肯定懂的。

巷口的小賣部竟還開門，一柄殘燈，照著破舊的玻璃櫃，和櫃臺後打盹的老頭。小猴子買完，蹴在路邊猛吸幾口煙。

張揚又催了。小猴子仿佛打針前的孩子，拖一會兒是一會兒，說，我還不知道進去該說什麼呢！

張揚不等了，穿過小巷走下石階。小猴子像垂死的鴨子，手腳冰冷地跟過去。

張揚順手拉開一扇門。強光刺眼，天旋地轉。小猴子不知道自己怎麼站的，怎麼說笑的。一切都像夢，古怪，奇特，滑稽，像舞臺。有個五十多歲的婆娘，一臉白粉，黑毛衣黑紗裙，手如朽木。小猴子好像用英語說了hello，還主動握了握她的手。

像突然飛來一個世界，他站在自己的世界裡，不知所措地張望著，向著它表演，和裡頭的人互動。像喝醉了酒，總想笑。

兩個直角沙發。一個坐著那老女人，另一個端坐著積木一樣斑斕的三個年輕女子，身旁放著刺繡。圓形竹圈固定著白布，繡著一隴青山，一襲春水。

對面世界竟有刺繡。而他也知道刺繡。他記得和她們大談刺繡。張揚在和老女人砍價，說他們都是學生，優惠些吧，下次還來的。

老女人轉著手上的戒指說，倆人三百吧。

張揚說兩百吧，下回給你介紹同學。

小猴子恍惚聽到了這些，像在水裡聽岸上的聲音。

他仿佛一勁兒說著話。你多大了？十九嗎？真棒的年紀。你不用猜也是十九？看你點頭了，怪不得這麼美，全該演電影去。我比你們年輕，但我長得老，不如你們好看，你們是女人，女人是美的，招人喜歡的，人們都喜歡你們，我們可沒法跟你們比……

他不記得自己還說了什麼，只記得張揚說，選一個吧！他點點頭說，嗯，確實要選，人生處處是選擇。

他仔細地看。一個是白短袖藍牛仔短裙，白生生細長的腿和小巧的腳，黑髮拉直，尖臉雖白，但面容倦怠。旁邊的是連體肉色短裙，黃腿瘦長，上有汗毛和斑點，光腳，大紅高跟皮鞋繃得腳面青筋畢現，尖臉小眼，脖子有血紅印子，小猴子以後才知道是吻痕，第一眼看去，卻覺得跟張揚被打的一樣，而她卻梗著脖子挑著小眼，若無其事望著他。他忽然覺得她可憐。第三個滿身的肉，臉圓鼓鼓，黑眼圈伸向太陽穴，鋼絲燙髮讓小猴子想到了九班老楊，黑罩衫低抹胸，兩個發光的肥球鬆散露著，黑皮裙下一雙粗腿交疊著，圓口黑高跟鞋像紙糊的一般。

小猴子哆嗦著，指指第二個，你吧！

被叫的女人一怔，瞬間顯露出不情願，雖擠出了個笑，眼神卻很冷淡。

她拉住小猴子的手，沙發旁有門，進去了。張揚叫了第一個，也進去了。

走廊兩壁是木隔牆。女人拉小猴子進了一扇門，小床和床頭桌髒兮兮的，三面隔牆都沒通房頂，屋子像廁所單間，十分簡陋。床前一丁點的地方。

小猴子訕笑著，掏掏口袋說，我有套子，剛買的。

女人從帶進的包裡也拿出避孕套。

小猴子說，我還是處男呢！揚手比劃著，像怕表達不清。

女人沒接茬，只說躺下吧，先按按，把衣服脫了！

小猴子這才感到悶熱，廳裡開著中央空調，該有三十度。他故意大大咧咧地脫掉羽絨服和毛衣。

她說褲子也脫了！

他歉然地笑著脫掉外褲，只穿秋褲躺下。

女人兩手搭在他胸口，他看著女人的臉，女人木然地看著牆。揉著他的腰，用手指捏。

他咯咯笑，癢呀！她不尷不尬地陪笑。

他說你不高興？她面無表情地說，哪有。五指岔開，從上向下捏他的腿，右手按在他雞巴上了。

小猴子在她揉他胸口時還沒感覺，一切過於迅速、奇特，還沒體會到與性有關的東西。身邊雖坐著個女的，知道等會兒要幹她，卻無法感到將發生的事和它的意義。直到摸上雞巴了才陡然明白。

女人像醫生，讓他雞巴繞根部轉了一會兒，像診斷清楚了，說，來吧。聲音像給護士傳達指令，清晰、冷淡。

小猴子說真專業。像是讚歎，又像嘲諷，說，又脫嗎？你先吧！

女人掀起裙角，嗖的一下連衣裙從脖子脫下了。小猴子想起了妹妹，四歲，在老家，也是這麼脫衣服的。女人沒穿內褲，解開乳罩，兩個不大但結實的乳房，紅紅的乳頭，都在他臉前了。

他不敢怠慢，也脫光躺好。

女人咬開安全套的塑膠皮，一抹套在了他雞巴上，麻利地騎上去，拉屎似的蹲著，仿佛身下的小猴子是茅坑，像流水線一樣冰冷、麻利。

第一次有人在他身上做這事，他跟不上節奏。她揚著脖子，黃髮撲散著自顧自地叫。這就是性？不對，像遺漏了許多東西。

她叫了一會兒，低頭看看他，不叫了。

他叮囑自己認真。望著她起伏的胸，突然意識到可以摸的，雖然不認識，但花錢了。他緩緩抬手，有生以來第一次按在不是他母親的女人的乳房上，軟軟的，熱熱的，真好。想起還有一隻手，女人還有一隻乳，雙手捂住了雙乳。

女人第一次以人的情緒對他點點頭。他看出來之前她在敷衍，這一點頭才是真實的想法，雖然與愛無關，至少是真正的交流。

女人在示意他，鼓勵他。

小猴子信任地看著她，有些高興了，仿佛兩人在做同一件事情，雖然他不懂，但有她帶著。他想起在寢室看過的黃片，人們換著姿勢幹，說，我坐起來吧！

他摟住女人的腰，光溜溜的，從脖頸到腹部全貼著他，他忘了自己有雞巴，女人有逼，雞巴在女人的逼裡，單是這完整的擁抱，就佔有了他，噎住了他。

她枕在他的肩上。他惝恍地看她染黃的長髮，不管她的頭髮事實上多麼焦幹，缺少色澤，在他心裡都像許多抹金燦燦的陽光，他枕著這些陽光，幸福地瞪大雙眼。

她前後搓，像擀麵杖擀著不服軟的餃子皮。她在他耳邊吹氣，他悄悄問，你喜歡這樣？

女人擠出倆字，喜歡！

我也喜歡，親愛的。說完他約略覺得滑稽，但很快打消了這念頭。

女人叫得更歡了，但他發現聲音又變得做作起來。他看出來人家要他趕緊結束，人家在工作，這美好的感覺不能一直拖著，拖得對方累了惱了，任何美好就都沒了。

怎麼還不射，真煩！他越這樣想越清醒。

隔壁門響，走廊有鞋聲，他知道張揚完事了。他夾攏兩腿雙腳互勾，撐了好一會兒，扭動幾句不成腔的粗吼，依依不捨地鬆開了她。

女人用紙巾抹下身，系好乳罩套上裙子。小猴子一臉的感激。出來，張揚正和她們說話，張揚找的黑髮女說，真厲害，幹這麼久。

小猴子指指自己，我嗎？

黑髮女說，當然是你，你朋友等了半天了。

小猴子說，它就是不射，我該怎麼辦？

女人都笑了。小猴子找的黃髮女說，你太緊張了，他想說不是，又覺得可以了，說了句再見，和張揚出來，一出門就撞上兩個大塊頭，忙側身閃過。回頭看時，她們在和那倆人說話，小猴子找的黃髮女板著臉，神情憂慮。

門合上了。

小街冰冷，他們在冷風裡踏著冰雪一般的月光，小猴子的神情像在一段沒首沒尾的夢中，他縮著脖子，默默的像在等待著某種變化。從濱江路一直向北，遠遠望到臨州三中的大門。

4

深夜一點，南國最冷的時節。校門宏偉，像荒墳上古老的門樓。向前左轉十幾米到了圍牆根，此處圍牆相對最低，牆頂利刃般的玻璃尖與水泥漆在一起。選定了位置，張揚要躍，牆裡忽然低喊著，回來了？

張揚一激靈，誰？

我！是萬香。

小猴子說，香姐，你怎麼在這兒？萬香說，這裡又插滿玻璃，跟以前不同了，我在這兒等著告訴你們，往前十米才安全的。

二人前行，和萬香對好位置，張揚躍起扒住牆頭，藉著幽冷的月光，看清玻璃刃位置，身子橫在牆頂，雙手和腳尖支撐，身下是如林刀叢。萬香從裡面伸手像要接住他，小猴子卻說，揚哥，我上不去呀！

張揚對小猴子說，你今晚別進來了，小猴子說不行的，被宿管查出來怕給姚老師添亂。張揚就又跳回牆外，掐住小猴子腰往上送，小猴子摸到牆頭，張揚頂住他的屁股，小猴子看到雪亮的玻璃尖不禁倒抽一口冷氣，張揚說用勁！搬小猴子的腿，小猴子找到落腳處，橫在刀林上，看著身下卻不動彈了，像在幻想著什麼。

跳呀！張揚催他。

小猴子哦了一聲，目光激動地推牆，跌到了萬香腳下。張揚上牆要跳下，卻抽刀把玻璃尖都砍斷了才跳。

這裡是操場下方的荒地，從正門進來右拐上竹叢路就到了，本來是籃球場，學校擴建要在這兒蓋國際部主樓，籃球架還沒拆，斷裂的籃板像掰斷的紙板一樣荒涼。沿牆爬滿老虎藤，牆根向下挖深一米，根莖雜亂，使學生不易走到牆邊翻出去。

萬香問，你去寢室拿什麼？

張揚說，拿她送我的貔貅。

萬香說，變了心的女人，給她看什麼都沒用的。

張揚說，別把別人都想成你。

萬香說，我才不會那樣。

張揚說哪樣？萬香說像她那樣對你。張揚無言。萬香又說，揚哥，去操場上抽根煙吧，我睡不著，說著遞煙給他倆。

小猴子說，你們去吧，我回宿舍。

三人走上階梯，上去是操場東北角的廁所。

小猴子跑向操場西南端，甬路兩邊是男女宿舍，他住三樓。一柄亮光射向路面，是驢子夜巡，他忙伏下，聽緩慢的皮鞋漸遠了才出來，爬上一樓的陽臺，同班一個同學接應著翻進去，從裡面上了樓。

5

巴特勒後悔沒幫同學的忙，肯定要被人說不仗義，但幫人打架他又不想。回來告訴孫睿，鍾亞雯姚燦剛才喝交杯酒了，看來暈倒並非昨晚幹多了的緣故，孫睿說，沒想到改卷子比做愛還累，fuck。

孫睿已睡。巴特勒摟著冰涼的被子，他睡覺不脫衣服反而加衣服，自從到了南方住寢室時都是如此，南方的空氣比北方飽含水分，滲進衣服裡，怎麼蓋都不暖和，室友都是土生的重慶人，巴特勒卻不是，他的皮膚和身體還遠沒有習慣長江邊的濕冷。

巴特勒的父母對他既寵愛又嚴格，他越長大越不想和他們生活在一起，他們去重慶他挺高興的。他家在臨州的房子自從父母走後就空著，他不想一個人住，寧願在寢室裡受凍。

他插著耳機，聽劉紫玲翻唱的《珍惜》，悠遠的曲調像流不完的江水，晃晃悠悠，把他沉浸在幽冷綿延，宛如月光的氛圍裡。他想像著把她喊下宿舍，傾訴衷曲，多激動呀，遲早的事，幻想著可能的一幕幕，他情不能已。

進來一個黑影，躡手躡腳地移動。巴特勒取下耳機，輕嗨了一聲，身影定住，是小猴子，問還沒睡嗎，巴特勒說還沒有。

小猴子去了廁所，廁所在陽臺角落，巴掌大的小屋裡有便池，齊膝水龍頭和淋浴噴頭，但沒有熱水。學校以線路不安全為由，禁止學生用熱得快，也不能用電鍋、燒水壺等用電器，這樣就得去黃校長姨夫開的澡堂洗澡，副校長妹妹開的食堂吃飯，還要買桶裝水扛上樓用飲水機喝。

小猴子曾罵道，狗屁不安全，哪個社區不讓住戶用用電器？除非是線路老化。巴特勒說你該把大喇叭改道，趁週一全校升旗在喇叭裡說這事，學生當場抗議，說不定就成了。孫睿肥大的鼻孔一哼，別做夢了，學校才不會聽咱的，你越這樣查得越嚴，最好的辦法還是偷用，小心一些，別讓抓到。

孫睿的熱得快剛被驢子沒收，驢子在樓外小黑板記下了他的名字，害得晃著水桶身子的老楊路過看到，在班裡黑著本來就黑的醬油臉罵了他半節課，孫睿本來忘記了，小猴子一說又想起來了。

小猴子去盥洗台拿了牙缸牙膏，又回到廁所。

巴特勒問，去廁所刷牙嗎？怎麼不在外面水池裡刷？

小猴子沒出聲。

他正在廁所洗雞巴。水龍頭太低，蹲下沒法洗，立馬步褲子卻溜在地上，水流一褲襠，脫光褲子可以，但太冷了，最後還是脫光蹲馬步，杯子接了水，牙膏擠進去攪勻，跟著水龍頭的水一起澆上去，心想牙膏能和肥皂一樣消毒，卻冷得雞巴不住地往回縮，瑟縮的小龜頭鈍而麻木。洗完出來，像受了宮刑，撇著腿回屋，每走一下蹭得雞巴疼一下。

想燒些開水溫著揉揉，從床下翻出熱得快，接了桶水端到陽臺旁燒，坐在孫睿的床沿上等。嗞嗞的水聲，像燃不完的導火線，仿佛在等一種隨時會來，但又遲遲不來的爆炸。

小猴子問，睡了？

巴特勒說，沒有。

小猴子說，改天獻血去吧。

巴特勒說，為什麼？

小猴子說，造福社會呀，雖然有獻血得傳染病的，但那都是不正規的。臨州人民醫院門口有獻血車，一次性針頭用完就扔，管子一插進胳膊裡血就湧出來了，因為壓強差的緣故，我學習雖然差，這點道理還懂的，比如一個人說自己快氣炸了，不一定在撒謊，體內的氣壓著軀殼，再多一些，譬如氣沖牛斗，真可能把腦殼頂爆的，像高壓鍋爆炸似的，再比如一個人若在臨州快氣炸了，沿江到西藏，同樣的氣可能早就炸了，因為外界氣壓更低，腦子裡的氣更容易頂出來。

巴特勒說有道理。小猴子說，聽說獻血了會送一盒牛奶和一把傘，傘讓你打，怕你失血過多頂不起太陽，但寒冬獻血就不存在這問題。

巴特勒說我明白，但好端端的為什麼要獻血，還是不懂。

小猴子頓一下，說，還是告訴你吧，我破處了。

巴特勒問，怎麼破，你又不是女的——破你的處男？你找女的了？
小猴子說是妓女，我怕得傳染病，而查獻血結果能查出來的。
孫睿打滾，磨牙，卻沒醒。小猴子往外挪挪，給他騰出更多地方。
巴特勒盯著黑暗，像要用目光挖掘出什麼來。剛才嗎？
小猴子說是。
巴特勒問，啥收穫？
小猴子說，收穫倒談不上。
巴特勒問，女的咋樣？
小猴子像在追思，女的還好，但就只那麼一下子。
巴特勒說，你要的不就是那麼一下子？
小猴子搖頭，不是，而是心裡沉沉的，像沒戲了，又像挺複雜的。
巴特勒說，看你糾結的。
小猴子說，是有點兒，因為太倉促了，沒想到真搞了。
巴特勒問，怎麼搞的？
小猴子說，都是她在弄，我又沒經驗，被她搞了，該她給錢的。
巴特勒笑了。
小猴子說，有那麼一刻，像躺在夏初的草地上，手握一瓶紅酒，一會兒咂一口，頭頂是萬里無邊的藍天，太陽。

水泡聲又響了，門上小窗裡白光一閃，門裡插進鑰匙，小猴子迅速抽出了孫睿的枕頭，丟在桶上蓋住熱的快的電線，枕頭下端進到水裡像下進去了個大餃子，不咕嘟了。

孫睿頭跌在床上跌醒了，只聽小猴子說一聲老師好，就見驢子闖了進來，手電筒光轉了一圈，沒發現什麼，問，你是邵思宇？幾點回來的？小猴子說早回來了，串寢室玩去了，驢子問張揚呢？小猴子說在被窩裡，驢子沒再細查，象徵性地晃了一圈手電筒剛要走，突然又有咕嚕聲了，小猴子沖向推拉門背對著驢子拔下熱得快，和枕頭一起拎到陽臺上，驢子說你幹啥，小猴子把熱得快甩下了樓說，我晾枕頭！驢子的頭伸到陽臺外，卻只能看見幽靜的道路和一樓牆根的忍冬藤，嘮叨著走了。孫睿摸著濕枕頭抱怨小猴子，巴特勒卻在埋怨，這幫老師，成天嚷嚷著查寢卻不查，冷不丁心血來潮了就檢查一次。孫睿說，你說這些有屁用，他把濕枕頭甩到床下，衣服摞著當枕頭繼續睡，很快沒了聲音。

操場另一側，滿天星斗，張揚和萬香蹲在地上。

萬香說，別回去了，直接走吧。

張揚說，還是去拿一下吧，不過她明顯在騙我，真想一刀劈了她。

萬香說，揚哥，感情是劈不回來的，誰也左右不了別人，能左右的只有自己。以前我和一個男孩出去，他說得很好聽，我就心動了，那時什麼都不懂，完事之後他直接走人，以後再也沒見過。再後來，我也耍過朋友，但純粹扯淡，關係好了就耍耍，但也只是耍耍而已，其它的都沒指望。他們當中有些人也不壞，不過都已經不重要了，也沒辦法了。你能懂嗎？

萬香的話讓張揚心更亂了，他看著煙頭明滅，不明白男人和女人了。摸摸脖子，已經結痂，剛才的妓女被他的傷口嚇得不輕。想到找了雞，很吃驚，但卻不明白自己為什麼不感到可恥，而是仍懷妒意。

同時又覺得沒什麼，不就那麼回事嘛！

可她呢？她要也找，為什麼就不是「就那麼回事」？

他拗在一個點上轉不過彎來，自私？佔有欲？愛情帶來的難道就是痛苦和否定？但既然不滿意了，為何還不放手？

張揚仰頭吐著煙圈，看嫋嫋白煙和哈出的熱氣一起，在夜空飄逝。天空高遠，群星閃爍。

萬香問，你在想什麼？

張揚說，我在想為什麼男女之間，若是朋友就很好，不用藏頭露尾的，什麼都能說，比如你我，一旦成為戀人，一切就都變了。要能以朋友相處，再加入性，這樣締結關係該多好！但貌似又難以穩定。是因為佔有欲嗎？你說你跟男孩子出去，我沒有任何不好的感覺，但換作我女朋友就完全不一樣了。讓人痛苦的佔有欲！然而沒了它又會如何？況且兩情相悅、摒除外物，不也是一種美好嗎？可是我嘗到的，卻盡是這些醜陋玩意兒。需要一種新型關係，有戀人的全部美好，卻沒有它的枷鎖，一種破除佔有欲的自由關係，像朋友一樣的戀人。

電光從遠處射來，萬香拉起張揚鑽進了廁所，驢子沒有發現。

二人抽完煙，萬香說，你不擔心今晚的事？揚哥，你也有被女人迷住的時候！不過你說的對，我耍過的朋友裡，有些不就是新型的男女朋友？

但她想一想又說，不是，它光有破除佔有欲的自由，卻沒有戀人的美好。但我懶得想那麼多了。揚哥，我覺得你不自由，此去楊渡，又是找更多不自由去了，這真是你想要的嗎？你聽不進勸告，我也不再勸你了，我沒地方可躲，你若不棄，我跟你一起去吧，好有個照應，還可以會一會你的女朋友，看是怎樣一個尤物。

張揚點點頭，還在嘟囔著，新型男女朋友。

萬香說，你傻了？

張揚說，嗯。

萬香說，嗯，是傻了還是沒傻？

張揚說先在這兒等我，說完像小猴子一樣回到了寢室。他們都睡了，張揚輕手輕腳摸了一會兒，找到掛墜裝在兜裡，一出樓門就碰見了驢子，驢子大呼，聲如驢嘶，周圍寂靜，十分嚇人，張揚像被抽了一鞭，放開腿就跑，二人沿藤條爬上圍牆，多虧削去了玻璃刃，他們縱身跳出，不敢怠慢，趁著陰冷的江風，奔向縣城的渡口。黑沉的夜幕，剛從天邊褪去最深的顏色，露出第一抹亮光。

6

婉楓當晚回去後，室友們正在聊天，女生宿舍是八人間，男生是四人。有人問，過生日卻只請半壁江山，什麼意思？婉楓淡然一笑，忘了通知你們，別介意。任芳說不到半壁，只四分之一壁，另外四分之一還是路上碰見的呢！

有個叫曾田的室友說，說句不介意就完了？我們也給你買了蛋糕呢！婉楓看那小蛋糕分明是學校門口甜品店買的，明知不是買給她，仍好意謝了她們。

曾田四班的，高顴骨腫鼻樑，一臉肥肉，說，真不拿室友當人，趁婉楓過去，抓起一塊蛋糕就往她臉上抹，婉楓受驚躲開，還是弄臉上了，衣服也髒了，忙把衣服上奶油往下抖，曾田嘎嘎笑，像鴨子被追打的，張璐說你太過分了，曾田說別開不起玩笑嘛，一邊坐著拱屁股，椅子翹得吱吱響，張璐瞪了她好幾眼。

任芳大叫著，快收拾，乾爹來了！張璐問誰？任芳說，我乾爹要來看我了！曾田說，這回又是哪個爹？張璐問，為啥這麼說？

曾田說，你們不知道嗎，她有的是爹，她床上五個洋娃娃，都是他爹送的，她不缺爹，所以從不缺錢，但她從不請我們吃飯，下館子時一到買單她就去廁所，要麼大姨媽來了換紙，要麼吃多了拉屎，總能錯過付帳。但她的錢多的像尿，流不完的。然而上次申請貧困生獎學金，她卻在班裡演講了，她家烏楊鎮的確是有名的貧困鎮，周圍有的是山，卻一不產糧食二不產禽獸，可是她卻不窮，一個爹少說每月給她一千塊，但她竟好意思一把鼻涕一把淚的，從奶奶到姥姥到父母，從清末到民國到當下，哭訴自己的節儉，哭訴每日的發奮，只為給父母和故鄉爭口氣，希望大家投她一票，給艱辛的求學路添些溫暖，眼淚淌進鼻子裡，眼淚鼻涕一起淌進嘴裡，盈盈淚眼地望著全班，尤其男生，男生感動了，紛紛投她，拿到了有限名額中的一個，可你們看她的娃娃！寢室裡一沒空調，二不讓用電熱毯，可她摟著那麼多娃娃睡覺從來不冷，能脫得只剩下小褲衩，還是那種正面牡丹花紋，屁股緻密黑紗的性感超薄型的！

眾人抿嘴笑，都看任芳。

任芳剛要發飆，張璐又問，你又不是她們班的，你怎麼知道？再說這麼晚了又是女生宿舍，她乾爹怎麼進得來？

曾田說這事誰不知道？學校劇社因此還找過她，讓她演聖誕劇的女一號呢！她一問沒錢立馬推辭了。至於她乾爹，本事通天，自然能通宿管，想進來還不容易？

任芳怒道，你這混蛋每回拆我的臺，想讓我叫人揍你嗎？曾田說芳姐，你既然搭臺演戲，就別怕別人拆嘛！全校就那麼幾個名額，因為你的表演，該到我口袋的獎學金又跑到你鼓脹的腰包了，你就不怕錢多走路墜下褲腰，把你的小內褲天下曝光嗎？

任芳伸手要打曾田，被張璐輕鬆地擋住了，說，行了任芳！快藏起這些娃娃吧，不是今天的daddy買的，放在我們床上，免得他懷疑，雖不夠一人一個，也至少夠我和婉楓用了，雖沒有男人，抱個圓墩墩的娃娃睡覺，也夠做一晚的春夢了！

任芳呀的一聲，是呀，他恐怕快上樓了！撿來撿去終於想起哪個是今天乾爹買的，剩下的四個往張璐婉楓和另外兩人一人的床上塞一個，偏偏不給曾田，氣得曾田咬牙切齒。

一陣腳步，有人敲門，一個黑方墩腦袋，一腦門子的汗，問任芳在嗎？張璐說在的，進來吧！

屋裡人立刻不哄笑不爭執了，各自露出女兒態來，看書的看書，玩手機的玩手機，瞬間很矜持。

方墩看到任芳，叫聲darling！捧住她的臉親，我們走吧！任芳卻很不耐煩，還沒化好妝呢，這裡都是姐妹，你不方便，出去出去！轟豬一樣地往外攆。

方墩被擠回門外，走前瞄著張璐的胸口，張璐黑色的薄線衣緊繃上身，透出聳立的乳房，和乳罩上端的邊緣，方墩盯著，仿佛要印到腦子裡去。

對面寢室的門縫裡有幾隻眼珠，一見方墩扭頭，即刻關門，哄笑。

任芳挽著方墩下樓了，婉楓在陽臺上洗漱，見任芳鑽進樓下的轎車，搖首歎息著。

曾田問你羨慕？婉楓冷著臉，洗漱完要回屋，曾田氣不過，抓住婉楓問她，幹嘛不說話，看不起人嗎？婉楓說你鬆手，曾田一瞪眼，就不松，怎樣！張璐餘光敏銳地捕捉到陽臺的舉動，走過來說，曾田，你最好立刻回屋，曾田說，怎麼，想倆人一起上嗎？張璐哭笑不得，看著曾田，似乎在掂量著怎麼對付她合適。婉楓甩開曾田說，算了，把張璐勸了回去。

曾田渾身豬肉威風凜凜地抖著，哐啷一聲躺到床上，像是一點都不怕。窗外巨大的銀杏樹，枯枝細小而交疊，在漆黑的夜空窣窣搖動著。

第二章

1

這夜，婉楓和張璐討論著，都一籌莫展，收到萬香去楊渡的消息，已是淩晨四點多了。曉色微明，張揚和萬香踏上了去楊渡的首班船。長長的船艙裡，大艙兩排長木凳，小艙三排皮椅。

船出渡口，漸入江心。天水宏闊，江山壁立，四周盡是黝暗的黑藍色。空中像浮動著白霧，盯住某處看卻又無霧。能看清江面的水紋，特別是船底破開的小波浪，然而一切都像在夢中，籠罩在茫然飄忽之中。漸漸的，水面雖黑，卻反射出更多的亮色，不久，兩岸錯落的山脈，遍山蓊鬱的枝葉，盡在越發鮮亮的藍色裡了。張揚和萬香在皮椅上，互相靠著打盹。

張揚醒來，刹那間被光線刺了眼。

兩岸是鮮豔的墨綠，前後左右盡是綠色，正對船舷的樹木距離適中，剛好把整脈青蔥的山體，像電影幕布一樣端到張揚眼前，巨大，清晰，長幅。

他舉首與青山對望，想喊醒萬香，卻見她擠著靠背睡得正熟。想起還沒告訴女朋友自己來了，掏出手機發消息。

近來和她一說話就吵架，她總是不耐煩，他為找合適的措辭猶豫良久。他收到她的回復，說來說去只有一個意思，別來，不想見你。他耐著性子向她解釋，她雖然沒再硬攆他，卻說你來能解決什麼問題？張揚暗想，你不鬧騰就什麼問題都沒有，一個上午，把張揚的心提上來又扔下去。

船靠岸，漫天遍地是金色的太陽，長江映著暖日，像平鋪著一面巨大的明鏡。上岸是半坡狀的土場，許多板車停在路旁，賣著野味蔬菜乾貨衣服。

張揚看萬香的褲子，屁股和大腿仍有昨晚打架刮擦的痕跡，說，我給你買條褲子吧！花了五十塊，在集市選了條牛仔褲，在街邊找家旅館，開了個雙床房。

張揚踟躕著說，晚上恐怕得帶她來的。

房間在三樓，窗下是熙攘的集市，幾個乾瘦得像樹根的老漢擼起袖子，卷著滿臉滿胳膊根須似的皺紋，蹴在路邊吸煙。車堵得一塌糊塗，驢馬在車堆裡迷失了方向，不知該往哪個縫隙鑽，急得跺蹄子，一群髒兮兮的小孩穿著開襠棉褲，在馬蹄和車輪間高興地亂竄。

萬香說，我懂。咱再睡會兒吧，畢竟沒休息好，然後我出去，留下屋子給你倆，我隨便上哪去呆一晚，鎮雖小但應該有網吧的。

張揚有些難為情。

萬香換上新褲子，拉上窗簾，一人一床和衣而睡。

張揚靠著窗，心事重重，一閉眼，雜亂的場景招搖而過，卻越來越模糊了，心也一直往下沉。夢中一陣刺耳聲，奮力睜開眼，半晌才知道身在何處。

四周漆黑，打開壁燈，暗紅的光照著兩張床。

傍晚六點鐘。他整理好衣領，蓋住傷口，喊醒萬香。萬香默默地坐起來。

小鎮的夜晚比臨州蕭條。二人走著，一陣咚咚鏘鏘聲越來越近，有張桌子邊立著招牌，寫著泰國辣妹，南亞風情，今晚表演，不容錯過，三張穿乳罩的女人的照片，後面坐著兩個濃妝女人，一起盯著路人。

倆女人看見張揚萬香，手在空中抓，像要隔空把他們吸來，帥哥美女看表演吧，十元一位精彩無比！濃重的楊渡口音，像念課文一樣生硬莊重。

不到七點，他倆去街邊吃了碗米粉，張揚收到女朋友資訊，最早九點才能出來，他不想回旅館，也沒地方可去。

回到濃妝女人的旁邊，萬香說進去坐會兒吧，你也該散散心了，你女朋友雖靚，泰國靚妹未必輸于她。不知會表演多久，到時候你可以先去找她，我繼續看。

張揚交了錢。女人指了指身後的小路。側門邊有個男的，長髮飄得像煙霧，讓他們進去了。

屋子黑暗，一排排粗陋的木椅，銀幕在放老電影《英雄本色》，旁邊是簡陋的換衣間，幾個穿棉衣的農漢，齊刷刷坐在前頭抄著手看電影，聽到他們進來，回頭對著萬香上下打量，萬香說聲神經，和張揚揀靠後的位置坐下了。

越來越多的人湧進來，螢幕黑了，臺上射燈齊亮，背景換成八個字，「激情表演，心花怒放」，朱紅剪紙般的圓體，像小學元旦晚會上的。

一個穿耳釘和黑皮褲子的光頭男人走上台，問候觀眾。

喇叭響起了迪斯可，一個女人上來，黑乳罩黑泳褲，又上來一個，所謂的泰國辣妹，竟是門口招攬他們的倆女人，只是表情姿勢豐富了許多，不再像念課文了。

倆女人掰開大腿，把逼對著觀眾，但逼上有內褲，觀眾看不到，於是前排觀眾像狗一樣，伸長脖子湊上去，不敢眨眼，像要努力凝聚，獲得穿透術。

後面觀眾紛紛站起，保安不斷停下巡迴的腳步，呵斥人們坐下，這兒坐下了那兒又站起。

女人退場，一個披頭散髮的大漢上臺了，是門口迎接張揚的，漢子自報家門，說打小零落江湖，多虧眾人不棄，得以混口飯吃，又說，我給你們喝瓶酒吧，一口氣喝幹了一瓶啤酒，又問，繼續喝不？

叫聲如雷，喝！喝！

大漢說，你們大聲拍手我就喝！於是配合迪斯可唱起你拍手呀我喝酒，大家都是好朋友，台下的人依節奏吆喝，氣氛熱烈。

漢子又喝一瓶，瓶子丟在身後，仍問繼不繼續？眾人呼天搶地喊，繼續！漢子說，我來一句順口溜，你們若能對出下句我就繼續。長聲吆喝，竟如洞簫蒼老，江上悲風，磨剪子哩！磨剪子哩！

張揚一聽就想起剛入學時，眾人不睡，徹夜聊天，交流小時候的生活，戲稱「寢室臥談會」，巴特勒曾說北方的冬天更冷，但家裡有暖氣，屋外臘月的傍晚能冷到零下十度，有時有小販穿著破爛的棉衣，在巷口吆喝，磨剪子哩戧菜刀！或推著小車喊，酥魚哩酥魚哩，聲音淒哀，他纏著媽媽買酥魚，媽媽終於同意了，他就跑出去，在巷口攆上小販，哆嗦著買回來卻發現，油汪汪辣滋滋的，十分勁道耐嚼。

張揚更加想念室友了，尤其是小猴子，昨夜帶他第一次經歷了女人，不知他此刻會有何感慨？

漢子又喊，磨剪子哩！張揚心頭一熱，站起來喊，戧菜刀！

台下混亂，沒人注意這裡站起了個人，臺上演員卻聽到了，做個無奈表情，小屋裡又拋出一瓶酒，接住，牙咬開瓶蓋，揚頭灌下。

漢子又說，我還有絕活兒呢！報幕人把一個乾癟的汽車胎丟上臺，像運貨卡車的一樣巨大，漢子說，我需要三個壯年男的上臺配合。

張揚躍上前座的椅背，施展功夫，兩三步落在過道上，第一排有個農漢也要跳上臺，卻小腿磕在了台邊，滑下去噗通跪倒了。眾人大笑，他卻爬起來跑向換衣間對著觀眾的門，眾人喊你消停吧，人家要壯年的不是撞臺的，你小心閃了身子！那人回頭叫一聲，我結實著呢，拉開了換衣間的門。

裡面三個人，兩個女的身子蠟黃，用胳膊遮住了什麼，報幕的人也在，門砰地關上了。

眾人都喝倒彩，突然有誰叫著，我看見乳頭了，那女的在擋乳頭！眾人像明白過味兒來，紛紛說乳頭，紅紅的乳頭！滿場鼎沸，萬香只聽見刺耳呼嘯的乳頭聲，前後左右都是男的，仿佛瘋了一般，同樣的表情，同樣的口吻，仿佛下一瞬間就會發現這兒有個女的，上來扒光她。

萬香堵住耳朵，焦慮地看著大步前闖的張揚，死張揚，你坐這兒多好！

小屋咣當一響，老漢飛上臺，像被丟上去的，衣衫不整地站在臺中央。

又一輪狂浪的掌聲。萬香自語說，好在沒那麼多乳頭了！長髮大漢笑著和老漢握手，張揚和另一中年男人也上了臺，在攤平的輪胎上呈正三角形站穩，摟著彼此。

張揚往下看，射燈太亮了什麼也看不見。大漢撿起輪胎氣口套上皮管，管的另一端塞進鼻孔，嘴吸氣，鼻子向皮管呼，一吸一呼，張揚驚恐地感到輪胎脹起來，三人搖搖晃晃站在了上面。

漢子雙目圓凸，像在和千軍萬馬作戰，令張揚毛骨悚然，這只鼻子承受了多大氣壓，換成別人，鼻子往管口一伸，恐怕早被子彈般噴射而出的氣流擊穿腦袋了！

輪胎圓了，大漢移開鼻孔，終止了淋漓的汗水，手掌上伸仿佛謝幕。掌聲整齊響亮。

大漢鬆開了導管，輪胎鬆懈三人落地。

大漢和三人握手，輪到張揚時，目光忽如匕首般刺向他，令張揚一凜。

張揚思索著，想拉起萬香走人，椅子卻空著，不見萬香了。

眾人依然如海浪般狂嘯著。一個高大的女子上臺，赤裸的上身，透明的黑紗，內褲細小，丁字兩筆一般的細線，罩不住黑黑的一片，若隱若現在下擺裡。報幕人說，今晚最激動人心的時刻到了，請觀眾收好手機，拍照錄影屬於傳播淫穢，將嚴懲不貸。

女人在臺上如大蟒蛇一般扭動。沒人呼號了，所有人都仰望女人，乳頭真在面前，男人們反而安靜了。音樂裡是又大又悶的呻吟聲，仿佛某張床邊安了個喇叭。女人的屁股和腿在動，臉色卻由妖嬈變成凶煞，指著臺下。

張揚見保安跑來，才意識到，他找萬香用手機發消息，被誤以為拍照了。保安隔著旁邊的人喊，手機拿來！張揚把螢幕亮給保安看，說是短信！保安仍然擠進坐席要奪，兩人推搡著倒向觀眾，觀眾又把他們推起來，保安揮拳，張揚一跳，腳尖踢在保安胳膊上。保安抓張揚的腿，張揚又一躍，踢飛保安的大簷帽，露出稀疏的頭髮，如歲月一般蒼灰。

張揚沖向門口，又一個保安過來，被他撞飛，趁夜色奔到了大街上。

2

街燈愈發蕭索，稀少的鋪面全關門了。老遠有一盞燈，在廣大的黑夜裡，那麼微小。

張揚不由地跑向了楊渡中學。校門矮小，左右各一支路燈，燈光被暗夜稀釋得衰弱不堪。

有個女孩一晃出來了，灰呢大衣喇叭褲，高挑，長髮，才露出一絲的笑，很快就又沉下臉來，輕飄飄地說，有話快說。

張揚說，這兒多冷，去旅館說吧。女孩說不去，張揚問為什麼？女孩看了他一眼說，本來就不想見你。張揚問因為那個人？女孩切了一聲，哪個人啊！張揚說我怎麼知道，女孩說不知道你還胡說。

女孩尖著嗓子問，你到底還有事沒有，沒有我就回去了。張揚拉著她的手說，你先別回去，女孩激動地問，又幹嘛？張揚說，一起待會兒吧，像以前一樣，我想你了。女孩像是反感，像是恐懼，竭力維持著某種姿態說，別再提以前，記著。但她木然地望一望夜空，猶豫了片刻，還是跟張揚走了。

張揚拉著她過了幾條街。到旅館，兩張床上都是展開的被子，女孩問還有誰在？

張揚忙說沒人，靠窗的陽光刺眼，才展開裡面的。

女孩沒再問。張揚捧住她的臉親，女孩躲幾下不躲了，嗓子哼哼著，眼卻看著別處，過會兒閉上了。

張揚手伸進她的毛衣，把她脫光，親她白生生的胸。脫自己的衣服，嘴卻不敢離開她，仿佛一離開就會失去她。擔憂，痛苦，殘忍地窺視著自己，剁啄著自己的心。

剛才一見她就很沮喪。想跟她談談，想說夠了，瞧我倆痛苦的，握手言和吧，分手也行，總之讓扭曲的情緒像煙一樣消散吧！但仿佛有東西亙在他倆之間，沒法正常說話，甚至此刻趴在她身上，雞巴蹭著她的大腿和外陰時，也是。

他只好默守現狀，按規矩來。好像只剩下做愛了。但他就那麼想做愛嗎？不是，他內心多麼痛苦啊！有許多話想說，想和她喝一杯，無所畏懼地交談，雖然她離他越來越遠了，但看樣子她也壓抑了許多痛苦，他看見就難受。但一接觸，卻發現不是預想的那樣。只有做愛暫時安全，不會引起矛盾。

他被困在床上，被命運的波浪掀到她身上，欲退無路，欲進不能，只好繼續做愛。女孩嗔叫著頭髮！是他胳膊壓住她長髮了。他心不在焉，身體像塊生鐵，麻木，沉甸甸地下墜，剩下一顆人腦袋，無望地看著這一切，卻做不到人該有的樣子。人究竟該是什麼樣子？他也捋不清。

那就做愛吧！他體力好，進入女孩時，硬生生擠出她強烈的呻吟，像是認可。她調動了他的衝動，雖是下策，但他還是動了起來。

他覺得自己像冰，怎麼動都只是越來越硬，空蕩蕩的既感覺不到色欲，也感覺不到愛情。女孩越叫越歡了，棕紅的床頭因為他動作兇猛，激烈地頂著牆。他驚訝女孩對他那麼不滿了，還能很快進入狀態，像什麼都沒發生過，像倆人依舊充滿希望。

他垂臉看著她，她陶醉地什麼都不看，像以前一樣。

欲望開始升騰，裡頭仍有很多柔情，他像個受傷的頭狼，默默無言，雖然迅猛，但時日無多，雖然在自己的領地上還能貪歡，但就要失勢了。

他暢快地叫起來，仿佛唱著挽歌。身下的女人像新生的嬰兒，看起來嬌脆，卻前途宏遠，無法遏制會往前生長。他只能眼看著這些發生，或者不看。

但她目前還在他身下，由他調度，他還能滿足她。他一使勁她就戰慄地抓緊他，巨浪中他仍是唯一的纜索，洪水中他仍是唯一的大樹，她仍依賴他，聽從他。

他熱血洶湧著像眼淚，想在此刻傾瀉全部，但也想再忍忍，多做一會兒她的依靠，然而一想起她是怎麼對他的，而且一切將成泡影，他就懷恨在心，不想再為她保留任何了。

他吶喊著像要衝出屋子，沖向群山，沖向江水，很久還在往上擠她、翹她，不肯放鬆地往上沖。

她推開了他。

他脖子酸痛，一摸，是傷口破了。她也看到了，想說什麼卻沒說，光著身子去了廁所。水龍頭嘩嘩打開，出來連頭也洗了，把旅館吹風機插在對面牆上，呼呼地吹頭髮。

他雞巴軟軟地歪在一旁，靜靜對著她，想問你真和別人好了？卻懶得問了。經歷了這些，好容易能靜定地躺會兒，像不停顛簸的人，就算接下來還有的是兇險，至少這會兒是安全的。他拿起空調遙控，調到三十度。風力強勁，從腳尖到胸口，一股熱氣卷起來，真舒服。

思維復蘇，又開始不安生了，他終於問，那男的是誰？你真地要跟他？她關掉吹風機說，逗你呢，跟他了還能來見你？乳頭像兩個腫脹的魚眼，在尋思主人的話，很快被內衣罩住了。

他問幹嘛開這種玩笑？她瞪著眼說，我願意，你管得著嗎？那人只是朋友，不過仗義得很，Iphone手機借我玩了好幾天。

張揚感到她說的一切，都在為某個東西找藉口，那東西躲在一團陰雲背後，不肯出來。她說，人家還說把Iphone送我呢！我沒要，但做朋友的都能這樣，再看看你，你給過我什麼！

張揚想仰頭大笑，事實沒有，何況脖子有傷不好仰。他全身緊張，瘋了一樣神采奕奕地說，不錯！咱從沒溝通過這些，怪我！

女孩說還用溝通，男人最基本的素質是能養活女人，可你卻沒這意識，別看楊渡小，我朋友做微商每月賺一萬多，他只聯繫上下家，客戶打錢，他打到廠家讓發貨，賺取差價，發展了四五十個代理，一天少說十幾單，只一部手機就足夠了，只是要有這種意識，你不賺錢，誰願嫁你喝西北風？

張揚無言以對，但聽到她說嫁你，心中一跳，閃過一些茫然。很快抖擻了精神說，可以，我明天也找份工作，賺錢養你。

女孩說鬼信，張揚輕聲說，我是真地想留住你。女孩格外瞥了他兩眼，張揚卻像忽而想起什麼，說，不早了，你回寢室吧，不是說沒法在外過夜嗎？我送你。

女孩卻望望窗外，說不想回去了。

張揚往她身邊挪，捧起她的臉說，回吧，不礙事的，咱細水長流。

女孩抬頭，目光正對著他的脖子，手指輕點一下他的傷痕，疼不？

他心頭一震，說不疼了。掏出掛墜說，這是你給我買的，這幾天脖子受傷才沒戴。

她卻又煩躁了，嚷嚷著說收起來罷，反正我管不住你的。他懇切地說，我想再試試，給我個機會。他抱住她親，她把舌頭抽出來說夠了，拎著包去了廁所，對鏡子掏出眉筆唇膏，出來又是全新的豔麗。二人溜達到楊渡中學，女孩轉眼飄進了夜色裡。

3

張揚像卸掉了包袱，渾身輕鬆。回到旅館，爬著漆黑的樓梯，卻又開始難過起來。打開門，脆生生一串笑，萬香正捂著嘴在門裡笑。

張揚說，你去哪了？萬香說，我以為你只要女朋友，早忘記我了呢！她耳朵兩側發縷兒顫巍巍地撫著臉。張揚說，我咋會忘了你？一下臺不見你，我急得不行，以為你讓人抓走或者又去打架了，或跑丟了，我急著往外沖，還和保安打了一場，你到底去哪了？

萬香紅著臉說，揚哥，你還在乎我這個朋友，這就足夠了。她換上了拖鞋。張揚蹊蹺地問，你怎麼進來的？我記得老闆沒給你鑰匙呀！

萬香脫下羽絨服，露出深紫色毛衣，萬香身體結實，頎長高挑，聽了張揚的話，若有所思地說，揚哥，你也有糊塗的時候，你剛才走時竟忘了鎖門。

張揚覺得不對勁，明明鎖門了啊，但他精疲力竭，也不想問那麼多了，走到床邊脫去外衣，往椅子上一扔，倒頭便躺下。

萬香卻忙開了。收拾屋子，洗漱，從廁所拿出一支唇膏問，女朋友丟的？不給她送去嗎？她怎麼走了呢？難道你不希望我流落街頭，才讓她回去了？我不相信你會這麼好。

張揚在被子底下說，不信拉倒。萬香說，難道是真的？過會兒又問，屋裡這麼大做愛的味道，我鼻子不靈的都聞得出來，你們和不和諧？她有沒有不高興，或很高興？

張揚懶得回答，但眯眼一看，屋子更像家了，壺裡燒著開水，衣架上他的衣褲已掛好，襪子也洗了。萬香走到張揚的床邊，拉開窗晾襪子，張揚睜眼看她，她忽然回頭一笑，你這傢伙，裝睡不理我呢！

冷風灌進來，把張揚涼了一下。外面漆黑，窗戶很快關上，窗簾拉好，室內暖和如初。

萬香趿著拖鞋從廁所裡出來，貼身的水泥色線褲，綳出修長的腿和圓而結實的臀，白色的吊帶背心，雪白結實的後背，寬領前聳著，胸口的輪廓像一巒健壯的山脈。

張揚有些燥動了，但那一絲的不安，很快被熟悉的氣氛沖淡。萬香背對著他卻說，揚哥，你是有嫂子的人，當心名節啊！說罷轉頭快活地擠著眼。

張揚就想起答應女朋友打工的事了。又想，不妨真去到處看看，反正闖了禍暫時回不去。

第二天一睜眼，又是嬌豔的太陽，穿透窗簾，在幽暗的床上鋪了一層淺淺的但鮮明的暖光。

萬香已經出去，張揚起床來到外面。接連兩個晴天，仿佛冬天已過。南國的春天很短，原本極冷，某天突然出了太陽，就暖和得像夏初。不過，接下來往往又恢復嚴寒，反復幾次，才迎來真正的春日，但卻是多雨潮濕的了，而不像這忽然到來的夾在冬末的晴天。

張揚站在旅館門口，透徹的空氣依舊冷颼颼的，但由於裹了奶油色的陽光，便像外焦裡嫩的蛋撻，十分可口了。吸在鼻子裡，全身都像被帶動起來，清新，讓人上癮。張揚吸了幾口，目光明亮許多。

門外一如昨日的熱鬧。張揚伸展胳膊看著遠處。綠油油的山巒，以湛藍的天空為幕，背靠小街徐徐展開，漫不經心地繞過幾道坡梁，很快降下，露出更遠處深青的崖嶺，若隱若現在綿薄的白雲之巔，像淡筆劃就，或像宮廷有意佈置的山水，小巧而隨意。

張揚在地攤上吃碗小面，漫無目的地走著。有家新疆大盤雞餐館，門面高大熱鬧，廳裡鋪著紅毯，門邊的玻璃櫃擺著涼菜，一個戴黑乎乎的白帽子穿黑乎乎的白圍裙的廚子，在繚繞的煙霧後，抖起蟒蛇般的面棍，一邊和女服務員說笑著。

女服務員見張揚走過去，忙說，才開業，統統半價喲！張揚說是來找活兒的，門牌邊不是寫著招聘洗碗工嗎，女服務員的笑收不回去，臉紮了疼似的難看。

收銀台挨著涼菜櫃，服務員說歡哥，有人找工作！一顆腦袋抬起，頭髮像秋風揉亂的黃草，穿著墨綠龍紋休閒衫，一見到張揚，若有所思地起身，像在回憶著什麼，說，你過來！

多大了，以前做什麼的？張揚說十七，以前是學生。說罷自感很悲哀，仿佛再也回不去學校了。

歡哥點點頭，仿佛印證了什麼，看著張揚的脖子說，在學校不老實，打架被開除了吧？

張揚沉默。

歡哥說，這德行在這兒可吃不開，來了就要好好做事，一小時八塊錢，中午三個下午五個小時，包中餐，晚上十點收工，拖延不算工資，聽懂了？

張揚頷首。

歡哥說，試工一次，第二次開始算錢，你做不做？張揚說做。歡哥喊，陸師傅，領人！廚房探出個腦袋，洗碗的這邊來！

張揚起身往後廚，一進門差點滑倒，牆上窗框上黑乎乎，屋子昏暗，四周有鐵櫃，污垢和窗框上一樣厚，到處是油漬，地板濕粘粘亮晶晶的，垃圾桶周圍滿是殘渣殘湯。

張揚踮腳繞過垃圾桶。陸師傅五十多歲，面頰塌陷，在水池旁洗土豆，地上一大盆土豆，還有個鋼盆，半盆黃水，許多條死鯉魚一動不動地瞪著張揚。

陸師傅說，我來教你洗碗。他從半池髒碗裡拿起一隻，用洗潔精水裡的海綿裡外轉一圈，嘩地一沖說，五秒一個，邊緣有污垢要刮，否則沖一下就行。

張揚說這能洗淨？陸師傅說，你管他淨不淨，重要的是看起來要乾淨，你看旁邊的粉店，一盆髒水整天都不換，所有髒碗扔進去一泡，拿出來一擦完事。說完按按張揚的肩膀，想把他壓低似的。

張揚洗的並不慢，但忍不住仔細沖掉洗潔精，被陸師傅訓斥了幾次。不斷有髒碗送進來，廚房悶熱腥臭，陸師傅出去了，兩個廚師劈劈啪啪地炒菜，只有張揚一個洗碗工。

下午兩點，流水一樣的碗筷才減緩到來的速度，三點鐘洗完，剛停下陸師傅就出現了，倒廚房和廁所垃圾去！

廁所茅坑邊的紅桶泡著腐竹，湯水和便池的顏色如此之像，張揚發誓再也不吃腐竹。

廚房垃圾太滿，拎不起袋子邊緣，只好抱起桶去倒，香臭酸辣味兒全在鼻子下了。回來摘掉圍裙，歡哥說，中餐吃牛肉還是羊肉面？張揚想說牛肉，但一想起廚房和廁所，忙說不吃了，站起就走。

太陽從天的另一側斜照下來，世界仍然透亮，卻少了些熱烈，多了些寧靜。

出門不遠，碰見了萬香，在路邊和人說話，竟是姚燦在學校建立的圖書館的館長李淑陽，學生們都喊她淑陽姐。她是重慶剛畢業的大學生，社會學出身，雖是女生，卻時常抽煙，且身材壯碩，沉默少言，眼神篤定，走路時架著兩臂，坐在椅子上，雙手常握拳垂於大腿，活像洪金寶。

張揚走過去問，淑陽姐，你怎麼來這兒了？李淑陽說，我來送書的。

萬香眼一亮，抓住張揚說，來得正好，一起去楊渡第二小學吧！那裡要建個圖書室，書是淑陽姐一人背來的，剛下船就被我碰見了。

腳邊滿滿一麻袋書，張揚和萬香抬著，轉幾個坡，來到了楊渡二小，一個戴眼鏡的月牙臉男的出來迎接。學校兩排平房，夾著空蕩蕩的小操場。

掀起門簾，簡陋的屋子裡，一個木桌四把椅子，桌上一隻撕好的燒雞和一瓶江小白。月牙臉問，雞都涼了，要不熱一下？他們忙說不用。月牙臉說，我一定囑咐這裡的學生，好好使用這批書。又問喝不喝酒，學生也可以喝點的吧？

張揚看著油亮的雞皮，不覺吃了許多，四點半鐘，昏昏沉沉想起還要上工，遂告辭出來。喝了不少酒，加之勞累，腦袋像個軟木塞，身子麻麻的，仿佛不是自己的了。

穿好圍裙進廚房，池裡的碗已冒尖。不停歇地忙到九點鐘，腳脖子到腰全是酸脹的，腿幾乎不能打彎了，一彎就僵直地要跪倒一般。收拾完廚房，陸師傅又叫他收拾廳裡，已經十點了，想起十點該收工，加快了速度。

陸師傅說急什麼，這能弄乾淨？張揚卻更賣力了，陸師傅哼一聲去後門抽煙了。

張揚十一點做完的，暗想，十點根本收不了工，真是越有錢越苛刻。歡哥不在，一個女的在前臺對賬。張揚說弄完了，女的說你跟陸師傅講，張揚再說，女的就像吆喝狗了似的，沒見我在忙，找陸師傅！張揚也惱了，要找你自己找！說完甩手就走了。

靜靜的，背後有一顆硬幣掉在地上。女人叫喚著，歡哥！沒人答應。直到張揚出來都沒有動靜。

4

夜，和昨晚一樣的沉靜。張揚拖著疲憊回到旅館，忽而想起今天還沒和女朋友聯繫。她也沒聯繫他。

算了，累了。就這樣吧。

一進門，萬香躺在床上，正用手機看電視劇。張揚問，什麼時候回來的？

萬香說，吃完就回來了。

張揚說，淑陽姐呢？

萬香說，回臨州了。聽說圖書館來了倆人，問了學生些問題，張璐和婉楓正在館志願服務，那倆人走後，教務主任胡守利卻來了，說圖書館的消防不合格，被縣文化部門的領導檢查，給學校惹了麻煩，趕著婉楓她們去上課，說要閉館徹查，問題解決之前不准開門。淑陽姐一接到電話就回去了。

張揚問，不合格，開館都兩年了，以前怎麼沒人說過？

萬香說，淑陽姐當時冷笑著，說他們故意的，說其它省的鄉村學校建的幾所圖書館，也紛紛被找麻煩了，有的已經關門，幾萬冊書籍本是社會捐贈的，卻強行拉進了校圖書館，然而校圖書館都是常年不開門的。淑陽說我們館恐怕也躲不過厄運。先不管這些了，你幹什麼去了？和女朋友怎麼樣？

張揚沒好氣地說，不怎麼樣。

他洗了個熱水澡，往床上一躺，胳膊腿就像撕裂了一般。窗戶劈劈啪啪的像有人在敲，張揚起身開窗，水濺了他一身。下雨了。他忙又關窗躺下。

萬香說，我能關燈嗎？

張揚說，關吧。

萬香仍穿昨天的白背心，下身粉紅內褲，繃著屁股和大腿，白而健壯。張揚剛一看見，燈就啪地關了。

黑了。手機亮處，對面被子窸窣著，說，不知怎的，我一點都不怕你，像有那麼一點默契似的。

萬香手機裡的古裝劇對白沒聲音了，張揚見萬香插上了耳機。不一會兒，手機亮光也消失了。萬香問，你愛她嗎？

張揚問，愛誰？

萬香說，當然是你女朋友了。

張揚聽萬香的聲音，悠然悅耳，和平時大大咧咧的腔調，完全不是一個調門，仿佛枕畔低語。誰說不是枕畔低語？雖是另一張床，和另一個枕。

見張揚無言，萬香又問，這麼說吧，單單作為人，她是否你所中意的那路人？你懂我說的「中意」的意思。

張揚說，似乎不是。

萬香說，說說看，怎麼個不是。

張揚說，她任性，不考慮我的感受。

萬香說，你何時考慮過她的感受？就我瞭解，只是她說分手你努力挽留而已，你何嘗站在她的立場，瞭解她為什麼要分手？你只是想搞定她，你恨自己連女朋友都搞不定，對不對？

張揚有些吃驚，說，她唯利是圖。不，好像也不全如此。她不想和我一起，我覺得有膩煩了的原因。感情需要維持，但天長日久，哪有那麼多甜言蜜語？我不善於說那些，而機械老套的問候，她又覺得無趣，慢慢地就不喜歡我了。我只是覺得白費功夫，一場空罷了！

萬香說，也就是說，都不是出於愛。這樣說或許太殘酷了。不過，我覺得，你即便再衝昏頭腦，也能看清你們的狀況的。戀愛總有冰火兩重性，人即便熱得似火，也是清醒的。只是，冰和火同時停留在一個腦袋裡，結果雖能冷靜地看到真相，卻無法控制火的部分繼續燃燒。兩下毫不相干。一方要把燈油燒盡，另一方卻越發清醒地看出這樣做的愚蠢，以及白忙一場的現實。但哪一邊也控制不了另一邊，於是，人就被冰和火向相反的方向撕裂，一個腦袋和一顆心，也就痛苦不堪了。扯遠了，我想說的是，你的痛苦，並非因為你愛她，當然這痛苦和戀愛有關，但並不是因為愛，而是你來楊渡前說的，佔有欲的痛苦，白付心血的不甘，是不是？

張揚心裡一陣緊張。他突然說，即便前天我還背叛她，和一個妓女幹過的，但這絲毫沒妨礙我對她焦渴的念想，我捨不得她，是的，我糊糊塗塗認識了她，把她哄上床，成了我女朋友，但自打跟她相好，我心裡就只有她的。

萬香說，我理解。是否愛一人，愛到多深，有時很難說清，但當事人又有最深切的體會，這種痛苦外人難以幫忙，揚哥，我同情你！但我也說說我的想法。我想，身體會變老甚至消逝的，而說到愛，那應該只與靈魂有關，發軔點可能是肉體，或肉體會添油加醋，但是，人只能因為靈魂而愛，只能愛那另一顆靈魂。肉體會漸漸習慣，失去新鮮，那時二人是否出問題，是否有一方就要離開，或兩人都不想再繼續了，則是檢驗是否為真愛的標準。實情或許更複雜，有時我們覺得兩人欺騙了一輩子，當事人卻覺得很幸福，無可指摘嘛，人家願意！但如果連當事人也覺得不幸，那就要好好審視審視了。我雖耍過朋友，但從來不認為與愛有關，說的不好聽點，那是純粹的肉體，是貪歡，是無奈，跟人是單性有關，既是單性的，自然會被異性吸引。而現在的我看得很開，那根本不是愛，或者，我想起你說的新式男女朋友，這兩天我在想，我耍過的朋友有些仿佛你所說的新式男女朋友，但現在我又覺得並不是了，相似的只有一點，即沒有束縛，但根本的區別則是沒有愛，再怎麼新式的都必須有愛，真正的心靈之愛。我為什麼不找？因為我知道我以前沒愛上誰，是的，是以前。先別跑題。

5

萬香繼續說，肉體的繾綣，讓人憐惜、依賴，因此會上癮，而且是專一的上癮。有多少人把這當成了愛情？但當歡愉和衝動消去，露出赤裸裸的內心時，還剩下什麼？遇見真愛的人，自然會有性的渴望，真愛的怎能沒有性呢？好的心靈之愛，所包含的肉體之愛的深廣，是十分巨大、震懾人心的。單純的肉體之歡，卻會隨肉體的衰退而消亡，或肉體還沒有衰退就膩煩了。肉體難以停下它尋覓的腳步，精力旺盛者尤其如此，但至少不要以為那是愛吧！說來可恥，不騙你揚哥，我曾以為享受一下也無妨的，當然還有別的原因，恕我此刻不能全部告訴你，然而，單純的肉體享受，就算是十分勇敢睿智，不讓它涉及到愛，也是令人痛苦的，特別我還是個女生。但就算是耍朋友，我至少也盡到了誠實的責任，沒讓人誤以為是愛。我這樣說並沒有自我開脫的意思，因為歸根結底有愛的結合才是幸福的。揚哥，你好好想想，你對她有多少心靈之愛？如果不讓你和她搞，只是和她在一起，你還會感到內心的富足嗎？

張揚在漆黑的屋子裡，依然能看到萬香的眸子在一閃一閃的。

張揚說，我想不會。雖然我不完全認同你，或說我還從沒有想過這些，但你的話讓我震驚，甚至是恐懼，因為會加速我和她的完蛋。雖然完蛋是我冰的部分想要的，但你剛才也說了，我還有火的部分。你說的對，我雖然震驚，但好像不那麼激動了。而是沉了下來，空空的，仿佛做了個疲倦的長夢，突然醒了似的。

張揚停住，仿佛在努力看著自己的內心。是該結束了，該有新的開始了。

他仿佛跳脫了枷鎖，不再是一匹悽愴的老狼。他感到些許振奮，但靜靜的，深在內部。復蘇的自由感。

他說，謝謝你，我好像明白了！

萬香說，那就好，再繼續說這新式男女朋友。我想應該這樣說，從來都是，也必須是新式的男女朋友，否則都是畸形關係。新式的就沒有嫉妒和佔有欲嗎？不是的，我們是人，都有缺陷，都會嫉妒。但至少，我們知道束縛不了彼此，自己有權嫉妒，對方也有權離去，共鳴恰恰基於此而產生。不美好的東西可以攤開來，不遮掩，不各懷鬼胎，最大程度地做到坦誠，這就是新式的了。那時，人也許會發現彼此都沒有那麼下作，一定要出軌尋歡，或那麼不明事理，一定要胡攪蠻纏。人類再怎麼進步，也會發現彼此都還是孩子，但作為孩子，也可以在展現幼稚的一面時，多培養一些美好，多暴露並發揚它們，如同情心，幽默感，以這些來形成共識，這就是新式的了。新式的男女朋友，不是只有愛而不去佔有，佔有，像你說的，兩情相悅，相愛至深，自有其美好和愉悅的部分。當然，佔有的另一端也涵蓋著猜忌、鉗制等等醜惡的東西。新式的關係不是拋棄佔有欲，讓人成為聖賢或者禽獸，而是讓佔有的美好部分大放光彩，醜陋的部分一冒出來，就共同努力使之弱化。揚哥，你說是不是？

萬香臉上洋溢著幸福，張揚看不清，但能感覺到。這些話從萬香這個熟悉的朋友嘴裡說出來，挺陌生的。看來得重新認識她了。

他說，了不起，沒想到你還像個哲學家的。

萬香說，咱倆一直以來，生活經歷雖然不同，但都不上不下的，我為了自己的經歷，絕望至極，一直沒和你提起過，我曾以為自己會一直處在暗夜裡，無法走出來，滿心天要亮了，飽含力量地等待並承受著，卻永遠亮不了了一般，既成不了魔鬼，也成不了聖徒，也做不了普通人，就那麼半死不活地吊著。話又說回來，目前多少年輕人都在忍受著同樣的境遇，我不該抱怨的！但現在，我的天仿佛要亮了，揚哥，謝謝你讓我有機會對你說了這些話！

張揚驟然明白了。回想著往日的細節，看著對面床上的萬香，心浪翻滾，一股一股的，仿佛堵了很久，終於找到了閘門，要全部傾瀉一般。他喘著粗氣說，你——

萬香低聲說，揚哥，就在這時，我想你終於知道了！

張揚坐在黑暗裡，直勾勾地看著萬香，接踵而至的衝擊，幾乎把他擊昏了。萬香竟也坐了起來。漆黑的空氣裡，萬香胸口起伏，二人隔了約兩米，張揚能聽見萬香的呼吸聲。兩個身子，不自覺地往一起靠。

但張揚突然慚愧地停住了。萬香是他的好朋友，一直都是。他想起萬香剛才的話，就在二人快要吸上時，他說，對不起，怪我遲鈍，我要停一停，想一想的，我們先睡覺好嗎？你懂我的意思嗎？

萬香一拍手說，當然懂了，這種共鳴真好！不過，你還沒說今天去哪了？

張揚說，去餐館刷了一天盤子，一分錢沒拿到就開除了，不是被開除，是把他們開除了。他們明知道活多，十點幹不完，工錢卻只給到十點，為了幾塊錢耍這樣的心眼。

萬香說，怪不得你身上油煙味這麼大，下午喝了那麼多酒，這會兒又這麼累。沒事，幹活是美德，全身而退則是明智，八成被女朋友，不，前女友，攛掇的吧！好在你不是驢馬，有自己的性情。你真的和她分手了嗎？

張揚說，嗯。

萬香說，睡吧！我還從沒有和一個男孩以這種方式睡過一間屋的。在你面前，我感到自由、安然，真好！

萬香蜷著身子閉上眼，貓一樣乖了。淅淅瀝瀝的雨聲，越來越大，節奏單一、和諧。空調呼呼響著，不斷輸送熱氣。不知何時，二人沒了言語。

突然，爆炸似的響聲，打雷一般把張揚驚醒了。果然是雷，同時有尖脆的呼喊聲，張揚趕緊喊著，萬香！

萬香說，揚哥，我聽到雷聲就害怕的，希望沒嚇到你！

張揚說，你這麼勇敢還怕雷？

萬香說，那是小時候的事了。我爸媽離婚早，我做生意的親爸很少來看我們，但他畢竟愛著我，每次他回來，那內疚和自責的眼神都讓我難受，他本來很英俊，但一來見我，他那張臉就像老了十幾歲。對媽媽他倒夠心狠的。我有過一個後爸，但我不想提起他。

萬香突然氣吁吁的，過了很久才說，揚哥，你在聽嗎？

張揚低聲說，在的。

萬香說，現在媽媽又是一個人了。我小的時候，大概五歲，爸爸媽媽還在一起，他們出去打工，把我一個人扔在了老家，和爺爺住。爺爺早已去世，但那時身體還結實，他閒不住，一有錢了就和村裡人賭，輸的精光了，就借錢買酒，醉了就睡在別人家，幾乎忘了家裡還有個我。他每次出門都把我鎖在家裡，家裡有個小院，廚房是院子一角支起的棚，下面是爐子，我常被爺爺要求煮飯。那年夏天下著大雨，村子停電，屋裡好黑，我被鎖在家裡好怕，我到處翻，終於在抽屜裡找到一支蠟燭，用火柴點著，還讓蠟油燒了手，那滴在手上的驚人的痛感，現在想起來仍是觸目驚心。天上不停地打雷，一個接一個，我嚇得不敢在屋裡，穿著小褲衩坐在屋門口椅子上，看著蒼黃的天，任雨水澆著頭，哭著，又不敢大聲哭，怕雷聽到會打下來，我反復地喊，爸爸媽媽，爸爸媽媽，你們快回來呀！後來我撐不住了，困了，雨還是不停。最後，回來的是爺爺，發現我靠在椅背上，咧著哭完的嘴睡著了，滿身濕透。

萬香說著，抽泣起來。

張揚不知道該怎麼辦了，坐起來望著她。

萬香繼續說，這就是為什麼我到現在都還怕雷。

張揚起身坐到她的床邊，隔著被子，輕拍著她的肩膀。萬香帶著哭腔笑了，揚哥，真丟人，你該笑話我了！

張揚說，怎麼會，我是擔心你。

萬香問，真的？

張揚說，真的。他心裡軟綿綿的，手摸索著，找到了萬香的眼睛，粗笨地往下探著，探到濕漉漉的一條線，從她左眼內側到鼻子再到右眼，摩挲著給她擦乾眼淚。

萬香從被子裡伸出手，把張揚的手握住。萬香的手掌暖暖的，很厚大。

她翹起臉，把張揚的手放在自己臉下，說，這樣呆著行嗎？這樣我就不怕了。

張揚說，你喜歡怎樣，都行的。

萬香說，你沒穿秋褲，冷不冷？

張揚看自己，黑色的內褲漲得老高，那根棍子像手臂一樣硬了。他說，不冷，開著空調呢，別擔心，不過，真不好意思。

萬香明白，她只是把臉移移，將張揚的手掌更實在地壓在臉下，說，這些都沒關係的。不知過去多久，萬香說，揚哥，我知道你懵了，還沒有做好準備。我不強迫你，況且不該那樣，我想說的是，你能做到僅鑽進來抱著我，而不做別的嗎？

張揚說，我想能吧，或者，不能。他窘迫而激動。

萬香說，瞧你說話，顛三倒四的！她彷彿沉浸在遐想中，過一會兒又問，揚哥，怎麼不說話了？

張揚說，不知道說什麼。

萬香說，那就說說小時候吧！

張揚說，我的小時候沒有什麼值得一提的。他突然變得笨嘴拙舌，彷彿每一個字都十分重要。我生長在軍區大院，重慶的部隊就駐紮在重慶和臨州之間。從小在大院裡跟小孩踢足球，見部隊的叔叔跑步操練，也跟著練，身體倒好，就是學習不好，爸爸很不滿意。我在部隊家屬院的小學初中上的學，中考成績差，爸爸本來可以托關係讓我進臨州一中，或去重慶上學的，但我脾氣倔，父子不和，媽媽在中間調和不成，索性就上了三中，他也索性不再管了。爸爸是個循規蹈矩的人，部隊裡很多故事，關係複雜，他卻總是恪守職責，從不逾矩。可去年他從少將降到了上校，開個會回來就降了，他心情不好，把自己關在房間裡，什麼事都不跟我們商量，我在家裡感到一種森嚴的規矩，一種刻板。我沒錢時能向他們要，母親也是部隊從業人員，但我不想驚動他們。我的生活一直都那麼呆板、貧乏。

萬香說，一點也不貧乏，很有男子氣的。我們差別這麼大，你會嫌棄我嗎？

張揚說，怎麼會。

萬香說，那就好。又聽了會兒雨聲，嘩嘩剝剝的，忽而急促，忽而徐緩，像一種他們所不懂的旋律，神秘、深遠，令人沉醉。

萬香拉開被子，露出雪白的胸脯，揚哥，你進來吧！

被子裡的暖香籠住了張揚。他小心地把自己蓋在了她身上，又讓她把被子蓋在了他身上。一聲炸雷，是在為他們慶祝嗎？迎出新的開始嗎？興奮或恐懼嗎？萬香已不再恐懼了，被子裡顫動的，是兩個等待已久的身子，和兩顆恨不得合成一顆的心。

張揚噙著萬香的眼睛，直到把她剛才的淚水換成他濕漉漉的口水，再去噙她那滾燙的雙唇和舌頭，萬香輕輕喘息著，撫摸他的頭髮和身體。

他們坐起來。黑暗中，萬香騎著張揚，任他揉著自己雙乳，她捧住他的臉，把舌頭探進他的嘴裡。她臉上掛著笑，張揚在暗夜中看到她笑靨裡深深的滿足，他感到了永恆，仿佛全世界所有描繪女人微笑的畫作，都比不上萬香此刻的笑容美麗。

他們輕柔、急促，熱烈而又生怕傷到對方，像窗外既淩厲又纏綿的雨。終於，他們得到了對方的鼓舞，沸騰地鏖戰起來。雷聲接連響起，伴著他們的呼喊聲，他們變換著姿勢，說出許多話來，在天地間，像兩頭酣戰的獵豹，要拼個你死我活，使勁地吻，極力地叫，用嘴，用手，用下體，用全身，用全部的靈魂投入這戰鬥，表情忽而猙獰，忽而快活，忽而又深情對視，在幸福的巔峰一刻都不想停，恨不得一氣呵成，捽死在愛河中。

平息了。

他抱著她，她把暖暖的身子，踏實地枕著他。他們感到了前所未有的希望。

突然，張揚看到萬香的臉變得跟平時不一樣了，他呀地一聲大叫。萬香忙用手遮擋。

張揚掰開萬香的手，見她臉皮虛浮，鼻子歪著，眼睛竟變成了白色的肉，旁邊竟還有個窟窿！

張揚大驚失色，但萬香再一遮蓋，片刻間卻又變正常了。一切都像在做夢。

張揚嚇得想要跳下床。

萬香卻拉住他，說出一段往事，揭開了一個大秘密。

這次，他們聊到了淩晨，談妥了許多大事。熹微的晨光照上窗框，透過窗簾投在牆角裡，小屋溫暖而微明。他們深吻了一會兒才起床。

第三章

1

那日姚燦鐘亞雯回去後，兩個班的學生爭著要喜糖，他倆躲避不及。姚燦硬學著九班老楊，板著臉罵了鄭強半小時，學得不倫不類，自己也彆扭。

第二天課間操查出勤時，查出了張揚萬香的失蹤，姚燦和老楊擔上了重大責任，學校催促姚燦和老楊找人，每天彙報，老楊暗恨攤上姚燦別想不倒楣，而姚燦卻只擔心張揚和萬香的安全。

鐘亞雯跟著著急，加上每天從早忙到晚，每週只休半天，每個月一次月考，考前動員，考後排名，成績不好要被領導數落被同事看不起，身體就又不適起來，常頭暈無力，中午剛歇會兒，家長或同事就來電話，某個學生違紀了，某個學生不見了，某人談戀愛了等等，不勝疲倦。

開會年級長批評鐘亞雯晚自習缺崗，胡守利說要向年級長學習，她前年懷孕仍然堅持工作，直到孩子流產都始終沒缺崗，這才是教師模範，年級長聽罷一副壯烈殉國的表情。會後姚燦帶鐘亞雯去醫院檢查，檢查結果沒告訴任何人，姚燦卻突然消沉，像變了個人似的。

李淑陽回到臨州，和姚燦等本地理事商議出資，在圖書館安了滅火器，找胡守利說問題解決了，胡守利卻說要跟校長彙報，先等著。等呀等沒動靜，找黃校長找不到人，到三月下旬，圖書館一直關門。淑陽聯繫組織總部的負責人阿輝，專門來臨州談判，三月末才終於開館。

眾學生不知道這些，他們只對鐘亞雯和姚燦的豔事感興趣，聯想到上次鐘亞雯暈倒，都謠傳姚燦神猛，亞雯姐那晚恐怕幹得腿都站不直了。但他們忽略了時間差，王婉楓張璐等便逢人就解釋，兩個老師在一起那也是亞雯姐暈倒後的事。說「如果」是因為沒人見到姚燦和鐘亞雯親熱過，他倆像毫無瓜葛，讓學生費解。

叫嚣了數日，喜糖不見給，就有人說，某天在辦公室可逮著姚燦鐘亞雯獨處了，可姚燦卻在那裡唾沫橫飛地談教育呢。

說話的是九班孫睿。他說那天去交作業時，姚燦正站在鐘亞雯旁邊起勁地說，前兩天跟朋友聊天時談到過，目下中國教育問題重重，個體教師身份卑微，能做的事仿佛只有執行校長和主任的命令，去管理學生。說到管理，我對朋友說教育行政化並非弊端的根本，哪個國家沒有教育部門？哪能無管理呢？也有說應該取消考試的，但那怎麼可能？有選拔人才必然就有考核，只是這考核形式可以更加人性化，而不只是試卷考核。但考核形式的多樣化，在中國又會牽扯出老一套的腐敗問題，因為判分標準變得靈活了。同時，最好允許學生直接申請大學，大學根據學生的成績、履歷和作品決定是否錄取，而不像在目前的中國，學生仍要走教育局的集成束，填報志願並服從分配。另外，簡單的文理分科也不合理，應該廣泛採取學分制，多一些選修科目。我發現落後的做法是配套的，改一個其它的都得改，而這些都不是我們作為教師所能決定的。但我們就什麼事都做不了了嗎？不是，我們能做的有這些，首先，是告訴學生他們不知道的東西，讓他們開眼看世界，他們看到了自然會思考。要鼓勵思考並尋求證據，用開放的心態看待資訊。人文社會範疇的事，評價標準常和觀點持有者的傾向有關，我們希望孩子以人道主義為傾向，當然，人道主義加上精緻的人文主義就更好了，不過至少要以人道主義為堅實的基礎。這些都在我們的教育中遠未涉及，思考世界的方法和習慣也沒涉及。學習是什麼？是用書本知識洞悉生活、思索出路，書本知識是人類對現實觀察與思索的總匯，但目前的學習卻有意把書本和世界割裂開來，真不可取。以上都是我們作為教師能做到的，關起教室的門，一室之內，可以不太受校方的干預。

鐘亞雯在作業本上機械地打勾打叉，說，你太低估學生了，會有人向領導告發你。姚燦說不至於罷，一回頭卻發現，胡守利進了辦公室。

胡守利背著手，吊起一臉的黑肉說，姚老師，你們班這次月考全年級倒數第一。他咬著倒數第一幾個字，像恨不得咬碎，陰著臉出去了。

孫睿把作業交給鐘亞雯，同情地看姚燦一眼，走了。接下的事他不知道，不能轉述。這些和姚燦與鐘亞雯的豔事無關，無法滿足學生的胃口，眾人無聊散去，很快沒人再提。

又冷了些時日。淫雨霏霏，沒日沒夜地下，溫度卻開始轉暖了。天上不知浸了多少水，仿佛永遠也擠不完。雨腳綿密，打在身上，細小無感覺，但走一會兒身上就濕濕的。雨偶而停住，露出蒼白的天，向上看不出深淺，仿佛天混沌地從頭頂就開始了，不知哪裡才是盡頭。

空氣越發清澈，黃桷與杜英卻開始落葉，滿地蠟黃如北國的秋色。嚴寒總算一去不返了，身體減少許多冰冷在摧殘，精神卻益發細膩起來，仿佛空中遍佈的，盡是憂傷煩悶的分子。

在這樣的天地間，四月初，張揚萬香突然回到了臨州，回來時據說掛著誰都琢磨不透的神色。

在這之前，公安局的人來過幾次，課間操在操場上轉悠過，小猴子張璐他們都很緊張，但公安局的人走後卻沒有動靜。

任芳的乾爹不知從哪弄到了張璐qq號，不停地給她發資訊，說自己富有但還沒找到真愛，把對女人的讚美都給了張璐，並大談自由精神，人生而自由，張璐也是，可以盡情地享受男女之歡，和他在一起能給她別人給不了的東西，不信試試，不好拉倒，如果好錯過了多可惜？且不斷地問她錢夠不夠花，不夠隨時給她打，張璐不勝其煩，卻也覺得有趣，人怎麼會無恥到這種地步？有時也胡扯幾句逗逗他，大多時候只是一笑了之。

任芳不知道這些，但經常抱怨這個乾爹越來越不會哄人了。張璐以為任芳不想和他好了，就給她看了那些資訊，說，他哪裡是不會哄人，你看這都是什麼鬼東西。

任芳起初鎮定，說，隨他的便，但很快臉色就變得十分奇怪，而且持續地走神。

接著幾天，任芳在電話裡罵這乾爹，罵得極其難聽，且不斷地跟室友說自己不在乎他，只是為他的錢，但又像是跟他沒斷，還反而更密切了。曾田幾次聽見任芳在廁所裡給他打電話，雖咬牙切齒的，卻成晌不掛，唯獨對張璐沒好臉色，一見到她目光就變成一堵牆，又冷又厚。

張揚和萬香回來是週一上午。學校正在組織新一輪的值周，每週一個班輪流停課，打掃全校衛生。工作由後勤部周老師負責，據說他以前也任過課，後因說話不慎被降級，還寫過保證書，那是一九八九年下半年的事了，從那以後他只負責值周工作，全校老師都看不起他。

這周輪到了高二九班。

張揚回來時，周老師正在咿咿呀呀談勞動的意義。門推開了，一個小夥子神清氣爽地掃視眾人，並朝周老師頷首。有人叫好，卻有意走了腔板，叫完腦袋埋在了桌子底下，周老師分不出誰叫的，因為許多腦袋都在桌子底下玩手機。

周老師說這小夥是誰？有人喊是揚哥！又有一聲乾裂的笑，仍不知是誰的，是青春期男生特有的公鴨嗓，尾音被另一人接上了，一個在東一個在西，引眾人一片浪笑。

周老師總算囉嗦完了。解散後，張揚到二班視窗，在上生物課，小猴子的座位卻空著。孫睿拿抹布路過，張揚問猴子呢？孫睿說，早上還在寢室的呀。

張揚回到寢室，小猴子躺在床上，眼眶深陷，黑小的臉更顯黑瘦了，對張揚說，昨天的經歷真像夢，我在山上遇見的真是你和香姐嗎？

張揚點頭。

小猴子說，能告訴我怎麼回事嗎？張揚說，別急，你先休息。小猴子轉身朝裡躺著了。但他很快又爬起來，穿衣服下床，張揚還沒說什麼，已經跑了出去。

張揚從視窗看，小猴子在操場化作越來越小的黑點，幾乎融進春色裡，卻被另一個黑點攔住了，似在爭執，張揚也忙跑出去。

2

張揚不在時，小猴子又找過那妓女。

張揚剛走的幾天，小猴子情緒低落。嫖妓的第二天進到教室裡，一見到同學們，他那眼神就彷彿自己已經完蛋了似的。接著一會兒好像神往，一會兒又像懊悔，有一次上課竟絮叨著，這算什麼，算什麼呀！連說了好幾遍，全班哄笑，他卻像剛睡醒似的茫然。

他的話變少了，眼睛常直勾勾的，內心像在急劇地翻騰，又像在追思。他開始攢錢，早晚各吃一個饅頭，中午吃最便宜的菜，一周以後，手裡有了一百五十塊錢，趁某天晚上溜出去，又跑進巷子裡。

店裡有倆他沒見過的女人，一個很胖，大耳根粗脖梗，像知道不會有人看上她，冷漠而高傲，另一個是縮小版的前者。

那天的倆人不見了，而她還在，背對著他坐在沙發扶手上，抽煙玩手機。

老鴇也在。老鴇彷彿不認識他了，說，看呀，都是好妹子！他心想好什麼好，瞅這胖的。他走到沙發邊上拍了她一下，嗨！

她漠然地看著他，掐滅了煙。

老鴇催促道，曉玲，陪客！

小猴子有些失落，我來過的，你們忘了？

老鴇笑著說，咋會忘呢，她也說，忘了誰也忘不了你呀。她穿粉色短袖，像個學生，高跟鞋鑲著玻璃顆粒，閃閃的像鑽石。

他們到了裡面，他說，你真的記得我？

她說，當然了，你和那男孩一起來的嘛！

他高興地說，我就知道你記得的，你是哪裡人？

她說烏楊。

他說以前做什麼？

她說，賣小孩衣服。

他說怎麼不賣了？

她搖搖頭，不掙錢，孩子念書要錢。

他驚訝了，孩子？你結婚了？

她說早就結了，孩子都上小學了。

他轉不過彎來，想問結婚了為什麼還做這個，卻問不出口，末了只說，你的孩子一定跟你一樣漂亮。她歪著臉擠出個笑來，就是好難管的，不聽話。

他問你老公呢？

她說跑了。
他又一驚，跑了？跑哪了？
她說我怎麼知道，欠人錢就跑了，我得幫他還，還得養娃。她眯眼抬起頭，認真地看了他一眼。
他說還有這樣的人？幹嘛幫他，叫他自己還嘛！
她冷笑著說，我怎麼會願意幫他，是人家找到家裡了。
他問誰？
她說還有誰，放高利貸的唄！
他心一緊，哦！
他問，你娃男孩還是女孩？
她說男孩。他說真好，改天見見這個弟弟，說著就笑了，像是開心又不像是。她的話在他眼前組不成完整的畫面，但他的注意力全在她身上，感覺她在受苦，而且是不少苦。
他問，孩子在哪？
她說，在老家跟著爺爺奶奶，我說咱開始做吧！她的普通話蹩腳，表情卻頗認真，他覺得她傻傻的，傻得可愛，某種沉重的真實壓迫著他。
這次他學會從上面操她了，他有生以來第一次威風凜凜地抖起小屁股，抖出一腰的汗，邊抖邊說，不知怎的，我很想你，我還從沒有這樣過，一想起來就感到神奇。我比上次厲害些沒有？

別看我個子矮小，卻很厲害的，你可以抱住我嗎？

女子繞過兩臂抱住了他。

小猴子激動地說，我不只是圖自己快活，也想讓你快活的，單方面的自我滿足沒什麼意思，我希望你能感覺到我在乎你，我全力插你時，正因為插的是你，而不是別人或別的什麼東西，才這麼猛的。別人不管多漂亮我都不要，而說到別的東西，是因為我們這群可憐蟲常用襪子在寢室手淫，都是揚哥教的壞招兒。還有用本子的，夾住雞巴射完，本子就報廢了。你如果不感到刺激，可以不叫的，我會更賣力，直到你快活的。你叫的那麼狠，是真的快活嗎？

小猴子英姿煥發，心卻很柔和，摟著她肘子貼著她臉，喘著說出這許多話，彷彿不說就沒機會說了。

女人也抓緊他說，是的別停！

她的臉剛開始往一側躲，隨著小猴子不斷傾訴，漸漸不躲了，但眼神像空洞的黑夜。

小猴子邊動邊看著她，想吻她的唇，前幾天他真去獻血了，結果正常，沒傳染病，還曾暗自慶倖過，但現在卻像忘記了，或豁出去了。

她突然扭纏得厲害，彷彿他的某個動作打開了她更深的內部，她貼住他，和他耳鬢廝磨，從她激動的吟嗚裡，他聽出真實的興奮，她身體的反應，和他持久的動作，這些都令他回味和自豪。

他說，剛才你拚命迎上來，是高潮了嗎？女人的高潮我不懂的。

她鼻子微皺著，像菜場上老太太被陽光曬著臉，說，是。
他聽罷也像沐浴著陽光了。她一天不知做多少次，能讓她有感覺，不容易呀。想到她一天接好多客，他還來不及難受，因為此刻的新鮮感把什麼都蓋住了。
我是真正的男人了。他想起學校的人，覺得全都不如他，也看不起那些女生了，因為她們還瞧不起他，以為他矮小無能呢！她們不知道他的本事，也沒有機會知道了，因為他全給了她。
你叫什麼？作為朋友——我是真心把你當朋友的——希望你告訴我。
她說，孟曉玲。
他說，沒騙我？
她說，騙你做啥，給，看！她打開手機qq給他看備註。
他把她加為了好友，說，我叫邵思宇，他們都叫我小猴子。

3

小猴子真像有了女朋友，有事沒事就發消息問候孟曉玲。她有些不樂意了，笑話，你怎麼會想我，你能找我，就能去找別人。
他說沒找也不會去找，真的。她說不信，你們男的說話都不算數，他說怎樣你才信？
他覺得不該去那種地方，有了污點，但不去那裡，又怎麼會認識她？

她說你給我三百塊錢我就信。他一聽愣了，到處翻，哪有三百塊錢？他說，我今天開始攢錢。她說我逗你呢！然後就不說了。

沒過幾天他又想見她，但不想去妓院了，她是人，不是逼，他要以人的面貌見她，而不只是去搞她，甚至不搞都行。

喊她出來吃飯？試試。發消息約她，她竟同意了。

綿綿春雨暫停了。一個空氣新鮮的下午，雖沒太陽，天空仿佛抖掉了大部分水氣，變得不那麼陰沉了，他們約好五點鐘在濱江路與小街的岔口見面。

第二節下課，小猴子裝腔作勢地找姚燦請病假。姚燦不想批准，但看他一臉的可憐樣兒，眉眼都耷拉到下巴了，就批准了。他沒錢，上次找她之後他處處節儉，僅攢了一百塊，不敢打車，坐公車慢吞吞到達了地點。

人流洶湧，小猴子一眼認出孟曉玲，騎著輛大電動車，身子小巧，像騎著一匹高頭大馬，旁邊一人，是張揚上次找過的那黑髮女，也騎一輛。

小猴子興沖沖地招手。黑髮說前面有個火鍋店，小猴子就坐上了孟曉玲的電動車。能把孟曉玲喊到人的世界裡交往，了不起的成就。

第一次在透亮的世界裡看她倆，都不漂亮，以前是妓院暗紅的光線的原因。倆人面黃肌瘦的，表情呆滯，臉上還都有雀斑。雀斑和眼神在寬敞的火鍋店沒處安放，窘迫又倔強。小猴子很難為情，仿佛他的錯，跟孟曉玲說話時不敢看她，像怕她也意識到。

她倆坐在他對面，像在火車站候車室裡，或低頭，或瞭望遠處，兩人都心事重重，表情古怪，似乎在掩藏著什麼。

小猴子拿來功能表，專點量大而便宜的，暗自計算著，點到一百塊錢就停下，桌上已有了肉菜和酒，他趁著去廁所結了賬，回來搬個椅子坐在孟曉玲身邊。

孟曉玲默默地吃，神色僵硬。

小猴子說你不開心？

她說哪能開心。她嘴角有嘲諷。

他問為什麼？

她說討債的又來了，每個月要還一萬多的。

他霎時情緒低落。這麼多，你夠不夠？

她說，夠不夠都要還的，不夠只會越欠越多。

他心頭堵得慌，想衝動地說我幫你，但看看自己的德行，說不出口。

她說，我老公借了人家十多萬，盤了個店，去年興做甩貨，但他進貨太多，時間沒卡准，全虧了，按現在的速度，我大概年底還完。

小猴子說，你怎麼不跑？

黑髮女突然插嘴道，還跑呢，他們天天來，縣城到處是他們的人，沒跑到車站就得給抓回來了。

小猴子問，是獨耳老三他們？

孟曉玲說，不是，是另一些人。

小猴子問，哪些？

孟曉玲說，你別管了，你幫不上忙的，好好念你的書。

越這樣小猴子越心堵，孟曉玲的臉色倔強像個孩子，他見到了，心口像被擰了一下，那疼瞬間擴散。他默默喝完酒說，走吧。

她倆去開電動車，黑髮的車停在岔口不見了，周圍一排也都不見了，孟曉玲的停在火鍋店門口，還在。

不遠有輛卡車，車鬥擠著一堆電動車，旁邊幾個穿像警服又不像警服的藍衣褲的小夥子，正把電動車往上抬，有的車沉，四人抬起，費力地丟進去，跺腳拍手，瞪著無所畏懼的眼，腰比路邊的樹粗。

黑髮見自己的車在卡車上，像發現丟失的兒子，說這是我的！藍衣褲小夥們圍上，有人往地下啪地吐了個煙頭說，車停的不是地方，明天去城管所交罰款，黑髮說每天這裡這麼多車，也沒人說不讓停，吐煙頭的厲聲說，占道停車本來就違章，回去學交規！好大派頭嚇她一跳，一個上歲數的顏色和氣地說，快開十八大了，上面下了任務讓整頓縣容。

這些人發現黑髮構不成威脅，又去抬別人的車，黑髮像找到兒子卻沒法領回，小猴子要去講理，孟曉玲卻抓住他使個眼色叫他們走，黑髮不甘，然而見孟曉玲一再使眼色，就上了她的電動車，小猴子也坐到後面。

小猴子問咋回事，孟曉玲說放高利貸的人在那兒。

他們正沿岔口上坡，小猴子回頭，見一個穿制服的小青年，帽子摘了，短髮貼頭皮打著卷，那人轉身，小猴子看清了，不禁驚問，就是那卷髮？

孟曉玲說，是。

小猴子說，他是我們學校的，叫魯緯。

孟曉玲把黑髮送回了店裡。

小猴子已身無分文，馬上到晚自習時間了，他說你能不能送我去學校？孟曉玲遲疑了一下，載著他又下了坡。

他也會騎電動車，但她不讓他騎。她的頭髮順著颯爽的風向後飄著，貼在他的臉上，他聞著她洗髮水的清香，透過她金黃的髮絲，看街上的人和車。

兩邊的路燈剛亮，他們一路行駛，向西拐。

行人漸少，對面偶爾有輛車呼嘯而過，一股猛烈的風就撲在他的臉上。

她開得飛快，他抱著她，望著長江。前方極遠處，彤雲像把江水提起來，在天上變出許多雄壯的火球。身邊的江面，對岸的山峰，顏色都在逐漸變深。濃重，肅穆。

在巨大的天地間，他跟著她奔馳，滿身滿心擁著她，什麼都不想，任她帶他去哪兒都行。他情不能已，覺得此刻真美！

仿佛已到了某種盡頭，就算此刻他們摔跟頭，在路上摔死，或摔在對面的車輪下碾死，也值了。

好景不長，一聲剎車，把他從沉醉中震醒。到了。

他依依不捨地跳下去說，我幫你打聽打聽，不讓他們再逼你。

她勉強點著頭，臉色難看，突然說，算了，你忙你的。他想再說句什麼，她卻像是極其反感，認真而冰冷地說，不要再插手，說完就調頭往回走。

4

情形不樂觀，小猴子連發幾天qq她都不回，上次要過她電話，撥通了，聽她喂一聲，忙說是我，對方聽出來，立刻掛斷了，再打就不接了。

小猴子問巴特勒，你認識魯京魯緯？巴特勒說認識，小猴子問交情如何？巴特勒說談不上交情，他們水很深，父親是縣城數一數二的黑社會老大，聽說這兩年勢頭衰減了，但仍很厲害，這樣的人不敢深交，不然他想利用你做事，你若不答應，反而得罪了他們，我只是幫他們寫作業和做弊罷了。

巴特勒因為籃球打得好，認識了孿生兄弟魯京魯緯，他們曾在三中稱霸一時，進入高二雖漸漸輸給鄭強一夥，仍是有頭臉的好漢。巴特勒考試答完，把答案寫在草紙上，撕下來假裝擤鼻涕，揉皺裝兜兒裡，去廁所用手機給他們發答案，成為了牢靠的君子之交。又從魯京魯緯，擴大到給其它閑漢代寫作業掙零花錢，尤其是罰抄，有些老師喜歡讓學生把寫錯的抄一百遍，巴特勒模仿他們的筆體，從沒被發現過。

小猴子說，幫我約一下魯緯，巴特勒問幹嘛，小猴子說，反正很重要。

巴特勒喊了魯緯，小猴子請他去操場東北角喝酒，那裡已運來了沙土和磚，廢球場上很快要蓋國際部新樓了。

小猴子說明原因，魯緯說你最好別管她。小猴子說我不能不管。魯緯說，那你可就上鉤了，我沒別的意思，只是提醒一句。小猴子說，但是看在巴特勒的份上，請你通融。魯緯說，你不知道情況，我也沒辦法明說，只勸你儘早抽身，不然有你倒楣的。小猴子啞然了，忽而狠狠地說，你嚇不住我的！

魯緯也愣住了，既然這樣，我問問我爸。二人喝完一瓶二鍋頭，魯緯說這酒勁真大，說罷把瓶子扔出了圍牆，也不怕砸死路人。

小猴子回來又打孟曉玲電話，仍是不接，急得他一連幾天蹦跳，仿佛寢室是猴籠，不能進入廣闊的森林一展抱負。孫睿說別跳了，煩，巴特勒卻說，這種痛苦我也經歷過，你不想說就折騰吧，折騰累了就好了，孫睿說，你這是什麼餿主意，樓下找上來咋整，樓下可是鄭強啊！猴子，看你猴瘦單薄的，還戀愛了？愛上誰了，要死要活的？愛就去追，得不到就躺下睡覺，你這樣鬧騰，那女的能知道？你去她跟前鬧嘛！

巴特勒拿著摘抄本去圖書館了。嘭嘭嘭，門被踢響。

正是午休時候，孫睿心驚，攛掇小猴子去開門。

小猴子心緒蕭索地開了門，是鄭強，棕色的馬臉拉到胸口，眼睛像一鍋燒熱的油，媽了個逼的，老子正睡覺，是誰把老子跺醒了？

他環視一圈，咧著歪斜的馬嘴，仿佛終於扯下嚼子了自在了。

孫睿一臉熊樣，指著小猴子說，他！

鄭強靠近孫睿，後者像兔子發現了眼鏡蛇，嚇得動都不會動了，鄭強捏孫睿的臉蛋，玩味似的啪啪地拍，不是你嗎？孫睿氣息失調，一口一噎地說，真、真不是我。

鄭強嘿嘿地笑著，又拍了他的肉臉幾下，朝小猴子走來。

小猴子沉浸在心事之中，看都沒看鄭強一眼，但鄭強要揪小猴子耳朵，剛一夠著，小猴子卻猛然躍起，一拳打在了鄭強胸口。

鄭強摔倒，驚住了。孫睿也驚住了。

小猴子也一嚇，但很快，他的眼裡閃出熱烈的焰火。

鄭強捂住胸口爬起，過了幾秒才明白，睡得好好的被人弄醒，還受了這待遇，還得陪著打一架，腎上腺素於是驟增，像張開翅膀的鷹，要把小猴子啄碎。

小猴子卻平靜古怪地笑著。

孫睿退到陽臺門邊，緊張地觀望。

鄭強沖上前，小猴子學那次張璐鏟那胖子的腿法，矮身鏟他，鄭強被鏟飛了，小猴子滑到他身後，眼看撞到床腿，一推滑向了陽臺，剛好停在孫睿腳邊。

孫睿覺得不安全，又退上陽臺，看看窗外，覺得他倆還是可能會打過來，並順手把他扔出去的，場地太小了，他太胖太占地方。於是乾脆鑽進了廁所，擰上門，緊張得頓時拉出一泡屎。

鄭強轉身撐著地彈起，小猴子也站起來。鄭強說，有兩下子，下回打群架要叫上你！

小猴子也見識了鄭強的功夫，他心中悲慘，想到可能會被打死，身心卻更自由了，無拘無束的異常勇猛，二人越打越烈，兩個拳頭兩條腿仿佛不夠用，恨不得一身都是拳頭和腿。課本草紙文具盒水杯滿屋飛，仿佛千軍萬馬在團戰。

最後小猴子瘋一般地撲上去，抱住鄭強，摟著他的腦袋咬了一口，啃桃子似的，頭皮嗤地翻開了。

鄭強頭麻麻的像吹上了一股風，很快開始疼了，一摸一手的血，被咬的頭皮還沒掉，每晃一下就疼一下。一切發生極快，飛舞的碎紙紛紛飄落，像出殯的靈車。

門開了，竟是宿管驢子，剛露出驢臉白紙就掉在了他頭上，驢眼立刻充滿驚恐，他老年將至，生怕提起死，瞬間覺得這不是好兆頭，暴躁地說，大中午的你們不午休，拿校規當狗屎嗎？就算是狗屎，別人都吃你們為啥不吃！

他摘去頭上的紙摔地上，紙輕如空氣摔不出聲響，他氣得說，你們這些小娃懂個屁，人活著哪有不忍的，你們以為我這麼大歲數了，就願意守著這些規矩，為一個月兩千的工資跟你們較勁，還不受你們尊重嗎？兩千多夠買什麼！我也恨死了這些規矩，但還不是一樣地在忍？我一生圍著它們轉，你們課文學過螺絲釘的，我就是螺絲釘，沒人把我當人看，所有的規矩我都要無感覺地執行，我已經這樣了你們還不老實，還他媽咒我！

驢子黑臉烏紅，鄭強在左邊看著他，頭上掛著黑白紅三色的皮，小猴子在右邊看著他，嘴角冒血像吸血鬼，可是看二鬼的神色仿佛他才更恐怖，他心裡一緊直挺挺地栽到二人之間，咚地，腦袋撞在鄭強腳邊。

鄭強和小猴子趕緊蹲下扶老驢。從老驢一進屋，孫睿就像來了救星，但一出廁所救星就不省人事了，忙也沖到救星身邊幫忙攙扶。

驢子平時盛氣淩人，卻說暈就暈，還栽得這麼徹底，他們都覺得一絲好笑，但是不明顯，隱在驚訝的表情之下。更多則是覺得闖了禍，驢子若死了，自己八成要蹲監獄的。剛才那麼勇猛，這時反而卻害怕了，小心地翻驢子，小猴子翻左邊，鄭強翻右邊，孫睿搬頭，跟著節奏緩擰一百八十度，像生怕驢子跌得沒法扭頭，身體翻了頭卻沒翻，就算救活也是頭朝後了。

驢子鼻子青紫，鄭強摸摸說，完了，軟了。

小猴子說，哪裡軟了？

鄭強說，你以為哪裡，當然鼻骨了，都這時候了還開什麼玩笑！

小猴子說，我沒以為哪裡，我只是問問。說著也去摸。鼻樑斷了，但鼻孔還在一吸一呼地工作著，仿佛沒受影響。

眾人不敢耽擱，鄭強抬腋窩，小猴子搬腿，去了教學樓三樓的醫務室。孫睿護駕，不時整一下驢子的制服，捋一捋他的頭髮，實在沒事做了，就躬身撫摸驢子的老臉以示關切。

場面壯觀，一些午睡醒來的同學準備進班，都圍上觀看。鄭強一動腦袋頭皮就痛，說，你連我也敢打，這事沒完，你死定了！

小猴子右眼被打得又腫又小，說，隨時恭候，我是死定了，卻跟你沒關，別高估你在我心裡的位置。

鄭強說，你有病啊！哎呦真疼！你咋咬的，咬這麼大一塊，瘋子！他看著小猴子，彷彿要他接話，做出關於自己是瘋子的解釋。

小猴子卻不解釋。鄭強無聊，想揉腦袋，驢子卻險些掉下來，這才想起胳膊用來搬驢子了。孫睿問，要不換我？鄭強說，滾，你有毛力氣！伸腳踢孫睿，孫睿躲過，卻踩到了驢子耷下的手，趕緊說老師對不起，我給你揉，揉著，驢子卻仍舊沒反應，三人都很擔心。

到醫務室，漂亮的李護士正在打盹，李護士比鄭強大十多歲，鄭強認為她性感，雖不十分的胖，胸卻很飽滿，常穿黑色皮褲，顯瘦，但細看，皮褲頂得全面鼓脹，彷彿下一秒鐘就會裂開，露出一身雪白的肉，那手感肯定特別好。鄭強無數次幻想過那褲子裂成碎片，尤其從襠部或翹臀開裂，他喜歡看她的前襠，光滑的皮褲勾勒出明顯的陰部，從小腹到兩腿之間，引起他無窮的遐想。鄭強激動地彙報著，李老師，宿管查寢暈倒在樓道裡了。

李護士看他們殘兵敗將的樣子，說，你們幹的好事吧？

鄭強說不是，李護士說查個寢至於暈嗎，那你們頭上咋弄的？孫睿說，他倆使出渾身解數救他，一個說放床上能醒，一個說原地能醒，一個說扇風能醒因為涼快，一個說點火能醒扇風死得快，意見不一就打起來了。

李護士忍著笑說，不簡單呀！

鄭強恨孫睿出風頭，說，李老師，別聽他胡扯。李護士說，那你說說？鄭強睜著毛眼，卻編不出什麼來，轉而又說孫睿說的是實話，還大膽地拍了一下李護士的大腿。李護士反感地轉身去檢查驢子了。情況不妙，準備打急救電話了。

三人哀求地望著她，仿佛一打電話他們就離死不遠了，但驢子更不能死，還是打電話了。

鄭強說，老師我有課！說完轉身就跑。接著跑的是孫睿，小猴子沒撵上，鄭強說這傻逼！看看孫睿，卻突然生出一種樂趣，摟住他的脖子，幾乎把脖子卡斷了，說，你小子不老實，明天給我五十塊錢！

孫睿說，強哥別這樣，我們配合的多好，你們抬我伺候，簡直像朋友，你得保護我啊！

鄭強大笑，當然保護你了！所以你要納稅，不納，保不准一下課就在操場被人砍了，驢子倒楣，還不知啥時候能上崗，你想想吧！

鄭強在宿舍二樓放開了孫睿，孫睿憂心忡忡地上樓了。五十塊錢還是有的，但不想給他，然而鄭強既放了話，明天十有八九會來的。但如果給了他，說不定他嘗到甜頭會繼續索要，一想到此，無邊愁緒就像冰冷的江水，漫上胸口。

小猴子回來了，孫睿問驢子怎樣，小猴子說，救護車還沒來，李護士掐幾下穴位就醒了，還問是在哪，我就也跑回來了。驢子恐怕要休息幾天的，還不知道會不會記得這事，並過來找茬。

孫睿不怕他來找茬，卻怕他休息，聽罷更是愁容難展。但他不想告訴小猴子，剛才的沒出息樣兒，全被小猴子看見了，以前他還看不起小猴子呢！

但小猴子卻顧不上他，擦擦臉上的傷，又像打架之前一樣長籲短歎起來。這次孫睿卻佩服地說，猴子哥，你連鄭強都不怕，以前真是小看你了！真是人不可貌相，——不，我不是那個意思——

小猴子打斷他，沒關係的，你說的對，我長得不好看誰都知道的，而我又是最清楚，從娘胎出來能爬到鏡子上照時就清楚了。人都知道自己的長相在同類中處於什麼地位的，街上打扮光鮮的女的都知道自己長得好，因此仰頭走路，不屑於看你，而你不看她們，卻仿佛侮辱了她們，你看她們又是侮辱了你自己，特別對於我這樣的人來說。

孫睿說，沒那麼嚴重吧？

小猴子說，對我來說有的。她們正是帶著對自己的知道，打扮好了上街的。不怎麼美的女人，打扮相應的就蕭條許多。很醜的索性不打扮，卻也不管不顧地抬頭，不是在乎別人怎麼看她，而是到處看，盯上帥哥就死眼地瞧，因知道沒法靠姿色博取別人的欣賞，索性就貪饞地看異性，想從對方那兒獲得另一種福分了，因此若說醜女就不好色，簡直是胡扯。我認識一個姐姐其醜無比，但人家找物件要高度超過一米八五，臉上沒一星斑點的，要古天樂一樣的膚色，吳彥祖一樣的眼睛，陳冠希一樣的嘴巴，張學友一樣的嗓音，真不知她是怎麼想的，後來還真找到了，雖然不是他們四人的結合，但也有那股架勢，簡直可以飄船到武漢，再坐火車去北京參加男模選秀了。

孫睿說，幹嘛不直接漂到重慶，從重慶去多省事！

小猴子說，那當然更好了，但她才不會放他去選秀，她要獨佔他，是的，獨佔。我想，越美的人，就越會愛自己的而不是別人的姿色。她有她的美，又有人端詳她，就可以了。因此，漂亮女子常會找個醜男，就是這個道理。這說明我們這些醜男還有戲，說不定我也有機會博得美人青睞的，就看我是否足夠大膽，足夠不要臉了。不過我知道自己不會了，因為我已經有了她。他說著，臉色又變得很複雜。

孫睿說，猴子哥，你真的談戀愛了？

小猴子說，不知道算不算是，但她在我心裡是美的，雖然她臉有斑，身子蠟黃。

孫睿問，她是哪個班的？

小猴子突然激動起來，眼中有絕望、悲傷與嘲諷，孫睿說，我替你保密。小猴子說，她哪個班的都不是。孫睿就哦了一聲，不再問了。

小猴子說，跑題了，我想說的是，在姿色方面，每個女子都知道她處在哪一檔，打扮也多半和自己的這一檔一致，特別是經歷過世事的成熟女子。有人不這樣就要鬧笑話的。比如，一個很醜的女人，偏要美豔地裝扮，走性感的步子，有時真的能見到，我就見過，一個極粗胖的女人，穿束身低領短裙和黑絲襪，真是昏了頭，這樣只會更暴露她的醜陋和瞎攀比，胖女人自有胖女人的韻味，但她的裝束首先要在自知的前提之下。不過這樣的人畢竟是少數，大部分人，包括男人，對自己的形象都是深有自知的。我也是。所以，你那樣說沒什麼的，我從來不鬧跟自己不符的笑話。

孫睿說，了不起，猴子哥，以後跟著你混了。

小猴子說，別，我連自己的問題都沒解決，心裡一團亂，剛才打架，正好解脫了片刻，現在痛苦又來了，恨不得鄭強再上來打。阿睿，你或許覺得奇怪，其實不怪的。我們總要死的，誰也逃不了命運的定數，我，你，鄭強都是。不知何時，我常常想起這件事，人生若有什麼確定的事，我想就只有這一件了。但我們拼命回避著它，難道不可笑嗎？終有一死，永不會醒。壓根沒了我。沒我了是什麼感受？可是連我都沒了，還哪來的感受？但那到底是怎樣的？我想像不出來。有人說像睡著了一樣，但睡著卻還會醒，還有夢，而這卻是永遠的滅亡。什麼古怪東西！我四體健全，活蹦亂跳的，卻要朝它邁進，它隱藏起來不叫我看見，某天卻會突然露出魔爪，讓我萬劫不復，而且隨時有可能，在這間屋裡就有多少種可能的方法。真讓人傷心！是的，不是恐懼，而是深深的傷心。

一天清晨，我在幽藍的微光中睜開了眼。你們還在睡。我看周圍的東西，看鐵架子床，被子，牆壁，我從來沒有這麼清晰地感到，我一整個地把它們看到了眼中，一下全瞧見了，甚至光，那暗藍色的幽光，也全感到了，同時感到了身體所有的皮膚，這正是活著的感覺。我靜靜地取出手，看著手掌，多麼完整，雖然不好看，但這健全的手最終卻要裂成碎片，整個身體也要垮掉，變成泥土，這裡沒有一丁點美的東西，像《紅樓夢》說的花落水流紅之類的，沒有那些扯淡的，只是泥土，興許是下水道的爛泥，或者馬路上雨裡的淤泥。我一瞬間呼吸微弱，用另一隻手摟住這只手，彷彿要保住它。悲哀壓住了我，我靜靜守著這深深的無奈，這無奈多徹骨啊，令人幾乎無法忍受。我翻了個身，看周圍的環境，突然，它們彷彿與我那麼相關，因為它們是我全部的感覺，而這就是生啊，看的，聽的，想的，才是我啊！但又有相反的感受同樣強烈地撞擊著我，覺得它們跟我有什麼關係？我劫數難逃，而這些冰冷的物質卻可以存在萬年，它們離我多遙遠啊！我們每天上課，放學，寫作業，考試，打架，這些又離我們多遙遠啊！但我們又在哪裡？該在哪裡？

我坐起來，感覺像活了一輩子。那是半年前了。後來我像個成天挨打的孩子，打疲了，對死亡經常思考，反而生出些親切來。因為它是我形影不離的夥伴，我的命運。我成了老油條。但我依然好奇著。某天，我站在五樓圖書館外欄杆邊，下晚自習，他們都走了，我從廁所出來，就那樣站著，你知道欄杆很矮，只到大多數人的肚臍，我是矮了，也只到我胸口下一點點。回廊圍著四方天井，我在回廊的一條邊上，整個樓層一個人都沒了，所有教室都鎖了門。對面只有三樓有個屋子還亮燈，很快最後一人出來，啪地燈也滅了。那人背著書包，走前還朝上，朝我站的地方看了一眼。周圍漆黑，抬頭，天井上方有許多星星，還有月光，但月亮被廊頂擋住了，只能看到黃暈，讓人知道如果不是因為遮擋，它就在頭頂的。我探出頭，模糊地看到遠處——看起來真的像很遠——天井地板的顏色。我心驚肉跳，仔細感受，克制著興奮，又把腰探出去一點，還刻意踮起了腳，可笑地稍微向上跳了一下，肚子硌在欄杆上，全部力量都像在抓著生命。這感覺讓人恐懼而厭惡，卻有強大的誘惑力。我一直想，跳了會是怎樣下去的，又是怎樣一下就沒感覺了，死了。我兩腿發軟，演繹了好幾遍，卻生怕弄假成真。終於我戰戰兢兢離開欄杆，渾身冷汗，像過了一個漫長的世紀。我想，自殺的人在他真地做出來之前，一定也這樣輾轉過，這些一定也讓他窒息過。人們把自殺歸為不正常，有什麼道理啊！那天回來，我心裡慌慌的，幸虧沒死，真他媽的幸運。但下次還會有同樣的可走向生、也可走向死的時刻。有時痛苦太大，哪怕為了以後再大的快樂，也不願忍受片刻了，這時就什麼都不怕了。剛才鄭強進來，我感到的就是這種面臨擺脫的幸福，就在他抓起我摔在椅子上時，我彷佛已經看見了曙光。阿睿，你臉色為何如此難看，你能聽懂我的話嗎？

孫睿點頭又搖頭，說，好嚇人。

小猴子說，不嚇人，而是我剛才說的，無奈。身體好好地擺著，人卻沒氣了，任誰也沒辦法了。因此，每天都是稀少的存在，都應該有光，有熱，而那些感人至深的瞬間，多像已經接近了永恆！比如她載著我，那江風，暮色，山水，她的頭髮和香味，這整個的感覺，我到死都會記得，都能完整地再現。阿睿，你一定也有類似的無法遺忘的瞬間。

孫睿說，我好像沒有。

小猴子說，一切都很短暫，看似抓住了，卻實際上什麼都沒抓住。但抓不住也要努力去抓，不然該怎麼辦？放棄嗎？最痛苦的莫過於人還活著，所期待的就已經無法實現了，那樣，豈不意味著通往黑暗終點的道路上，也盡是黑暗了？怎能不讓有勇氣的人想要縮短路程？那些理性而勇敢的自殺者們，如海明威，川端康成，真讓人敬佩！人活著，最好就一刻不停地去追求，追求樂趣，追求幸福，追求美，追求什麼都好，哪怕一點微小的趣味，也要抓住，要笑，要鬧，要感動。我經常活得屁顛屁顛的，其實是有那柄高懸的、一刻不停地提醒我的達摩克斯利劍的緣故。但這次，這女人帶給我的快樂有多少，痛苦就有它的十倍之多。多麼稀薄的快樂啊！雖然它的巔峰是那麼純粹，但真地太難熬了！

小猴子肩膀起伏著，受傷的目光暗淡、熱烈。孫睿說，猴子哥，別這樣想，以後日子還長著呢！

小猴子沉默了。

孫睿說，猴子哥，你是個好人，不是老油條，又說，死亡我也想過，但我沒地兒擱置它，生活中沒有它的位置，有它的位置時又沒有生活了，於是我乾脆不再去想。不過，你說得我也挺心酸，何苦呢？剛才你說人生短暫，要追求快樂，但那麼多的痛苦，還追求幹嘛？

小猴子說，因為不追求會更痛苦。

孫睿說，可是哪裡沒有娘們？我從來不把愛情當回事，古人說天涯何處無芳草，不就是個女的嗎？女的和女的能有多大差別，非要這人嗎？

小猴子像隔著十萬里地，說，是的。

孫睿無奈了，想安慰小猴子，見他又沉浸於遐想了，只好作罷。

5

巴特勒進圖書館時，王婉楓在和淑陽說話，淑陽在講她去楊渡建館，路遇萬香張揚，以及圖書館被查，她與姚燦四處奔走的事。婉楓抿嘴笑著，臉紅撲撲的，巴特勒進屋時她沒看他，卻挪了椅子給他騰出地方。旁邊有個女子，婉楓說，這是唐嘉佳學姐，拔山鎮的，在重慶大學讀金融系，現在在臨州中國銀行實習，是淑陽姐的朋友。

女子一身黑色職業裝，淺灰襯衣，白膩的臉，細眼尖下巴，小波浪卷長髮，笑著伸手說，聽說你愛讀書，成績也好，叫我佳姐就行的。

巴特勒握著她的手，她指尖冰涼，手心卻暖熱，像有股電流傳到了他身上，他忙收回了手和婉楓聊別的了。他說，上午老楊在我們班召集運動會報名呢，婉楓問他報了沒，他說我才不報。

他瞟了唐嘉佳一眼，想問問她大學的情況，卻不好意思問，唐嘉佳插不上嘴，就繼續看手中的一本《挪威的森林》。她從腰臀到大腿和小腿皆飽滿苗條，把散在書上的頭髮撩在耳後，對淑陽說，時候不早了，我要去上班了。

唐嘉佳走後，巴特勒有些煩悶，回味著她相貌和眼神，想和她交個朋友，但又覺得她屬於另一個世界，他憧憬卻又隔膜。

下午進班，見到了暗戀的女生，唐嘉佳引起的躁動有所減少了。巴特勒寒假跟父母回河北老家，每天沉醉于對這女生的幻想，導演出許多情節來，成了那段時間的感情支柱。

孫睿滿臉愁容地說，你走後鄭強上來找茬，還和猴子打了一場，驢子上來制止卻暈倒了，後來——門口出現了一個腦袋，是鄭強的，用手指著孫睿。巴特勒問，鄭強欺負你？孫睿說，他要五十塊錢，你說給不給他？

巴特勒沒被訛詐過，說，要不我跟魯京說說，讓他去找鄭強談？

孫睿彷彿看到了希望，說，他會為了我得罪鄭強嗎？巴特勒卻又說不知道。孫睿就說，那先別說了，看看情況罷。

孫睿決定賭一把，或許鄭強睡一覺就忘了，或者見不到他就放棄了。第二天一到下課，他就讓班上幾個閑漢圍過來擋住他的桌子，鄭強來教室門口晃蕩，沒見到孫睿，亂哄哄回了二班。閑漢們都謔笑著說，別怕，我們保護你！

但他們保護得了中午，卻保護不了晚上，下晚自習後，有人在樓下拉住了孫睿，孫睿一回頭就被掐住了脖子，女生們挽成一排走著的，見狀趕緊像螃蟹似的橫著繞開。

鄭強把孫睿推下操場，孫睿掏手機給鄭強班主任姚燦打電話，姚燦卻在開著試卷分析會，全體老師都出席了，校長親自主持，每班成績排名，大會結束後，姚燦這些成績差的老師又被教務主任胡守利叫去開小會，因此手機靜音了沒聽到。鄭強奪過孫睿的手機扔在地上說，給誰打呢！啪啪幾巴掌，幾個血印子，操場漆黑，除上帝外沒人看見，而上帝也不來管他們。

孫睿想起昨天小猴子的英勇，推了鄭強一下。鄭強怒了，飛腳踢孫睿，追上去左勾拳右勾拳，上劈腿下劈腿，打得孫睿矇頭轉向，哇哇大哭。

哭聲響亮，有人從操場外的臺階上喊，你們幹什麼！是鐘亞雯。孫睿說老師他打我！鐘亞雯高跟鞋不給力，鄭強嚷嚷道，老師我們繞著操場練拳，您攆不上的！他推著孫睿快走，見鐘亞雯的身影變小了，但還是跟著他們，就說，今晚算你倒楣，本來收拾完你，就準備出門會會雪豹阿四的，這傢伙跟著我爸，有時也帶著他的劇團到處表演，他今天撈了一筆錢，說請我們去快活的，但你這龜兒子誤事，只好把你弄出去，兄弟們一起收拾了。

孫睿直說再也不敢了，明天就給鄭強五十塊，並且踩緊跑道，似乎盼著鞋底能長出釘子，定住地面，鄭強卻一路把他推到了校門，說，你若不出聲乖乖地出去，興許還有活路。

孫睿真就沒出聲。

門衛看了鄭強遞上的請假條，剛說假條上就寫了一個人，他們已經闖出去了，走下花壇的斜坡，到了路對面。

連日陰雨，泥濘不堪。對面人行道有漢白玉欄杆，外面是草灘，連到江水。兩個漢子靠著欄杆，一個高大而披頭散髮，黑夾克印著骷髏頭，另一個胖子身材同樣魁梧，鄭強吆喝著，雪豹哥，阿六哥也來了？老五歡哥呢？

叫作阿六的胖漢說，他在芝麻大的楊渡開了個大盤雞餐廳，說什麼鄉土之情回鄉創業的，全是放屁，不賠才怪！聽說都是那騷狐狸攛掇的，她爸媽不放她走，倆人一起守店呢！

鄭強說的歡哥，正是張揚在楊渡餐館打工時的老闆阿歡；而這雪豹，則是張揚看表演時鼻孔吹起輪胎的大漢。

鄭強頗有大哥風範地把孫睿丟過去，給，帶了個欠收拾的活寶！

孫睿栽在阿六身上，阿六推開說，什麼鬼東西比我還沉！

鄭強說，這傢伙答應交稅，卻躲了我一天，好費勁逮到的。他和室友邵思宇，嗨，別提了，暗算我，昨天——算了，總之，給我往狠裡收拾！今晚不用四哥請客了，大排檔泡妞都算我的！

雪豹不語，阿六嘿嘿笑著說，過來！看你有幾個腦袋，連我們少爺也敢欺負！

孫睿顫抖著說，我哪敢欺負他，是他欺負我，你看這臉上！

阿六說，很疼，對不？黑塔老七縫了幾針，還沒出院，就是你們學生捅的，那女的的學生證我們有，已經查出來了，這裡太亮，咱翻下去，去江邊對付你。別以為會弄死你，我們的目標不是消滅你，而是讓你受苦。人都願意看著別人受苦，品嘗其中的快樂，也可以說是殘虐，但說那麼難聽有什麼用呢？還不如稱作同情心，別人倒楣我來安慰，人們喜歡看悲劇，正是這個道理。但強者不滿足於看別人的編排，而是要主動製造悲劇，現在我們就要製造悲劇了，你就是悲劇的主角，怕了？看見你害怕的樣子真享受。這是一種源於深度參與並與他人融合的震撼。

曾經有這樣的事，阿歡說的，他想親手打死愛而沒得到的女人，是個歌舞演員，以前在老四劇團裡的。有一次表演，阿歡在後排握著槍對準她，知道只要一扣動扳機她立馬就會倒下，跟著全場都會亂套的，他能影響並決定她，而且是關乎生死的決定，這讓他格外興奮。她仍在熱情地表演著，都不知道自己已經在生死的邊緣了。他們相好過，但她已經不在乎他了，他回憶往昔熱切地感到，隔著身下的許多排座位和人頭，她最終還是和他捆綁在了一起，靠的就是這把槍。他十分激動，但也很小心，仿佛生怕這槍走火，——多矛盾！如花似玉的她竟也會死，真讓人惋惜，但實現這惋惜的願望卻更加強烈了，他手指僵硬，整個右臂都已經僵硬，但最終還是扣動了扳機——你猜怎樣？他太慌了，沒打著她，倒把舞臺的後壁打了個窟窿，而且四周嘈雜不堪，根本沒人聽見槍聲，連她也不知道。他踉蹌著回家，躺了三天，他媽以為他中邪了，還給他找了個驅鬼的，他後來說他不斷回想著開槍的那一幕，老覺得已經把她打死了，他以後再也沒去找過她，誰問他他都說她已經死了，人家要說見過她，還正常表演著呢，他就說你見到的只是一具行屍走肉而已。

雪豹阿四說，阿歡真是有病。

白胖阿六說，據說阿歡以前考學考出去過，卻又回老家了，沒頭沒腦地要搞什麼餐館，還娶了那麼個二貨，長得倒挺騷！但他描述的這件事對我觸動倒挺大，我想，讓人受罪的願望，從來都是和同情心相關的，當然，我指的是讓不相干的人受罪，讓有利害關係的人受罪，有復仇或逐利的原因。而我和你無冤無仇，卻想讓你飽受皮肉之苦，如果不是源於「進取的同情心」，即想主動製造慘劇並感受震撼，又是什麼呢？虐待你我無法獲得任何實際的好處，拳頭打在你身上我也會疼。但我們和姑娘做愛，使大勁地操她們，難道是為了滿足身體的快感嗎？不，這裡沒有多少生理的舒服可言，何況很累。為了讓姑娘快活嗎？也不是，我們沒那麼善良。姑娘可能會快活，但那是結果，而我們這樣做，為的難道不就是滿足隨意擺佈和淩辱一個異性的願望？這種心理快感難道不是足夠的大，遠遠大過身體的快感？讓他人受苦給人帶來的刺激，遠比讓他人幸福要大，弱者可能無法接受，但強者則會堅持到底。在他人身上打下烙印，從而與他人的命運融為一體，或者說通過影響他人而讓他人的命運不可避免地融入自己，這就是讓人受苦的精華所在。千百年來不斷有強者這樣做，有的背上了惡魔的名號，有的反而變成了人見人畏的神靈。人是孤獨的，無法跳出自身的牢籠直接地感受他人，或者成為他人，宗教，性，科學探索，團體事業，都無法令人做到，這實在令人氣餒，但對於強者氣餒遠遠不夠，強者要手制血泊，從同類的苦難中挺立而出，雖不能深刻地戰勝自己，卻能深刻地戰勝他人，還有什麼比這更能補償一切不完美？當然要付出代價，甚至難熬的代價，但值得去做。我的話你未必懂，總之你要受苦了，我們要你生不如死。

阿六神采飛揚，孫睿早已魂飛九天，眼看阿六把孫睿抓起，要推下欄杆了，卻聽到一聲大喝，住手！

這呼喊伴著春初的冷風，灌進欄杆邊四人的耳朵，是小猴子。

鐘亞雯發現孫睿被欺負時，小猴子也看見了，他見張璐路過，告訴了她情況，二人匯合鐘亞雯一塊兒出去，就在孫睿快被推下欄杆時，小猴子大喝著沖了上去。

孫睿一聽是猴子哥，又看見鐘亞雯和另　個姑娘，死灰的臉上恢復了人色，大叫著，猴子哥快救我！

小猴子心中一動，長這麼大，除了老家的妹妹還從沒人叫他過哥，但妹妹大多數時候也只賤不嗖嗖地打他一下，打完就跑，更沒人對他說過「救我」的話。某根脆弱的心弦被撥動了，不知怎的想起了孟曉玲，瞬間就淚湧，邊跑邊抹著眼淚說，阿睿，我來救你了！

走近卻吃了一驚，這胖漢，竟是婉楓生日那晚被他和張璐打敗的那白胖子，冤家路窄又碰面了！張璐到跟前也一驚。

孫睿掙脫，躲在猴子身後，他比猴子高出一頭，卻膝蓋幾乎彎到了腳脖，藏在猴子單薄的身後。

阿六也很驚訝，說，豹哥，那晚黑塔老七就是栽在他們手裡的！刺黑塔一刀的那人不在，但他們是一夥的，上次我交手的就是這對狗男女！

雪豹與鄭強皆很吃驚，鐘亞雯從後面趕到，聽罷也一身冷汗。雪豹瞧見了鐘亞雯，說，這妞身段不錯，不像是學生，我劇團裡正需要！陰笑著向鐘亞雯走來。

鐘亞雯沒在意，直到有個披頭散髮者到了跟前，還以為是個女的，仔細一看，竟是彪形大漢，在黑暗的夜色裡，目光猙獰。

鄭強走上前拍了雪豹一下，豹哥，這是我老師，給個面子。

阿六說，今天的事與別人無關，她當然可以帶這胖孩兒走，可這倆人不行！指著張璐和小猴子。

雪豹說，老六的風格你瞭解的，就算把你爸叫來，他也要自己了斷。

鄭強說，那你們忙罷，忙完該去醫院的送醫院，該進火葬場的抬火葬場，剩下的時間，我橫豎要去快活的。說著走到了欄杆邊。

天氣陰晦，雖無月色，卻能看清欄杆上的白玉，軟膩柔白，似水溫潤。鄭強掏出打火機，點了一支煙。

阿六見鄭強不幫手，暗罵一聲操，但看雪豹跟他在一起，應該不會吃虧的，就沖上去打張璐的胸。

張璐大怒，流氓看招！月下如魅影，飛快繞到他身後，白胖吃過她的虧，急忙轉身。

張璐劈他後腦，還沒挨著，手就被隔住了，是雪豹，如披頭散髮的惡魔橫在她和阿六之間。

張璐後退，被雪豹抓到手腕，小臂熱辣辣的疼，雪豹張開巨手，一環扣一環的，指爪像鋼鉤，沾著就要抓下一塊血肉。

張璐退到欄杆旁邊，情勢危急，她踩住欄杆飛掠向前，雪豹抓她的腳腕，她另一條腿踢著掙脫，被甩出幾丈，跌在了路上。

小猴子正盯著張璐，被阿六劈面一拳，登時眼紅，挺身戰阿六。他效仿張璐閃電般的速度，繞著阿六打，伺機攻他一拳一腳，過一會兒阿六轉暈了，小猴子也通身是汗。

張璐剛站穩，雪豹又撲來，她頭部受了一擊，天旋地轉，失去了知覺。

雪豹打倒張璐，見鐘亞雯和孫睿還沒走，一腳踢過去，孫睿像個枕頭一樣趴地上了，然後上去抓鐘亞雯的頭髮。鐘亞雯彷彿不相信他敢，說，我是老師，對方卻說，老師怎樣？我上學時最恨老師了，老師只做了一件事，就是給我們製造緊張空氣，不斷地整人，施壓，我初中畢業就不上了，為的就是擺脫老師這種東西，你說你是老師，除了激起我對往日恥辱的回憶，更觸怒我之外，有什麼好處？老師走出學校就什麼也不是，你們這幫垃圾，沒有任何技能，只會賣弄少得可憐的知識，一輩子圍著幾冊課本轉圈，根本不知道大千世界在發生著什麼，膚淺，封閉，自大！

他毫不猶豫地揪著鐘亞雯要拖走。

風聲呼嘯，一個人影沖向雪豹，雪豹鬆手。是姚燦來了。

姚燦開完會看到未接來電，打過去沒人接，又收到門衛的消息說鄭強帶了個人出去了，覺得不妙，忙趕過來。

他飛踹雪豹，雪豹中招，頭髮紛亂，像暴風中的樹枝，殺向姚燦。

姚燦邊躲邊感受著雪豹身法，配合還擊，卸去雪豹的力道。

打了好一會兒，雪豹動作開始變慢，姚燦趁機右肘猛推，雪豹捂住肋骨後退，姚燦打他右胸的傷處，不讓他喘息。

雪豹說，老六快撤，改日再來！

阿六跳出猴子旋風般的包圍。鄭強早躲到了路對面的樹後，見二人逃走，跟著一起跑向了縣城。

姚燦回到鐘亞雯身邊，鐘亞雯還沒說話，身子就軟了下去。姚燦抱住了她。

張璐睜眼，見孫睿來扶她，推開他爬起來問，小猴子呢？三人環顧，不見小猴子了。孫睿說，猴子哥有私事要處理，讓他去吧。鐘亞雯已是第二次暈倒，姚燦焦慮，聽孫睿這麼說就不再管了。孫睿從操場撿回手機，和張璐姚燦一起護送鐘亞雯回宿舍，有姚燦陪護，孫睿張璐各自回去了。

6

小猴子趁眾人不留意翻下欄杆，想去找孟曉玲，但等他們走遠了，卻踩著冷硬的土沿著荒草走到江邊，在土棱上對著黑亮的江水坐了一夜。

幾天後鄭強對他說，今天大課間要和魯京打群架，你如果參加了，就幫你搞定白胖阿六他們，以前的過節一筆勾銷，小猴子問張揚萬香的也一筆勾銷嗎？鄭強輕蔑地說，那我就不知道了。

小猴子含糊地答應了。

下午五點多開戰前，小猴子卻提前翻出了校園牆，買了瓶五十六度二鍋頭，一氣喝完，渾身酥軟，內心的不平和酒力一起錘擊著胸口。

天擦黑，像個雙目迷離的婦人，才休息片刻又想起了剛才的悲傷，繼續哀泣，那淚化作了迷蒙的雨，打在小猴子的頭上臉上。

正是張揚萬香回來的前一周。小猴子去巷子找孟曉玲了。歪歪斜斜撞進前廳，見到她，一把摟住，為什麼不接我電話？

酒勁上來，孟曉玲扶著他進去里間，他醉眼看到了她胳膊上長長的傷口，問，他們打你了？

她說不要你管。

他嗖嗖地甩頭，想清醒一些，眼卻更花了，我跟魯緯談過的呀！

她說，打我的不是那個人。

張揚找過的那黑髮在門縫裡說，你要是在乎她，就別再用這種方式插手，越這樣他們越以為她不老實，你如果真的厲害的話，幫她還錢不就行了？

小猴子表情像受了侮辱，他問，他們啥時候打你的？

孟曉玲說昨天。

小猴子說，這幫垃圾，我不會放過他們的！摟住她直說對不起沒能保護她，扳過她的臉來親，她擰著頭不配合。

他委屈地說你不愛我。

她像一頭被咬傷的小獸，狠狠地瞪著他，目光比他肚子裡的酒還燒人，酒味上返，他的頭更暈了，她握住他的雞巴半晌捏不硬，她說你到底喝了多少啊？他說沒喝多少，也沒醉，愛你是真的，她尖叫著說別再說了！聽語氣彷彿要哭了。

他說咱逃走吧，逃到哪都行，我不上學了，咱白手起家，共同努力，准能越過越好的。

她像塊石頭，一動不動地聽著。他說我沒騙你，我今晚不是來和你幹的，是來和你說這事的，而且我也沒帶錢。
孟曉玲立馬出去了，老鴇進來把小猴子趕到廳裡，沒帶錢幹啥來了，窮學生，當我們做公益的嗎？聲音進到他醉醺醺的耳朵裡，像往水裡吹泡泡。
他說我愛她。
一陣騷動。
張揚找過的黑髮女說，我看，不對你講清楚真的不行。
老鴇不耐煩了，走吧，別影響我們做生意！推他，他扒著門不走，黑髮說，她老公跟了她這麼多年，還不是一樣，一出事就跑路，剩她個娘們像爺們一樣地賣命，什麼狗屁愛情，都是騙人的！
他說，我不一樣。
黑髮說，都一樣，你沒本事還錢，又不讓她做，那她怎麼辦？愛情多好，不給錢就能搞，騙沒經驗的小姑娘能行，她們還不知道男的有多壞，見個母的差不多的就想搞，我們可是見多了！出來買個菜也要拐過來插那麼一下子，還在電話裡說，寶貝乖，馬上回去喲，我呸！男的都是一樣地隨便，如果忠誠也只是因為沒膽子，女人不瞭解這一層就要永遠被騙下去。我們這些人吃過各種的虧，一路走到今天，活得並不開心，我姐妹是什麼想法我不知道，但我現在倒看得很開，現在的女人不像以前了，你們男的朝三暮四，我們也可以水性楊花，這在以前不是個好詞，現在卻代表著魅力與自由。我們是自己的女王。當然這就杜絕了平淡的可能性，但各種生活方式都有不足，我們又不偷不搶，靠身體的勞動掙錢，值得尊重。這是個古老的產業，存在上千年了，它正是你們男人不忠和好色的結果，小傢伙，別自欺欺人了，你和你朋友想搞我們，別的男人也想的，你曉得她每天接多少男的？

孟曉玲叫黑髮別再說了，黑髮說有什麼不好意思的？每天那麼多像他這樣的男的，他們的妻子兒女父母恐怕都不知道他們出門竟是去幹這事的，把找過我們的男人的妻子排成一隊，恐怕排到重慶也排不完，這些傻子還都蒙在鼓裡，有的甚至以為自己老公是模範丈夫呢！告訴你吧，我正是發現了男人的本質，極端失望才投身這行的，雖像飛蛾撲火，卻是不願再自欺的結果，是提醒自己時刻要面對真相，幻滅不切實際的念頭，老實地掙錢。你來了卻不帶錢，跟下館子吃霸王餐有什麼區別？還受過教育呢，老師是怎麼教的？下回拿錢再來，把心放正，玩就開心地玩，不要攪亂別人的生活！

小猴子被轟一頓，像被拋起又跌下，一閉眼腦袋就飛轉，腹部痙攣著哇地吐了。

孟曉玲來打掃，眾人都掩鼻，小猴子出溜到地上，視線越來越模糊了。

黑髮要拖他出去，孟曉玲不讓，正僵持著，一陣急促的奔跑聲，二人把他拽回來關上門，黑髮說好像是員警來了！

老鴇從門縫瞧見幾個穿制服的，說，別怕，是罩著我們的人，最近前街又開了一排店，專搶我們生意，這下叫她們全倒楣。

黑髮和除了孟曉玲之外的兩人都跑出去看熱鬧了。小猴子靠門坐下，有人不斷地跑上坡，有個穿制服的依稀像魯緯，小猴子詫異著，卻醉得沒法起身。
一片打殺聲，男的大喝都他媽蹲下！女的尖叫。有人喊，員警證給我們看看！喊聲變成哀嚎，像遭到猛擊，周邊院落的狗叫起來，一隻叫，許多隻都在叫，織成一張驚懼的網。
熱毛巾抹在小猴子臉上，孟曉玲給他擦著臉。喊聲又起了，那些看熱鬧的女人跑回巷子，黑髮慌裡慌張地說不好了，又來了些員警，把原先的打趴下了！
老鴰大驚。
黑髮說，員警幹嘛打自己人？老鴰說，罩我們的根本不是真員警，你又不是不知道，來的估計是真員警，可是在臨州誰又敢抓罩著我們的人？他們有個區長在重慶很牛的，除非是鄭家搞的鬼，難道前街那些店是鄭家的人開的？
黑髮說，姐，快走吧！
外面許多女人光著腳拎著鞋跑，還有男的，提著褲子邊跑邊罵。
老鴰和黑髮倉促關燈，卻發現小猴子還在門邊。孟曉玲拍他的臉，他心裡明白卻站不起來了，黑髮扯著孟曉玲，很快她們都走了。
小猴子痛苦地嗚嚕著，拉我走呀，拉我走呀！
幾團陰影圍上來，時空旋轉，小猴子彷彿被架起來，不知被怎樣對待著。醒來渾身冰冷，腳格外的冷，歪在地上沒有穿鞋，半邊腦殼痛，另半邊硬得像鐵，搖搖晃晃地站起身，手卻被拽回來了，是銬在管道上。

小猴子打個噴嚏，幽暗中看屋子空蕩蕩的，一張木桌兩把破椅子，牆上有小窗，天色暗黃，不辨清晨傍晚。

想尿，解褲子就地尿了。門呀的一響，才知道左邊有個鐵門，進來的人給他一巴掌，像錘子在掄的，撒尿都不喊一聲，當這是啥地方？

小猴子借門外的光，發現對面牆根還有倆人，一人竟是張揚找過的黑髮，嘴青腫著，另外蹲著個男的，戴著眼鏡。

進來的人穿警服，問，你幹啥的？

小猴子剛想回答，戴眼鏡的卻搶先說，老師。

員警吐口唾沫，老師還嫖？鄙夷地看看黑髮，就這樣的你也搞？

老師從嘴縫擠出一句，不是這個。

不是這個是哪個？

不知道，反正不是。

說吧，交錢還是拘留？

老師抬頭，交錢。

五千，跟我走吧！

員警打開他手銬，看他走路姿勢有五十多歲，瘦得不成樣子。

他們走後小猴子問，你怎麼也進來了？

黑髮說還不是你害的！她非得帶上你，我拉她再跑，員警已經攆來了，她跑得快，我卻被抓了。

門響，又進來一人，竟是白胖阿六，小猴子驚問你做什麼？阿六說我來保釋你，一腳踢在他臉上，他涕淚橫流，後腦磕住了牆，雙眼眩暈。

阿六拎著條鐵鍊拷住他的腳，從管道上把手銬解開，重新拷上，用黑布蒙住他的頭，帶他繞來繞去登上一個臺階坐下，仿佛在車上，左右擠著人。

忽而停下了，外頭有人說話，左邊的人慘叫了一聲，跳下去罵龜兒子的！接著是打鬥聲，右邊的人把小猴子的手銬在身前的柱子上，也下去了。

激烈的撞擊聲，不知多少人在打。

打聲漸遠，小猴子抓下頭套，他是在車上，車停在盤山路上，車上沒人，手被拷在前面座位頭枕與靠背間鐵柱上。

一側是青山，另一側遠處雜草間，兩個人在和三個人打鬥，雖遠卻看到，那兩人竟是張揚和萬香！

小猴子喊，揚哥香姐！他們仿佛沒聽見，在凝神禦敵，對方三人中一個是阿六，另外兩個他不認識。

不知從哪冒出一個人，戴著口罩墨鏡和帽子，竄上駕駛位，調轉車頭就開，小猴子拼命地拉手銬想把鐵杆拉斷，開車的低聲說自己人，小猴子驚問，你是誰？那人不說，繞過重重崖嶺，開到臨州三中的門口，打開小猴子手銬，丟給他一把鑰匙，指著腳鐐示意他打開。

小猴子下車，還沒道謝，車已開走了。小猴子迷瞪著，揚哥和香姐怎麼會在那兒，那胖子怎麼知道我在警局，這蒙面人又是誰？

餘醉襲來，蹲在地上半天嘔不出。

路人瞅著他指指點點，原來他還光著腳。回寢室鑽進被窩，發起燒來，一連躺了幾天。

一天早晨睡醒，姚燦正坐在他的床沿，說，你前幾天老是不回寢室，宿管盯上你了，跟主任彙報叫你家長來了。小猴子要坐起，姚燦卻按住他，小猴子說我媽來了？姚燦說，還沒有，應該就在這幾天。小猴子說，我見到揚哥了，姚燦問在哪？小猴子講述一番，卻略去了自己去嫖的事。姚燦陷入深思。小猴子問我說夢話沒？姚燦說說了，小猴子問說啥了？姚燦說，嘟嘟囔囔的，好像在喊，曉玲曉玲。小猴子一下子十分激動，眼淚滾燙地往外湧。

姚燦走了。

下晚自習孫睿說，鐘亞雯老師這兩天臉色蒼白，仿佛害了什麼病，看表情卻又像挺高興似的。我以後再也不說姚燦鐘亞雯的事了，這年頭想平靜地相守都不容易，還要面對那麼多的流言。又說多虧你和四班姑娘救我，今天在樓道撞見鄭強，他沒再訛我的錢，看來連鄭強也不敢欺負我了，救人一命勝造七級浮屠，猴子哥，你這次救我恐怕已造九級，佛祖慈悲，定會讓你度過難關的。四班姑娘身手不凡，長得又漂亮，你兩挺適合，感情這東西可以慢慢培養的。

小猴子不理他，一直靜靜地躺著，直到週一張揚回來，沖進寢室見到他時，仍是如此。

7

張揚沖到操場，小猴子已跑向了校門。張揚追到操場下的廢球場，那裡正忙著建國際部主樓。

施工前，鄭強魯京兩幫曾在此群毆。魯京魯緯膚色棕深，頭髮自來卷，活像兩個南亞兄弟，功夫也像托尼・賈一樣了得。鄭強把二班能喊的人都喊上了，那晚因年級長喝止，沒打成裴勝，心中憋屈，以後變著法子整他，用紅外線筆照他眼睛不許他閉眼，直到有人提醒再照該瞎了才停，揪他的雞巴不許他叫，裴勝苦不堪言。這次大戰魯京，鄭強對裴勝說，敵我矛盾高於內部矛盾，先一致對外，打得好就饒了你，裴勝立刻答應了。

魯京魯緯通過巴特勒約了九班閑漢幫忙，但那天很多人都沒寫作業，大課間老楊不讓下課，沒交作業的每個單詞罰抄一百遍，老楊親自監督，魯京魯綿來叫人，見到了氣得夠嗆，魯緯臨時想招兒，老楊你不是挖我的人嗎，遂去辦公室把英語組音響偷走了，帶著mp4，趁打得正酣，用音響放起了黃片，連串的女人呻吟高亢地響起，鄭強幫剛一走神，魯京幫就棍如雨落，打得鄭強幫四下潰逃，胡守利在操場上遛彎，聽到呻吟以為學生在打野戰，走下來，魯京幫也跑光了，音響還在地上。胡守利抱起來，咦，這不是辦公室的？問在場施工的工人，他們只是笑，都說沒看見誰帶來的。

鄭強戰敗，決心報仇。

張揚跑下來時，籃球架已撤，這裡的圍牆將來要開一個國際部側門。學校近期聘請了外教，俄國人，說起英語舌頭和牙糾纏不清，他只上課不坐班，月薪卻一萬五，是中國籍教師的五倍。學校專為他在宿舍頂樓裝修了一間屋子，仿四星級酒店，彩電微波爐冰箱洗衣機熱水器全部配齊。通往這層的樓梯安裝了鐵門，除了校長副校長和主任，只有外教有鑰匙。據說國際部建成後，要申請撥款，聘請更多外教。

張揚沿竹林小路跑向校門。翠竹一蓬蓬的，綠得濃郁，徐風輕吹，瑟瑟作聲，如揉綠的水波。

小猴子和孫睿在一起，孫睿見張揚來了說，揚哥快勸勸猴子，別讓他在一棵樹上吊死。

小猴子面露羞慚，說，我只是想出去逛逛。

小猴子已經退燒了，被鄭強打腫的眼腫還沒消，張揚說早知如此，那晚就不喊你去嫖了，你慌裡慌張的，又去找她嗎？

小猴子似無地自容，不怪你，是我自願的。

張揚問，你覺得你和她之間有心靈之愛嗎？

小猴子面色固執，似不想再聽。

門口有人喊，邵思宇唉！聲音如小販嘶啞的吆喝，小猴子忙扭頭，媽！一個頭髮半黑半白的婦女，背著竹簍站在校門外，簍裡站著個穿紅衣的小女孩，扒著簍邊。

媽媽說，我和你妹妹趕早班船來的，老師打電話說你不老實。媽媽翹起滿頭皺紋，難堪地笑著。

孫睿忙替小猴子辯解。媽媽彎腰跟兒子的朋友們打招呼，我順便去縣裡買了些種子，最近老是下雨，你爸腰腿又開始疼了，地裡白忙活一頓沒賺到錢，現在種地的不多，像你這麼大的人都出去上學或打工了，村裡只剩下我們這歲數的人了。我給你帶了兩罐醃蘿蔔，翠兒，給你哥拿鹹菜！

小猴子說，媽，這是張揚和孫睿，咱們先去吃飯吧。

媽媽說，真是棒小夥兒，那麼高的個子！兒呀，你咋瘦了？看這眼睛腫的，熬夜了？沒錢吃飯了就叫你爸打錢，別餓著。

小猴子心裡的孟曉玲和傷心霎時不見了。門衛在傳達室說，我認得你，你跑出去好幾次了，你的假條呢？

小猴子說，我媽來了，我們吃完飯就回來的，這裡又不是監獄，雖有人抱怨說對待我們像犯人，可我依然愛著這個地方，因為它是我在縣城唯一的家，我孤身一人，這裡有我的被窩和兄弟，我不回這兒又去哪？說罷激烈地抖動著下巴。

門衛默許了。

張揚說，阿姨，我們都是好學生，但不知為何混到了這步田地，跟您一樣，忙活一年，賣了不少糧，卻沒掙到錢。往後還可能有更多痛苦。是我連累了你們，往後該我還的債我自己還。

小猴子媽媽迷惑地望著遠方。遠處路面，積水這兒一汪，那兒一片，望不到盡頭。

小猴子說，揚哥，你是撞上倒楣了，有難本該大家一起扛的，把筐子放在計程車後備箱吧，你坐後面抱著妹妹，別嫌她髒。

張揚說，好孩子，哥哥抱你！掐起小姑娘胳的肢窩。小姑娘格格地笑了。

車到主城，道路擁堵，冷風中十幾個女人，只穿褲頭乳罩，露一身的肉。周圍喇叭不停地叫著，她們卻不挪窩，每人舉塊牌子，被看熱鬧的人層層圍著。

媽媽說，這些姑娘咋不穿衣服就出門了，難道正睡覺被人揪出來了？小猴子說，媽媽，那是泳衣，叫比基尼。

媽媽說，這麼冷去游泳，那怎麼不去水裡，還舉著那麼多牌子？

他們看牌子上寫著「彭曦置業，綠城新景，西南第一樓」，小猴子說我下去看看。他個子矮，撥開人叢，差點擠到一團肉，是個身材高大大胸大屁股的女人，左右屁股蛋各印一個方塊，是微信二維碼。這些女人個個屁股上都印著，是地產公司雇她們沿街宣傳的，她們冷得直發抖，其中一個姑娘吆喝著，耗子手摸到老娘身上了，你掃碼對屁股掃嘛，用得著摸？我大哥摸都要我同意呢！

有個聲音喊道，胡說，我還用你同意？

說話者從對面走來，小猴子聽那聲音很熟悉。女的立刻換了副腔調，嗲著嗓子說，他摸我嘛！來者說，一再告訴你們要有淑女風範，瞧瞧，好端端的又闖禍！然後轉身，你為啥摸人家？

這叫性侵你懂嗎？說吧，是賠錢還是報警？

小猴子想看這人是誰，卻被兩片大紅胸罩擋住了。一個四十多歲賣菜的漢子，三輪車停一邊，喪眉搭眼地賠笑，湊熱鬧不小心挨著了，放我走吧，還得回去割菜。

那人說，割菜重要，賠錢更重要！你看她，這麼冷的天，一大早就讓你髒手給摸了，晦不晦氣？要不咱去派出所聊！說完就要拉賣菜的走。

賣菜的向後縮，笑得更難看了，算我倒楣，我只有這兩百塊，都給你罷！掏出皺巴巴一摞五塊十塊，那女的彷彿被灰土濺身上了，噘著嘴躲開，那男的說，你打發乞丐呢！找個好點的雞也要——咳咳，我雖沒找過，但恐怕也不會少於五百塊，你看這姑娘俊的，一擠能擠出水來，卻讓你給摸了，兩百塊就想打發？

許多人背過臉笑。那人又說，我看看這車裡藏的什麼——嗨，空的？一大早賣啥了，賣這麼點錢。

賣菜的說，一車萵筍二百多斤，八毛錢一斤，你算算嘛！

那人俯身，小猴子一見是白胖阿六，忙縮回腦袋，有人抓住了小猴子，是張揚，拉著他出來說，這裡不安全，咱快走！

白胖阿六在人群裡又說，老子問你兩百塊能打發你不？那女的乾咳一聲說，咋可能哩！阿六手機響了，喂，是我，什麼？我馬上過去！

女子叫喚著，大哥回來啊，幫我多要點錢啊！長長的顫音讓人更冷得哆嗦。

小猴子他們往回走，發現一個酒樓，挑個挨窗的桌子，對著長江。窗外江灘的民房正在拆，廢墟上站著些人，在僵持著，旁邊拖拉機卡車吊車像一堆垃圾，堆在施工隊鐵皮房跟前，橫幅上寫著「彭曦地產，幫你實現中國夢」。

點好酒菜，妹妹吃得倆眼放光，滿身的口水茶水和湯水，媽媽罵著女兒，不住地給她擦。在妹妹的感召下，眾人風捲殘雲，吃完看著窗外，白胖阿六又在人群裡了。小猴子問張揚，那天在山上碰見你和萬香，究竟是怎麼回事？又是誰帶我回學校的？

張揚卻說道，阿六的老大鄭先生，就是鄭強他爸，在縣城裡呼風喚雨，最早做地產公司的馬前卒，走到哪打到哪，哪怕整村釘子戶，也在規定時間收拾利索，使專案運作，深得地產商的信任。進而組織施工隊，插手建材生意，並參與本地售樓，從保安公司的地位，越來越深入到彭曦集團內部，在臨州沒人能與之抗衡。只有魯京魯緯的父親魯先生，因為和重慶的某區長是把兄弟，敢與鄭先生爭利。

他又指著窗外，一直以來，是魯家包攬縣城的土方和水泥，鄭家崛起後也涉足建材，自此便紛爭不斷。鄭家在郊區新建了水泥廠，就在濱江路西側，離我們學校不遠，幾經談判不得不與魯家人合夥，工人多由魯家出的。但因股權紛爭，雙方均不肯退讓，魯家更是指揮工人霸佔工廠，攆走了鄭家人馬。鄭家準備收回工廠。地產公司當然願意鄭家壟斷建材，但這事也有些尷尬，因為重慶的區長也不好得罪。這窗外的紛爭卻不是關於水泥的，而是土方的。魯家拉來的土，據專案組檢測，土質鬆軟不過關，所以決定不使用，而重新交給鄭家來做，魯先生便生氣了，我的不過關你的就過關嗎？於是對峙上了，你們看！

一幫人圍住了工程隊，順著張揚所指，只見一個穿黑夾克腦袋油光的人，正是魯先生。有人掏出槍喊道，叫你們經理出來！

棚屋驟然沖出幾十個人，像退伍的特種兵，全副軍服，手持鐵棍，眼神像寒冰，魯先生的本地混混沒見過這陣勢，開始腿軟，魯先生騎虎難下，號令開戰，但槍還沒舉好特種兵已經沖過來了，鐵棍打上胳膊，劈劈啪啪遍野的骨折聲，魯先生的兵馬躺下了大半，沒躺下的尋思要跑，卻怕老大責罵，但回頭一看，哪還有老大？早跑了。事後，魯先生慶倖沒讓倆兒子來幫忙。

滿地的人像頻死的魚，扭呀扭，一聲笛鳴，警車顛騰過來了，走下幾個穿制服的，白胖阿六忙去敬煙。制服轉悠著，蹲在被打趴下的人旁邊，從裡面拎起幾個能站起來的，塞進警車里拉走，餘下的人傷太重，被抬進了板屋裡。

孫睿心驚膽寒地說，就是他們！

小猴子媽媽怕妹妹嚇著，摟緊了她，合上她的眼，貼著她的小臉說話。

小猴子仍問，你還沒告訴我那天為什麼碰見你和香姐。張揚神秘地一笑，說，我們在做秘密的事情。小猴子表情激動，什麼事？張揚說，正因為秘密所以才不能說，小猴子說，對我也不能？張揚卻說他要走了，請小猴子照顧好阿睿，凡事謹慎，但也別過於擔憂，見招拆招就行，生活不就該這樣嗎？

小猴子問香姐呢？張揚說她去看看婉楓，也要走的。說罷把酒飲盡，道聲保重，起身離去了。

小猴子和孫睿把母親和妹妹送上公車，讓她們先去學校，他倆要再玩會兒，母親走後，倆人卻在路邊遇見了巴特勒。

8

巴特勒拎著個鼓囊的袋子，對著一個女的眉飛色舞地說話，女的低頭，神色黯然，巴特勒直到跟前才看見孫睿和小猴子，孫睿說你不是該在掃除嗎？怎麼跑這裡了，還帶著個美女。

巴特勒指著女的說，這是大學生唐嘉佳，去過我們圖書館的。

唐嘉佳一臉不寧，笑得頗不自然。小猴子孫睿都很納悶。巴特勒問吃飯了嗎，沒吃一起來吧！

小猴子說，什麼一起來，看你眼神就知道生怕我們答應，我們吃過了，就算沒吃也不打擾你們，拽起孫睿走了。

過一段路，又擁堵起來，一群人圍著一圈在打架，竟又有白胖阿六，還有雪豹阿四，他們圍住的人，竟是張揚！

張揚被他們瘋狂圍攻，奮力招架，小猴子說阿睿快走，別讓他們看見你！孫睿自知幫不上忙，只好走了。

小猴子深吸一口氣，看看天，天混沌而寧靜。他跑過去，憤然一躍，從後面竄上阿六肩膀，伸指往他眼裡戳，阿六大叫著甩開他，眼險些被戳瞎。

小猴子趁機左右閃轉，打倒兩人，和張揚背靠背形成合力，殺出重圍往西跑。後面的人緊追不捨，阿六高叫著難得撞見，別讓他們再跑了！

快到岔口，遇見一群女人，站成一排，光腳踩著濕漉漉的路面，白白的小腿濺起泥水，像淌出焦糊的血，像風吹幹髒乎乎的眼淚，手被一根長繩捆成一串，低頭走著，盡力讓頭髮蓋住臉，但蓋不住臉上的羞愧和憤怒。

小猴子看見張揚找過的黑髮也在裡面，驚訝地放慢腳步，黑髮也看見他和張揚了，她悲傷的臉上冷冷的盡是屈辱，直勾勾挑著眼望著他們，像要刺穿他們。

小猴子心被揪住了，低聲哀叫，想看孟曉玲在不在，但稍作停頓已被人踢翻，許多隻腳踢在了他身上。

有人吆喝著跑來，住手，我是員警！但一看打小猴子的人，又轉而對那群女的說，看什麼看，還有臉看別人，讓別人先看看你們，看看妓女都長啥樣！沒讓你們脫光已經不錯了！

幾個拿攝像機的，仿佛電視臺的，在隊伍前後跑著跟拍，端著話筒採訪員警，小猴子聽不清那些大義凜然的話，越來越多的腳在踢他，耳朵嗡嚮著。

張揚殺回來，對方人多，沖了幾次，沖不進包圍圈。

一輛車飛奔著，把幾人撞飛，有個人落在那隊女人旁邊，把記者的相機碰掉了，記者惡聲說，我們是領導批准拍攝的，誰敢攔阻我們揭露社會問題！

雪豹阿四也被撞出去老遠。車在小猴子面前剎住，張揚扶起小猴子上車，司機又是上次開車的蒙面人，車掉頭就跑。

一輛警車跟上去追。

濱江路沿江段，前方一大群人，拿著鏟子鎬頭沖到路當中，旁邊一個工廠，門牌是「流星水泥廠」，小猴子驚魂甫定，這就是魯鄭兩家爭奪的水泥廠？

張揚不答，望著前方說，硬沖！

蒙面人長按喇叭，人群躲閃，車沖過去。

人群剛合上警車就到了，有人說，打這麼多電話，終於肯派車來了，怎麼只有一輛？該多派些，把魯家的龜兒子全抓走！讓我們老大占三成股，明擺著欺負人，不收回工廠絕不甘休！

人群暴怒，喊打喊殺，警車裡的人鳴槍示威。等警車出了人群，張揚小猴子早已跑遠，又像上次一樣把小猴子扔在校門口，張揚也不解釋就直接和蒙面人走了。

第四章

1

張揚回來的前一天是星期天，巴特勒拿父親出國帶回的幾張十元美鈔，去附近的銀行換人民幣，有個人黑髮濃密，在腦後用網兜箍著，竟是來過圖書館的大學生，正在銀行實習的唐嘉佳。

巴特勒心一動，踟躕著走過去打招呼。

巴特勒上次見她時莫名地緊張，今天又碰到了仍有些慌，但唐嘉佳落落大方，而且比巴特勒年齡大，巴特勒沒把她當同學看，很快就又不那麼緊張了。

與眼前這位成熟美麗的姐姐即將打破陌生，這種微妙的情緒使他興奮，他說，我有很多問題想問你，我們高中的生活枯燥無聊，我老是憧憬著大學，似乎上了大學就能自由了，能告別考試和習題的限制，能按自己的喜好享受讀書了。我說享受讀書是真的，讀書本來很有趣的，可現在整天做題，把讀書的樂趣都磨沒了。你告訴我大學是這樣嗎？上次就想問你了，卻不好意思開口，大概因為，——這樣說，你該笑話我了，——心裡緊張吧，你那麼優秀而有氣質。他說到此又有些慌了，極力克制著。他說，我從不會說這些話，好彆扭，他們卻很會說，——我是說我們班的男生——，你可別怪我唐突呀！

他試探似的說完，心裡輕鬆了許多。反正她比他大，他故意露出些孩子氣。

唐嘉佳吃驚似的說，你真有趣！大學不像你想的那樣，我剛進大學時也滿心憧憬，幾年下來卻說不清都幹了什麼，上過些課，但考完一門忘一門，還不如高中，至少還充滿希望，大概人在希望之中，總比實現希望更覺得美好。很多女大學生把能逛的街都逛遍了，沒地方可去，一下課就回寢室，躺床上看電視劇。大學生成群地生活在一座城裡，卻對這城市很陌生，因為心系著未來，眼前的都是暫時的，但未來卻又很茫然，仿佛有的是時間可以浪費，因此不停地揮霍，和你們一樣缺乏生活，或可能比你們還嚴重。我高中在拔山上的，那時鎮子裡還有中學，不像現在全都拆完了，而且還沒流行住校，每天和父母在一起，周圍是鄰居和朋友，過得很正常，大學卻不行了，脫離了固有的家，又沒有當地語系化，像在孤島上一樣。改天你來重慶，我帶你逛逛我們的校園，從外表來看環境倒是很好的。

巴特勒有些悲觀了。但她的一些話仿佛在描述他目前的生活，他說怎麼和我們似的？

她說，都差不多。

他說，但不限制人身自由了吧？

她說，這方面要好些，我們班就有不住寢室在外和男朋友租房的，學校整天說管卻也不管。

他問，你呢？

她說，我才沒有。

他有些高興了，說，你該多出去走走的。我來這兒已經五年了，很喜歡這兒的風景，沒事常在江邊溜達，尤其傍晚。對著晚霞我常想，我們這些人多麼渺小，各自心頭的那點喜怒哀樂，放在天地之間多麼的不值一提，這山，這水，已靜靜存在幾萬年了，見過多少大喜大悲，卻巋然沉默，靜美如初。一百年前我所站立的江岸又是什麼樣子？面前的江水，對岸的山巒，大概仍是這樣罷，身後的世界卻完全不同了，沒有水泥馬路，沒有高樓車輛，那該是怎樣一個陌生的世界？但它也活生生存在過，裡面的人也和我們一樣幸福過，悲傷過。我靜靜地想著，仿佛忘卻了自我，只感到一種深沉。佳姐，若有機會，我們要背個包裹，帶上幾件衣服，把對面山峰一個一個地翻遍，遇夜就擇地而眠，饑了就遇飯館便吃，從根本上來說我們都是自然人，社會的習俗，眾人的要求，都苦了我們，我們不如結伴來它個反抗，在自然中尋回生命的本質，那該多好！

巴特勒沒在乎話語的內容，什麼起勁就說什麼，心思光放在話的效果上了，仿佛在一根易斷的弦上舞蹈，危險而刺激。

傾吐貌似成功，從唐嘉佳神往的眼神裡能看出來。她像受了震動，搖頭感歎著說，這都是美好暢想，不易實現呀，想不到你還挺有詩人情懷！

還真管用。竟然管用。

他仿佛找到了竅門，心砰砰地跳，被引誘著，繼續熱烈地試探，談生活，談理想，唐嘉佳隨便一回應，就被他抓住話尾巴，來一通發揮。他提出一個又一個美好暢想，雖不涉及親密性，但親密的可能性在這些設想中昭然若揭，他既得寸進尺，又維持禮節。

我還有這一手呢，怪不得阿睿說女孩子不能追，越追越把她捧上天，越是恬不知恥地進攻越能得逞，今天算是領教了。

她說，現在的中學生想得真多，我們那時可什麼都不懂，他說我也不懂，只是在你面前感到自然與親近，她問為什麼，我們才只見過兩面呀！

他說得上了癮，答疑似的邊想邊說，但這什麼也證明不了，你大概也知道白頭如新傾蓋如故的典故，況且有些女子，別人被她吸引，她不想這是源於她的魅力，卻首先揣測對方是否是在騙她，但從今天起，再有男的為你震撼，你不必再認為他壞了，他只是第一次開眼界罷了。

他循著邏輯，自圓其說，唐嘉佳紅著臉說，你說是就是吧！

有員工喊唐嘉佳去做事了，巴特勒忙說自己來換錢的，唐嘉佳領他去了櫃檯。巴特勒意氣風發，一出銀行，卻覺得好累，仿佛從來沒有這麼累過。

2

第二天張揚回來，周玉璽安排完值周，宣佈解散。巴特勒收到唐嘉佳的短信，問能否見面，他說當然可以，他以為自己的進攻讓她心動了，但看她的口氣又不像。他對門衛說垃圾箱滿了，只能出校門倒，然後裝作不小心把簸箕笤帚掉下了欄杆，四顧無人，拔腿就跑。

唐嘉佳約他到濱江路進主城的拐口見面，她看起來十分疲倦，哀傷，問她卻問不出什麼原因。他們到處閒蕩，快到中午，她問他餓不餓，他說你呢？她說一起吃飯吧，他說要不買些肉菜，去我家做了吃？我家也在這條街上，從你們銀行往東不遠就到。

她說沒去實習，不想讓銀行人看見她，他問她為什麼沒去，她卻不說。他說沒事的，我們快些走過，他們那麼忙不會看街上的。她沒再拒絕。

他們沿著濱江路，遇見了小猴子孫睿見過的那群穿比基尼的女人，巴特勒輕視地瞟了她們一眼，卻更高興了，彷彿對比之下更顯示出了唐嘉佳的美好，遠勝過那些庸俗女人。拐進菜市場買了些肉菜，剛回濱江路就碰見了小猴子和孫睿。

巴特勒看著他倆深一腳淺一腳的，踩著淫雨浸得到處是水窪的人行道離去了，攜唐嘉佳又走了一會兒，來到他家社區。

社區在濱江路東段的老城中心，路邊有個寬闊的小廣場，從寫字樓旁邊樓梯下去，七拐八拐就到了沿江建築群，這些地段在城東是老小區，如巴特勒的家，多為六加一式公寓，西邊地段正在拆遷，中部已經建成幾個高層社區，每棟三十多層，密密麻麻的像煙囪杆。巴特勒家的老小區有二十棟，他家的那棟正對著長江。

老小區樓層低矮，雖寬敞舒適，卻漸漸不時興了，蓋好的年齡並不長，但聽說已被彭曦地產統一規劃，納入了佈局，鏟車將會開來把樓夷平，蓋成名為江畔新城的社區。巴特勒的父母很希望拆遷，按上漲後的房價，能賠償兩套兩室一廳，巴特勒卻不願拆，他從初一就一直住在這兒，對這房子有了感情。

他帶唐嘉佳上了三樓，廳內香幾桌案，沙發盆栽，樺木廳櫃，佈置井然。唐嘉佳很拘謹。飯廳，精漆花梨木桌，六把扶手椅，他們插上電鍋，不一會兒水響了，巴特勒拿出兩副碗筷，倒好蘸料，把香菇油豆腐牛肉片生菜蝦仁蟹棒下到鍋裡，取出一瓶竹葉青，倒了兩杯。

唐嘉佳睫毛閃閃的，在熱騰騰的蒸汽裡，真美，巴特勒心裡暖烘烘的，望著她說，這才有家的感覺，我們雖還在讀書，但若能有家該多好，家不是地方而是人，有家的人生才是完整的。我越長大，在自己家裡越覺得不像在家裡，父母回來，要看他們的臉色，父母不在，一個人孤單，再好的環境也沒意思。就像是人們都喜歡美景，但景色越美，若是孤單地欣賞反而越哀傷。此刻我倆一起暢談縱飲，這桌椅才忽然可親起來，這杯盤才忽然像了有生命，來，我敬你一杯，這竹葉青酒是我最喜歡的，它既有烈酒的竄鼻子勁兒，又至純而濃，清甜和酒烈交融著，真像是愛情的感覺，你該嘗嘗的！

唐嘉佳說，我爸也喜歡酒，我媽老是說他，巴特勒，你很善於把我們有同感的東西講出來，也很喜歡這樣做。

巴特勒說，那是作家的本事，我可不行。說完又敬她酒，唐嘉佳難以推辭，遂共飲。她嗆得咳嗽，巴特勒忙給她拿紙巾，她心緒不甯的，有時巴特勒說了半天，她才驀地抬起眼，面露不解之色。

巴特勒問到底怎麼了？

唐嘉佳放下筷子，仿佛想哭。巴特勒慌了神，越問自己也越恐懼。

唐嘉佳抿著嘴，似在醞釀。我讓人欺負了。

巴特勒一愣，不知道那是什麼意思，誰欺負你了？

唐嘉佳咬咬下嘴唇。

什麼時候？昨天？

唐嘉佳不做聲，也不否認。

巴特勒揣摩著欺負二字，想到另一層意思，猛地一顫。是個男的？

唐嘉佳像一頭受傷的小羊，癱著不動。

巴特勒小心地問，到——那種程度了嗎？

唐嘉佳不吭聲。

巴特勒終於意識到了事態嚴重。但他仍然不相信，不斷地追問，直問到唐嘉佳說是，才跌靠在了椅背上。

唐嘉佳蔫蔫兒的，不像剛發生過驚心動魄的事，但 想到可能的場面，亂糟糟的在眼前，巴特勒就喘不過氣。

唐嘉佳像在凝聚著力量。

巴特勒忽然摟住了她，把她的頭按在他身上，摩挲她的頭髮，她一下子哭了，哭得一身骨頭和肉都在顫，連頭髮都在顫，淚流了他一脖子。

他說混帳！他哄孩子似的說，不哭，不怕！

他像被打了幾巴掌，卻不是身上的疼。

他以前沒抱過女孩兒，她的身子柔軟溫熱，他身體有反應了，他自責，不料因為這事兒，還這麼快抱了她了。

他問那人是誰？她像朵缺水的花兒，氣若遊絲地說，我現在的鄰居，真想找人揍他，巴特勒輕拍著她後背，光揍他是便宜他了！

他摟得很自然，仿佛倆人已經打破了界限。他沉浸在痛苦和幸福之中。

她說，我租的是濱江路西頭一個旅館，帶衛單間，租期倆月。走廊兩邊是客房，月租日租的都有，斜對面住著個男的，每次見到我都打招呼，後來就要我電話，說想交朋友，我有男朋友的——巴特勒聽了像被掐了一下，但不動聲色地仍繼續抱著她——我見他不像有惡意，就給了他，他不斷發消息說喜歡我，要和我談戀愛，我告訴他了有男朋友，他仍然說個不停。我男朋友在成都一家軟體公司上班，有空就來重慶看我。昨天下午和你聊完，下班回去，有人敲門，房間很小，床尾有個玻璃窗嵌在牆裡，窗外是走廊，我從窗戶看到是他，就問你有啥事，他說要出門幾天，要退房，但過幾天就又回來了，想把箱子寄放在我這兒，說箱子小不占啥地方，我想了想，覺得也沒啥的，就給他開了門，誰知他一進來，把箱子放在門邊，竟把門關了，我說你幹啥，他說我好喜歡你，我們耍朋友罷！我說你不是放箱子嗎，我還有事，你出去！他卻不走，我趕緊開門，他守著門不讓我開，我叫他走，他卻一把抓住我胳膊，從後頭摟住我的腰，把我推到床上按趴下，扒我褲子，我使勁地翻卻翻不過來，我嚇壞了，叫喊著卻沒人回應，再叫，他就說，你再喊我就要打你了，他好大的力氣，然後就那樣了，我抓他的後背，哭著叫他停，他卻不停，又被他反過來摁著，後來，後來——

唐嘉佳說了好幾遍後來，說不下去了，巴特勒也不想再聽了，倆人像兩條快憋死的魚。她說，我掐他，抓他，他全不在乎，攆他攆不走，他一直說這說那的，我要出門，一站起來他就又把我拽倒，折騰了一個晚上，到現在還沒睡過的。

嗯，嗯，巴特勒艱難地喘息著。我知道，我知道。

他擦她的眼睛，淚幹了仍在擦著。

過會兒他們都站起來，巴特勒把桌子錘得咚咚響，碗碟齊震。她說，我不乾淨了，該怎麼跟我男朋友說。

他說怎麼不乾淨，他不接受就別和他在一起，你受到傷害，他本該保護你的。

她說，我還是告訴他罷，試試看，他雖然小心眼，但應該不礙事的。

巴特勒說你考慮好再說。但他立刻又急躁地說，反正我是要幫你的，不能就這樣罷手。他彷彿不願聽到她男朋友，她也看出來了，不再提了。

他說，誰料你住得這麼近，竟出了這樣的事，怎麼不打電話給我？

她說，要能打就好了，他把我手機丟在一邊，我一去拿他就勒我脖子，一會兒嚇唬我一會兒又道歉的，我都懵了。

人渣！他捧起她的臉吻她，她沒拒絕，鹹鹹的眼淚滑到了他的嘴角，熱，苦鹹。他們像被丟棄在海上的倆孩子，抱著同一塊木頭，四周只有洶湧的海水，和彼此尚且暖熱的身體。

他說，你咋承受的，分我一點倒好了。舉起酒瓶咕咕喝了兩口，一定要告他，明天我就陪你報案！

她說，讓人知道我的名聲就完了。

他說，我們報的是員警，員警怎麼會讓人知道？對了，有沒有證據，比如他的體液？他想說精液，但覺得噁心，仿佛那也配叫精液。

她說，他把我反過來摁著，還掏出套子戴上了，他一走我全扔了，單子也洗了，後來才聯繫的你，只是覺得你是好人才告訴你的。

他說我當然是好人了。說這話的時候有點慌，你怎麼給扔了，那可是證據呀！

她說我嫌髒，不想再看到。

巴特勒摟著她，下體忍不住頂起來，挪開怕頂到她。各種情緒衝擊著他，她的胸和他的擠在一起，如果得寸進尺，以她此刻的脆弱，估計准不會推開的。畜生。他想抽自己一耳刮子。

他聞著她呼出的氣息，像夢幻一般，他讓她伏在他的脖子上，擁抱的感覺真好，她安靜了，每一下起伏都越來越均勻。

他正對著廚房，窗外迷蒙，不辯哪裡是天，哪裡是水，對面的山染著白濕的霧，飄忽地糅在一起，看不清霧靄的邊緣，幾座山尖從迷茫中掙脫出來，清晰地立於頂端。

巴特勒在唐嘉佳後背摸到一條紋路，是乳罩的帶子，他記得以前看見母親穿乳罩時也有帶子。又想起了某一天，一個女同學遲到了，跑進教室，胸口顫巍巍地顛騰，平時不會輕易顛騰的，那女同學的座位在他的正前，坐下之前，他看見兩個小疙瘩從她白色短袖的斜前方凸出來。

他又想起暗戀著的她，感覺有些不同了，彷彿以前的許多，都是在為此刻擁抱唐嘉佳做著準備，雖然這一刻並不完美，讓人惱火，終究開始佔據他的身心。

他笑了，彷彿上天可憐他，給他個女孩子讓他摟著。他說，雖然我不知道怎麼做才能讓你好受些，我連戀愛都沒談過的，但我剛找到了家的感覺，不想打破。

電鍋燒幹了，他去加水，他說你好好吃飯，我們一起面對。

香氣繚繞，二人卻沒心情再吃了。

他說你一定恨透男的了。

她說想起來就恨。

他說我也是男的，但我不壞。

她說我知道。

他說真榮幸！說完又抱過來。她說，如果他真地不接受了該怎麼辦？他說那不是還有我嗎？

他控制不住地想借此機會，拆散她和她的男朋友。他大著膽子把手放在她胸上，像被吸進了一座繽紛的彩虹，把他吸到了軟綿綿的迷幻中。她呼吸急促，默默地承受著。柔軟，似乎還可以再壓，但他不敢動了，像握著剛孵出的雞崽，暖融融蓬鬆松的，彷彿一不小心就會傷及那一團滾燙的性命。
他心跳太快，也怕她生氣，就移開了手。他竭力在擁抱中保持著堂皇的熱烈，不與身體的蠢動合一，像要把自己和強姦犯區別開。奄奄一息的唐嘉佳，在他柔和的接觸裡慢慢地恢復著。
她說，我沒報過案，而且員警都是男的，多丟人！
他說，你是受害者，正大光明，丟人的是罪犯。我也沒報過，不如問問別人，你不是認識淑陽姐嗎？要不問她？
唐嘉佳一臉不情願，當然認識了，她到我們學校募捐，我還捐過十本書呢，可是這不好吧？
巴特勒說，有什麼不好？淑陽最疾惡如仇了。
唐嘉佳說，你怎麼這麼鎮定？我比你大，卻只知道慌張。
他說，哪能怪你，任誰出了這種事，都會六神無主的。
唐嘉佳說，說起圖書館，我想起上次那女生王婉楓了，你們都喜歡看書，你跟她談對象正好。
巴特勒說，你誤會了，我和她熟悉了這麼久都沒有那種關係，以後更不會有的，別擔心。
唐嘉佳說，我擔心什麼，跟我又沒關。
巴特勒說，當然有關。
唐嘉佳說，不說這些吧！
淑陽正在逛街，巴特勒說明原因，淑陽很快到了他家。唐嘉佳又描述了一番，淑陽問，現在可以用作證據的東西，都有什麼？

唐嘉佳愁容慘澹，只有我把他的背撓爛過。

淑陽說，這確實不好弄，但強姦在五年之內報案，都不算失效的。

巴特勒說，那趕緊報吧，別讓他跑了！

淑陽掏根煙吸上，說，可以報案，至少那人應該接受調查，但結果不一定會贏，而且可能有風險。

什麼風險？唐嘉佳問。

不確定。我們大學也有遭遇這類事情的人，甚至有在教學樓的女廁所，下晚自習被人跟進去強姦的，最後都沒報案，而是接受了學校的協商，選擇保研作為賠償，把事情壓下了。

淑陽的眼神像黝黑的山石。

唐嘉佳惻然垂首。

巴特勒只覺得唐嘉佳這般秀麗，今受此侮辱，怎能罷手？聽淑陽這麼一說更急了，一味地攛掇，不試試怎麼知道不行？況且放了那人，他嘗到了甜頭，以後豈不更會做惡？

淑陽不管巴特勒，只是問唐嘉佳，想知道她如何決定的。

淑陽眉宇之間，似也鼓勵唐嘉佳報案，但鼓勵之中仿佛暗含著保留。

最後，在巴特勒激昂言語的刺激下，三人決定明早報案，淑陽陪同，巴特勒想辦法溜出學校一起去。唐嘉佳今晚不回旅館了，就住在巴特勒家，早晨九點在巴特勒家匯合。

主意已定，淑陽走了。

巴特勒收拾罷碗筷，把唐嘉佳安置在自己的臥室，把家裡鑰匙給她，關於如何洗澡，冰箱有什麼可吃的，都囑咐清楚，看看已經下午四點，就回學校了，臨走時說，你別怕，明天全力以赴，一定把那人給抓了。唐嘉佳凝望著他的眼睛說，你路上慢點兒。

3

巴特勒納悶地回想著，咋進展的這麼快，還出了這檔子事。像在嚼檳郎，一會兒紮嘴，一會兒沉醉。回到學校，眾人已收工，老楊正在班裡開總結會。

巴特勒一進班老楊就說，巴特勒跑三千米，籃球賽打前鋒。巴特勒啊一聲，老楊說啊什麼，就這麼定了，艱難地低著大腦袋，往本子上記，粗脖子憋得紫紅。

眾人偷笑，老楊說還有臉笑，快比賽了，遲遲選不出個運動員，你們是孬種嗎？孫睿喊，不是！老楊說，孫睿，四百米接力第四棒！

眾人覺得瘋了，哄笑聲如沸油加進青菜，爆響，老楊看著孫睿似乎也在想，就這樣的還四百米呢！但話已經出口，不好收回了，於是說，孫睿，這對你來說既是困難也是挑戰，往後你少吃多練，仨禮拜減肥二十斤，大家一起來監督，每個禮拜給你稱一次體重！老楊使勁地調戲孫睿，誰讓他搭腔呢，真是老江湖，自己這麼胖了，說起讓孫睿減肥來竟然不羞愧，就像有些當官的，逛洗浴找小姐，在檯面上卻又大談掃黃，一様地心不虛氣不短。眾人喝彩，教室像一口巨大的鐘，轟然長鳴，老楊在鐘尖上得意地扶著眼鏡。

老楊又說，最近班裡出了大事，張揚打架致人重傷，公安局的來過，張揚失蹤快一個月了，聽說今天上午回來又走了，誰有他消息立刻通知我，巴特勒孫睿，你倆是他室友，要格外地注意，聽到沒有？

二人各懷鬼胎，巴特勒惦記唐嘉佳，孫睿擔心四百米，一身肥肉行將犧牲，大聲反彈，聽到了！

老楊晃著粗腿走來了。

巴特勒忙往一邊躲。孫睿在一隻耳廓上被老楊揪起，跟著老楊碎步，踉蹌至門邊。

老楊腹部一鼓一鼓的像青蛙，孫睿你什麼態度，去辦公室站著！

孫睿右耳像燒水，聲音全灌入了耳內，抬腳正要去，老楊又叫住了他，讓班長先去辦公室拿電子秤來給他稱體重，班長稱完說，一百八十斤，老楊說，三周減不到一百六，看我怎麼收拾你！孫睿眼前就一片黑了。

回到寢室，巴特勒問孫睿後來如何，孫睿說，罰站，挨罵，還不是老一套？老楊讓我寫檢討呢！他們就喜歡這些空洞的玩意兒，明知道你不認同，仍要你寫，擺明了要壓服你，叫你說假話你就得說，這就是他媽的權勢。

早春的鳥兒已開始活躍，窗外有窸窣的雨聲。孫睿說，我在想揚哥和二班那女生吃啥，下雨住哪兒，逃亡也要有錢呀，物價這麼貴，租個單間要每天至少要五六十，加上兩餐飯，一天至少得一百。他們八成在野地坐著或躺著，衣服髒了就趁雨水洗，但那女孩兒怎麼辦，一個姑娘家的脫了衣服用雨洗嗎？新聞有時會報導，有某個瘋女人光著身子在河裡洗澡洗衣服，難道就是跑路多年的下場嗎？

小猴子進來了，孫睿忙問，你和揚哥打贏他們了嗎？

小猴子卻全身哆嗦著，臉上的傷痕紫青，問，有煙沒。孫睿說沒有，我去別人屋給你要一些，出去不一會兒，拿著幾支煙回來了，給猴子點上一支說，最近查寢很嚴，很多人都不敢說有煙，怕有人向老師告密。

胡主任這時打電話來，叫小猴子去教務處。小猴子媽媽還沒走，剛挨罷批，愁眉苦臉地替兒子道著歉，妹妹嚇得直哭。主任一看見背簍和一身土的妹妹就來氣。

小猴子非常難過，送走了母親和妹妹，回到寢室，脫下被微雨淋濕的衣服，晚自習也不上了，直接躺下了。

孫睿和巴特勒也都早早上了床。睡不著，自然要說性，說愛，說女人。孫睿說，猴子哥，我早有話想說了，對於愛情我是這麼想的，愛情是一種不倫不類的病，是恐懼、軟弱、依賴等等病態特徵的綜合。

狗屁理論，巴特勒說。

孫睿說，大巴，這不是狗屁，你看猴子英勇有為的，竟把自己燒成黑小的碳棍，仍躺在愛情的火焰裡不出來，而你巴特勒，每天向教室那邊張望，別以為我沒看到，可今天你和另一個姑娘在一起，幸福得就像要發暈了似的，而這段時間你天天眺望的那個女生，恐怕又早被你扔到一邊了。愛情從來都和真相唱反調，哪裡有真相就沒有愛情。愛得越深，痛苦越多，比如虛偽的痛苦，因為越愛越不能說實話，比如你在街上看到美女心裡喜歡，那哪會不喜歡呢？但你跟哥們能說，跟戀人你敢說？說了她會吃醋，而你愛她，自然也想要在她面前保持你良好的形象。你會掩蓋感受取悅對方，不斷地積累虛偽，到最後兩人都很累。愛情是苛刻的，越愛越期待完美，並難以容忍人性的瑕疵，可以說是越有愛情，愛情的負面作用就會越凸顯，讓它自身難以維持。愛情是「自殺式」的，導向它自身的衰退和毀滅，在實際生活中，要想維持一樁愛情，反而需要通過不那麼愛。這麼病態的東西，真得防止被它玩弄！有一本書上說，在法國古代，新娘新郎直到結婚前彼此都還不認識，卻可以一生互敬，關係牢靠，我國古代不是也有許多類似的例子？彼此合適，互有好感，就應該穩定地結合，用情義和信諾做粘合劑，如今多少戀人成天喊著愛，但是上床可以，以身相許卻下不了決心，他們會說，生活哪有那麼簡單，或者會說，還要多多瞭解彼此，萬一不合適呢？藉口很多，把本來淳樸的關係搞得很複雜，可笑又可惡。自從愛情猖獗以來，人類的幸福就大受糟蹋，質樸被鄙夷，忠貞遭嘲笑。其實任何一樁美好關係，都必須有足夠的真誠與責任，才能開出動人的花，結出甘甜的果，揚哥問你有無心靈之愛，在我看來那並不是愛情，而是情誼，是格調與性情的契合。然而，男女結合的情誼，出發點更應該是生活，而不是志趣。一個女人可以和你志不同道不合，但只要互相尊重，或一定程度地相互漠然，生活習慣無大的衝突，就能夠呆在一起。如果有更多的關心和扶持，則更能樂呵呵地白頭偕老了。關鍵在於，兩個人都要明白男女的本質，並且願意按規律來辦事，不妄圖超越人性，做自尋煩惱或自我毀滅的事。說了這麼多，只是想告訴你們，愛情是毒藥，我孫睿絕不上當，我會找個靠譜的女人，一旦選擇了就儘快結婚，絕不虛耗熱情。我會跟她過起小日子來，沒什麼大喜大悲，但一定能安度晚年，不生變故。

小猴子說，你說的話根子裡是有問題的。人是有愛的，雖然艱難，但只能這樣。愛，就是只要她好好地活著，全世界都亮了。你一見到她就滿足，開心，見不到她，知道她還安好著，心裡也激動，踏實。你不再想得到什麼，無論她讓你做什麼你都願意，甚至把心挖出來給她，如果她要，你都願意。

孫睿說，你瘋了。

小猴子說，我沒有。

巴特勒說，小猴子說的我基本是認同的。

孫睿說，你們人多，我還是閉嘴的好。

靜了一會兒，雨停了。耳邊的喧嘩聲像從天上飄下的，越飄越近，下晚自習了。值周班不上晚自習。小猴子和孫睿彷彿睡著了，巴特勒卻還醒著。他今天的體驗，比過去一個月甚至一年的都多，手上還留著唐嘉佳的氣味，那種女性特有的混合著洗髮水、護膚品和體香的味道，以前從沒聞過。

他覺得她很慘，他自責著，昨晚若是和她在一起，就不會發生那事了。可是若非因為那事，哪能進展得這麼快？他竟沾了壞事的光，他覺得自己像個罪人。

或者，報案這些一弄完，他就走人，不再和她牽扯。

然而像有個旋渦，他怎麼繞都像要往裡跳。沒得選了？不是。不碰她不就行了？

但他回味著抓她胸的那一瞬，震顫再次以手指為中心，傳遍了全身。她頭髮長長的、薄薄的，像一捧輕柔的雲，仿佛依然蓬鬆在他的手裡，仿佛掬著一捧絲綢般的水。他身上所有碰過唐嘉佳的地方，都強烈地保留著當時的氣息，眼前浮動著她細細的臉、纖長的眉，哭、笑、說話、凝神不語等各種表情，讓他倦怠、流連，像濃濃的薄荷糖，涼爽、暢快，像剛發的嫩葉，柔軟、舒服。

他像是沒法再糾結該怎麼辦，他面對的另一半世界，那氣息是真實的，它的力量不斷地將他吸進去，應景生情的元素讓他自然地做出舉動，難以抗拒。她分明是在配合他，當他把手放在她的胸口時，她什麼都沒說，這意思不是明擺著嗎？

唐嘉佳這會兒上床沒？他的床呀！心砰砰地跳，不讓他停，他想給她打電話，但沒啥可說的，寧願回想、幻想，想得把被子頂起老高。他忍著，怕小猴子孫睿還沒睡著。他給王婉楓發了個短信，讓她明天請假和他一起去報案，有王婉楓在場，或許他能平靜些。

婉楓收到短信，問明原委，也很驚訝，但鐘亞雯老師今天剛住院了，姚燦陪護著，並囑咐王婉楓這幾天每天帶學生上自習，因此，她雖想一同去，也只好拒絕了。巴特勒詢問鐘老師的細節，婉楓說她也不清楚。

婉楓剛回到寢室，正坐在床上和巴特勒發短信。任芳噴著鼻孔的熱氣進來了，包往床上一甩，甩得眼線筆唇膏滿被窩地滾，說，跟誰聊得這麼火，又是你家才子？

婉楓說，哪是我家的？

任芳說，我以為你認定了是你家的呢！

任芳脫去厚底鞋扔到床下，人變矮了許多，鏡子迅速反映出這變化，令她惱火。鞋「嗖」地進去，又「嗖」地彈出來，再扔又磕磕絆絆地滾出來，她低頭從襠底下看，床下塞滿了鞋，沒地方了。她說，這麼多鞋，都誰給我買的啊！揀了兩雙最近不穿的，丟垃圾筐裡，垃圾筐打了幾個轉站穩，伸出四個鞋幫。

她說，你家才子最近有什麼新聞？

婉楓臉紅了，他明天陪一個女大學生報案，強姦案。

強姦？任芳露出濃厚的興趣，報案？有意思！她似乎被攪懵了，你家才子為什麼會去？與他有什麼關係？難道他想趁火打劫？

婉楓說，他不是這種人。任芳冷下臉來說，我和他一個班的，比你清楚他是啥人，咱倆是室友，有些話我不好明說，你這不靠譜的大才子，突發才思要陪個魅力十足的姐姐——肯定魅力十足，都強姦了嘛——報案，人家女孩被強姦了卻要他男的陪報案，非親非故的，不耐人尋味？既是你家才子不厚道，我也說實話罷，就是他成天在教室和人眉來眼去的。

任芳一臉輕蔑。

和誰眉來眼去？張璐剛進屋，聽到便問。

任芳說，不怕你們笑話，和我眉來眼去的。見婉楓臉色煞白，任芳又說道，是他想和我眉來眼去，而我沒理他，你放心，我不跟你搶，找對這號人沒興趣，天天瞪個傻眼色了吧唧地看著我，這號人心裡不老實，差不多的女的，一勾搭就能動情，被強姦的姐姐肯定也發現了。

夠了，別說了！王婉楓捂著胸口，痛苦地閉上眼。

張璐說，別說的那麼邪乎，巴特勒哪能對你有意思？

任芳顫抖了一下，靜了幾秒，嚴峻而熱烈地說道，你們不信？以為我在騙你們？

張璐說，不信，除非你能證明！真那樣咱也不要他了，是不是，婉楓？

婉楓似乎盡了全身精力，在克制著一種衝動。任芳冷傲地說，我是好意，不信咱打賭，你們敢不敢？

張璐說，賭什麼？

任芳說，我發一條短信就能把這不靠譜的巴特勒約出來，五十塊錢賭不賭？

張璐說，賭就賭！

婉楓看著張璐的臉，似在尋找勇氣。

任芳真發短信了。燈泡雪亮，照得屋子分外刺眼，人沒處可躲。任芳搖著手機，滿臉的得意和真誠，看見沒有，他回資訊了！

張璐愣了。

任芳說，我去會會他，不過你們放心，我不會動他的，我只是給你們看明白，好讓你們死心！說罷吐了口氣，仿佛某個事情已經完結了，開始對著鏡子扭屁股，用棉簽擦眉線邊兒。

趁著任芳去廁所，張璐小聲問，巴特勒瞎眼了嗎，怎會看上任芳這種東西？婉楓說，他真是瞎眼了。

任芳從廁所出來，全身都像飄起來了，去見巴特勒了。

她一走張璐就問，要提醒他不？婉楓說他已經瞎眼了，提醒還有什麼用？張璐低頭想了一會兒說，這也能理解的，他是男孩兒，不瞭解我們女孩兒，女孩兒在男孩兒面前都是分外收斂的，不像在女孩兒面前，比如在寢室裡，更能暴露本性。巴特勒看到的只是外表的感覺，任芳給許多男孩兒的直覺，想必是灑脫健康漂亮的，巴特勒不在女人堆兒裡，不知道任芳幹的勾當，怎麼會瞭解她？任芳沒有灑脫健康的一面嗎？當然有了，但這是她的全部嗎？當然不是。看來，世界在每個人的眼裡，都有被歪曲後的某種樣子，真不知道真相是什麼，說來說去，全是我們一廂情願，自尋煩惱罷了！

有顆淚，從婉楓的眼底湧出，像破裂的水晶，碎了，滑在了臉上。

4

巴特勒收到消息，竟是一直以來朝思暮想的她，說想去操場走走，能陪我嗎？

這是怎麼回事，豔福全趕一塊兒了嗎？

他從未和任芳接觸過，任芳一直是他遙不可及的夢，難道她對他有好感了？

巴特勒下床精神十足地撒了泡尿。他要放棄，她卻自己找上門來了，看來一切皆有可能，一個曾經把他弄得神魂顛倒的女生，因為唐嘉佳的出現那麼快就不一樣了，這固然讓他吃驚，也讓他覺得誰都不必怕，包括唐嘉佳。

他打著傘走在雨裡，像在一片迷夢上滑翔，任芳婷婷地站在跑道邊上，嫵媚活潑，他的心又開始軟得像看不見的雨腳了，記憶重新撲上來，像閃電要劃開他的腦殼。可是又很陌生，和幻想對不上號。

他態度良好，彷彿心的背面有了唐嘉佳若隱若現，在支撐著他。濕潤的空氣，溫和，沁涼，每吸一口都很清爽，塑膠跑道像被雨水泡爛了，有時鼓起有時凹陷，猛一下就彷彿踩在了水煎包上，汁水四濺，弄得滿褲管都是。任芳說，聽說你要陪個姐姐報案？

巴特勒像有人要扒他衣服，你咋知道？

任芳神秘地抿嘴笑著。巴特勒記起來了，她和婉楓一個寢室的，這婉楓也真是，怎麼能告訴她？難道就為這個喊他下樓的？

巴特勒有些慌，卻也有些輕蔑了，他問幹嘛說這事？任芳說我想聽。任芳不動聲色，像個當官的，讓他難以回避。巴特勒說，出了這種事當然要報案了，難道忍著嗎？任芳說我問為什麼是「你」陪她去。巴特勒說，可能她沒朋友才喊我的吧，任芳說喊你你就答應？巴特勒說別生氣，我和她之間沒有別的，任芳說我生什麼氣，自然會有人生氣的。任芳的臉色健康而冷漠，巴特勒覺得在她面前矮了好多個腦袋一般。

到樓下，任芳突然又認真地說，你就沒有想過，這可能是別人下的套兒，讓你鑽的？

巴特勒不知道該如何接話，心裡反感，但仍然怯生生地說，你不喜歡我就不去罷。任芳說你真會不去？巴特勒張張嘴，像要說什麼，卻又閉上了。任芳僵硬地說，去不去是你的事，跟我無關。說完直接上樓了。

巴特勒對著黑洞洞的女寢，傘立在一邊，毛毛雨輕撫著他臉，他像無故挨了打，想激動，想痛苦，卻都有不成，一冒頭就縮回了體內。拾起傘往回走。屋裡漆黑，他爬上床，憋著氣握緊雞巴，直到最後，噴射的液體像炸雷後呼哨的急雨，打在了被子上。他屏著呼吸，像在等待，有許多悔恨壓在胸口，不動也不走。

× × × × × × × × × ×

任芳回去就顯擺著，說替婉楓除了害。她矯首昂視，像個仙鶴立在雞窩，雞窩太亂，她把曾田的一筐衣服踢出兩米遠，又對婉楓說，巴特勒真不靠譜，看來被那大學生迷住了，勸你早點死心！接著說，曾田，瞧你這些髒衣服，把過道都填滿了！曾田軟綿綿地哼哼著，阿芳，你把獎學金搶光了，搞得我沒錢花了，這麼多的衣服，以前都是用投幣洗衣機的，這次眼看明天都沒乾淨衣服了，叫我怎麼出門？

任芳說，懶死你，我都還用手呢！

曾田說，飯卡裡也只剩二十塊錢了。

任芳說，你也會沒錢？你那麼囂張，趁張璐不在，動不動就欺負婉楓，不怕張璐砸爛你的豬頭？沒錢怎麼能賴我？同樣的環境、機遇，我能爭取到獎學金，你卻不能，分明是你自己的行為導致的後果，不管是因為情商不夠還是因為懶惰，總之不怨別人。不能堅定地把行動付出到有實際結果的事上的人，都是生活的失敗者。

看曾田愁眉苦臉的，任芳又說，豬臉兒，我乾爹的夜總會，全縣最豪華的，快開業了，你把臉抹得好看一些，憑你細皮嫩肉還是個處女，很有機會賺錢的。

曾田說我哪能做那事。說著豬臉竟紅了，紅得讓任芳都覺得臊，任芳說，那你就等著餓死吧！

曾田說，那是我的節操呀！

任芳說，豬尿的節操！名聲本身是沒有任何意義的，除非給你導致了麻煩，或能變現成實際利益，因為沒有人會真地把你當回事。比如你看到一個妓女，你覺得她不好，但你也就那麼一想就把她給忘了，你會讓這事揮之不去嗎？當然不會，所謂名聲不佳都是假的，這就是為什麼妓女會覺得無所謂，因為她知道自己只是滄海一粟，她默默無聞，不僅嘗盡人間春色，而且從不缺錢，能充分地享受生命，比你這名聲好卻餓得嗷嗷叫的小豬臉幸福多了。

曾田說，別誘惑我了，不然我可能真就破罐子破摔，以後都沒法翻身了！

任芳說，你不願意，那就借高利貸吧！咱縣有放貸的，讓你借三百還三千，還是脫不了身，逼得無路可走，最後還是要做雞還債，聲名沒了，掙的錢也不是自己的了，你願意那樣？我乾爹他們招兼職，想賺外快的都能去，可以優先推薦你，關鍵是要開竅，一開竅了什麼都好說，人從來不是輸在技巧上，而是輸在意識上，別人能的你也能。

曾田翹著嘴委屈地說，好餓，晚飯都沒怎麼吃的，芳姐，你那麼多的錢，能不能支援我一點兒？

任芳說，不能。

曾田說，那麼困難嗎？

任芳說，這不是錢的問題，給你一千，對我來說不會有絲毫壓力，但我從來不施捨，因為違反錢需要賺這個原則。任何不勞而獲都是可恥的，八仙過海各顯神通，每一種付出只要能帶來收益，都值得尊重。自然法則裡從來沒有施捨二字，只有搶奪。我小時候一窮二白，有時一天只吃一頓飯，誰給我丟吃的我就過去，讓我做什麼我就做什麼，有倆男的可惡透了，玩了我一天，那時我才十歲，但為了吃飯，我任他們五花八門地玩，除了剛開始有點疼之外，還有什麼呢？我換得三頓飽飯，還拿了幾十塊錢。和生活的艱難實質相比，那些無聊的情緒簡直不值一提，誰能從生活的污泥中挺立而出，成為贏者，誰就有資格誇口，其它的都他媽一邊兒去吧！至於愛情，你得到想要的之後，仍然可以爭取，什麼時候都不嫌晚。豬臉兒，你做好決定後，就告訴我。

曾田絕望地「咚」地一下，腦袋磕在桌上，從半開半閉的眼睛裡，看見婉楓的眼角濕濕的，映著雪亮的燈光。

5

巴特勒醒得很早，被子上的精液幹了，黃黃的像灑上去的菜湯。想起昨晚又手淫了，很沮喪，似乎一天都不會有好心情了。

去食堂，還沒開門，在門口轉悠著。天昏黃得像攪著泥沙的河流，但天地萬物被雨洗刷得很清晰，雖在昏暗的早晨，也格外明亮。八點半多鐘，他溜回了家，唐嘉佳雙眼惺忪，滿臉疲憊。

他想抱她，卻下不去手了，彷彿昨天的擁抱距離現在已經遙遠，還得重新醞釀。他跑得太急，身上滲出了汗，頭熱烘烘的像煮熟的饅頭，他問昨晚你睡得可好？

她說好，就是有些怕。

他說，這是我家，你就像在自己家裡一樣，別怕。

唐嘉佳眼皮腫得沒了凹凸，眼睛眯縫著，似乎微弱的光也能刺傷它們。她紅著臉說，我又不想去了，心裡好緊張，而且我想起來了，我有個表哥，聽說在縣城和楊渡鎮的黑道都混得開，也許能幫我擺平這事，出了這口惡氣。

巴特勒急躁地說，都計劃好了，為什麼又不去了？他很反感，堅持要唐嘉佳走法律途徑解決，她就沒再說什麼了。她穿戴齊整，仿佛根本沒睡覺，半夜就開始等他了似的。

淑陽來了，三人打車去縣公安局。公安局在濱江路過橋左轉之前，靠江。巨大的門柱，向裡望去是寬闊的廣場，兩側是小草坪，後面是高大的樓，悄無聲息的，跟門外完全不像是在同一個世界裡。

保安伸出頭問，幹什麼的？

巴特勒說報案。

保安說，去你們轄區的派出所。窗戶呼啦關上了。他們咀嚼了半晌。淑陽問，你有那強姦犯的手機號沒？

唐嘉佳說，有。

淑陽說，給他發個短信，就說你怎能強迫我做了那樣的事，他若回復，就算默認了，至少證明這事存在過。

短信發出，收到回復，說請求她的原諒。他們把兩條短信當成至寶。計程車沿著向上的小巷盤桓，到了唐嘉佳下榻的旅館的轄區派出所。巴特勒發現太陽出來了，很多天沒見過太陽了，驟一出來，像是大病新愈，有些虛弱，但已經把漫無邊際的光線，充分地灑向了大地。斜坡下一路延伸著濕濕的光斑，密集，閃亮，騰著熱氣，再往下是許多屋簷，錯落到濱江路邊的高樓，被隔斷了，繼續延伸著，直到迷霧一般的草灘。草灘和江水籠罩在蒼黃的霧裡，江面似乎把反射的光線也化作了霧，升騰在上面，江水雖亮，卻非常模糊，山巒在太陽底下懶洋洋地伸展著曲線，像虎豹的脊樑，在剛睜開睡眼的早晨，慵懶柔和地趴著。

他們打起精神，進了派出所。

裡面好多人，排隊，等待，傾訴，爭執。他們坐到二樓長椅上等著，像在醫院裡。斜對面坐著個工作人員，像押著一群犯人，鋒利的目光在這些等待者的臉上挨個移動，巴特勒和那目光對上，心中一震，趕快移開視線。

一扇門打開，員警喊他們進去。巴特勒和唐嘉佳坐到一張桌旁，淑陽打橫。

員警端來茶水問，報什麼案？

淑陽捶一下膝蓋，強姦案！

員警說，那可是刑事案喲，要叫刑警隊的人來，誰是受害者？

巴特勒指著唐嘉佳，這位女士。

員警同情地審視著唐嘉佳，唐嘉佳滿臉的羞愧。員警問，什麼時候發生的？

巴特勒說，前天晚上。

員警說喝水吧！慈眉善眼地出去了。過會兒回來說，聯繫了刑警隊，人馬上就來。

不一會兒進來倆人，一個穿警服，戴著大蓋帽，臉瘦削黢黑，目光嚴峻，不再是慈眉善目了。另一個巨大肥胖，黑T恤黑運動褲，粗胳膊粗腿的，像個相撲運動員。

這是戎隊長，民警指著穿警服的說。

戎隊長板著臉，掃視一圈，拉長了本來就長的黑臉說，強姦案可不是耍的，要判刑的！拉開椅子坐下，用毛悚的眼盯著唐嘉佳問，有證據沒？

唐嘉佳哆嗦著說，他——戴套了。

戎隊長問，留著沒？

唐嘉佳像沒地方躲的兔子，說，我覺得髒，丟了。

淑陽出示了唐嘉佳剛才的短信，說，有這個。

戎隊長看了一眼，問，幾次？

唐嘉佳不解似的，什麼幾次？

戎隊長問，搞了幾次？

唐嘉佳瑟縮著，兩次。巴特勒明顯驚訝地張了張嘴巴。

兩次喲！戎隊長不急不慢地又問，什麼時候？

一次晚上，一次早晨。

全戴套了？

嗯，唐嘉佳煩躁地扭著，他力氣好大，我掐他擰他全不管用，還不讓我出門。

是的是的，還有非法囚禁！巴特勒趕忙說。
那麼重要的證據怎麼能丟了？我們講究依法辦案，如果誣告也不會放過，先回去做筆錄！戎隊長說罷起身，相撲運動員也從沙發上站起，巴特勒沒見過這架勢，慌張地跟眾人出了門，坐上刑警隊的車。
頭一次坐警車，怪怪的，彷彿自己是罪犯，不斷提醒自己只是陪別人的。
刑警隊在濱江路最東邊，沿著一個破舊的巷子下去。太陽像已經完全康復了，熾熱的光線氣焰萬丈，不受阻隔地傾瀉到人間。
小場院裡有個L形樓，三層，牆是老舊的灰白，他們從L兩邊中間的樓梯上樓，樓道口有鐵欄門，戎隊長把柵欄的鐵鎖打開，幽暗的走廊，左邊有個辦公室。
相撲隊員問，我們直接去對面去談？
戎隊長說，要得，筆錄一定要詳細，準確！
對面的鐵門摁著不少鐵釘，正中有個四方形小鐵窗，蓋子合著，巴特勒雖沒見過監獄，但覺得監獄也該是這樣。相撲隊員打開鐵門，唐嘉佳進去之前，回頭看了一眼巴特勒，目光中是依依惜別。
戎隊長一進辦公室，往對門的桌上一坐，上來就說，根本不是強姦！
淑陽一聽就火了，怎麼就不是？
強姦的司法解釋是，戎隊長邊說邊從寬大得和破屋的簡陋極不相稱的書架上抽出一本厚書，用暴力手段違背女性意志，強迫發生的性行為，你來看看。
淑陽邊看邊說，他用的就是暴力手段啊！
戎隊長說，要想強姦一個人非常困難，需要運動員一樣的體力，如果她不願意，一般情況下不可能實現的，你說是暴力，有擊打的痕跡沒？
巴特勒說，她一直在掙扎，只是力氣小，反抗不成。
戎隊長瞪他一眼，怎麼反抗不成？拼命嘛！
淑陽說，當時因為害怕，沒有那樣劇烈，就能證明不是強迫嗎？
戎隊長煩悶而堅定地說，肯定自願的，或半推半就的！要是真不願意，有許多種辦法，而且她早就年滿十八歲，能對自己的行為獨立負責了。
巴特勒哆嗦著說，她的確不是自願的，這點其實你我都知道。
戎隊長說，這誰曉得，不能光聽她說，你們是他什麼人？
巴特勒說，朋友。
戎隊長說，朋友哪會知道，又不是當事人，你是做啥的？
巴特勒說，高中生。
戎隊長驚訝地問，哪個學校的？
巴特勒沒告訴他。戎隊長一板一眼地說，高中生不在學校上課，出來幹啥？把你家長電話留下一個！巴特勒沒給他，但也不敢再多說話了。巴特勒搞不清怎麼回事，搞不清這是員警還是別的什麼了。

淑陽對戎隊長說，為什麼不傳訊？不斷地審問她幹嘛？

戎隊長說，先瞭解情況再說，我去對面看一下。過會兒他回來說，問清楚了，她是自願讓那人進屋的，還知道對方叫什麼，關係不一般嘛！

淑陽臉紅得發黑，說，那只能說明他們認識，不代表她就答應幹那事啊！

戎隊長用電腦搜索著，咂嘴笑著，就是這傢伙？瞧他那德行喲！戎隊長只是嘴上不停地說，卻沒有抬屁股抓人的意思。

巴特勒灰心地坐下了。

戎隊長說，雖不是強姦，但我們本著辦案負責的態度，卻要仔細調查，你們在這兒等著，我有事先出去一趟。

他們於是等著，十一點了，十二點了，肚子餓了，對面依然靜悄悄的，樓道口的鐵柵門也鎖著，出不去。

巴特勒趴在沙發的扶手上打盹兒。戎隊長回來過一趟，巴特勒說讓我們走吧，戎隊長說再等一等。鐵柵欄門又落鎖了。再回來已經下午一點。

巴特勒說我們要吃午飯，人不能不吃飯的。

戎隊長說那你倆先去，錄完口供我叫她去找你們。

巴特勒和淑陽出來了。陽光異常刺眼。到餐館，叫了倆菜，等到菜都涼了，還不見唐嘉佳的消息。
終於有短信來了，你們在哪？
巴特勒打電話過去，你出來了？
她說嗯。
他跑去接她，路上碰見了她，臉色蠟黃地走著。
他胸口像錘進一顆大釘子。
接到餐館，她表情木木的。巴特勒一臉的關切，淑陽黑著臉說我走了，巴特勒驚問淑陽姐你不吃？淑陽說不吃了。
淑陽走後，巴特勒搖著唐嘉佳的胳膊，怎麼這麼久，都問什麼了？
唐嘉佳不說話，壓抑得他胸口都快炸了她才說，他一直在問細節，我說不記得了他就說，你要配合調查，我不說，他就問，是不是這樣搞的，是不是那樣搞的，要我選，我說那就是吧，他就趕緊寫在紙上，還嘿嘿地笑著，就那樣呲著牙笑，整個下來像看了一場色情片。
巴特勒天旋地轉。他說你吃飯吧，她說我不餓，他說怎麼會不餓，菜都涼了，老闆，再加個菜！想吃啥我給你點，她說我吃不下，他說你要吃的，不吃咋行，哪有力量去——去幹什麼，他也不知道了，他大口地喝啤酒，喝得泡沫倒湧出喉嚨，噴一桌子，她還在望著他，他受不了她的眼神，挨過去抱住她說，對不起，對不起，我不該攛掇你報案的，我也不知道會變成這樣，現在沒事了，咱回家，咱回家！

摟著她出來，對著滿眼陽光，他只想躲到地底下。
她說，他們說今天只是做筆錄，接下來有事還會再聯繫我。
他說還能有什麼事，還不夠嗎？氣得就不管學校，直接領唐嘉佳回了家。

6

進門，長噓一口氣，像在大雨裡淋了一頓，終於來到了能躲避的地方。
他說你別回去了，不安全，今天還住這兒罷。她說回去拿件衣服，明天上班要穿的，他說那我陪你去，那個狗東西還在那兒嗎？
他豁出去了，見到那人恐怕會打一架的。到了旅館，他問，那狗東西住哪？
她像是很不情願，禁不住他一再催問，指著斜對面的一扇門。他過去敲門，沒動靜，她過來捅捅他，給他看手機，裡面短信裡說，我走了，對不起。
他奪過手機，激動地打過去，關機。就這樣讓那人給跑了，白忙一場，他頹喪極了。
回到家巴特勒說，你歇一歇，我給你剝個芒果，上週末買的，我每個週末都會回來，幾年前我們一家三口住在這兒，還挺樂呵的，雖然他們老想教育我，但他們就是那樣的人，現在他們卻都在重慶了。小時候一下雨，我就急著往家跑，回來後卻又盼著雨更大，最好是雷電交加。媽媽爸爸在廚房忙活，我在客廳裡看動畫片，等飯做好，有時是聖鬥士星矢，有時是機器貓，還有大力水手。我看看窗外再看看溫暖的屋子，蜷縮在沙發上，口中念叨著，溫馨小屋，溫馨小屋。現在，我有時候故意在冰箱裡放些吃的，下週回來就能看到，為的是就像以前一樣，那時候一拉開冰箱就會有各樣的水果，全都是他們買的。

唐嘉佳說真羨慕，我父母卻總是吵架，我小時候很害怕，後來發現，我愛爸爸，也愛媽媽，但他們卻不是一條心，他們都愛我，但他們卻仿佛恨著彼此，矛盾一爆發，他們就突然變得那麼陌生，見我哭叫了，又都來哄我，露出我熟悉的面孔，但背後仍像隱藏著什麼，那種感覺你不懂的。

巴特勒說，我懂，我父母雖然不吵架，但對我卻都很嚴厲，總是不能平靜地溝通。你喜歡芒果嗎？不喜歡我就給你拿別的。

唐嘉佳攔著說，別拿了。

巴特勒起身要拿，唐嘉佳拽住他的手說，就吃芒果。他被拽回了沙發上。她的手滾燙，他問你發燒了？

他倆坐得很近，他說我給你試試體溫罷，說著把額頭小心地對上她額頭，鼻子碰到她鼻尖，她的睫毛在他眼前微垂著。他說，今天都是我的錯。

別說了。唐嘉佳顛著屁股，向後坐了一些說，你說你喊過婉楓一塊兒去的，怎麼沒見她？會不會是你老跟我在一起，人家生氣了？

他說，我不都告訴過你了，我們只是朋友，我只喜歡——你。

他像是嘴裡含著棵草說的。唐嘉佳無言以對了似的，把他遞給她的芒果放在沙發上。天黑了，沙發很暗。他像昨天一樣小心地抱住她，越貼緊越有一種渴求，但依舊貼著不動。手機響了。她推開他，去他的臥室接電話。她見他跟了過來，就抬腳上床，鑽到了被子裡，身子往裡湧。

他站了一會兒，慢慢地爬上床，側身挨著她躺在後面了。

她在手機裡說，我沒事，還在加班。但不知那邊說了句什麼，她忽然高喊著對，我就是煩了！電話那頭是個男的，彷彿還在鍥而不捨地追問著，她直接掛斷了。

巴特勒聽出來，她已經不在乎那人，每句的不客氣和虛偽，都在反證著她和巴特勒之間的什麼。

他打開床頭燈，床上鋪起了暗黃的柔光。他伸臂從背後抱住了她，前胸被她貼得暖暖的。他說，你想吃飯嗎？

她說我只想睡。

他說睡吧。

但這樣摟著，連呼吸都急促，哪能睡？

他從客廳把沙發墊抱到臥室地上，躺在沙發墊上。她默默看著他的舉動。他說，這樣就不會影響你了。

她說，你躺上來吧，地下涼的。

他說不涼，說完卻後悔了。過會兒她又說，躺上來吧，他立刻躺回了她旁邊。

她問你談過戀愛沒？那眼神似乎在遙遠的地方，追尋著某種逝去之物。

他說沒有。

她說是嗎？心不在焉地擺弄著他的脖領兒。

他大著膽子噙住她的嘴，但只一下就撤回了，他說對不起我不該這樣的。她用指尖劃過他臉的輪廓，說，你是真的喜歡我嗎？他說是真的喜歡，她說為什麼，覺得我可憐？他說你不可憐，——不，你也可憐，但不是這個原因。

她越問他越想證明自己，她說也許吧，但你比我小五歲呢。

她說這兩天發生了太多事，簡直都不知道都經歷了什麼，只是覺得累。他說不累才怪，這麼多痛苦誰受得了。他把手搭上她的胸口，剛開始還像安在慰她，接著卻揉了起來。她迎著他的臉，目光炯炯的，你幹什麼？他羞慚地說，我也不知道。

他迫不及待地把腿翹在她腿上，斜趴了上去，像個蛤蟆。她摸著他的頭髮和額角，眼神像個母親，從額頭開始，目光一點一點地移動。

他小心翼翼地又噙住她的嘴。漸漸地，她張嘴伸出了舌頭。他既使勁又輕微地吸上了，像在沙漠裡呆了太久，終於找到一瓶水，迫不及待要喝，又怕太快喝完。

她拔出舌頭說，你是個壞人。他還沒回答，她電話又響了，仍是她男朋友。她很久說不成話，最後終於說，我被人給搞了。

巴特勒覺得像在說他，脖子的筋脈砰砰跳躍著。
電話那頭安靜了一下，後來像在問被誰，她報上了那人名字。
她跑去客廳繼續講電話，他在臥室緊張地聽著。好像吵架了，她滿臉悲傷地回來了，她說，他真地不要我了。
他幫她再撥號，對方不接。他又生氣又高興，不是東西，不要我要！興奮把她抱回了床上。她說，你怎麼會喜歡我這樣的，你完全可以找到更好的。
他說，我就是覺得你好。
她問，我哪好？
他說，說不上來，哪都好。
她說，傻子，你不會要我的。
他說，會。
她問，永遠？
他說，永遠。
兩人吻著，咝咝的呼吸聲，從喉嚨裡蠕動上來，他像壓著大片茂盛的土地，每壓一下她都歎息一聲。
他把她的套頭T恤脫掉了，她黑色的胸罩，紋著小半圓蕾絲花邊，他曾幻想過她穿什麼樣的胸罩。他把兩個圓弧往下掰，她說不是那樣的，然後手從背後把鐵鉤解開了。她身材雖小，乳房底盤卻大，從脖子之下就開始了，飽滿地睜著兩個紅紅的眼，平生第一次望著他。

她摟住他的脖子，把身子湊近，他在底下吸著她乳房。她的目光裡有許多憐憫，發梢垂在他的左肩，癢癢的好舒服，右臉像半個皎潔的月亮，照在他的臉上。

他觸及她白皙的皮膚，像觸摸著溶溶月色，像手在清溪裡劃動，汩汩溪水流進了他的心裡。但她突然推開了他說，你也是只想色我而已。他猛然坐起來，像要辯解，像要抵抗，她卻又輕問，你有過嗎？

他說沒有。他說我確實不該碰你的，況且你剛出了那種事。

她說，真沒有過？他說真的。她默然了片刻，說，你想不想？他血往臉上湧，抖著嘴唇說，當然想了，但我是真心的，你肯信我嗎？

壁燈光線柔和，把她光滑的上半身映得十分舒緩。他捧著她的腳，她的皮膚在小腿末端路過腳踝，平滑極了，膝蓋也很美，他回想著見過的許多女子的膝蓋，仿佛都凸出了一塊兒，而唐嘉佳的則像水一樣細膩，無紋。

他像全身長滿了嘴，貪婪地吸收著她的暖流，眼神卻仍像充斥著痛苦，親著親著，忍不住就茫然地抬頭，看看周圍，低頭再繼續。

他在她身上彈奏著各種聲音，他緊張地諦聽著。像亂了節拍的曲子，卻那麼悅得悅耳。

她的興奮像美麗的夜光杯，摔碎一地，但一直在重演著摔碎的那一瞬。他的手摸到了像野草一樣的生命，一直延伸到懸崖邊上，手指掉下了懸崖，來到海底。到處是貝殼一樣的柔軟。他遨遊著，從濃濃的柔軟中，像進入了一個溶洞，四壁是高低各異的石筍，指尖碰到阻擋，一挺進，那阻擋便後退了，那麼的虛幻。

她腳撐床沿，小腿像孤獨之海的船槳，隨著他的探索和上翹，像要在暗夜裡架起一座橋，橋塌之前，她拼命把他的手拽出來說，你還什麼都沒經歷過，就這麼壞了，將來不知道會怎樣害人的！

她扭著屁股，像貓兒一樣輕哼著，他攆著這只貓，笨拙地蹭來蹭去，像個找不到家園的孩子，驚慌地亂撞。一隻手抓緊了他，引導著他讓他回家，他像個愣小子似的沖了進去。從未有過這樣奇特的感覺，像個蠶蛹要破繭而出。他在小小的洞穴裡使勁撒歡，膨脹，她給他無限的包容，他仿佛在捶她，鑿她，將她塑造成一種全新的東西，許多響聲爭相發出，匯成各色樂器同台演出的音樂會。她像他的琴，任他彈奏，她像他的紙，任他描繪。整個宇宙都在飛轉，他不斷地被提到半空中，她也是，每到最高點，就像要失去了重心，想勾住什麼，不讓自己摔得七零八落。

他們的動作越來越像是配合了，按著同　的節奏，身子不再是身子了，是烈風，是奔湧的液體披著兩張人皮，皮很快綳不住體內的熱流了，像被命運拋揚起了，無法做主，那一瞬間像要和自己訣別，他在戰慄中被越扔越高，淹沒之前，他們緊抓著彼此，像一起走向死亡的兩個人。浪尖上，兩個易碎的扁舟，被撞擊得分開了，在共同的呼嘯中，走向各自孤獨的粉碎。

他擺著腿，像瀕死的海龜，遊到岸邊，不動了，死了。死了的他，伏在死了的她身上。

後來，她翻起身說，你高潮時真像哭。他躺著，臨死的表情仍在臉上。

7

她光著小巧的身子下床，他聽到沖水聲，像是不認識自己的屋子了。她說有血，剛好來了月經，你下去幫我買包衛生巾吧，要潔玲牌的。他沒見過衛生巾，不情願地下了樓。

江邊暗雲厚重，細看，能分辨出那些雄渾的變化。來到社區超市，他找不到衛生巾在哪，又不好意思問，店員問他，他支吾說不成話，店員以為他偷東西的，臊得他只好出去了。路燈和商鋪的燈光交織著刺眼。整形會所門口的音響鏗鏘地響著音樂，站著兩排女的，晃腦袋扭屁股地跳操，旁邊門店出來一個女人說，我這裡是咖啡館，你天天釘釘咣咣的，要把我客人全趕走完嗎？

會所前臺的姑娘不理她，她生氣地掏出手機說，魯哥你過來一下，有人在我店門口跳熱舞呢！

跳舞的人抓起音響，剛回店子，幾個穿城管服的就到了，撲了個空，頗不自在，看到馬路對面搖搖擺擺的走來幾個巨大的圓柱氣球，露出短短的腿，印著「康樂優酪乳，我的最愛」，有小孩對著氣球猛敲兩下，又尖叫著跑到路對面了，電動車汽車被擋了路，笛聲一片。一個城管就走過去說，你們做啥子！踢了隊尾氣球一腳，氣球停下，城管又說，擋路了曉得不！

氣球三下五除二褪去，露出毛絨絨的腦袋，上去就給城管一巴掌，城管慌了，少爺，怎麼會是你？又一巴掌。城管不敢還手。

巴特勒看到打人者竟是魯京，就想，剛才那女人在電話裡稱呼的魯哥，難道是魯京的父親嗎？

周圍一切既清晰又陌生，風刮在臉上涼嗖嗖的，巴特勒鼓起勇氣，人家問他衛生巾要日用還是夜用的，他說各一個吧，又取了個筐，買了雞胸、豬裡脊、排骨和蔬菜，看到水族區有甲魚，買了一隻給唐嘉佳補身子，殺王八的師傅下班了，拎著活的走了。

唐嘉佳光著身子，晃著雙乳，他伸手抓她的乳房說，買了一個日用的一個夜用的，她說好聰明的弟弟！親了他臉一下。他說，我不是弟弟，雖比你小，但是是你男人哩！她笑著說是嗎，我們家有個大男人了？他說，說真的，就當我是你男朋友吧！她不說話了。他又問，我是你男朋友了對不對？她說做飯吧！他不甘休，她眼裡閃著笑，拉長聲音說，是！他的心才像加滿奶和糖的咖啡，又苦又甜了。

他說我買甲魚了，燉給你吃，她說不敢吃，看著就害怕。

他看著她換衛生巾，覺得奇特，問，流血疼不疼？她說不疼了，初中那會兒疼的厲害，有時甚至下不了床，真恨不得能暈過去，不再受此折磨，那時我媽找過大夫，給我開過調經的藥。他說我媽也是大夫，可以給你調經的，她說就是不知道有沒有那福氣。

他立馬表態，當然有了。

他去廚房做飯，把王八放在案板上，用肉引它伸脖子吃，用刀紮它的脖子，很硬，縮回去了，用刀尖剜它也不出來，看把王八嘴角剜出了血絲，心中不忍，一回頭，唐嘉佳也咧嘴看著，就說，你敢不敢殺？嚇得她直往後躲。

他把它放到水盆裡，炒了倆菜燜好米，取一瓶竹葉青說，你也來一杯嗎？她說月經不能喝酒，你不知道嗎？他說我還真不知道，以前不懂女人，這回可知道了。但冷不丁的，她從他手裡撈走瓶子啜了一口，他說，你不是說不能喝？她說我又不常喝，何況菜打那麼多農藥，還不是每天吃？

他無語了，灌了一口，張嘴哈口氣說，真痛快！她說看你得意的，就像有一幫人看著你似的，你到底靠不靠譜啊，陪我報案就為了現在？他說胡說，放下手裡的瓶子似要理論一番，她忙說行了行了，別激動，按住他的胳膊說，我總覺得奇怪，心裡沒底，你不覺得奇怪嗎？

他說不。她說，我們這是在談戀愛？他說當然了，她說怎麼感覺不像，他說那該怎樣，我又沒你有經驗，她被噎住了，不許你這麼說！他說，那你也別這樣說了，說得我很壞似的，我的第一次都給你了呢！

她笑了，還第一次呢，你是女的嗎？她臉紅撲撲的，眼神像酒一樣的醉人。他說，咱把王八放生到長江吧，她問你不困？

他問，你呢？

她說，走吧！說完穿著他的睡衣睡褲，像個毛絨玩具，跟他從社區後門出來了。

一出來，滿眼的星光，像專門為他倆在守夜。江景真美，像個精湛的宇宙，展開在他們的面前，溫柔的夜風不息地撩撥著他們的頭髮和皮膚，像一首舒緩的民謠，像此刻他在用甜言蜜語撩動著她的心。

他們把王八放在水邊的地上，她問不會死吧？

他說肯定不會，然後和她坐下來了，像坐在宇宙的中央，四周像穹廬，巨大的美。腳邊有柔柔的清波，搖得緩慢，像兩顆陶醉的心。

他沒忘記拎著個酒瓶，說，醉了，就不知道什麼是生死了，待會兒萬一「咔嚓」死了，都不會意識到，這種死法多好，也不痛苦，人說醉生夢死，看來是真的，醉著，做著夢就死了，死得快活，就像李白，正做著摘星摘月的美夢就沉水了，死在了幸福的巔峰。

她說，不許你胡說，我們村有個女的，老公死了，她就把別的男人招進了家裡，男的比女的早死，自己的老婆竟跟了別人，想想就可憐。

他嗤笑一聲，像是不屑，驚起水鴨，嘎嘎地叫。王八趴在水邊，伸著腦袋擺著殼子走了。

他說，王八剛才看到了你的裸體，不知道在它的審美中，你美不美？

她說，你變個王八不就知道了？

他說，它是王八，恐怕只對異性的王八有感覺，而對你沒有。我們認為美的事物，在別的生命體眼裡可能是奇怪甚至可怕的，就跟你覺得它醜陋一樣。所有物種的眼睛如果都能說話，聚起來開個大會，不知要揭露出多少大自然神秘的眼光，而我們驕傲的人類，不知又會怎樣惶惑地重新審視自己的標準呢！

她說，說得就跟你不是人類似的，我看你也不像。

他說，那像什麼？

她說，外星人。

他說好呀，我帶你去外星球，坐著快艇一樣的飛船，在黑玫瑰一樣的江面滑翔，走得和星星一樣高，看見沒有，那顆就是我的老家。他指著夜空中最亮的那一顆。

她也仰頭，一剎那，真像被天穹吸得飛起來了。他所指的那顆星，高高在上，周圍有無數閃爍的亮點，細看那麼的亮，越遠越低，最遠的垂在江面和山尖，劃出一個巨大的球體，他們像進入了一個龐大的立體音響，在它神秘的肺腑中遨遊著。

他們往回走，兜了一圈兒，從社區正門回去了。路上撞見警車，一個毛頭小子被押上了車，是魯京。旁邊有一輛救護車，抬上去的是那個被魯京打了的城管，臉血糊糊的，像殺動物時動物的肉。

刑警隊戎隊長和那天的「相撲隊員」都在。巴特勒心撲通跳了一下。唐嘉佳沒看見他們，巴特勒把她的腦袋摟到他身上，她問怎麼了？他說別管，咱走咱的。

回去他又想要了，但因為她突然來了月經，就蹭在她肚子上了，然後雞巴縮得像個餛飩尖兒，小小的掛著一縷粘液，像顆遲遲落不下的一滴淚。那天晚上，他們都夢到了星星。

第五章

1

巴特勒裝病讓媽媽幫著請假，媽媽不情願但還是請了，老楊不情願但還是批了。一周幾乎都在床上度過的，白天睡覺，下午唐嘉佳實習一回來就折騰她，前幾天用她肚子和胸，五天后她不下紅了又用她的下體，吃了睡睡了幹，幹累了吃，七天只做一件事，就是跟她親熱，總是不能盡興，卻更加執著了，過會兒又要來。每次搞完都茫然若失，但又不想讓她走，弄得唐嘉佳很不愉快。有時精疲力盡了，卻發現才過去幾個小時，時間把他們拋在了無邊的荒野上。

快活的間歇，她和他一樣的悵惘。她說我們不合適，我該做你姐姐的。

他聽罷更煩悶了。他取書看，她不讓他看，取題做她不讓他做，她說你要陪我，他說，我不是在這兒的嗎？

她說，你要跟我說話，我不舒服。

他說，我還不舒服呢。

她說，我就知道你不愛我。

他說，我哪有不愛你？

她說，那你為什麼不舒服？她推著他，你為什麼不說話？

他說，到底讓我說什麼啊？

她說，說什麼都好，講個故事也行。

他說，沒有故事可講。

她說，書裡的也行，你看的什麼書，《魔山》？有那麼好看嗎？

她盯著他，刺溜刺溜地咂嘴，像是冷的。他感到不安了，看不進去書了，過去撥弄她，她卻說你走開！他又喪眉耷眼坐到了一邊兒。

她說，我要結婚的，你卻只是談戀愛，談完還要走的。她表情悲傷，讓他難受和感動，他說我不走。她把他從頭看到腳，像是看不入眼。唉，算我倒楣！見此情景他不敢多說，只想等著她那股勁頭過去，別再破壞氛圍。

巴特勒和她親密之餘，想不通員警為什麼會那樣。他在書裡讀到過類似場面，但發生在現實中了，對他的觸動卻非常大，他接受不了。

刑警隊又給唐嘉佳打過電話，說上次只是錄口供，還要體檢，讓唐嘉佳單獨去，別帶朋友。唐嘉佳覺得不妥，說不報案了，員警說那也要來銷案，在材料上簽字了才算完事。唐嘉佳告訴了巴特勒，二人挺害怕，諮詢淑陽，淑陽又諮詢律師，律師說不必怕，再遇騷擾就直說你們不調查我們才不報案的，現在在外地，要銷案你們自己銷。但員警卻沒再打來，這事就漸漸淡忘了。

七天后的中午，冰箱斷糧，他倆一起出了門。巴特勒仿佛很久沒見過陽光了，陽光強烈得像要刺穿他的臉。

四月中旬，已入夏初，太陽白花花的無孔不入，溫度卻還沒到夏天那麼熱。剛換短袖的時節，他倆攜手逛著街。他第一次和女人在眾目之下拉著手，她說看把你高興的，他說我就是高興，幾天前你進我家時還沒有這樣，現在你卻成了我女人了，多神奇！

他們向東走到老縣城。地勢起伏，水泥路裂著許多口子，像呵呵笑著的老農。天氣晴暖，逛街的人真多，頭頂的小葉榕綠葉繁茂，籠罩住小而熱鬧的街衢。

他看著那些紅男綠女，不再自卑了，他也帶了個女的，在花花綠綠中有了一席之地。他從來沒有這樣投入過五光十色的生活。她給他講她的很多故事，他聽的走了神，她還在不停地說著，她拉他逛內衣店，店裡滿是貼牆的小燈，掛著滿屋子的褲頭乳罩。

她去試衣間試穿，服務員就拉著他介紹，好像他也有胸似的，廢話，她的，不就是他的？他咂摸出熱騰騰的味道來，像在她身上蹭時，聞到的她的味道，他當時像狗一樣貪婪地邊聞邊說，把你放在一堆女的裡頭，我蒙上眼也照樣能聞出哪一個是你，她說別逗了，他說真的能，就是這味道，越來越熟悉了。

他們光試不買，一要買了，她就說別急，再看看。他不急，服務員竟也不急，折騰了人家那麼久，還笑著送他倆出來。

他們看裙子，看短褲，看絲襪，他叫她試啥她就試啥，他想我還有這本事呢！高興得像剛進店時服務員臉上的表情。

他因得到了她們中一個美麗的，證明了實力，對她們不再畏懼了。他在街上親著她，偷眼看對面走過來的女子，盯著人家的腿和胸，以前可不敢，一邊想著這女的晚上會在哪張床上，露出什麼樣子來。

他第一次切實擁抱了這多姿的世界，當然，一切都跟她有關，沒有她什麼都不存在。他一邊貪饞地看別的女人，一邊時刻擔心著她被路人或車輛碰倒，仿佛她是瓷捏的，如果可能，要把她縮小裝在兜裡。

走到過橋米線，她說吃米線吧，他說好，吃罷咱繼續走，前頭就是我在學校經常對望的跨江橋，咱到橋對面看看。

她說吃完再說罷，這幾天被你弄得整個人都沒力氣了。到店點了兩份狀元米線，他要了瓶啤酒，她說你怎麼總喝酒，現在一見你拿個酒瓶，我就受不了。

他說，我前幾次喝，你卻沒說。

她說，但你成天喝，一吃飯就不離酒，才上高中就這樣。

他說，我這不高興嘛！

她說，高興也不行，萬一你天天高興呢。

他說都已經買了。

她擰著小眉頭，買了也不許喝！

他有點不知所措了，但又不好拗著她，想了想說，男女對飲，其樂豈非無窮？你看人家沈複在《浮生六記》裡寫的閨房樂趣，就有倆人一起喝酒，行令作詩一項，醉了，興許還能做個愛。

她說，我可沒那雅興，也沒你看書多，你呀，就是個有文化的流氓！

他說，我才不是流氓，我只是喜歡看書罷了，不看就難受，就像有人喜歡打電腦遊戲，我雖然不打，但這種感覺恐怕類似。我看的大部分是小說，好的小說，包羅世間萬象，小說是高密度的體驗，不像人生，過不好就會有那麼多廢料。一本書裡有許多人，我可以經歷他們的每一個，不像在生活中，只能做我自己。好的作者會把有意思的東西嵌入故事，語言也跟牛肉幹一樣有勁兒，不斷讓你眼亮，讓你沸騰，直想說對，對，就是這樣，每看一本，就像在故事裡活了一回，看一百本，就像活了一百次各樣的人生，我才十幾歲就有了這許多體驗，這是不看書的人所沒法享受的。雖然這些享受是靠腦袋的感覺，但腦袋的感覺難道不是最真實的嗎？人的所有經歷，難道不都是靠腦袋感覺了，才成為「我們的」嗎？一個植物人，能算真正意義上的「人」嗎？

她說，植物人也是人呀！

他說，當然是人了，不過我說的是另一回事。看書讓我多了許多體驗，但也多了許多孤獨，因為別人沒有這些，我卻有，不易在現實中獲得共鳴。

她說，王婉楓就能跟你共鳴，你找她呀！

他聽了感覺非常彆扭，強忍著說，我和她就像兩顆獨立的星星，跟愛情無關，不會合併的。

她探究似的說，牛郎與織女？

他滿臉尷尬，這哪跟哪呀！

她說，隨便說的，幹嘛那麼認真？

他說，誰認真了？是你無中生有。他喝了口啤酒，繼續說道，再說了這事能那麼隨便嗎？

她打斷他，不許喝！他驚訝地啊了一聲，直想把頭往桌上撞。

她說，好吧，就讓你再喝一回，以後別喝了。又說，你那種感覺，我看電視劇時有過，我們室友都喜歡摟著被子看電視劇，頓頓叫外賣，人家送來，連門都懶得下床開。

他說，那有什麼意思！

她說，我有個同學天天上網打遊戲，一學期沒上過課，考試全不及格，老師叫家長說要開除他，家長求情沒有開除，掛著學籍進了一家戒網癮所，聽說像監獄，進去要換上囚服一樣的衣服，生活用品統一發放，不能帶任何個人物品，尤其是電腦和手機。每天三餐勞動和作息全都安排好了，沒有任何自由時間。

他說，這麼過分！

她說，是呀，就這還得花錢才進得去呢！我同學進去半年，總算戒了網癮。任何愛好，最好都是生活的點綴，別上癮才好。

他說，你這觀點跟我爸媽很像，你們准能聊到一塊兒。

她忽而唉歎著，我都二十四歲了，不知道什麼時候才能遇見對的人，把自己嫁出去。

他說，還遇什麼，我不就是？

她說，你又不想娶我。

他分辯道，我哪有這樣說過？

她說，你雖沒說過，心裡卻不想，我知道的。

他說，我沒有想過這些。

她說，對，你連想都沒想過。

他急壞了，我是說沒想過不娶你，我不是還沒到法定年齡嗎？能結時自然就結了啊！

她輕撫自己的頭髮，嘴歪斜著，像剛喝完中藥一樣苦，她說，你真會娶我嗎？

他咬著字眼說，會！像在吞一個難咽之物。又說，結婚不過是一張紙，真的那麼重要？這樣生活在一起，把結婚能幹的事全幹了，有什麼實際的區別？

她厲聲說，笑話！她幾乎想站起來走了，他拉住她，她又坐下了，你把我當什麼人了！

他委屈地說，當我女人啊，不然當什麼！她說，你女人，你能養活我？見他氣餒不語，她又仔細看著他說，不是我非得這樣說，而是你太不瞭解現實了，到我這年紀還不結婚，家裡就會成天地催的，時不時要給你介紹個對象，也不管你有對象沒有，可是他們介紹的都是什麼人，跟大街上隨便抓一個有什麼區別啊！我越來越怕回家了，連接他們的電話都害怕，也不怪他們，周圍的親戚鄰居，一見他們就會問，你家閨女找婆家沒？弄的我父母都沒臉見人了。

他驚疑地說道，都什麼年代了，還有這樣的事？

她說，你什麼都不懂，跟你說了也是白搭。

他按著她的手背，像有很多話想說，最後卻只說，別去相親，你有我了，別依著他們再去找，婚姻跟一輩子的幸福有關，不能隨便的，一定要和愛的人在一起。

她說愛愛愛，三句不離愛！我這麼大的女孩都在忙著訂婚，我還在跟比我小四歲的人談愛呢，真傻！她的眼裡閃動著渴望，像希望有誰能來救她。

巴特勒陪著她難過，不得不也去思考這件事。

她說先吃飯罷。她去前臺催飯，回來見他兩眼發直，臉上的肌肉緊著，似乎是在跟自己較勁。

服務員端來了米線，倒進滾燙的石鍋裡。她說，多希望他能回來啊。

他問，誰？

她看了他一眼，似乎沒明白他的問題。他臉僵住了，像在緊張地琢磨著，但是沒有再追問。她問，燙不燙？他面無表情地說，不燙。吃完，他抓起酒瓶，默默地出來了。她跟在後面。

頭頂的綠葉到了盡頭，跨江橋橫臥在寬廣的水面上。

她要握他的手，他卻搶先走在了前面。橋很高，許多米以下才是江水，波光細小，千頃萬頃的小金色晃著他們的眼睛。

巴特勒用手籠著嘴，大聲地喊，喊了將近一分鐘，仿佛快斷氣了才停下。

唐嘉佳說你瘋了？

他神色飛揚地說，別擔心，我不跳的！但我想，臨死前的人，最好推到這裡來死，別死在醫院那種陰暗的地方，這裡的景色多壯觀！

她憂愁地說，你這樣讓我好怕！

他不解地看著她說，怕什麼，只是暢想一下而已。

她問，我剛才的話讓你生氣了？

他躲開她的眼睛，把酒瓶丟向空中。酒瓶翻著跟頭，越來越小，在很遠處以一縷細小的水花，淹沒在暴雨雨腳般碎亮的光斑裡。

他們拐上對岸的一條柏油路。路的一側是翠屏山，遍生雜樹，另一側是農舍。

太陽還是那麼明亮，四下無人，似乎只有他們倆。

放眼四合，遍佈翠綠，路隨山走，漸行漸窄。兩側不再有屋子了，全是山坡，頭上的枝葉和雲朵，綠白照映，以薄紗般的湛藍為底，往路的中間飄揚。

她喊道，快看，草莓！

密密的綠葉中，藏著許多紅色，他跳起來，抓到一枝，彎到臉前，她從綠葉裡掏出嫩紅的草莓，往他嘴裡塞，他說，夠了，你吃！

她邊吃邊說，真甜！用嘴含住一顆，對著嘴喂他。

路變成石階，越來越陡。她說，坐下歇會兒吧。

他站在她旁邊，看著對岸他們住的那側。那裡的更遠處也有山，高高的，比江邊狹窄的樓高出許多。

五年了，他第一次從江的這一側，眺望那邊。

她問，你在看什麼？

他低下頭，看到了她彎彎的眼睛和起伏的乳溝，他說，我在看你。他坐下來噙住她的嘴，輕咬她的舌頭。

她仿佛委屈了，喘著氣，手在他的身上劃。他把褲鏈拉開，取出來給她握著，倆人相互揉著，像在搶救彼此。他猛地站起來，對著她岔開腿，翹到她的臉上說，你含著。

他知道有這麼幹的，但自己從沒幹過，心裡忐忑，畢竟那麼髒，還往她嘴裡放，噁心。

她卻沒有生氣，靜靜拿起它，端詳一會兒，張開嘴慢慢塞進去了。他吃驚極了。她正著轉，反著轉，像個秘而不宣的老手，緩慢柔和地玩弄著他，像在向他宣戰。

他摸她的臉，從她的紅嘴唇一下子碰到了他那玩意兒。它們竟然能聯繫到一起，他覺得自己已經不辯美醜，不知好歹了。

但層層綠色裹住他，風吹著他裸露的肚皮，像她的舌頭一樣柔軟，輕靈。他仿佛變成了野地裡的蒼耳和飛蓬，躥跳的火冠雀與相思鳥。又像一頭站立的狼，吞食著林子裡土地和野味的氣息。

他剝下她的褲子，丟在石階上，手撐著大地俯衝著，像飛機撞向山巔前的最後時刻。

大山崩裂了，林子裡滿是他們的迴響。他們不經雕飾的掙扎，忽急忽徐，野松鼠急切地繞著他們跑，風鼓動著他們，他們糾纏不休，模糊而專注的神色，像在夢的深處，像臨死前的一躍，像長江遇到了泥石，掀起滔天大浪。

他扯著脖子上的筋肉，看到所有的樹冠都向他飛來，身上即將鋪滿野性的墨綠，蒼藍的天化作汁液，他浸泡在了藍綠色的夢幻裡。他歪在石級上，枕著她張開的雙腿，那黑黑的亮亮的，就在他臉邊一吸一合著，濕漉漉原始的氣味，像剛生下的新鮮的畜仔，他聞著，不想動。

她說，快起來，沒戴套兒。

她教會了他使用安全套，出門卻沒帶，也沒想到會幹。

藍天在他正上方，旁邊還有她的臉。她用手推開了他，走到石階邊，扶著一棵樹蹲下了，臉上是用力的表情，像有屎拉不出來，她說，不會讓人看見吧？現在偷拍的多，傳到網上就麻煩了。

他興致勃勃地看著她，剛才你怎麼不怕被看見，卻只顧叫了？沒事的，我盯著呢，別看我也很投入，耳朵卻在捕捉風聲，蟲聲，人聲。

她驚問，有人聲？

他說，當然沒有了，對了，你叫的時候是什麼感覺？

她一瞪眼，我怎麼知道！

他說，你怎麼不知道，是你自己的聲音，不過變得完全不像你了。

她說，事後沒那種感覺，想不起來了。

他說，完全想不起了？

她說，是，只當時才有。

他說，你再叫一聲，我聽聽區別。

她尖著嗓子，開玩笑似的叫了一下，哎——啊！把他倆都逗樂了。

他說，叫的像被開水燙的。

她說，是被你燙的。笑完，他正色而謹慎地問，他有再來找過你嗎？

她問，誰？

他說，你說你想他的。

她說，傻子，那是氣話。

一根白線，從她白白的屁股下扯出，他睜大眼說道，竟然能這樣擠出來？她擠完起身，地上一小片白白的東西，像新鮮的鳥屎。他說，這是我的？不可思議！

她說，萬一懷孕了怎麼辦？

他說，哪有那麼容易懷孕，聽說很多人想懷都懷不上呢，走吧，天快黑了。

二人沿原路回家，開燈，滿室狼藉，地上到處是揉成團的衛生紙，水池裡是髒碗筷，唐嘉佳換上拖鞋，去收拾了。

巴特勒躺在沙發上，腦子亂糟糟的，仍是各種顏色和畫面。他拿起湯瑪斯・曼的《多難而偉大的十九世紀》，書皮右下角綠色的方框上，湯瑪斯・曼身材高瘦，穿著西服，叼著煙斗沉思著，像瑞士高原的雪松。翻開扉頁，有他以前寫上去的話，偉大是一種精神，一種靈魂的狀態，是面對自己和世界時的選擇，是態度也是行動。

她收拾完回到客廳，沙發上卻沒他的人影了。一看，正在門口穿鞋。

她問，你幹嘛去？他站住了，半晌才像明白這問題，說，我沒幹嘛。她說，你換身衣服吧，把身上的脫了，我給你洗。

她在他的衣櫃裡翻刨，挖出幾條褲子，聞聞，全是汗味。好歹找出一條乾淨的丟給他，把髒的往洗衣機裡放，塞不下，先塞滿了一桶。

他心裡不是滋味。

沒乾淨內褲了，床上有她的內褲，他套在了大腿上，太窄了，睪丸從兩側各擠出半顆，陰莖從鬆緊帶上探出頭，像袋鼠媽媽布袋裡的小袋鼠，出去給她看，她笑得厲害，你真會想法子！

但他很快脫下來，光屁股穿上褲子，說，我想回寢室了。

她愣住了。不是請的假還有一天嗎？

他支支吾吾道，是。但彷彿有股力量催著他抬頭，說，但我今天就想回去了。

她默默地繼續整理衣服。她說，你等等，我也走。

輪到他吃驚了，去哪？

她說，回住處。

他說，那裡太危險。

她說，那人早走了。
他有些慌了，可是你幹嘛也回去？
她說，我怎麼就不能回去了？那是我住的地方呀！
他急忙說，已經不是了，這裡才是。
她說，這裡怎麼是？這分明是你的家，而且連你都不在了，我在你家裡幹嘛？
他頹然說，那我不回寢室了。
她說別呀，我又沒攔著你！
他左右兩難，算了，真不回去了。他踉蹌地坐了下來。
她說，這樣耗著有什麼意思？再過兩天，你不是一樣要回去？
他說，我可以申請不住校。
她說，一會兒一個主意，誰知道是真是假！
他像要斷氣了一般，說，當然是真的了！
洗衣機轟隆轟隆地轉著，像他們的話語。她委屈地紮到椅子上，說，不喜歡就直說嘛，又不是非要腆著臉伺候你！他走過去，足足有半個多小時，才讓她平靜下來。

2

第二天，巴特勒跑回了學校。初夏的晚風涼涼的，像檸檬汁，浸入腸胃，暢快。

小猴子孫睿都在宿舍。孫睿說，大巴，你這輛車終於開回來了，一猜你這幾天就銷魂去了，頭髮鬍子瘋長，人倒精神，急著回來幹嘛，不繼續浪？

巴特勒說，請假到期了，今天必須回來。

孫睿說，我要能像你，靠銷魂來減肥就好了！

巴特勒笑著說，你不找女朋友賴誰？

孫睿說，老楊的指標還遠沒達到，眼看運動會就要來了，不過還真減了一些，你仔細瞅瞅，雖沒你俊，是不是也比以前精神了？

孫睿滿嘴熱氣撲上巴特勒的臉，巴特勒忙躲開，認真地看著孫睿，還真地瘦了，雖然沒瘦完整，卻是虎頭虎腦，顯得精壯。

孫睿仍是肥膩圓潤的，只是輪廓的每條邊都往裡削了一點點，就跟以前大不一樣了。就像人的高度，差一分米，用手張開比劃著沒多長，但安在頭頂，整個人就高大了一個檔次。

孫睿說，猴子哥每天早晨帶我去操場的東北角練拳，教我功夫，境界已和以前大不相同了。

巴特勒問，那裡不是在蓋樓？

孫睿說，已經蓋到二樓了，我天天和樓比著，看是它起得快還是我滅得快。對了，小猴子老家有個神奇的拳譜，據說很厲害，叫情種拳，也叫陰陽交合拳。

巴特勒說，這麼怪的名字。

小猴子說，傳說是個古代情種發明的，他和老婆相愛甚深，那時還不是他老婆，只是偷情，女家父母知道了告到衙門，說他壞了他們女兒的貞潔，有一天他們正在搞，衙門的皂隸破門而入，他因她的家人不同意，多次攛掇她和他一起逃走，她卻非要他說服她的父母，明媒正娶才肯跟著他，他自知無望，雖二人時常約會，心裡卻早已淒涼，此刻悲極而怒，非但沒有陽痿，反而力量倍增，皂隸沖上來，他在床上見招拆招，把伸來的棍棒全部擋住了，打得他們落花流水，但她的父母也在裡面，被他不小心打死了。她死活不肯逃走，說他殺了她的爹娘，她永世不會再跟他，他只好自己先走了，後又潛回來找她，卻得知她以不孝的罪名，被縣衙遊街，綁石頭沉了長江。他為她在江邊立了一座空墳，日日在墳邊高歌縱酒，苦練拳法，想起二人共同的時光，每不能自持，將那款款深情的動作，模仿著創立了一套拳，可以獨立使用，也可以雙人禦敵，那另一人的招式就是幻想著和她翩翩舞動而創的。他越練越精，拳術大增，回去殺了縣令，血洗衙門，朝野震驚，遣人捉拿他，卻屢次失敗。於是有人獻計，到處散佈風聲說她復活了，並探聽出了他的隱居地，深夜令女妖扮成她的樣子，敲他房門。他恍然以為是夢，又一看，竟果真是她，還是數年前的姿色，不禁大驚哭泣。他帶著她翩翩舞起，她本想尋隙殺他的，但舞了一會兒，他發現自己氣息擁堵，五臟如燒，她也渾身難受，露出了妖怪本相，然而沒等他下手，妖怪便吐血而亡了，他也奄奄一息了，死前，他為剛才與她相見，雖是假的仍充滿感激，因此葬下妖怪，就葬在了她的墓旁，並在拳譜上補充道，此拳只合至情至性之男女使用，若一人練習，需得深切思念戀人，方入化境，若是兩人，必互為真愛者才能搭檔，若有一方不是真愛，便極易配合不妥，心意與身手不吻，而致命喪。寫罷就死在了月夜的江岸。後人得此拳譜，威力極大，但極少有人敢練，因對心意要求甚高。此人是孤兒，連姓名都沒留下，後世故以「情種拳」相稱。

小猴子說罷，黯然傷神。

孫睿受不了這氣氛，說，大巴，你這幾天恐怕也沒少男女交合，拳腳並施吧。

巴特勒說，哪有那麼嚴重。

孫睿說，當然嚴重了，你把大學生都搞定了，咱們還沒有先例哩。沉著臉幹嘛？照理該你請客，但這次我們請你了，這不！他從床底下拿出兩紮十二罐啤酒說，早都買好了，就等你回來，喝個痛快的！一罐罐地打開，伴著砰砰聲，冒起一排禮花般的白氣。

小猴子拿起一瓶先灌一口，巴特勒問，小猴子，這幾天你跟嫂子可好？

小猴子憨笑著說，聽你嘴裡冒出「嫂子」這詞，不知為何，好有趣。她已經不在那兒工作了，高利貸也不用還了，高利貸公司被查封，幾個頭頭都被抓了，聽說還有幾條命案，大小頭目都會被判刑的，連魯京也被抓了。

孫睿看看小猴子，像想要說什麼卻沒有說，轉而問巴特勒，你知道這事不？巴特勒說他知道，但沒說他親眼看見了魯京被抓。

小猴子說，只有魯緯還在學校，魯京做兼職在街上差點打死了人，被逮住後，順藤摸瓜，把他爸也牽出來了，但正因此，她的高利貸也不用還了。

巴特勒說，這是好事呀！拿酒瓶碰了小猴子的一下。

小猴子說，她已回老家了。這樣挺好的，知道有這麼一個人，能和她說話，以後或許還能見面，真讓人高興。

巴特勒嗯了一聲，十分震驚，你那麼愛她。

小猴子看了他一眼，邊喝酒邊說，你們可能都認為她不好，我卻覺得她好，有她裝在心裡挺幸福的，就跟你心裡裝著你家那位一樣。

巴特勒很不是滋味，他說，你這才是真正的幸福。

孫睿插嘴道，你找了她，難道不幸福？

巴特勒說，還不知道，要再看看。

孫睿問，還看什麼？見巴特勒不說話，又問，有什麼難言之隱嗎？

巴特勒悶頭喝酒，沒有，走一步算一步罷。

孫睿說，走就走，不走就不走，剛談上戀愛，就準備好做負心人了？

巴特勒發現小猴子的眼神也很冷淡，無地自容地說，那怎麼會。

小猴子抓著頭皮跳起來了，我跟她也是從搞開始的，不是也發展成正常關係了？有什麼的啊！

巴特勒警覺地說，為什麼這麼說，你知道什麼？

小猴子說，我至少看得出來你對她沒那麼好！

巴特勒似在糾正他，我們不是從搞開始的，是一點一點開始的。

小猴子急迫地打斷他，你用心去愛難道丟人嗎？我曾經為她的工作痛苦過，但我發現那根本不是真正的我，現在才是真正的我，你也好好愛吧，這樣才能安心，幹嘛在乎別的？若是不愛，就趁早告訴她啊！

巴特勒說，誰說不愛了？說完卻又喪氣了。

小猴子說，你當初對婉楓姐就是這樣！

巴特勒說，我和婉楓本來就沒有別的。

小猴子說，可你明知道她對你有的！他指著巴特勒，臉都要氣歪了，巴特勒從未見他這樣生氣過。

孫睿說，好了，猴子哥！拍小猴子肩膀讓他坐下。氣氛比啤酒還冷了。

小猴子說，大巴，我說話的確狠了些，但是有些東西你確實不該那麼在乎。

巴特勒木訥地說，我跟你不一樣的。

孫睿看不下去了，說，我也說兩句！他喝一口酒，噎出幾個嗝，像一串的屁，說，巴特勒你累不累？早跟你們說過愛情這玩意兒不靠譜，猴子哥，我不是要和你爭長短，況且龍生九子，各不相同，也爭不出個長短，有人跳火坑還覺得幸福呢，比如董存瑞，人家還炸碉堡呢！而且，說不定臨死也不後悔，完全是直著腸子死的。

巴特勒說，他一下子炸死了，哪有時間後悔？

孫睿說，不說他了，類似的例子有的是，成天合合分分的也有的是，真看不上他們那德行！

巴特勒心口沉重，在他倆旁邊如坐針氈。但他突然發現，小猴子的尾指纏著紗布，他方才只顧琢磨自己的事了，沒有注意到。

他說你的手怎麼了？再一看，小猴子手指也像短了一截似的。

孫睿說，猴子哥，大巴不是外人，你跟他說了吧！

小猴子表情像剛從水裡撈出來，濕淋淋的。半晌，他說，我攤上事了。

巴特勒問什麼事？

小猴子喝了幾口酒，擦擦嘴，慢吞吞地說，是她的事。原本聽說高利貸公司垮了，人也抓了，還挺高興的，但有一天接到電話，她黑髮姐妹打來的，說她有麻煩，叫我過去。我過去一看，那屋裡已經沒東西了，廳裡只剩下沙發，黑髮姐妹坐在那裡，臉和牆一樣慘白，頭髮像白牆印上的黑漬，我問她曉玲呢，她說被他們帶走了，我前幾天遊完街，又蹲了幾晚，今天才出來的，曉玲被放高利貸那幫人抓走了，我一出來就給你打了電話，你去找他們吧，也就只有你還能幫她了。我問，他們不是被抓了嗎，曉玲說的呀！黑髮說，不是那麼簡單，後頭還有人的，而且抓了的也都還沒判，還在審著，他們的公司沒了，但曉玲的欠款合同據說是與個人簽的，依然有效。我問跟誰簽的，她說我怎麼會知道。我問他們人在哪，我現在就過去，她說這我也不知道，他們只是叫我傳話，我打電話問問，說著就打了電話。問罷，她說，我帶你去。她騎電動車把我拉到了江對岸一個村子，有一棟沒門牌的三層樓房，不知道誰家的還是公家的，我走上去，在三樓的樓梯口，她說，應該是這兒了，又害怕似的說，我有事我先走了。估計她是不想被捲進去。我在樓道裡走著，有個門開著，地上到處是酒瓶、煙頭，有幾個光膀子的人在打牌，周圍是幾張上下鋪的床，非常混亂，桌上是幾把長短刀。他們打得起勁，像沒看見我。我問，她在哪兒？問了兩次，有個光膀子的高個兒，斜了我一眼說，你是她什麼人？我說是她家人，他問家裡什麼人？我說她在哪啊！看我急得不行了，高個兒站起來，拿出幾頁紙說，你坐下看看這個。是她的欠款合同，甲方那欄空著，乙方寫著她名字，上面有許多條款，我看不懂，高個兒說，甭管你倆什麼關係，她必須把那十萬還清，場子被查，我們出了狀況，沒法再給她安排地方了，更沒工夫一遍遍地攆著她要錢。你是替她還錢，還是怎麼說？還不上她會有大麻煩的。我又問她到底在哪啊！高個兒擺手說，你不用擔心，她現在沒事，好吃好喝供著，就等著人拿錢來的，這週五之前帶十萬塊錢來，我們立馬放人。我說不行，今天我必須見到她，確定她沒事了再說。他說那你過來吧！我跟著他走到了樓道盡頭的一間屋前，他指指窗戶，裡頭也是亂哄哄的，有一個女的坐在床沿發呆，手被銬在床的鐵架上，我一看是她，趕緊拍窗了，沖她招手，她也扭過頭，認出我了，她就那麼看著我，眼睛像在哭，嘴裡又像在笑，滿眼期盼地看著我，我心都裂了，我說，我會回來救你的！你別怕！不知道玻璃隔不隔音，她應該是聽懂了，高興地咧嘴又哭又笑。我趴在窗戶上跟她說話，安慰她鼓勵她，高個兒抓著我的胳膊把我拽走了，說，趕快想辦法弄錢，過了週五就見不著她了！我恨不得撕爛他的嘴，殺光那幫人，但他們人多，我又沒帶傢伙。我跟他們賠笑臉說好話，叫他們等著我。回來我就急死了，上哪弄十萬塊啊！我就想，媽的，老子搶銀行，搶金鋪，不然她就死定了啊！但直到上週三，你沒在，依然是沒轍。後來，我真跑去弄了把刀，搶銀行肯定是找死，但我知道個金鋪，生意挺火的，在濱江路中段，我就去了，在路對面地上坐著，刀藏在上衣裡，涼涼的，貼著前胸和肚子，我心裡緊張，腦子卻清醒著，想，這下完了，人生走到盡頭了！眼看金店的生意真他媽好，我們這小破縣城，竟然那麼多有錢人，一會兒進去一個，交費，走人，整個晚上不知做了多少生意，我一直坐著，坐到關門，最後一個店員把拉合門拉上了也沒敢搶，關門後我走過去，趁周圍沒人我用刀撬門底，撬不起來，我在街上溜達到十二點多，想，我幹不了搶劫的事，這可咋辦！我一急眼，乾脆直接去救她了，拎著刀跑過了橋，徑直到了他們樓下，周圍死一樣漆黑，我拍著門喊，我拿錢贖人來了！樓上有燈亮了，小小的像熒火蟲，有個腦袋從窗戶伸出了說，你等著！我在門口屏著氣等著，門開了，那個腦袋一冒出來，我就瘋了一樣掄刀便砍，但他身手快，沒砍著，他往樓上跑，我在後頭攆，我啥都不怕了，豁出去了，跟著他跑到三樓，到處都是黑的，有幾個模糊的影子竄出，樓道窄，我又急，一直往前沖，沒顧著後頭，有人從後頭給我來了一下，打到腦殼上，栽了，記得被人抬進了屋，扔在床上，迷迷糊糊的，許多人在罵我，有個聲音說，剪他的手指，叫他嘚瑟！說著拿來個大剪子，應該是工地絞電線的那種，卡在我指頭上，就那麼一下，疼的我呀！

小猴子的聲音變成了哭腔，孫睿趕忙摟著他說，猴子哥，別再說了，都過去了！小猴子卻不管，抹著淚兒繼續說，疼得我，全身都像跟著手指被提起來，擰起來，擰得心都要崩斷，人都快斷氣了，然後就記不得了，醒來還是特別疼，從指尖往後，一直到整條胳膊都跟烙鐵燒似的。還是那個高個兒，過來說，你這不是找死嗎？這對你倆有什麼好處？我們知道你現在沒錢，我們只是要錢，不到萬不得已不弄人的。現在給你個出路，這事兒也簡單，你是學生對吧？你把她的欠款合同接過去，我們就放你倆走，往後她所有的賬都由你還，怎麼樣？帶身份證或學生證沒？把資訊留給我們，方便我們找你，你考慮一下。說完就要出去。我喊住他說，不考慮了，現在就接！他表情有點奇特，像是不理解，拿來一份空白合同說，十萬塊，一年還清，沒有還款次數的限制。我想知道我是跟誰在簽的，但甲方和她的那份一樣空著，他說這是機密。我拿起筆簽字，眼看著他把她的那份合同撕毀了，我說你放她出來吧！他說行的，你等著，我這就帶她來！去了半天沒有動靜。我哆嗦著爬起來，樓道漆黑，我摸到了關她的那間屋，門開著，我進去，黑乎乎轉了一圈兒，沒人，喊她，沒人應，出來，一個屋一個屋地找，全空，整個樓都是空的，沒有一個人。

巴特勒嚇壞了，他摸摸小猴子指頭上的紗布，問他還疼不疼？

小猴子說，當時很疼，現在好多了。

巴特勒說，那後來呢？

小猴子說，沒有後來了。

巴特勒問，那她到底去哪了？回沒回老家？

小猴子說，我不知道，沒聯繫上。小猴子眼睛裡像有很多根針在閃，閃得刺眼。

巴特勒問，難道又被他們帶走了？還是另有隱情？突然又問，那十萬塊錢你準備怎麼辦？

孫睿打斷他說，來來來，不說了，喝酒，車到山前必有路。小猴子的目光裡像有座沉甸甸的山，三人沒喝多少，就都醉了。

3

孫睿一改熊樣，每天跟小猴子晨練學功夫，運動會前又縮小了一輪，老楊在班裡把他當標杆誇獎，他卻一見老楊就躲著。

一天，老楊把巴特勒叫到辦公室，問他病好利索了沒有，老楊剛開完黨代會回來，像個小學生一樣工工整整地往本子上抄著黨章。校黨支部升為了黨委，原來的學習小組升為了黨支部，老楊成了支部書記，滿臉豬油更亮堂了。

巴特勒這幾天消耗甚劇，一臉虛弱，他趁勢申請了不住校，說要在家熬藥養身體。老楊心情好，當場批准了，只叫他給家長打電話，家長同意就行。巴特勒對媽媽訴說住校危害大，大家都比著誰能玩兒，不參與就是不合群，他媽一聽立馬同意，當天就捲舖蓋回家了。

孫睿感歎著，張揚不在，現在又少一個，以後他只能和猴子哥喝酒了。

巴特勒回家就對唐嘉佳說，我搬回來了，沒騙你吧！他抱著她扒她的工裝與內衣，她說慢點兒，看你色的！她雖然在抱怨，卻也甚是高興。
接著，每天下午一下課他就往家裡跑，回去就往她身上貼，她不樂意了，她說，除去這事，你對我簡直就沒有別的了，你到底喜歡我什麼啊？
他說不上來，過會兒又去看書了。
她說跟你在一起真沒意思！她在床上百無聊賴地打滾兒，看電視劇，發現他表情陰鬱，捅捅他說，你在想什麼？
他說沒想什麼。
她說，天天這麼呆著，又沒事可做，真無聊！
他說，你說的不錯，我確實不應該耽誤你。
她說，你這話是什麼意思？
他說，我挺愧疚，你想要結婚，我卻還這麼小。
她眯起眼打量著他，你想怎樣？
他輕聲說，要不，咱不談戀愛了吧。
她點點頭，喉嚨裡咽著唾沫，好，好，在他面前坐直，穿起衣服，把桌上的瓶瓶罐罐往箱子裡裝。他不忍心了，你做啥？他的心彷彿揚沸了的一鍋粥，湯水不斷往外滾，你又要回那裡？就不能換個地方嗎？
她手裡不停，輕微地說，沒時間找。

他說先別收拾。

她不聽他的，他去攔阻她，不讓她往箱子裡裝，她大叫著你滾開！

他怔住了，你說什麼？

她沒有重複，甩開了他。

他彷彿沒做好心理準備，全身毛茸茸的，眼神緊張，像拿不准該怎麼對付她，他說，我不是那意思。

她沖著他說不管你是什麼意思，不喜歡我碰我幹什麼？

他聽後像不再害怕了，把她的目光頂回去，說，誰說不喜歡你了？我只是怕你受委屈罷了。

他摟著她說，以後別老說結婚了，你說一次我就自責一次。

她氣憤地掙扎著，我就是要結婚，不結婚談戀愛幹嘛，耍流氓嗎?!

她氣乎乎地坐下了。他給她道歉，哄她，把她的東西一件件掏出來放回桌上。鬧騰了好久，他倆都安靜了，互相對視著，像是都發現了某種危險。

他坐在她的身旁說，我覺得我對不住你。

她說，你怎麼對不住了？他說，我沒有尊重你的意思，耽誤你結婚了。她悲哀地說，你傻嗎？我要是不願意，我會和你住在一起？

他乖巧地道歉，彷彿有些釋然了，但臉上有許多憂傷，像窗外黃昏的顏色。

她說，你去做飯吧，我餓了。

餐桌上，她小心地問，是不是那件事，影響了咱倆？

他問，哪件？

她說，你知道的，就是那件。

空氣很輕。微薄的光線像刀刃一樣，躺在餐桌上。

他拉長下巴，仿佛沒明白。忽然，他搖了搖頭說，不是的。

她說，你怎麼看待那件事？

他表情異樣，讓她看不懂。他說，是我對不住你。

她焦躁地說，和你有什麼關係啊，我是問你怎麼看！

他說，你受了委屈，我本想幫你打抱不平的，卻沒幫成。

她冷笑著說，別假惺惺的了，說實話！

他說，沒假惺惺的，確實不會影響，就算會，也不是那件，而且你又不是自願的，對吧？

她說你才自願呢！

他說這不就行了。

她仿佛沒得到真正的回應，琢磨不透他，表情虛虛的。她說你真是個怪人！

他說我哪裡怪了？

她說，跟很多人不同，但這也正是你吸引我的地方。

他哦了一聲，眼神有些慌亂，她見到了，又開始不安起來，怎麼，你難道不願我喜歡你嗎？

他像怕再圍繞著這個話題，匆忙說，我有病嗎，不願意我女朋友喜歡我？起身又拿了一瓶竹葉青，不管她高不高興，打開喝了一口。甘甜背後，辛辣刺激著他的食管。

4

運動會一大早開始的，校長黃衛功念開場詞很久都念不完，卻又像什麼也沒說，仿佛只為了證明他是校長，讓你坐著聽你就得坐著聽，台下很多人都憋不住想尿了，他還在那裡東拉西扯。

啦啦隊的女生站在主席臺下，玫紅色緊身胸衣，下身同色超短裙褲，臉左右各一圈塗得像衣服一樣紅，等得不耐煩了，亂蹦。

憋尿的人伸長脖子，像不認識這些平時的同學或學生了，眼底滿是街頭的貪饞和嫉妒。主席臺上有縣裡領導，黃衛功旁邊的局長李某把手機對著啦啦隊女生拍，想既提高放大倍數又拍清晰女孩的胸和臉，徒勞地折騰。

黃校長終於說，臨州三中第十五屆校運會正式開始！一聽這話，操場像復活了一樣，廁所很快填滿人，尤其女廁，坑位不夠，老長的隊一直排到高二九班的位置，女生們紅著臉捏著衛生紙，焦灼地等著前面的人。

啦啦隊退場，運動員上場。

女廁跑出一人，肥頭胖腦像老版的孫睿，但是是女版的，跑得急，掀起短袖露出一段白腰，孫睿不認識她，九班陣營的另一人卻脆生生地喊，曾田加油！是任芳，她還沒脫掉啦啦隊服，身邊幾個男生圍著，手在她身體左右揮動，像隔一層空氣也要竭力感受她的皮膚。

喇叭響起輕盈的念白，如泉水稀釋著暑熱，聲音一響主席臺附近高二三班就歡呼了，巴特勒聽出是王婉楓。有人拍他的肩膀，是小猴子從二班過來了，巴特勒一見小猴子就想起那十萬貸款，小猴子卻像忘記了，搖著頭說可惜呀，可惜！

巴特勒說，可惜什麼？

小猴子說，可惜她！朝主席臺努努嘴，你還是跟她說清楚，讓她死心吧。

巴特勒陰下臉。

他在跟唐嘉佳發消息，一言一語地停不住。

小猴子說，那天她生日，我們本打算吃你倆的喜酒，都計畫好了，她好高興，還給你買了禮物，但這傻姑娘，直到最後都沒敢拿出來給你。

巴特勒驚問，有這回事？

小猴子說，別管她了，好好跟你的學姐談吧！阿睿在哪，咱該簽到了，孫睿說知道了猴子哥！

小猴子先去了賽區，孫睿活動一下，正準備踩著小猴子的後腳過去，忽有巨響，他們班面前的跑道上一堆灰塵升起，把摔倒的人浸住了，像蒸人肉包子，女生的尖叫從塵土中迸出。

孫睿說，這不是剛才那女生嗎？忙去扶她，巴特勒也跑過去。

曾田像躲殺豬刀一樣，猛跑著一千五百米，路過九班，拐彎地上有塑膠渣，滑摔了。

老楊也過去了，曾田喊疼，不讓他們碰她。

大家以為她骨折了，她卻撐著站了起來。老楊問她班主任是誰，她說班主任鐘亞雯老師不在，英語聶老師在盯班，又問，聽說鐘老師病了，在哪住的院？

老楊不鹹不淡地說，開始在人民醫院，我們還一塊兒去看過她，說是肺不好，具體情況不清楚，有姚老師陪著，後來轉院就不知道轉哪了。老楊見曾田疼得嘴眼扭曲，說，巴特勒，去四班把聶老師喊來。

曾田攔著說，不用，給我個凳子歇會兒就行。遂在九班陣營坐下。

孫睿去簽到，巴特勒發現曾田沒再揉屁股，卻一直揉肚子，仔細瞧著她問，你是婉楓的室友？

曾田愁眉苦臉地說，是啊！

巴特勒問，上次婉楓生日，怎麼沒見到你？

曾田說，她哪會請我們，在寢室她只跟張璐好，哪把我們放眼裡？說著又齜牙咧嘴地疼了。

巴特勒不再理她。

曾田站起來，一瘸一拐地穿過跑道，差點被四百米的第一棒撞上。她從操場中間穿過，有個姑娘甩著長辮子過來攙住她，卻沒把她攙到四班的位置，而是直接回了宿舍。

5

曾田回寢時，四百米接力跑到了第三棒，二班是鄭強在跑。姚燦不在，二班由數學組李小合盯班，她大學畢業才兩年多，目前是五班班主任。上崗第一年，柔聲柔氣的，壓不住課堂，一上課後面男生就模仿她說話，逗同學笑，被氣哭過幾次，胡守利訓她管不住班，又被胡守利氣哭過幾次，眼看要丟飯碗了，橫下心，某天一反常態，趁學生搗亂，扯著嗓子挺著胸罵起來，雖然胸平，像他們班沒發育好的女生，但依舊把班上十幾個壯小夥送去了辦公室，挨牆站一排，槍斃似的壯觀。

從此她一發不可收拾，每次批評學生，尖銳的叫聲比體育課的哨聲還響，震得樓道轟鳴，有她壓陣二班，學生們都畏怯了。只除了鄭強。

姚燦剛走，鄭強就像龍歸大海，在教室掀風惹浪，先是把本班幾個不老實的閑漢，一個個地揍老實了，接著和魯京魯緯又幹一場，這次贏了，直到魯京被抓，在三中乃至縣城都翻不了身，又去四中、七中、八中各打了幾場，一幫人混進八中車棚，把八中一個閑漢打得腸子都流了出來，掛在電動車把上。在縣城學生圈裡確定了名聲。

李小合雖凶，卻只是維持場面，盡盡形式上的義務，就算把姚燦班帶好，工資也不會多給，領導還更重視她，給她更多工，還把自己班比下去了，因此並不用心，沒課時很少去二班巡視，幾次路過遇見鄭強打人，都回避了，或是呵斥兩聲就走。

鄭強越來越囂張，某天中午一拳把講桌錘了個窟窿，不知道他為什麼打講桌，或許興之所至就來了那麼一下。講桌年久未換，禁不住鄭強的拳頭。

這樣一來，李小合看出危險了，不往好裡帶也不能太壞。下午她沖進二班，讓每個人寫字條揭發，由於是匿名，一半以上寫的都是鄭強。

鄭強怒了，李小合也怒了，鄭強拍桌子否認，李小合拍著茅坑一樣有個窟窿的講桌說，肯定是你，不然大家怎麼都指認你？她不瞭解鄭強的背景，王婉楓小猴子等人看她那矮瘦樣兒，都替她捏了一手心汗。

鄭強幾乎跳了起來，但李小合早就跳了，三兩步沖過去指著他，目光從鏡片後像利劍一樣射出來，尖叫著把鄭強從頭罵到了腳，不讓他插嘴。連姚燦都沒這麼對過他，他原本生氣，忽而變成了納悶，況且她罵人的語言他不熟悉，沒辦法接茬。他想撥開她的手，但她身材太小了，一撥估計准會摔倒，然後這母老虎會怎樣，他沒法預料，而且他沒跟老師動過手，老師再不好，不到萬不得已不動手，畢竟是跟你爸同輩，還輪不到你。

李小合敏銳地察覺出了鄭強的底線，有尊嚴地退到門口指著走廊說，你給我滾出去！

人心大快。

但李小合彷彿停不下來了，鄭強竟敢跟她拍桌子，這引起了她難以磨滅的憤慨。她從此一進二班就漲紅臉，像挨過揍似的，已經到了沒法容忍鄭強在眼皮底下坐著的程度，一看到他就氣得直哆嗦。

她終於抓住機會，趁鄭強上課說話，叫他去辦公室罰站，並給他爸打電話，歷數他打講臺、打架、頂撞老師、擾亂課堂的事，說經過教研組討論，先停他一個月數學課再說。

估摸一個月後，姚燦早已回來，到時還管它個球。

鄭強爸最近忙，幾乎不著家，從此一上數學課，鄭強就去辦公室罰站，下課李小合一回辦公室就把他趕走，也不訓斥他了，連看都懶得看他。

鄭強沒受過這待遇，他雖然不學習，但長期不讓他上課，他接受不了，我他媽有權坐在教室裡，我交學費了啊！李小合賤人，欠幹！

又發現她比李讓士差得遠了，沒胸沒屁股的，哪像個女的，白送他都不想幹。但他既恨她，卻又希望她對他好些，哪怕罵罵他也行，或攆他走時臉上稍微有點表情也行，但自從上次以後，就沒有這些了。

他像扛上了一個很沉又看不見的包袱，天天盼望姚燦回來。但姚燦和鐘亞雯是遠走高飛還是殉情了，流言越來越多，卻沒個解釋。

班裡因為李小合的引導，氛圍對鄭強越發不利了，原先的不少死黨，對他已經沒那麼親熱，總像是在背後暗笑他，他有苦難言，一下課就欺負人，尤其是老實的裴勝，像要把李小合對他的虐待全發洩在裴勝身上。

有一次週末回家，裴勝一家吃午飯，媽媽發現他耳後有腫塊，問他，他捂著耳朵繼續扒拉飯吃，再問就要扒拉出淚了。老兩口囑託了同村小孩，也是在三中上學的幫忙打聽，才知道兒子天天被人欺負。

媽媽急了，去學校找班主任找不到，後來才知道，現在是李老師在管事。李老師揮一揮手，不帶走一片雲彩地說，我會處理，你回去吧！說完就去上課了。

下週回來兒子又呆傻了許多，身上的傷痕不減。

幾次去學校，李老師不是忙就是不在，去找胡守利主任，胡主任說這事你要找班主任，媽媽說我找過幾次了，她總沒空，主任說再找，可能以前忙，但不會一直忙。

媽媽說我看她是不管，沒辦法才找您的。

主任火了，她怎能不管？那是她的職責啊，找她！

媽媽又去了，但李老師卻先來了，一來就說，我何時說不管，我不是忙嗎？不是叫你等嗎？媽媽委屈地賠著笑，孩子最近老被人欺負！李老師問被誰，媽媽說我也不知道叫啥，聽人說——李老師立刻打斷她，聽人說就天天攆來訴苦了？先問明白！硬是把媽媽攆了回去，週末向村裡孩子問清了，那麼遠又乘船跑來，叫鄭強，鄭強！李小合氣得胃疼，又是鄭強！知道了，這次一定處理！

但處理個屁，兒子還是一堆傷，媽媽氣瘋了，又來到學校，胡主任板著臉問班主任怎麼說的？媽媽說她說會處理，可兒子還是老挨打，胡主任說那就再等等，解決問題需要時間，急是沒用的。

這話怎麼聽都像無懈可擊，媽媽說不過他，只好出來了，但想想就覺得不對頭，一拍腦袋，自己找去兒子教室了，到門口一看，有個人坐在兒子的身旁，揪著他耳朵正往裡頭喊呢！旁邊好多人，全都看著笑著，兒子真傻，不動也不吭！

媽媽差點摔倒，忍不住想哭，傻兒子，別人這麼欺負你，你也不吭！

情勢急迫，媽媽沖進教室，沖到欺負兒子的人跟前，上來就是一個大嘴巴，對方被打懵了，騰地跳起來，你他媽是誰！媽媽說我是他媽！你就這麼欺負我兒子？

一堆人愣住了，他也愣住了，跳一跳像是想還手，有人說算了罷強哥！把他拉回了座位。

裴勝流著淚，一臉尷尬地笑著，似乎在同學面前丟臉了，說，媽，你來幹啥，走，走！扶著媽媽把她送出了教室。

李小合正好進來，還是老一套，輕描淡寫地說，鄭強，辦公室去。

鄭強臉上燒燒的，巴掌印還在疼著，走到裴勝旁邊猛踢一腳，裴勝連人帶椅子摔倒了，鄭強說，狗日的敢讓你媽來打我！李小合怒吼，你造反嗎？出去！鄭強蔫蔫的，但是洋洋得意，賤人李小合，總算搭理我了！

媽媽咽不下這口氣，肚裡餓，知道學校有食堂，先去食堂想吃個包子，下課再到教室門口，看你還敢不敢欺負我兒子！

到食堂給錢，人家卻不收，說只能用飯卡，媽媽說我是家長，人家說家長也不行，規定的不收現金就是不收，問誰規定的，則臉比裝菜的鐵盤都冷。

突然一個聲音說，四嬸？

媽媽一看立刻笑了，徐姐，你怎麼在這兒？倆人對上眼了，滿眼是笑。

徐姐從視窗後面跑出來，我在這兒工作呢！

媽媽說，是嗎，真好！我來看兒子了。

鐵盤樣的冷臉們看見，頃刻不冷了。

徐姐說，你吃點啥？

媽媽說，啥都不吃，不用麻煩！

徐姐說，麻煩啥喲！給她盛了一碗粥，幾個熱騰騰的包子，夾在盤子裡。媽媽說，我沒餐卡呀！

徐姐說，自己人要啥餐卡！

媽媽不好意思，但還是高興地吃了，想起一件事，吃完到視窗說，徐姐，咱食堂還招不招人？我也想在這兒幹。

徐姐說我給你問問。出來後說，還真招人呢！有個打飯的要走，你來她就能走了。

媽媽說，啥時候上工？

徐姐說，今天應該就可以，工資不高，一月才一千五，但包吃住。

媽媽說，那沒關係，混口飯吃，以後看娃也方便。

徐姐說你進來吧！

媽媽進了後廚，試用一天雙方滿意，開始上班。她趁著下課常去兒子班門口轉悠，她一去閑漢就聒噪了，裴勝，你媽又來看你了！

但這樣一來鄭強倒也不易得逞，食堂的工作雖沒耽誤，工友們卻都覺得奇怪。沒多久又出了一件事。學校的俄國外教，有時會拿餐卡來吃飯，但刷他的卡要刷半價，這是給外教的優惠，中國人不就喜歡這樣嘛！但媽媽不知道，俄國佬來打飯，一樣刷了他十塊，其實該五塊的。

俄國佬只會說倆漢字，五塊，五塊！媽媽不知道他要幹嘛，俄國佬急了，開始說英語。媽媽不耐煩地說，你走吧，後面還有人呢！

但有一個學生聽懂了，直接彙報給了胡守利，說食堂的阿姨不守規矩，呵斥外教。

胡守利一聽，即刻起身，讓學生帶他去俄國佬宿舍核實此事。下午幾個領導碰面，都覺得此事重大，把食堂經理和主管叫來，經理一聽也覺得嚴重，說，我們現在就讓服務員來，給外教道歉，你看怎麼弄比較好，要不站成一排，一句一句說，找人翻譯，大家再一起鞠躬？

胡守利說，我看行，叫她來吧，我去通知外教！

各方人來齊了，有個行政老師拿著錄影機錄影，媽媽垂手耷眼地站著，經理說，我是餐廳經理，主管說，我是運營主管，媽媽說，我是服務員。每說一句，九班老楊譯一句。

我們誠摯地向外國老師道歉，今晚將組織食堂全體員工大會，會上將自我檢討，並對這服務員宣讀降職處分，不允許她在前方視窗工作，扣除本月百分之三十薪水作為懲罰，希望獲得您的原諒！經理說完，三人鞠躬，媽媽五十多歲了，頭上一半的白髮，像打著枯霜，邊點頭邊說，我給你道歉，我給你道歉！淚水從眼角湧出，使勁地吸鼻子擦眼睛。

俄國佬嚇得直說，no, please don't do that to her, tell her I already forgive her, because everybody makes mistakes, that's fine, really, that's fine！邊說邊擺手。

眾人面面相覷，老楊審慎地考慮，翻譯成了外教說可以原諒，但一定要提高業務素質，不能再發生這類的事件。

經理和主管點頭哈腰，卻斜眼翻白著外教，攝像機哢地關掉了，媽媽淚還沒幹，就跟著經理主管出去了。擺弄相機的行政老師在屋裡活蹦亂跳地說，食堂的人最近態度好差，這下可好了，沾你的光，能整頓整頓了！俄國佬聽罷，尷尬地直攤手。

媽媽回到食堂，不想幹了，但一想起兒子，又有了勇氣，晚上開會，大聲念自己歪歪斜斜寫的檢討，心中只有一個念頭，就是不能讓兒子再受欺負。但沒過幾天經理又對她說，我們考慮來考慮去，決定不再用你，快開十八大了，學校隨時會被上頭檢查的，再出狀況我們可擔不起責任，工資也不扣你的了，按天折算，今天全發給你，你走吧！

媽媽領了工資，無奈地坐船回家。鄭強聽說此事，當天就又把裴勝狠狠收拾了一回。

6

接連好多天，李小合一直這樣對待鄭強，運動會前，班裡的鼓勵和歡笑，像一陣涼風繞開了他，只刮向別人，他的四百米第三棒無人問津，只是在跑前來個人說，鄭強，該準備了。九班的人跑在了最前面。有人喊鄭強加油！聲音雖弱，但鄭強太久沒聽過這樣的話了，立刻激起一種敏感，精神倍增，快交棒時，和九班的只差十幾米了。

孫睿接過第四棒，見張璐從寢室的甬路走下來，辮了高高地凸起、下垂，像爽利的噴泉，眼一亮，這不是恩人嗎？遂加大了油門。

小猴子是二班的第四棒，他接了鄭強的棒，從後面攆上孫睿，倆人你追我趕，像同一輛車的倆輪子，要提速都提速，裁判竟沒看出是誰先誰後，偏向誰都會得罪對方的班主任。孫睿和小猴子相互謙讓，孫睿說我的本領都是猴子哥教的，該他第一，小猴子說不應該這麼算，該是誰的就是誰的，裁判卻不聽二人，暗中打聽，孫睿班裡有老楊坐鎮，小猴子班的姚燦卻請假了，於是宣佈，經回顧九班孫睿表現出色，奪得了第一！

運動會為期一週，巴特勒裝病沒參加三千米徑賽。巴特勒是籃球賽的主力，既裝病了只好繼續演下去，但他中途又決定上場了。他把唐嘉佳帶到了學校，趁老楊不在上場的，老楊象徵性地在場邊站一站，就拐著粗腿回辦公室吹空調了，幾個學生在辦公室等著她，每個人每小時一百塊補課費，說是不允許，誰不這樣？辦公室好幾個老師，身邊都是學習的學生，都給了錢的，一問卻都不承認。

氣候一天比一天熱，每天剛一醒就滿頭的太陽。早晨還算清涼，畢竟夜氣剛消，但很快天地間就只剩火烤的味道，空氣像過於膨脹，吸進肺裡跟什麼都沒吸一樣，乾枯，缺氧，非得更大口吸這難受的玩意才能苟延殘喘。路面映著白光，天上看不得，地下也看不得，人病歪歪的不能舒展，到樹蔭下才像剛睡醒似的。這時候打球活受罪，但場上隊員和場邊尖叫的女生卻顧不了那麼多了。女生中有個人頗引人注目，像超出了這氛圍，安靜、成熟，有人說這是巴特勒的物件，大學生，有人說這小子有福，誰讓人家成績好呢，巴特勒隱約聽見了，一絲淡淡的悲哀，似有似無的難以揮去。

任芳頂著太陽般金黃的頭髮蹭過來，給唐嘉佳遞上一瓶水，唐嘉佳道謝，任芳跟著唐嘉佳目光看著場上的巴特勒說，他打球一直是我們班最棒的。仿佛在說自己的男朋友，仿佛巴特勒這塊肉沒跑遠，想要隨時還能撿回來。

巴特勒見任芳跟唐嘉佳無所顧忌地說笑，懶懶地投不進球了，想在唐嘉佳面前表現，卻丟了人，唐嘉佳卻不管這些，他一下場就拿毛巾給他擦汗，又擰開水瓶給他喝水。

巴特勒發現任芳把王婉楓也拽來了，隔的太遠，不知道她們說著什麼，但仿佛與他有關，婉楓邊點頭邊凝視著唐嘉佳。

巴特勒忍不住回想起小猴子的話，不想再在學校裡呆了，藉口送唐嘉佳，要和她一起走。林蔭道上卻碰見了李淑陽，拿著一捆書，之前的經歷霎時浮現在了他的眼前。淑陽也很尷尬，但她只和唐嘉佳說話，卻不理巴特勒，巴特勒想走又走不成，唐嘉佳還說要幫淑陽搬書，淑陽推辭，卻說圖書館有個學者來演講了，可以去聽的，圖書館上線的公益組織的總幹事阿輝也來了，說到阿輝，淑陽表情冷漠，令巴特勒很是奇怪。唐嘉佳同意了，巴特勒也只好跟著去了。

進館，大電扇吹得瞬間涼快。放眼看，不少人，黃衛功說運動會上嚴禁無故退場，貓在圖書館的學生卻仿佛專門為給黃校長一個諷刺。

他們有的在入迷地看書，有的在書架前悠蕩。誰說三中學生就不愛讀書了？出去圖書館，是魚龍混雜的江湖，許多人昨天可能還為了一點小事，打得你死我活，今早卻無聲地鑽到了這裡，盯著一本書，出半天神。

音響放著莫札特，低沉、抑揚的節奏，不知何時，就會在某人翻頁或換書時，剎那間使他注意，使他震撼，而後他繼續讀書，流淌的旋律遂又隱藏，繼續浸泡著他，構築他心靈的河底斑斕的石沙和絢爛的水草。

一個面色黧黑滿臉堆笑的人，帶著另一人進來了，前者二十五六歲，淺灰短袖，後者四十多歲模樣，細長腦袋，大熱天的穿西褲硬和領藍襯衣，像個老師，但目光四顧又像是欽差視察，分明讓人覺得屋子太小了，該蓋個大得多堂皇得多的才能裝得下他那大氣的眼神。

這倆人學生都不認識，他們逛來逛去，表情親切，但那親切仿佛是一種凝固的狀態，沒有真正交流的意圖，一些學生本來想跟他們說話的，又默默垂下了頭。另一些學生以為這倆人來抓他們回班的，剛想開溜淑陽卻進來了，穿短褲的人和氣地笑著說，你剛才去哪了，這是著名學者錦上花，淑陽抹著汗說，阿輝，我去縣城拿書了，有人捐書，寄到了縣城快遞所。

想跑的學生方知道這是圖書館廣告的學者，都不跑了，錦先生對土頭土腦的小孩們彬彬有禮地微笑，許多人停止了閱讀，好奇地看著錦先生。

這是大學生唐嘉佳，淑陽說完，彎腰把捆書的帶子扯開，阿輝說，王同學，很高興你能來圖書館！說著伸手，唐嘉佳忙握手，阿輝看了看巴特勒卻沒和他握，阿輝握完，錦學者的手跟了上來，熱情而字正腔圓地說，看到咱們國家的大學生，不僅氣質優雅，——他把氣質和優雅說得重重的，——還這麼有理想有追求，真讓人感動！

巴特勒想吐。

唐嘉佳卻在想我有什麼追求了？錦先生和阿輝一樣，淑陽沒介紹就沒理巴特勒。

阿輝問會場佈置好沒有，淑陽說哪有會場，這樣的演講不屬於校方邀請的，他們不禁止已經不錯了，不用佈置，音響投影儀都有，我去把書收拾一下就給你弄，等會兒會有學生借書的。

錦學者的笑容僵住了，我可以等，沒關係！

淑陽把書抱上桌分類上架，有學生去幫忙，錦學者坐也不是站也不是，阿輝拍拍淑陽叫她去樓道裡了，巴特勒聽見淑陽嗓音變大，像在爭執，但很快壓低，自始至終聽不到阿輝的聲音。他們回來，阿輝還是一臉的笑，淑陽卻像很沉重，默默地把螢幕拉下把投影和電腦打開調好，繼續到桌邊整理書籍。

錦學者一臉抱歉。

巴特勒和唐嘉佳都奇怪，淑陽為什麼對他們如此不客氣。

錦學者一到臺上，即刻恢復進屋時的架勢，雖然臺下只有二十幾人，卻像對著人山人海，正式而不緊不慢地說，各位同學朋友和來賓大家好，歡迎你們的到來！說完停頓，目光期待，阿輝率先鼓掌，看書的同學聽到掌聲跟著劈啪起哄，怎奈手太少了，稀稀拉拉地不成盛況。

唐嘉佳湊在巴特勒耳邊小聲地說，瞧他像在開記者會，像有許多攝像頭對著他。

巴特勒也覺得像。

但還真讓唐嘉佳說准了。屋裡又來了些人，有像老師的，像村民的，還有個抱孩子的中年女人，另有幾個拿攝像筒的人進來了，器械上印著媒體的標誌。

氣氛立刻不同了，錦上花的語氣，從輕飄飄的悅耳，隨著攝像機的出現，變得飽滿有力起來，臉上原本堆滿優雅，瞬間升起了凝重，一手扶著講桌一手握拳，眼色誠摯，底氣十足地說，我這次是帶著飽滿的熱情前來的，不管人多人少，哪怕只剩一個孩子，我也會認真地講下去的，因為這孩子是我們民族的希望，教育的意義不恰恰在於此嗎？

掌聲熱鬧，他繼續說，說到民族，聽起來可能有點宏大，在偉大的中華民族面前我算什麼，不過是草芥罷了，我經常忍不住戰慄，因為我們民族正處於艱難時期，它從沒有這麼偉大過，也從沒有這麼複雜過，每次走在街上，看見高樓林立，看見各色人等，包括不斷成長的中產階級，他們的打扮多典型呀，還有商人，老的或年輕的政府職員，比你們大或像你們一樣朝氣蓬勃的青年，裝束簡陋風塵僕僕的老人，窮人和乞丐，雖都活在自己的圈子裡，誰也不瞭解彼此，像同一個缸裡不同種的魚，但是全在努力掙扎地活著，我就忍不住激動，我想老淚縱橫，有幾次我還真的哭了，說老淚也許不對，我資歷尚淺，學問不夠，我們國家有太多厲害的老前輩了，不過我已然不年輕了，時間流逝的真快，人早晚會老的，那時才算是老淚，現在只是個開端，是我的第一個研究成果，希望大家喜歡！

他舉起桌上的一本書，巴特勒看書名是《中國的崛起與轉型》，他說這是我多年觀察思考的結晶，狄更斯說，我們處在最好的時代，也處在最壞的時代，這話用於現在的中國正合適。我們有錢，心卻變壞了，越來越壞，路上有人摔一跤都沒人敢扶，人在這社會裡偏不能憑著本心憑著真實去生活，私德好，公德卻一團糟，然而還有人在不斷提倡孝道呢！像腦袋裡進了漿糊，缺乏知識，沒有現代的責權觀，人與人邊界不分，愚昧，偏見，自私，一百年前的啟蒙任務到現在都沒實現，還在路上，但許多反啟蒙的做法已開始了，以前認為是渣滓的現在又泛起了，開始時興穿漢服跪著給父母磕頭和洗腳了，一百年前的新青年在墳墓中若知道了這些，一定會驚訝地跳出來的！有現代的前衛的硬體，頭腦卻仍是古人的，舉個簡單的例子，一個人可以輕易和戀人同居，貌似自由了，卻會在結婚時因為彩禮不夠和父母反對，就能把戀人給扔掉，更多的愚昧無處不在，教育培養健全人的部分是徹底失敗了。我們提倡以經濟建設為中心，掙錢嘛，當然重要，不過人沒心了，人關注別人多出於窺視或為了看著順眼，或為了證明某種道德在別人身上被遵守著，從而使自己滿意，多無聊！盯著別人的家事，但家與家之間該如何締結成社會就不考慮了，因為說來說去只能跟隨，沒有話語權，追個星，看誰出軌了誰離婚了，再去罵兩句，這多容易！每個環節都和其它環節有關，每個環節的改變都會帶來其它部分的改變，因此分外艱難！但是只要我們努力，不管從哪個細節入手，都會有效的，偉大的中華民族承受了多少痛苦，走了多少彎路呀！總在關鍵時刻節外生枝，原本是很好的事，走著走著就走到了歧路，可我們民族性裡又有多少優點呀！我們隱忍，謙和，善良，勤奮。

錦學者越說越激動，攝像機跟著激動，哢嚓哢嚓響個不停，眾人表情不一，有的如攝像機一般激動，有的木訥，有的一臉古怪，有的一臉羨慕，仿佛沒有聽演講的內容，只在關注他的架勢。

錦學者談自己的書，說是做了許多社會調查費了許多苦功寫成的，進入提問環節，有人舉手，是個五十多歲男的，滿臉皺紋乾癟癟的，說，我是教師家屬，我發現現在的孩子大多不會感恩，只知道索取，怎麼解決這個問題？

錦上花說，感恩，作為優秀品質當然不錯，但父母與子女之間愛最重要，感恩也是愛的自然部分，勉強不得的，只有放下感恩的願望，站在孩子的角度，孩子才會感激你。

提問者聽了，眉皺得更緊了，一臉懷疑。

抱孩子的女人說，現在的小孩難管教，你為他考慮，他卻不聽你的，還是得教訓，你剛才說許多人像古人，就知道聽父母的話，但父母若是不干涉了女，他就吃喝嫖賭樣樣都會了，現在社會風氣這麼壞，我家大孩兒就是，十五歲就不上學了，也不打工，天天跟一幫小青年在縣城鬼混，你說我們做父母的怎麼辦？不管他光尊重他，是否真的對他好？你說的有些話我沒聽懂，就是這一點想問你。問完，懷裡小孩哇哇地哭，她忙撩起衣服，把乳頭塞進小孩嘴裡。

錦上花說，這些都是問題，生活嘛，處處有問題！但我的側重點不在這個層面，孩子要管教，不錯，但這些還不是核心。

抱孩子的說，那什麼才是核心，俺家大孩就是我的核心，你背著沉沉的歷史，說得再好卻不管用呀！說完怯怯的，像怕得罪了學者。

錦上花說，你的孩子對你來說當然重要，從你的愛與焦慮中我能看出來，我的建議是儘量協助孩子生成正確的是非觀，而今天的演講，核心在於啟蒙，即對於每個獨立的人，努力養成健全而現代的價值觀，以此重新形成社會。

女人無言以對，把乳頭從小孩嘴裡拔出，放下衣襟。

突然，一個沙啞的聲音喝問，你是不是反社會主義？

眾人一激靈，是個頭髮幾乎掉光，雀斑長到頭頂的老頭兒，許多人露出不懷好意的笑，攝像機一齊轉彎，對老人猛眨。

錦上花一愣，你這什麼意思？攝像機聽到了，又一齊掉頭拍錦上花，他說，你們都知道，在國內有些話不方便說，真正的社會主義模式早就不存在了，我們一直在改革，我相信真正的改革會最終實現，這有賴於所有人的共同努力。

老人大叫著你這大走資派！攝像機們嚇一跳，又後擰，閃光燈密密麻麻一起向老人開火，老人不為所動，一臉凜然。

老人說，那時，人心還好得很，不錯，人心是變壞了，但主要原因——我鼻子比狗都靈，耳朵比貓都機警——是我們那時還警惕走資派，現在卻不提這些了，那時的人在太陽般溫暖的理想下，活得多起勁兒呀！社會是個大集體，人彼此互助，一人有難八方援助，誰都想著別人，你的工作、生活、幸福全在一個更大的共同幸福裡，人的靈魂嚮往高尚，放眼望去，所有的人都懷著赤誠之心，豪邁，充滿希望，幹勁十足，沒有攀比和爭奪，不會說這是我的你別碰，或這是我的跟你無關。而現在這個時代，只有自私自利的小人，哪見過那樣的紅火？那才是真正平等自由的時代！

淑陽從書架邊插嘴道，可是一些人被整的很慘，你難道不知道嗎？

老者仰著脖子說，那是敵人！一邊看是誰在反駁。

淑陽說就不該有敵人。

老者一看是個小年輕的就來氣，說，怎麼會沒有敵人？有些人看不慣大家好，暗地裡搞破壞，不是敵人是什麼？對敵人無情有錯嗎？我們直到現在還銘記著日本兵殺過我們，你看那麼多的電視劇都在拍這個，「嗖」地一槍打死個鬼子，「嗖」地又一槍，多帶勁！

笑聲泛開，一個閑漢模樣的人說，那是意淫，你敢在現實中打？老頭做個端槍的姿勢說，怎麼不敢，再打起來我第一個衝鋒！人群哄地全樂了。

淑陽說，可是內戰殺死的中國人更多，如此說來，中國人自相殘殺豈不是更可恨？

老頭搖搖頭，性質不同。

淑陽說，怎麼不同？

老頭說，那是我們自己人的事，但對敵人卻決不能仁慈，社會主義，乃至共產主義，最終是要達到真正的和諧與深刻的互助，為此而鎮壓破壞分子，應該。

淑陽說，可他們把人綁著，吊起來摔死，還有把心肺挖出來吃的！

學生們面色驚訝。

老頭兒說，你說的是少數，哪個時代沒有變態狂？現在也有，我在新聞裡看到過連環殺手，也像你說的，但這不能反映政策，事實上，那時很少有人被拋棄，只要不是罪大惡極的，都是先從教育開始。

淑陽說，你說的才是少數，那時全民都被鼓動了，瘋狂至極，有多少人為的災難，你統計過？

老頭說，沒有，但我在那個年代生活過，我不知道，難道你們就知道了？

淑陽說，我從書上看到過的。

老頭說，你看的都是走資派寫的書，假的！

巴特勒突然說，你說的罪大惡極多半是看出身，是血統論，古代的那套玩意兒。

老頭說，你這小孩幾年級的？

巴特勒說，關你啥事？

老頭咄咄逼人，我問你幾年級！

巴特勒說，高二。

老頭說，高二知道個屁，不好好讀書，瞎起哄！

巴特勒頭一甩，像很生氣，唐嘉佳拽他衣袖，像怕他過於激動。

老頭說，真誠地接受教育、願意自我重塑的人，決不會被拋棄，我們相信人會進步。合作社組織了所有人的大小事務，只要你善良老實，不動歪腦筋，一心一意為社會奉獻，必然受到保護，也不用現在那麼多官僚部門，那麼多複雜到普通人看不懂的制度。合作社的領頭人像父親，帶著我們走向理想，也處理大小事務，秉公斷案，解決糾紛，他不秉公也不行，我們會造反，讓他下臺。我們被管理，也揭發管理者，不過一般不用揭發，只有某些人心問題沒處理好的地區才用。城裡的無業遊民，不上學的，就安排下鄉體驗生活。這樣的社會，簡單、寧靜、熱烈、快樂，哪像現在，貪欲復蘇，以自由的名義，發展的名義，各種名義得到鼓勵，到處是它們的土壤，以前覺得可恥的，現在統統端上臺面了，簡直顛倒黑白！我每次看見這些，都止不住感慨、心痛！而你這學者還在宣揚自由，宣揚改良，我們都知道你那套改良通向什麼，我們不傻！

老頭聲氣十足，仿佛要震下屋瓦，如果是瓦房的話。臺下有人拍巴掌。錦學者剛開始哭笑不得，很快表情嚴肅，接著竟哆嗦起來。他推推眼鏡，抿抿下唇，焦慮地望著老頭，他仔細地諦聽，似乎一直想找機會打斷，卻插不進嘴，臉上滲出了更多汗。老頭說到此，錦學者趁他停頓忙開口，一接上話馬上做出不緊不慢的樣子，拖著腔說，你說的是你經歷過的某些事實，不排除這些存在過的可能性，但本質並非如此。並不都是寧靜、溫馨，善意的互助，或自發的認同，首先「自發」這詞就值得懷疑。

老頭說，我說自發了嗎？

錦學者說你說了。

老頭說，我沒說，你沒理解我的意思！說完轉過身側對著錦上花。

錦上花忙說，那不是自發的，是忽略人性和組織壓制的假相！像生怕老頭走掉。

老頭不耐煩地說，我根本沒說自發！

錦上花笑著說，那咱換個詞，「願意」，大家並不是真心地願意，人心樸實是因為無知，互助也僅限於當權者鼓舞的範圍。你們都學過歸有光的《病梅館記》吧？

有學生吆喝，學過！

錦學者說，很好。那時每個人都被壓制成病梅，不服從剪削你就慘了，要被視為異類大肆批判，現在也會被視為異類，但那時的異類卻可能有生命危險。不錯，敵人也是人，當時怎麼對待所謂敵人的，咱學過歷史的都知道。看不慣他們就不把他們當人，和日本人不把我們當人一樣，都是罪惡。那種和諧感，你若真心認同，當然會享受，就像在教會，大家同在一個屋簷下，敬仰同樣的上帝，有同樣的帶頭人，彼此眼神一交換就滿是共鳴，兩人間這樣，一群人間都是這樣，怎會不震撼？不過這只能用於安慰心靈，不能用於組織社會。在一些國家，教會對面就是脫衣舞場，各有愛好嘛！我雖厭惡低俗，寧願大家都有崇高的追求，也必須說實話。不能勒令，不能把社會變成修道院。合作社模式只有平等的表像，那些高高在上的人看似與你平等，像古代西方神職人員，他會說上帝面前人人平等，他也不比你高貴，但你唱個反調試試看？

老者聽罷，不屑一顧地抱臂說，你說的再好，我也能看出來，你已經沒了良心！

錦學者壓不住火氣，你才沒了良心，你知不知道你堅守的是什麼，是個不倫不類的洋玩意，殘次的進口品！

眾人暗笑，老頭氣得全身起落像要爆裂了，你們這些野心勃勃的演說家，不管你們提倡什麼都無法取信於人，也無法帶領社會向前！你們用美妙的措辭掩蓋內心的單薄，只會破壞信仰、消解淳樸，你們的才智全用到了鼓吹上，從來不做實事！老頭雙眼凸著，像離開水的魚，最後幾乎成為痛徹的尖叫。眾人夢遊似的亢奮，不少人喝彩，也有人捏著手暗自著急。

錦上花說，這樣的宣講難道沒有意義？本身不就是一件實事？他擂一下桌子，擦擦臉上的汗說，大熱天我跑這麼遠過來，看來啟蒙任務的確艱巨，每一步都這麼艱難！

阿輝和幾個學生志願者，把老頭連勸帶拉攙出了圖書館。回來，錦學者已結束演講，踱步到窗邊。

唐嘉佳突然噗嗤一笑，巴特勒問你笑啥？

唐嘉佳說，聽他們說來說去的很搞笑，尤其錦學者，說起任務艱巨，一看他的表情我就想笑。唐嘉佳覺得無聊，已經玩了好一會兒手機。

阿輝開始在臺上總結。窗外一陣嘈雜，幾個學生站起來湊到窗邊，錦學者也從窗臺往下看。

窗外是圍牆外的小街，出校門左拐到三岔口再左拐就是，街對面一排三四層的筒子樓，上面住人，底層是商店和餐館，夏初的柳樹，枝葉飄動，如綠色的發梢，要摩挲路面卻夠不著。

隔著輕颺的柳枝，能看見小街對面一些人坐在矮凳上，穿黑白相間的喪服，挨著個小靈堂，靈堂旁邊正搭起像廠房一樣大的棚，一上午已經快搭好了，棚裡許多桌子條凳。靈堂上端掛著一張黑白照片，有人走到靈堂鞠躬，入內跪在墊子上磕頭。來者一跪，門口凳上幾個穿喪服面如死灰的人就嗚嗚地哭，聲音呆滯，不像哭，像臨死前喘不上氣的嗚咽。但其中有個女人兩眼發直，不哭不說話也不看來者。

錦上花對學生說，瞧這陋習！人死不能復蘇，活人卻浪費錢財搞這些，這樣的鬧劇能有助於沉痛的哀思？荒唐！人在想念親人時根本不會這樣哭，而且別人一跪就準時哭，如此地走形式，只會消弱哀思，讓人更加麻木。真正的傷心人會從中逃離，或即便在裡頭也會沉默的。你們看，彷彿有個默然的女的，沒像他們一樣，我覺得她才是真正的哀傷者，你們說呢？

臺上阿輝說話，窗邊的錦上花也說話，一個屋子兩個中心，攝像機搖擺著兩邊呟嚓。

唐嘉佳說咱回去罷。

巴特勒說，再等一下。

唐嘉佳說，你一點也不關心我，一整這些，就這麼大勁頭！

巴特勒說，你咋了，哪裡難受？

唐嘉佳說，我好煩，可能太熱了，想暈。

巴特勒說，出去更熱，等會下去給你買汽水。

唐嘉佳說，不喝汽水，一喝就胖，都是糖！

巴特勒說，再看一下馬上就走。

唐嘉佳不高興了，巴特勒猶豫著，但還是找著她到窗邊。

有學生對錦上花說，我認識這家人，他們家死了的這老頭姓劉，其實不老，才五十多歲，前一陣他去靈棚後的麻將館打牌，去的時候就喝醉了，越打越輸，起身要走老闆卻說，劉哥，你的好運還沒來哩，再轉兩圈肯定會把輸的三千撈回的，老劉就又走了兩桌，結果把兜底的兩千塊也輸光了，帶著酒氣和晦氣罵操你娘的張五，張五是老闆名字，又罵操你們這幫賭鬼的娘和老婆，罵著就被眾人趕了出來，歪歪斜斜到長江邊上，在沒欄杆的地方要尿，沒踩穩，順土楞滑下了，竟突發腦溢血死了，你看，靈堂正好搭在麻將館前，麻將館上還打了條幅的。

說話的學生滿嘴煙味，牛仔褲上滿腿的窟窿，錦上花和眾人順著所指，果然看到綠葉背後掩映著白色橫幅，寫著「私設賭場，聚眾賭博，害死老人，維權到底」十六個黑字，玻璃門裡有牌桌，綠色桌布，四把皮椅。

學生又說，那面無表情不哭不笑的婆娘就是他老婆，其他人是他兄弟姐妹和兒女親戚，有人說發現老頭屍體時，褲子都沒提，雞巴還在外頭。

幾個學生笑起來，錦上花說，這就是陋習的危害，更是責權不明導致的一樁案件。賭博不合法，大家卻還要賭，沒辦法，雖是陋習許多人仍舊喜歡，一方面要改陋習，另一方面也不能假裝它不存在，要麼徹底禁止，但目前不太可能，大小官員哪個不愛賭？要麼就立法管制，針對妓院也是，只有立法才能走上正軌，一旦定為不合法就會造成有權勢者以地下的方式壟斷這個行業，且因無法可依，出了各種事會有很大的自由量裁空間，難以保證公平。但同學們，你們最好別去賭博，要養成好習慣，多讀書。

那學生說，我們縣的人幹別的不行，打牌可是一流的，不信你晚上出來，我帶你上街轉轉，那些明晃晃亮著燈卻沒招牌的小鋪子，只要不是亮小紅燈的，多半就是麻將館。每個裡面都好多人，擠得要死，但人聲比不過呼啦麻將聲，有人出牌不規矩會吵架，但真打起來的不多，因為打牌的多是老人和女人，尤其女人，從三十出頭到七老八十都有，男人在外面打工賺錢，老婆在家夜夜搓麻將，這樣的人有的是。

錦上花聽罷連連搖頭。

突然，樓下面色呆滯的女人，從兜裡掏出一些東西，沖進靈堂。

靈堂不深，微風拂過側面的布，只見她把冊頁和卡片一樣的東西，扔進火堆。

門口的人大驚失色，搶上前也要衝進靈堂，她黑眉倒豎，滿臉烏青，身材健壯，雙眼炯炯地說，誰敢過來！

一個白髮像蒼茫的暮色，比那女人老得多的老太太，顫抖著說，媳婦呀，白髮人送黑髮人，我做娘的心裡已經很難受了，你還是不能平息舊賬？人一死，活著的一切就全沒了，再恨還有啥用？在死面前沒有過不去的坎，誰得罪過我我從不記恨，別看他能耐，他也要死的，別看他威風，那也是假的，過幾十年還有他這人？我現在八十多了，後四十年一年比一年快，啥都沒做，日子卻刷刷地往前跑，現在回想起來還是十八歲做姑娘時的模樣，那時我也是個美人呢！

有人扭過去吭吭地偷笑。

我眼看自己變成了今天這個樣子，當時追我的小夥兒也全都成了黃土，媳婦呀，世界這麼發達，現在的年輕人咱已經看不懂了，但又有什麼關係？他們仍舊會走我們的老路的，只是他們自己還不明白。我拄著拐杖，看看水，看看山，一切都沒變，永遠公平。媳婦呀！你那事真不算事，何況我兒子也可憐，人都死了，你也該好好過你的日子了，孩子大了，你也老了，還有什麼可鬧騰的？

女人說，媽！這些道理我都懂，但還有別的事情你不清楚！我確實恨他，他做生意掙了錢，到處揮霍，這都是年輕時的事了，我也不說了，他風流，我也可以理解，誰讓他是個男的，男的長個雞巴就像噴泉，過一陣子就要噴一回，光在我這兒噴不行，還得到處噴，不然就要急出病來，我媽死的那年，他請書記辦事，晚上帶著書記和村長連夜打車去重慶嫖，這我也都忍了，因為對他來說就跟撒尿一樣，他隨便找人撒一泡，反正也撒不出感情來。但他說要在縣城買二套房，跟我辦假離婚，你知道前幾年的限購政策的，他只能買一套，第二套必須是單身，後來我才知道，辦個假離婚證就能糊弄過去，可他卻騙我，說完事之後還把結婚證領回來，我就信他了。再買的這套是彭曦地產的臨江高層，房本上寫的他名字，用的是我倆一起的錢，九樓，位置好，正對長江，這老東西高興得不得了，還叫我親愛的，害得我好幾天激動得不行！買完房我叫他重新領結婚證，他卻不領了，今天推明天，明天推後天，後來乾脆說，這麼大歲數還領個啥，湊合過吧，老夫老妻有啥不放心！我想想也是，就沒再催他，誰知這老不死的，——不對，已經死了，死得活該！人老心不老，四五十了還對年輕女的動心，幹了不算，還和人家好上了！瞞了我好幾年，直到那騷貨的兒子長得大得都會說話了，有天跑到我家找爸爸了，我才醒悟過來！應該把他打醒，再打死他一回，讓他一遍遍地死，死一千次都不解恨！

她肥胖的胸口一漲一落，旁邊面色蒼白的少年來扶，她一把推開說，滾，你媽結實著呢！看你那德行，跟你爸一樣，你爸年輕時也又白又瘦的，不然我哪會看上他，都是衣冠禽獸，將來老娘餓死街頭都不會管！

小夥滿臉是淚，哀求道，媽唉，我好好伺候你！

女人說，等你伺候早死了！別不信，你爸那老東西後來回家，我撕著他頭皮問哪來的野種？他也有蠻力，一推我一個跟頭，還問我把他兒子怎樣了，那是他的兒子，我能怎樣啊！他說我們已經離婚了，我無權干涉他，我們打了一架，誰也沒打贏誰，往後他就很少回來了，回來也是沖你這小王八羔，對你問冷問熱，對我就完全冷漠。每天早晨一醒，我腦子就開始圍繞著這事，想起竟走到了今天這一步，老公跟人跑了，家沒了，就天旋地轉，一整天都撒嚶掙，多少這樣的日子了啊！這狗東西也有今天，死的應該！可他被人迷住了，把掙的錢全倒騰那女的窩裡了，那女的聽說有權有勢，可那房子也有我的一半啊！我用了各種辦法告她，全都不管用，沒人理，行，你陰我，我也陰你，我把你們存摺銀行卡房產證全偷了！別問我找的誰，我可真是費心思了！沒想到弄來後他人卻死了，這老狗，銀行卡密碼我本來知道的，老東西好的時候還算個人，錢都放在家裡，我省吃儉用過日子，他也從不防我，現在錢卻取不出來了，密碼全改了！我現在把它們全都燒掉，你們看，火裡還有他的房產證呢！名字也改成騷貨的了，不要臉的老東西！

旁邊人說，房產證不像銀行卡，燒了不好補辦唉！

女人說，補辦個屁！我一次次上訪沒人管，既然這樣，誰都別想好過！

眾人眼看她背後的火焰，亮亮地裹住卡片和紙殼，邊緣捲曲，慢慢焦黑了，都很著急，卻被她目眥盡裂地堵在門口，進不去靈堂。

有學生忍不住了，從圖書館下樓，闖出門衛的封鎖跑向靈棚。錦上花也沖了過去，阿輝看大部分人往外跑，就結束乾巴巴的講話，叫上淑陽一起下樓，巴特勒攬著唐嘉佳趁亂出去，唐嘉佳對這種熱鬧沒興趣，巴特勒卻想看，唐嘉佳抱怨著，頂著毒辣的太陽，頃刻又是一身汗。

7

錦上花一眾趕到時，一輛小巴車從後面超過去，在靈堂前停下了。車上跳下幾人，一個女的嘴抹得像喝血沒擦淨，穿雜色薄紗寬衫，寬到一抬胳膊就露出了腰和乳房，擺著兩條長腿，左右擁著四個保鏢，朝靈棚走來。

劉嫂一聲叫，騷貨來了！我老公死在自家門口，也算是老天有眼，落葉也要歸根的！

又有人喊道，學者來了！

喊的是剛才圖書館提問的抱小孩女人。話音剛落，擁著妖嬈女子的保鏢中躥出一人，揮拳打在劉嫂嘴角，劉嫂笨重的身體摔在靈堂壁上，靈堂搖動，幾乎倒塌。

劉嫂大叫，打人啦！

戴孝眾親憤怒地咒罵，但不敢動手，幾個搭大棚的工人沖上前，和看客一起把妖嬈女人和保鏢圍住。聽有人喊學者來了，又見人越聚越多，保鏢以為學者也來幫守靈人的，看情勢不敢再動，只把妖嬈女人圍在最裡面，像一群保安護著一個女明星，但女明星長得風騷卻太不注意形象了，舞手舞胳膊的像特別喜歡打架。一個保鏢對她說，三姐別擔心，我們一定把你保出去，不然獨耳三哥那裡也沒法交代。

這妖嬈的三姐說，呸！老娘是打出來的，用你保？公安那兒也有我的人，我剛才報警了，我的合法老公死了，我怎麼會無權辦事？今天看誰敢不讓我移靈！

保鏢說，他們人多，咱跟獨耳三哥說讓他再帶些人來罷！

妖嬈三姐說，你們這幫飯桶，白養你們了！就這些老弱病殘你們也怕，還把獨耳老三搬出來？三哥看你們這熊樣，一人剁一個手指！

眾人當中靠前的，聽見獨耳老三的名字，像一股冷風吹過，打個寒顫。保鏢聽妖嬈三姐說罷，也更緊張了，把她緊裹在核心。

劉嫂被打得順嘴流血，卻呸地吐了口唾沫繼續罵道，什麼三姐啊三哥啊的，你們瞧瞧我老公找的是什麼人！老劉啊，你這狗東西自認為聰明，還不知道被這騷貨騙慘了，人家還有什麼三哥呢！不知你的死有沒有這些人的份兒！

三姐說，別胡說，不然告你誹謗！三姐被擠得太緊，只能往天上伸手指，像快淹死時的求救。

劉嫂說，老劉，我雖咒你死一千次，那是我要強，我不能讓我男人大搖大擺把我拋棄，可你知道我難受到了什麼地步？把我的心剜出來放你心口，你要是能活過來我都願意！我要強，不願說這話，可你瞧咱給人欺負成啥樣了！我知道你心裡並非完全沒有這個家，你最近常回來轉悠，你雖不說，我也看出你後悔了，那騷貨騙完了咱的錢又跟了別人，不知道你活著時發現沒！咱娃上大學連學費都沒錢交了，他沒你有出息，不像你會打工，但他在學校又考出了好成績，不曉得他告訴你沒！

孩子在旁邊聽了，哭著說媽，我都告訴我爸了，他曉得的！

劉嫂說，早些年咱倆年輕時，你老盯著我看，一有男的跟我說話你就使勁問，那人是誰，是不是打我主意，叫我告訴你，你去把他打跑，看你緊張兮兮的我好高興！一到晚上你就非得摟著我睡才行，這些好日子全讓你給折騰沒了，你在陰間看見此刻，不知你會咋想！

劉嫂說著，許多淚從眼皮底下漫出來，嘩嘩地往外漫，周圍人聽了也都傷心落淚。那三姐只聽到劉嫂嘴裡提到過錢，濃眉豎立，說，錢是我倆的，人也是我的老公，不是你的！我們家銀行卡存摺房本都被竊了，我懷疑你幹的，已經報案了，員警一會兒就來，別看你們人多，也抗不過法律的威嚴！

三姐大聲說著，義正辭嚴，僵硬。

去你媽的威嚴，要有威嚴早沒你耀武揚威的份兒了！銀行卡是吧？房本是吧？都在火裡，讓他拿去陰間賄賂閻王罷！劉嫂側身指著熊熊烈火，火上方，老劉在照片裡含笑望著她。

三姐讓保鏢把她架起，往火裡看，仿佛看到些燒過的殘痕，不禁大怒。劉嫂不等她發話，繼續說，還沒完呢！又掏出幾張紙說，看，這是存摺！

三姐說你敢！

劉嫂張著兩眼，嘶心裂肺地喊，我咋不敢啊！這是我們倆的啊！

毫不猶豫往火裡扔。

三姐正要開口，啪！眼睛糊上了，白白的黃黃的黏黏的，她往下扯，扯完還有，才知道是蛋清，她說，我操你媽，誰砸的！答應她的只有一片笑聲。她懷疑架著她的保安都在暗笑，忙說放我下來！你們看清誰砸的沒？都沒有嗎？你們眼全瞎了！

劉嫂看著火裡的存摺，忽又哀歎說，誰也沒我瞎眼，找了這麼個男的，蠢得活活被人害死！讓人恨不得先把害他的人全弄死，再下去陪他！又對身後幾人說，你們開麻將館的也是兇手，他最後就是死在你們手裡的！

身後的人趕緊說，劉嫂，我們自認倒楣，好好的打完麻將，不在這門口尿，非跑去江邊尿，咋能說我們的錯？又不是在我們這兒出的事！

劉嫂說，他不來賭，不輸那麼多，會有事嗎！

那人說，那他沒被他娘生下也不會有事了，也能賴他娘了？不是這道理呀劉嫂！你罵騷貨罵得對，別再把我們攪進去行不行？你掛這布條，叫我們怎麼做生意？

劉嫂說，這種害人生意還嫌做不夠？

那人說，要賠多少錢，你明說，太多我們也拿不出來，要不是看你可憐，一分錢也不給，隨你告去！

劉嫂說，人都死了，錢能買回來嗎？

那人說，但你不還是要錢來解決嗎？說完氣得就走了。

這邊三姐聽了，罵道，你們才是騷貨，一群愚昧東西，該死的卻不死！她揪著衣服和臉上的蛋清往地上甩，這麼多，真他媽黏！

三姐往下縮，不敢冒頭了，生怕再被扔雞蛋。劉嫂把手裡最後一個存摺扔進火裡，這回沒人攔了，人越擠越多，眼看三姐他們出不去了，忽然響起尖聲的警笛，錦上花和學生忙閃到路邊，人群仿佛受聲音衝擊，劃出一道弧線缺口，警車鑽進缺口中心，三姐和幾個保鏢順勢竄到警車前，背靠警車，對著眾人。

門拉開，出來一個面容黑瘦，眼如鷹隼，戴大蓋帽穿警服的人，巴特勒和唐嘉佳隔著許多人，一眼就認出是戎隊長，巴特勒咬著嘴說又是他！唐嘉佳立刻恐懼了，巴特勒摟著她說，要不咱走吧？但光說卻沒有走的意思，他看唐嘉佳神色痛苦，把她摟緊，捂上她眼睛不讓她看，自己卻還在看熱鬧不肯走。

背後有人指著他們說，這麼小就不學好，談戀愛！

有人說，是三中學生，不知哪個班的！巴特勒連看都懶得看是誰在說，把唐嘉佳耳朵也堵上了，怕她聽了難過。

三姐挽住戎隊長胳膊，指著靈棚前的劉嫂說，就是她不讓我接我老公的靈，還入室盜竊，把我們存摺銀行卡房本全偷走，扔這火裡了，在場人都看見了，能作證！

誰知她一說完，人群中就有人遠遠地喊，沒看見！

員警從黑壓壓的人堆往後看，沒看出是誰，接著，除三姐他們，幾乎所有人都開始緊盯警車搖頭說，沒看見，沒看見！先是小聲嘟囔，接著越來越大，整齊劃一。

戎隊長甩開三姐胳膊，對眾吆喝，大家靜一下，員警辦案咯！眾人安靜了，站著不動，像一堆堅固的木樁。

戎隊長撥開他們，到靈棚前，徑直走向劉嫂。劉嫂見員警真來了，倒有些吃驚，說，我幾次去派出所告她行騙，都沒見到你，也沒處理出任何結果。

戎隊長說，是你不讓人家給老公移靈，還入室行竊的？

劉嫂癟著嘴軟軟地說，分明是我老公，銀行卡存摺房本都是我倆一塊兒的，不是她的哩！

戎隊長挑起眉毛說，你說死者是你老公，有結婚證沒？

劉嫂明顯怕了，急忙說，他買二套房跟我辦假離婚，說是只領個離婚證，不真離，但我們還沒把結婚證領回來他就死了，我一直是他的合法妻子，在場的人都知道，你看，這是我們的娃，都上大學了，那騷貨其實啥都不是哩！

員警說，這麼講你沒證據嘍！

騷貨搶著說，我們是正經夫妻，孩子有，結婚證也有！

妖嬈三姐來的車裡突然又鑽出個大漢，拎著個白淨小子，六七歲，驚著傻眼像嚇著了，哇啦著哭，劉嫂一看，正是那天來喊爸爸的小孩兒。

騷貨說，這是我們的結婚證！從小挎包掏出遞給戎隊長說，真險，幸虧沒放在家裡，不然也讓她偷了！

戎隊長展開，也給劉嫂看，你如何解釋？

劉嫂像被凍住了，面無表情。戎隊長不緊不慢地說，人家家裡的東西也是你偷的？

劉嫂突然間竟很熱情似的眯眼笑了，看著戎隊長的臉，一字一字地說，對，是我幹的！她淚水還在，眼裡閃爍著古怪的熱烈。

三姐說，隊長，我家有專門的保鏢，二十四小時在樓下換崗，咱縣有本事偷我家的人還真不多，我懷疑她請人做的，你一定幫我查清！

戎隊長點頭，當然，這是我們的職責！你承認是你上使就好辦了，家有家規，國有國法，先跟我們上車！

家人嚇壞了，趕緊攔著，戎隊長鷹眼一掃，威風凜凜。戎隊長和民警來攙劉嫂，突然有只胳膊從另一邊拽住劉嫂，哽咽喊著，媽，幹啥子唉！你們還等啥子唉！過來啊，不能讓我媽跟他們走啊！

孩子嗓子啞啞的說不成話，像要被哭堵上了，但奮力哭喊著拉媽媽的胳膊。

遠處有人像是迫不及待地大叫，不能帶人走！快攔！竟是觀看的巴特勒。

戎隊長嘟囔著，要壞事了！果然，人們像明白過來，結成人牆，不讓帶走劉嫂。

戎隊長說，你們這些天不怕地不怕的法盲，要包庇罪犯嗎？都給我讓開！

先是劉嫂兒子，接著許多人都叫嚷著，不能帶走人！

越來越多人沖過來拽劉嫂，劉嫂被扯向四面八方，五馬分屍一樣，兒子說，慢點拽，都往我這邊兒拽！

戎隊長喊，村支書呢！叫他出來說話，無法無天了！

老劉八十老母顫巍巍地說，沒用的，支書不在！今天誰也不能帶人走！

戎隊長像浪尖的帆船，使勁格擋著擁擠的人潮說，誰再擠我抓誰，再擠一個試試看！瞪著身邊一個人，這人已和戎隊長胸貼胸了，害怕地說，我沒擠啊！後頭人在推我啊！

戎隊長看著前方，數不盡的人在推，劉嫂已被拽出旋渦不見了。

戎隊長說媽的，都停，給我聽好！這個案子我們會繼續調查，今天先收隊了，麻煩大家起開罷！

眾人這才不再推了。戎隊長他們迅速上車，三姐他們抱著小孩也上車了，一前一後緩緩開動。

兩側人牆在車窗外虎視眈眈，戎隊長跟警員說，真是一群暴民，中國的法制化不曉得啥時候才能實現！龜兒子的，改天我們再來，找準時機，一定要成功拘捕！

兩輛車下到濱江路，拐彎開走了。

巴特勒看他們走了，鬆開唐嘉佳。唐嘉佳像個奄奄待斃的雞仔，抬起眼說，咱什麼時候回去？

他說咱這就回去。

錦上花看看眾人，鬆口氣說，民眾的力量是偉大的！

有人端來一碗飯，香噴噴的紅燒肉下是雪白的米飯，是圖書館提問的少婦，她關切地說，你餓了吧？要不是那學生吆喝一嗓子，大家都還沒明白過來，劉嫂恐怕真就被他們帶走了！

錦上花不解地問，哪個學生？回頭尋找，巴特勒忙背過身去不讓他看見。

又有兩碗紅燒肉飯遞到阿輝和淑陽手上，他們被推進大棚，淑陽仍氣乎乎的，提起筷子，二話不說開始吃飯。

阿輝笑呵呵地對學者說，民情難卻，湊乎著吃吧，晚上咱回縣城酒店再吃頓好的！

錦學者看著碗，似乎確定碗裡是肉了才拿起筷了，但剛吃第一口就一發不可收拾了，使勁誇民風淳樸，不去酒店了就在這兒吃就好，且再也不提陋習二字了，嚷嚷著說，阿輝啊，我包裡還有瓶紅酒，你能不能叫個學生去圖書館拿來喝？酒盒上有我親筆簽名，喝完可別扔呀，放在圖書館展覽，是個紀念品的！

淑陽噗嗤噴了一桌子飯。

阿輝臉黑了。

錦學者驚奇地看著淑陽，又環顧說，怎麼沒學生了？都回去了？哎，我看到一個，喂喂，同學！咦，這不是剛才的女大學生嗎？

他笑容燦爛地對唐嘉佳打招呼，巴特勒苦笑著說，對不起我們要回家了！

錦學者表情沮喪，阿輝趕緊叫了兩瓶文君酒，又給他再要了一大碗紅燒肉飯。

巴特勒和唐嘉佳擠出混亂的人窩，來到了濱江路，赤裸的太陽無情地暴曬著他們，好不容易等到一輛出租，車在四面無遮擋的陽光下滾動著熾熱的鐵殼。

唐嘉佳問，你覺得今天的學者怎麼樣？巴特勒先是不置可否，唐嘉佳再問他就謹慎地說，演講的內容我倒是認同。

唐嘉佳說，一身的汗還摟呢！

巴特勒說，怕你心裡難受。

唐嘉佳說，那剛才叫你走，你還不走？

巴特勒親她臉一口。唐嘉佳說，這麼多汗還親？

巴特勒嘴裡鹹鹹的，卻說，你的汗是甜的，好吃。說完自己倒先笑了。

第六章

1

曾田歪倒在床上，大夏天的疼痛以小腹為中心，向上牽住腸子，向下拽住兩邊的腿，絞著她像要把她擰爛，她褪下內褲，殷紅的血在內褲和大腿根抹出了大片的紅斑，她摸到一塊新的衛生巾換上，拉上被角躺好。

婉楓回來，見床下一地的紅紙，撿起來丟進垃圾桶間，來大姨媽了怎麼還硬撐著跑？

曾田哭喪著臉說，我跟聶老師又不熟，不跑還不知道他會怎麼說我。

但她又反過來說自己傻不告訴老師，氣得罵自己，罵操場，罵老師，把能罵的都罵了。卻沒罵任芳。

曾田說會考慮任芳的建議，求著任芳借給了她三百塊錢，現在已經快花完，離任芳攛掇她去會所做雞的日子越來越近了。

這幾天所有人都在忙著運動會，寢室裡人來人往，曾田從枕頭上看她們快活或惱怒的臉，在她的頭頂笑著叫著，偶爾有人問她一句你不舒服嗎，但還沒等她回答，就又跑到一旁說笑了。

曾田像被世界拋棄了。有一次，她聽見任芳小聲說，小豬臉兒這幾天老實了，天天窩在豬圈睡覺。任芳還走過來瞅瞅她，她趕緊閉上眼，恨不得用頭撞牆。

又躺了一天。這幾天每天只吃一頓飯，今天到了晚上，還沒吃午飯。任芳說，該曾田搞衛生了，她咋還睡？寢室的飲水機也該她掏錢換水了，她還欠我三百塊呢！這傢伙又沒錢了？喂，小豬臉兒，你又沒錢了？

任芳推著她說，沒生病吧？曾田煩躁地扭著說，沒有，困。任芳說，日，都快睡死了，死豬！痛快地走開了。

曾田豬臉兒吊起來，氣得喉嚨打結。被任芳說完更餓了，又痛又餓，趁著沒人像個怕開水燙的活豬，扭來滾去，胃裡緊張難忍卻沒了豬糧。

晚上，運動會期間的校禁不嚴，室友們有的勾搭上了網吧的網管，有的耍上了酒吧的酒侍，各去網吧酒吧快活了，任芳更是滿世界招搖，張璐去了瑜伽館，身材那麼好了還練，偌大的寢室就只剩曾田和王婉楓，確切來說只剩下曾田，婉楓又去了圖書館。

十點門響，婉楓回來了，把一個飯盒遞給曾田。曾田撐著床板坐起來，一看是兔肉，豬臉兒泛光，拎著兔腿啃那紅棕的肉一邊問道，在哪買的？

婉楓說，食堂。

曾田說，食堂這點鐘了還開門？

婉楓說，下午買的，本來想晚上吃的。

曾田一聽婉楓四平八穩的腔調不知為啥就來氣，但雖然仍看不慣她，卻已經很不好意思了。她身體虛弱，心下也悲涼，躺下問，她們全都找樂子去了，你說她們幸福嗎？

婉楓說，她們所做的事都是自己選擇的，既然捨棄別的而選擇這些，應該是幸福的吧。

曾田說，做出對的選擇的確重要，可是從小就沒人教我，我該問誰？

婉楓說，我覺得問誰都沒有用，要以你自己的願望為准。

曾田說，可我的願望是什麼？如果我對相反的決定都有願望呢？

婉楓說，那就更得靜下來想一想，哪個願望最真實，哪個不源於自己，而是源於外界，雖然不好判斷，但仍是能看清楚的。

曾田好羨慕婉楓，覺得在她那裡啥都不是個事兒，她要是也能這樣該多好！她眼裡有著渴望，像要從夜的氛圍中尋找答案。她長歎著，像幽咽的秋風，反復說道，該怎麼辦啊！

曾田忍著鑽腸入肚的疼痛苦苦思索，兩種結果的區別，真的像生和死一樣的大，答應任芳就等於完蛋了，但也有赴死的悲壯在撓撥著她。

況且還不是真的死，而是掙錢。她感到豪邁，但這豪邁卻讓她仇恨，想我多規矩一個女的，不料某一天有人邀我去做雞，我竟還猶豫去不去，我都混成這樣了？

她想哭，想從床上蹦起來瘋跑。

腦海中突然冒出幼年時期的一些畫面，不白主的一幕幕往外湧，真想有個投影儀連上腦袋，把它們投在牆上。但是不用，已然看得很清晰了。最清晰的是一個人，破牛仔褲，黑T恤，古銅的臉，質樸的笑，接著是更小的這人，在土路上他們一起跑著，小男娃用手背抹鼻涕，抹得上唇亮晶晶的，這人像是在心裡已經很久了，雖沒有明顯冒出來過，但仿佛一直作為她生命的底色，作為她的一部分存在著。

她驚奇地回憶起，每次過年回家，老人閒聊時都會說起他，偶爾還能見到他，因為兩家離得不遠。在縣郊讀初中時他們在同一個學校，那時他們鎮裡的初中已被拆除，鎮裡沒初中了，他倆都交不起住宿費，每天一起騎幾十裡地的自行車跑去縣郊上學，放學再一起騎回村子。她到三中念高中他卻輟學了，到處打工，現在應該在深圳。

這個人影仿佛頭一次抓住她的胸口，讓她溫暖，期待和依靠。期待什麼？她不清楚，真能依靠嗎？她不知道，也不在乎。

她覺得冰涼的胸口像有了溫暖的血，下體熱乎乎的，跟心口一樣，同時好像又在流血了。她忽而一扭，輕喚著阿明哥！頭往枕頭上蹭，像在蹭他的胸口。他上升成了她的救星。但她更恐懼了，仿佛一個不慎就會打上某種烙印，直到墳墓也難以抹去，而在進墳墓前的歲月裡，會一直提醒她已經完蛋了，已經和所有美好夢想告別了。

她清醒了，躺在黑暗裡喘息著。

憤怒隨著看明白了不想做雞，漸漸減小，小到沒有了。

可是還沒完，一不憤怒，心思又活躍開來。

她發現自己並沒有死心，還在糾結著。是不是我啥都不懂，大驚小怪了？任芳完蛋了嗎？沒有，瞧她天天得意的。她行我為什麼就不行？興許踏出這艱難的第一步，就敞亮了自由了。現在當然會反感，但踏出去就已成定局了，還會反感嗎？估計不會，因為人生新的一頁已經開始。

她的心幾乎跳出了乳房，但經痛與之無關似的，仍抓緊她的下體施虐。

有了錢就能去深圳找他玩兒，多好！

她臉上蒙著瘋狂的笑，像他正在招手鼓勵她，這個溫暖的傢伙，他不會怪我的，我這麼窮，任芳勸我難道錯了嗎？誰說以後就一定會不幸？幸福那麼複雜，一個人在別人眼裡不幸，但如果她自己覺得幸福，她又有什麼不幸的呢？誰說我做雞產生的不幸就一定多於幸福？誰說既有失貞的不幸，又有得到錢的幸福，但幸福的總量就一定是減少？

腦殼脹，雖不斷鼓氣，到底哪種會讓她更幸福，仍不知道，而且也沒法對人說。

客觀來講她毫無閱歷，一切都是空想，這一點遠不如任芳。她揉罷小腹揉腦殼，在自己面前竟是這麼陌生。

要是他在旁邊絕對能把她的心定住，她雖已隱約感到一定是以不去告終，但這想法一飄而過，沒有造成目前的決斷。

她有他的手機號，從沒打過，翻出來，不小心撥了，緊盯著螢幕，像進入了新的時空。接了。一個男的說喂，哪個？她激動地說，阿明哥不，我是同村的田田，他說田田，你在哪兒唉？她說在學校寢室哩，阿明哥你咋樣哦，蠻久沒和你講話了，阿明說，確實有蠻久了，我還可以，剛下班，她說好辛苦，注意休息噻，他說習慣了，沒啥子辛苦的，你哩，有啥子要緊事沒？

她從未如此柔聲柔氣地說道，沒啥子事，就是希望你好好工作！他說要得，你也好好讀書，她沒話了，我先掛了喲，拜拜！

掛斷，奇妙的感覺，她突然想，做雞不就是為了賺錢？夠生活不就行了，我要的又不多，真蠢！

接下兩天她爬下床去周邊找兼職，頂著白辣的太陽，花著快用完的錢到處走著，她發現體力活幹不成，能做的就是站個櫃臺當個服務員，但拉不下身段似的，而且都是下個月十五號或更晚才發上個月工資。

一無所獲，拖著沮喪躺回了被窩。問媽媽要錢，媽媽說沒有，有了再寄，但遲遲沒動靜。不做雞又要去借錢了。

除了任芳還能向誰借？張璐高高在上，肯定不借給她，其它室友平時嘻嘻哈哈，但借錢也都到不了那份上，肯定輕描淡寫就拒絕了，還會笑話她。

她恨自己跟室友的關係沒處好，想來想去只有任芳，在任芳那兒早丟透人了，不怕再丟。但這回不同了，任芳肯定又要攛掇她，把她攪亂。

他的身影又浮現了，跟他借？不行，他是災難前的最後一線美好，絕不能讓他知道，絕不能把他攪和進來。

黑暗裡有雪亮的光，是婉楓的臺燈，不覺又到了晚上。屋子的邊緣朦朦朧朧，像暗青的黎明，又剩她倆了。

曾田幽幽地說，婉楓，你還不睡？

婉楓說，我把這幾頁讀完。

婉楓坐得端正像在上課，曾田覺得既可笑又羨慕，絲遙遠而陌生的震撼，像從地底下飄出來的。婉楓說你怎麼也沒睡？她把臺燈壓低，像怕刺到曾田的眼。

曾田說，我睡不著。

婉楓問，疼？

曾田說，不怎麼疼，快來完了。

她突然想向婉楓借錢試試，以前沒拿婉楓當人，都忘了可以問她借了，遂後悔不該對婉楓如此刻薄，想道歉，但習慣了氣勢洶洶，說不出口。又覺得婉楓才是好人，雖然離她很遙遠，但和她們也不一樣，不會背後嘰喳著議論她。

曾田笨笨地說，婉楓，以前是我不對，你別怪我。她側臥著看著婉楓，瞬間仿佛老去了許多。

婉楓說，沒關係的，我相信你不會再那樣了。婉楓的大度令曾田感動，也讓她覺得自己可憐，眼淚滴在枕上，放大成了水痕，下沉。

她說，你能借我五百塊嗎？我家裡太窮，爸媽早就說過讀那麼多書還不是一樣嫁人，可是上學對於我讀書還在其次，主要是一回去就被困在山村了，他們會很快給我尋個婆家，不經我同意就收禮金，而且讓所有親戚都來勸我的，兩年後你若見到我，准是穿著個土褂，在靠山兩層樓門口的小椅子上敞著懷，吊半顆乳，另半顆被嬰兒含在嘴裡，蓬頭垢面，無聊地看著路面，一年添個小孩，三年弄他倆仨，一輩子就在小孩身上了。而且我也會像我媽一樣，她天天指著我爸罵，我爸出去當瓦匠，到處接活卻沒攢下錢，空著手回來的，他不在家時，我媽帶著我們姊妹倆雖辛苦，他一回來我媽脾氣卻更大了，我從小就要在他們吵架時盯著，他們一動手就得過去把他們拽開，沒得到保護，還要為他們操心，現在我終於知道我媽為什麼吵嘴了，我可不能聽他們勸不上學呀！

又有淚從很深的體內冒到前端，默不作聲順著臉流著，像在流血，無聲、疼痛。小豬臉仿佛是一頭豬或一頭牛，知道行將被宰，去屠宰場的路上無聲地掉淚。

婉楓見她不說話了，說，這樣吧，我借你兩百，我雖拿了獎學金，但快到期末了，我也有難處。你省著些花，再找找兼職，撐到放假。

她的話流進了曾田暗沉沉的體內。臺燈的光把她罩在其中，像在舞臺中心，看不清周圍。

曾田哼了一聲，帶著鼻音說，兩百已經不少了，挺出人意料的，唉，有時候盡力想做個事卻做不成，冷不丁地不起眼的地方，卻會開出花結出果。抱歉，我不該這麼說，我很笨，但你這次的幫我，對我來說意義遠比你想像的要大。

婉楓坐到曾田身邊，攥著她的手，手心裡硬硬的是兩百塊，曾田累了，握著婉楓的手就要睡去，不知婉楓何時離開的，只記得那手似乎撬開她的枕頭，把錢塞到了底下。

2

運動會開完，曾田沒有像自己說的被兩百塊錢扭轉命運，她跟經痛和心痛戰鬥太久，餓了，一拿到錢就猛吃了幾頓，為爭口氣不落人閒話，把寢室桶裝水的錢也補上了，沒想到兩百人民幣這麼不禁花。

她想再努把力，找個邊做邊拿工資的兼職，比如發單，但那都在白天，不像在晚上做服務員，晚上請假已經夠麻煩了，白天更是，家長要到學校來，或者有強大的關係，她跟聶老師又不熟，而且爸媽要是知道了，還能讓她繼續上學？

找不到兼職，馬上又要沒錢。王婉楓知道巴特勒做代寫，找他要來了一些叫曾田做，但曾田交出去的歪歪斜斜狗爬的筆體，被老師注意到了，雖未查出來誰寫的，卻害得那些閑漢們重寫兩百遍不說，還紛紛要找巴特勒的麻煩。巴特勒免費接下每人的兩百遍，並請魯韓幫忙遊說才擺平他們。曾田愧疚，婉楓也只好作罷。

曾田重新琢磨任芳的邀請。媽的，為什麼一想到做那事就激動，心跳就快，真賤，難道只有做了才會不想？

她一遍遍地拍腦殼，停不下來。但躺著不動只會更糟。好累。她甚至希望任芳趕快來找她，她煩悶地想，那麼多做這個的都不活了？羞恥感難道不是社會強加的？還能名正言順地嘗盡男色，是他們自願的，說不定還有長得好的呢。

她哭笑不得。

任芳這頭強大的動物，她既恨又嫉妒，但如果有人想殺死任芳，槍斃她或捅死她，她第一個叫好。任芳真地死了就好了，讓她糾結的東西就沒了。

她像看到了希望，開始幻想任芳突然死掉，比如走在路上，冷不丁讓人從後面抱住割斷喉嚨，或一錘子從背後掄上去砸爛腦殼，一想就覺得真有可能發生。但每次期盼完畢，任芳又活蹦亂跳地回來了，像沒有這檔子事。她看明白任芳沒那麼容易死，會一直晃蕩下去的。

有天傍晚，小豬臉正摟著被子挨餓，寢室門響，進來一個戴高度數大鏡框的眼鏡的女生，冰冷而端正，說，我是學生會姜幹事，來查被子的。

查被子？任芳塞進嘴裡的半根香腸，哢嚓咬斷。

姜幹事凜然說，你不也是學生會的嗎，叫什麼？

任芳！任芳含著半根香腸說。

姜幹事指著任芳的嘴和香腸，姿勢不錯！我開會時見過你，麻煩你配合工作。

任芳說，你是高三學姐吧？

姜幹事說，後勤部長。

任芳說，高三不都退了嗎？

姜幹事說，我成績好，老師見我不耽誤學習就讓我繼續幹。

任芳說，真佩服你們這些能人，一定配合。

姜幹事說，為防止黑心棉進校園，給學生的健康和安全帶來危害，校領導要求所有被子，如不是在校購買，必須登記品牌和型號，集體報到縣質檢局備案，最近有學校冒出黑心棉事件，傳到網上，帶來了嚴重的負面效應，我們要吸取教訓。

任芳說，大熱天的都蓋毛毯或毛巾被了，哪還有棉被？

姜幹事說，毛毯毛巾被也要登記，裡面也有棉花的成分，不能斷定是否窩藏黑心，況且，這不是還有人蓋被子嗎？擺著長裙走向曾田鋪位。

曾田大姨媽剛來完，天雖熱卻蓋著薄棉被。姜學姐說，同學你起來，我們要登記你被子的牌子。

曾田不動。

眾人像看熱鬧一般笑著。姜幹事問了幾遍，曾田就是不動。姜幹事捅了曾田幾下，她翻過身，亂髮圍著紅撲撲的大臉，姜學姐見她目光清醒，知道是裝睡的，說，你這被子不是學校買的吧？麻煩給我看一下牌子。

曾田咕咕噥噥著說，我媽做的。把被子拉緊，仿佛怕人扯走。

姜幹事說，必須提供品牌，不然不能用。

曾田說，我媽不是黑心。

姜幹事說這我們怎麼知道？制度要求的就必須遵守。

曾田說，哪個制度寫了？

姜幹事說沒寫，但領導要求沒牌子就要上交。

曾田惱了，咋沒牌子，我媽就是牌子啊！她們都笑了，姜學姐像也要笑，抿起嘴，卻又跟機器人似的說，給我。

曾田說不行，我正蓋呢。都急出汗了。

姜學姐淡然說，我只是履行規定，領導讓我們這樣做一定有他的道理。

曾田撅起豬嘴，去你媽的道理，領導哪天高興了讓你吃屎你也吃啊！

姜學姐喝道，你怎麼說話的！

曾田按捺不住，想起身爭吵，但旁邊幾個室友盯著她。

姜學姐說，這樣我只能記下你們寢室的門牌報上去了，領導還是會來找你，但下次評優和申請獎學金就沒有你們寢室的份了。

曾田說，都什麼年代了還搞株連！

任芳見姜學姐的機器腿要邁走，趕忙說，取消獎學金哪行，我們靠它吃飯呢！豬臉兒，別為這點事兒把人得罪完，你要被子我有，全是名牌！

曾田突然彈起來，捧著被子跳到窗邊，推開窗扔了下去，被子飄落把幾個路人蓋住了，嚇得他們魂都丟了，誰呀，瘋了嗎？

曾田痛斥一般地說，這下你的領導該滿意了罷！沖上床鑽進床單下蒙住了頭。

姜學姐哼一聲走了。任芳飛眼示意眾人看曾田，單子底下露出了兩個黑漆的腳板，眾人一出門就放聲取笑，聲音全灌到曾田耳中。

曾田在單子下躺了好幾天，任芳沒借給她所謂名牌裙子，她也沒要。

她希望再見見阿明哥，最好跟他搞一次，她還沒搞過，或哪怕和他吃個飯壓壓馬路也行，但太晚了。

六月二十號晚上，任芳拿給曾田一身像衣服又不像衣服的東西，她對著鏡子穿上，任芳歡呼道，豬臉，沒想到你打扮後真像個空姐的！

藍色小褂和小短裙像兩條藍布把曾田纏了兩圈，胸被兩個黃扣子勒住，裙子擠著屁股，每張一下腿胯骨就勒得疼。任芳在她頭上扣上一頂小船似的藍帽子。

曾田彷彿很困惑，脫下小藍布說，給我擦個粉底吧，我一直擦不好。

任芳在她臉上一頓塗抹，彷彿她的臉是口大鍋，顛來倒去炒一種生動的菜，最後鏡子裡映出了圓潤的臉，兩腮紅撲撲的，睫毛黑長。

曾田心血來潮，做出各種表情，冷靜地觀察著鏡子裡的自己。

任芳說，無師自通，比我厲害！拿起為她備好的挎包，裝好空姐服避孕套粉底睫毛膏眼線筆眉筆說，車在門口等了，別怕，咱倆一塊兒進去，會有人帶你做個簡單的培訓，幹之前先抹潤滑油，痛了就稍微忍忍，或好好跟人家說，讓人家慢點，今天來的都是高端客戶，懂憐香惜玉的，把心裡的包袱放下，啥都別想，像考試似的好好臨場發揮。

曾田穿上任芳的長裙和厚底涼鞋，為顯得臉小，頭髮被任芳處理過，蓋住了側臉。她深吸一口氣，仿佛最後一次吸寢室的空氣，最後一次看周圍的人。

婉楓不在，這幾日她與張璐幫助姚燦，輪班去醫院照顧鐘亞雯，現正在醫院。寢室眾人讚歎著曾田的打扮，說著俏皮話。

張璐從醫院回來了，驚問，你幹什麼去？

我幹什麼去？曾田踩得鞋底直搖晃，像半夜起來上廁所，一半清楚，一半迷糊。

任芳說別磨蹭了！推著曾田的後背，像擁著一隻熊貓把曾田擁了出去，張璐仿佛仍站在門口，看著她倆的背影。

天擦黑，撲面的蚊子像受不住炎熱，在她們頭頂上瘋轉，喝醉似的成批撞到臉上。一輛黑色的轎車停在校門外，車後門打開，任芳把曾田扶上去。車子在昏沉的夜裡，沿著蜿蜒的路，沿著滿是紫紅黑各色雲霞的江面，朝遠處駛去。

3

這些天學校生活有條不紊，人們各忙各的事，除因打架、戀愛、勾心鬥角而產生糾纏，誰跟誰都沒有瓜葛，見面打招呼，或橫眉豎目地鬥嘴，但誰都不知道別人完整地經歷了什麼。

唐嘉佳的下體仿佛無堅不摧了一樣，不管巴特勒多猛烈都弄不壞。唐嘉佳在床上一攤開胸，巴特勒就想撲過去親，剛含在嘴裡她就哼哼上了，有時剛幹完她又像一點就燃的乾柴。把她挑逗起來又不和她做愛，她也並沒有抱怨，而是像貓一樣伏在了他肩上，他卻在她的無聲中仿佛受了辱，過會兒又去證明自己，履行責任。

他在做愛中，越來越多地從參與者退到了服務者的地位，他努力撥弄著讓她高潮，她滿足之後，他常就不想射精了。她問，對我沒興趣了？他說不是，她問，找別人了？他說，我能找誰？她說找你婉楓妹妹啊！他說我上哪找她啊！她說學校、寢室，哪兒不行？我們大學有個女生，就常去他男朋友寢室睡覺，她一去，他的室友就只好出去開房。他說，噁心，跟你說過多少次了，幹嘛總盯著王婉楓不放？有也不是她。她警惕地問，誰？任芳？

他心內一緊，故作鎮定地問，你認識任芳？她說，她上次跟我說話了，他於是想起了運動會。她問，是不是任芳？他壓著嗓子說，當然不是。她說，那你為什麼不射？他說，我只是累罷了，你高潮就行，我看著就跟高潮了一樣。她握著他的雞巴說，你如果亂找，我就把它剪下來。他說，你剪吧，剪了我就再不為這東西痛苦了。她一扭身獨自生氣去了，他也懶得勸。深夜，他卻躺在她身邊睡不著，去廁所手淫了。

第一次手淫是在初三，有一天躺著，手握住下體尚且柔軟的一團。很小時他就發現，睡覺時手夾在兩腿間，揉那滿是小疙瘩的皮囊，很舒服，後來就常用手按著它睡覺。但那天揉時卻越來越憋不住了，想尿似的，剛開始沒在乎，再一揉竟像要失控了，嚇得他忙停下，跳起就往廁所跑，立在便池邊，雞巴堵堵的卻尿不出來。當晚又揉，是同樣的感覺，彷彿在朝一個設計好的但他不知道的方向走著。這次到要尿的那一刻，他仍繼續著，有東西要出來了，但好像並不危險，也不用害怕。他屏住氣，小腿交纏著，破了個口子似的，一團白而泛青的粘液噴到肚子上。他拿衛生紙擦起來，還放嘴邊聞聞，味道很怪。他彷彿突然明白了男女的事，雖是獨自演繹，卻因此聯想起一些書上的詞句和電視的畫面，那些本來讓他困惑的，此刻彷彿打通了阻隔。

從此他時常手淫，室友不知道，他也恥於像張揚一樣承認，但私下裡很苦惱，曾痛徹地立志悔改，也曾在掛曆上畫「正」字，記下連續多少天沒手淫過，但沒過幾天就又犯了。這樣的戰鬥到現在已經持續了兩年多。

但目前和唐嘉佳呆著時，他竟覺得手淫反而成了一種幸福。她對他有了更多溫馨的信任感，然而她越這樣，他卻越是莫名其妙的，開始借著各種理由重新住回學校宿舍。

有時他隔天回家一次，有時一周只在家住兩晚，彷彿這樣才能重新振作起來。唐嘉佳只看到了巴特勒的變化，卻不知道原因，也不知道該怎麼辦。

巴特勒似乎有著自己的一整套想法，他軟硬不吃，問他，什麼也問不出來，跟他吵架，他卻相當低調，心不在焉躲著她，不接她的招兒。

她恪守女人的本分，他每次回家都給他做飯洗衣服，剛開始他還一起做，現在完全不搭手了。有時他突然發來一條短信，說今天作業多不回去了，或身體不舒服不想跑了，一看就是藉口，那些原因即便是真的，也絲毫不影響回家，有時拖到晚上六點多，她都把飯做好了，他才說不回來了。

她發起火來，賭氣又說要搬出去住，但之前在臨州租的房子已退，所有家當都搬到了巴特勒家，搬走很麻煩。但每次她一說要走，他就乖乖地回來了，心神不寧地說漂亮話給她聽。這樣的確穩住了她，但事後他卻對她更加冷漠了。時間在他們磕磕絆絆的細節中，艱難地走到五月底。

一天上午，唐嘉佳發資訊說，大姨媽還不來，都超時一周多了，不會懷孕了吧？

巴特勒當晚買試紙給她一測，看紙帶的顏色，果然懷孕了。

懷孕？他嘴裡念著，像只是詞語，但瞬間領悟了，不是詞語，是事實。他問唐嘉佳懷孕代表什麼？唐嘉佳凝重地說，代表你要跟父母說清咱倆的關係，並把這事告訴他們。

巴特勒的眼睛立刻就像兩片凋落的樹葉。

唐嘉佳說，你不是說要娶我？這麼大的事怎能不告訴父母？巴特勒不動聲色，像等著聽她還會說什麼。但唐嘉佳上個廁所出來，卻又說想打掉了。

巴特勒心裡又是一跳，你變得也太快了吧！

唐嘉佳陷入了冥想。巴特勒緊張地等待著。

唐嘉佳說，我說打掉你怎麼不說話？巴特勒說，要不不打吧！唐嘉佳像要在巴特勒臉上尋找某種東西，說，我也不願意打，不打你就要對我負責。她抱過來趴在巴特勒的身上，搓著他的臉，你不願意？

巴特勒說，我還沒有仔細想過，該怎麼跟我媽說，多尷尬。

她說，我就不尷尬了？我還沒結婚就懷孕了，怎麼見人？

像有顆石頭滑落，打在巴特勒心口，眼前一切都失去了色彩，未來一切都像變成了沒有長度永遠黑白的底片。

這夜，巴特勒期待著唐嘉佳再次提打胎，她卻沒再提起。唐嘉佳主動和巴特勒親熱，巴特勒附和著，貌似如膠似漆。

週末早晨，他們在睡懶覺，巴特勒在夢中，見一個黑影站在門口，他的眼屎被眼皮硬生生地分開，不是黑影，是人，挨著他臥室門，他啊地驚叫，竟是媽媽。

媽媽素來忙，他只能去重慶找他們，為什麼回來了？看媽媽表情，像原本要生氣，發現他旁邊睡著個女的，突然不知所措了，收斂起不斷聚集的怒容，結巴著說，你、你們，還在睡？仿佛沒料到兒子還有這本事。

唐嘉佳醒了，用被子蒙住了臉。巴特勒說媽你先出去，我穿衣服。他仿佛因為唐嘉佳的存在，多了勇氣，仿佛在他和父母之間有了協力廠商勢力，那勢力是他的，會依著他。

倆人一塊兒來到客廳。唐嘉佳見一對雪亮的眼睛正犀利地望著自己，立刻緊張了，想握住巴特勒的手，巴特勒卻自顧自地走到沙發上，窩身坐下了。

媽媽幾次張嘴卻都猶豫了，像是想找到最好的切入姿態。氣氛窒息。

媽媽突然說，你們如果餓了就先去吃東西，你不是前一陣子身體不舒服？那還不按時吃飯？

唐嘉佳耷拉著腦袋說，阿姨我去做。說罷跑去了廚房。

媽媽臉色惋惜，又似乎有嚴肅的期待，對巴特勒說，你就這樣還高考？

巴特勒霎時腦袋變大了，焦慮地打斷她，怎麼就不高考，我又沒荒廢時間，她是大學生，能幫我的。

媽媽忙使眼色，瞄著廚房像怕他聲音太大，疑惑地問，大學生？

巴特勒說，大四的。

媽媽問哪個學校？

巴特勒說重慶大學。

媽媽說，那倒離咱重慶的家不遠。她像在揣摩其中的含義，起身去了廚房。巴特勒聽見兩個女人在談話。

媽媽說，閨女你是哪人？

唐嘉佳說，拔山的，在重慶大學讀金融。

媽媽說，呦，那可是好專業。

唐嘉佳說，我在銀行實習，閒時去巴特勒學校的圖書館認識了他，他愛讀書，也知道上進。

媽媽苦笑著，就他那樣兒還叫上進，看閒書是有力氣，一說正事就不著調了。不過這孩子心地善良，就是幼稚，年齡還小嘛。

唐嘉佳說，我也正是覺得他善良，才和他交往的。

媽媽說，養活他真費勁，目前我們只希望他好好考學，像你一樣上一個好大學。

唐嘉佳說，高考很辛苦，尤其考前那段時間，我當時每天才只睡五個小時。我儘量督促他把高考經驗多說些給他聽。

媽媽眼睛亮了，說，真要是那樣倒挺好，你比他大幾歲？

唐嘉佳說，大五歲。

媽媽說，五歲？那可是不少。你比他懂事，能看上他這種沒心沒肺的傢伙真不可思議。

巴特勒聽得煩悶，沒想到媽媽會來這麼一出，坐不住了，也來到廚房。媽媽扶著冰箱門，和唐嘉佳以慣有的苦口婆心加義正辭嚴的口氣說著話。唐嘉佳像個學生對著老師，乖乖地聽著，熱切地看著媽媽的眼睛。巴特勒心裡空落落的。

媽媽說，男大當婚女大當嫁，姑娘你這麼大了是該考慮尋婆家了，我兒子還小，但早晚也要成家的，放在古代，男人十七八正是有擔當的時候，不過他還有著很多不切實際的想法，讓人頭疼，對找媳婦這事，我和你叔叔不求對方富貴，只求人好，懂得孝敬老人心疼丈夫。我們家不差錢，我們更看重人品，我和你叔叔都是知識份子，不會虧待嫁到我們家的人，你比他大這也不是絕對的問題，但大就更該成熟懂事，若認真談就談下去，不認真趁早別互相耽誤。

唐嘉佳面露佩服之色，阿姨說的句句在理。

巴特勒沮喪地看著媽媽，媽媽斜了他一眼，眉飛色舞地繼續著，成家立業兩件事都重要，先成家再立業也無何不妥，在這家裡我最通情達理，只要勤奮仁義我就支持，這當然要看你們表現了。

巴特勒一屁股栽到椅子上，像又被捆了新的一重鎖鏈。唐嘉佳說，我也恰是這樣想的，但我說不出這麼有水準的話來。

巴特勒躁動地看著唐嘉佳，彷彿唐嘉佳就是捆他的劊子手。

唐嘉佳卻沒料到巴特勒的母親這麼通達，她敏銳地察覺到，這位母親樸素而有擔當，因此對她分外親近，阿姨長阿姨短的不盡熱乎。

巴特勒母親興致昂然，將巴特勒爸爸的脾氣，家裡器物的淵源，巴特勒的成長史，對唐嘉佳娓娓道來，又趁熱打鐵給唐嘉佳講了幾個養生秘方，露了一手醫學，非常得意。媽媽彷彿認定巴特勒會在戀愛問題上獨斷專行，討好唐嘉佳似的努力陳述著。

巴特勒不知道該怎麼提懷孕的事，唐嘉佳也始終沒提。

接下來，唐嘉佳一說起巴特勒媽媽就十分稱讚，每天更加盡心做家務了，巴特勒不回家睡覺，也不再抱怨，有一次甚至做好了飯給他送到學校大門口，叫他下來領。他叫她別這樣了，她卻說食堂的飯畢竟沒有家裡的乾淨，你正在長身體要好好攝食。聽那口氣很像他媽媽。

然而媽媽卻從重慶打電話來，說明年高考了這節骨眼上是談戀愛的時候嗎？這反過來又激起了巴特勒的抵抗，他不聽媽媽的話，和唐嘉佳站在了一邊，回家又頻繁了。

他跟唐嘉佳說了媽媽不願他們在一起，他是如何地不答應的，唐嘉佳絕口不評論，但暗中每天給他媽媽發短信問候，並趁著回重慶大學辦事，買了禮品，到巴特勒父母的寓所探望。這次探望令他父母很滿意，認為她懂事，大氣，當晚留她在家裡包餃子，像對待親閨女一樣。

她依舊不提懷孕的事。

事後媽媽打電話來說她去過重慶的家裡，巴特勒才知道的，媽媽這回認真誇讚唐嘉佳了，說這樣賢慧的女孩在這年代已經不好找，一定要抓住。巴特勒某根脆弱的神經被刺到了，冷笑著又常回學校住了。

4

巴特勒和唐嘉佳討論懷孕問題，巴特勒說他還沒做好心理準備，而且年紀太小，談的時間又太短，但打胎不等於分手，而是想與她慢慢談戀愛。

唐嘉佳說打胎可能影響以後懷孕，你知道不？咱倆現在關係這麼好，你卻叫我打掉，以後我還會跟著你？巴特勒說，別走極端，影響今後懷孕的概率極小，況且我還不能立馬結婚。唐嘉佳說你心真狠。巴特勒說，我不是還沒到法定年齡嘛，唐嘉佳說年齡可以改，巴特勒說，你非要生那就生，但先不領證好不好，唐嘉佳驚訝地說，不結婚就給你生孩子，你是誰呀，皇帝嗎？巴特勒懊惱地獨自鬱悶去了。每次勸她打掉都勸不成，還惹得她哭哭啼啼罵他不負責任，還得去安慰她。

他不忍心激烈地攛掇她。她說豬豬，給人家倒水，好渴的，一點都不懂照顧孕婦。她說豬豬，去把垃圾倒掉，積了好多。他說知道了，馬上去。她說豬豬，來陪我嘛，肚子好像不一樣了，有東西在動，他說早著呢，她說你來看看嘛！甜甜的聲音攆得他滿屋跑。

他不怎麼說話，那眼神一看就是在思索。他像一台電腦，她彷彿能聽見他的腦殼嗡嗡地轉，眼睛也像電腦螢幕亮著不動。她不斷逗弄他，到後來自己也憋了一肚子愁悶。

他父母原初不滿意他們同居，後來發現唐嘉佳手腳勤快，願意接近老兩口，便接受了。既然姑娘不錯，乾脆讓巴特勒談成算了，讓她管著他。他們在重慶接待唐嘉佳時察言觀色，覺得她雖然漂亮，但心性樸厚，不屬於狐狸精的那類，就開始堅定這想法了。

他們回臨州探視他倆，晚飯後，四人沿江散步。長江雖被逼人的太陽曬過一天，到了傍晚卻抖掉暑熱，漫江碧透，彷彿一個汗涔涔的美女，洗完澡，換上了碧紗裙，轉眼間變得清爽無比。江岸上有木棧道，隨江勢盤折，高出地面半米，走在上面，左右和下方是夏花綠草，鮮亮的綠撲在人心坎，撲通撲通地跳。湛清的江水原本秀麗，但天色漸暗，碧波彙集，由近及遠漸漸分不出了層次，如蒼茫的宇宙。青雲轉紅，有如流火，晚霞紅得激動，像激烈的語句在噴薄著。通紅的顏色映上棧道和遊人的臉，刺得人雙目迷離，像熱烈的夢幻。

巴特勒身處天水之間，像鳥兒一樣鼓著胸口，轉動著肩甲，彷彿想把漫天漫地的新鮮空氣，全吸進肺裡，然後振翅高飛，再也不回頭。

四人並排走著，很快巴特勒就獨自在前了。唐嘉佳扯他扯不回去，又退回去陪他父母。父母前幾天知道她懷了孕，起初是震驚，尤其是他母親，說哪有這麼小就要小孩兒的，落後的地方才會這樣，這女孩還比他大好幾歲，或許是別有用心？他爸卻說，像他這樣的人，成天飄飄忽忽的，讓他早點兒成熟也是好事。又掐指一算，自己才五十歲就能抱孫子了，明年兒子若順利考取大學，豈非雙喜臨門？於是都對唐嘉佳更加關心。但他們也看出了兒子的心神不寧，便見縫插針地勸他說，你眼睛還算是亮的，不然我們也不會允許，況且人是你自己談的，又沒人逼你，既談了就該珍惜，把人家搞懷孕了又不娶，這是咱家人幹的事？巴特勒無話可說，垂首默然。

父母走後，巴特勒又不理唐嘉佳了。一次唐嘉佳對巴特勒發脾氣說，你能不能踏實地過日子？巴特勒沒好氣地說，我們寢室有個孫睿，踏實得很，你該和他過。

唐嘉佳說我沒開玩笑。

巴特勒說誰開玩笑了？

唐嘉佳說，我對你這麼好，你竟用這種話來褻瀆感情?!

巴特勒說，你褻瀆感情的事還少嗎，你去看我爸媽都不告訴我一聲，儼然已經拿下了我的姿態，可我還沒跟你結婚呢！

唐嘉佳說，我不告訴你不是怕耽誤你學習嗎？你媽特意囑咐我照顧你的呀！

巴特勒說，什麼都按你們的意思，你們什麼都怕也什麼都懂。

唐嘉佳說，是你父母又不是外人，我對你父母不好你就高興了？神經病。

巴特勒說，對，你找的就是個神經病，以後還有的是麻煩呢！

她拿他沒轍，她痛苦得幾乎要抓狂了，抱怨怎麼會有這樣的遭遇。她越說他也越痛苦，可就是沒有動心的意思，仿佛有一層保護膜，她打不開也進不去。

他在學校跟孫睿講了他的情況，那天小猴子不在，孫睿勸不住他，沒奈何了只好說，下藥吧！懷孕了一個多月，孫睿在網上查到一種猛藥，巴特勒去藥店咬咬牙買了。

一天早晨，巴特勒做好一鍋玉米排骨湯，盛了兩碗，忐忑地把藥調進了給她的那碗裡，化勻。

唐嘉佳還在臥室睡著，巴特勒說嘉佳，起來吃飯。

巴特勒很久沒給她做過飯，今天是怎麼了？她從臥室跑出來，她好高興，可又不敢表露，邊揉著肚子邊說，寶貝兒，爸爸疼你呢，給咱熬了這麼好的湯。

巴特勒的臉頰和眼眶霎時熱了。像目睹一樁正在進行的陰謀，他沒法不去制止。他迅速交換了碗，端起唐嘉佳的那碗喝下去了，怕她看出破綻，又把換給她的那碗也喝了，說，鍋裡還有，你自己盛罷。說完冷冷地回了臥室。

她在廚房裡哭，他憋著不去安慰她，心卻像被針在紮，再一想挺生氣的，搞到最後竟然是我喝了避孕藥，不會出事罷！等了幾天，卻沒有不良反應。

日子一天天捱著，焦慮像濃煙，嗆著他倆。夜裡，他躺在她旁邊，把腿重重地摔向床版，悶聲哼著，忽而躺平，忽而又坐起，在屋裡一圈圈地走著。她本來默默地背著身子，這時問，你幹嘛？陰影不動了，好像在對著她，她忙拉開燈，刺眼的光線，他遮住臉說關上！嚇得她又忙關上。他說黑著就挺好，她說你嚇死我了，他說沒事我只是走一走，你睡你的。她說你能不能也好好睡覺？他說我去上廁所。他的聲音像他的黑影一樣暗。她聽見了嘩嘩的馬桶聲。黑影回來，不動聲息地躺到她旁邊。

寂寞，像這無聲的空氣，人無法逃脫，只能吸著。她越來越驚訝於他的舉動了。她多希望旁邊能再躺著個人，甭管是誰，至少她能說說話，把委屈道出來，也讓他聽聽她有多委屈。但什麼都沒有，她必須獨自忍受。

她說，你若真地不想要，就打掉吧，聲音輕得像要斷的線。他說嗯。她從語氣裡聽不出任何人性，她問嗯是什麼意思？他不回答，像兩個無聲的病危者，各自急救，誰也不幫誰，但都在偷偷地觀看著對方，影響著對方，加重著對方。

屋子像座被遺棄的荒島，各種殘酷的表演正在緊密地上演，沒人知道，只有他倆，既是演員又是觀眾。他起來喝酒，她也坐起來，頭髮披散在黑暗中，比黑暗還黑。沉默像堅硬的岩石，捅不破，岩石綁著她要往下沉，她奮力掙扎不讓自己下沉。

她鼓起勇氣，我有話要跟你說，不多說，就一次。他聽那聲音不像她平時的。她說你是否沒做好準備，不想要這孩子。他說是。她說你是否還不想結婚。他說是。他用的是小學生受罰的聲音，她看不起他，她強烈地反胃。他們像在積攢新的一輪勇氣。

她也拿起了酒瓶開始喝，他卻沒去阻止，沒說懷孕不該喝酒。她說，站在我的立場，我當然想要，因為我想跟你過下去，但這事不能再拖了，越拖對我的身體傷害越大，我不想求你什麼，但今晚請你再慎重地想想，如果明天早晨你喊我去打，我一定跟你去，明早不喊我就當是默認結婚了，行嗎？

巴特勒幽幽地說，我懂，我出去走走，回來給你答覆。

她說在家不能想？

他說，出去也不礙事，江邊宜於思考。

她說，夜裡涼，穿件長袖吧。他說知道，就披衣出門了。她從窗臺上，見他在月光下慢慢走在兩樓之間，一拐彎不見了。不知是幾點，他悄悄回來了，她仿佛沒醒，但看她僵硬的姿勢又不像在睡。倆人像夜一樣靜。

天亮了，她腫著眼皮梳頭。他說我決定了，打掉。

她慢吞吞地穿好衣服，他們一起去了醫院。一路上他們回避著彼此，像害怕接觸會帶來連鎖反應，兩人走到哪，哪裡的空氣就像煤氣，仿佛一說話就會爆炸。

在醫院掛號，空中盡是刺鼻的味道。找到科室，問了大夫，大夫說拖得太久，只能做引產手術了。前面有幾個排號的，要先等著。

走廊有人問疼不疼，一個女的一瘸一拐說，咋不疼，鉗子硬往裡頭塞，旁邊坐著的人小聲說，估計跟大兵強姦婦女似的。

唐嘉佳喉頭哽咽，閉上了眼，巴特勒攥住她的手，卻轉過臉不去看她。快輪到她了，她獨自走進了旁邊一條走廊的手術區。

通知她說裡面還有個女的，做完就是她了。他沒跟過去，仍在原先的走廊等著。他看著牆上的掛鐘，腦子是亂的，片刻清醒，片刻茫然。

孩子，孩子。他突然想到孩子，小小的人，自己的兒子。之前沒當人考慮。就這麼一刀殺了。

他想起自己小的時候，每次生病，爸爸媽媽輪流坐在他旁邊，班也不上了，喂他喝梨水，給他講故事。接著想起小小的自己被鉗子碾死的場景。他曾做過那樣的夢，夢裡自己也在躺著，左右前後和頭頂的牆一起往他身上擠，嚇得他大叫著醒來。

看看表，已過去了好幾分鐘。

他想起她做飯的樣子，做愛的樣子。又看見各種銀光閃閃像鉤像刀像錐一樣的冰冷器具，撲上她身。她只不過對他太好了，太愛他了，她何錯之有？她從那床上一下來，他倆就徹底完了，永遠不可能了。

他抖索著下巴。

蒼白的陽光照著蒼白的牆，和牆上的錶盤。表在走，滴答滴答，滴答滴答。

誰也沒看見，他悄悄起身開始跑。他嘴裡喊著，唐嘉佳，唐嘉佳，你在哪，你在哪！我要我的孩子，我要我的孩子！

他喊著，像在救自己的命，但他不知道自己在哪，自己的命在哪。他一個屋一個屋地找，像她拿著他的命，再晚就沒了。

他越跑越快，越喊聲越大，推開一個病房喊一聲，見沒有，出來繼續跑。一走廊的人都停下瞅著他。

後來到一個門口，還沒推，門卻自己開了，出來個醫生說，喊什麼喊，不知道醫院要肅靜嗎？他像跑到了終點，終於可以停下了，他說我們不做了，不做了！像在傾訴，像在哀求。

醫生驚詫地問，這是小事嗎，沒想好就來！

唐嘉佳竟然走出來了，他趕緊扶住她說，你還沒做吧？沒等醫生說話，她搶先說沒有。她面無血色地看著前方，拉好衣領。

他輕鬆地說那就好，那就好！他臉上是死裡逃生的笑，謝謝醫生，謝謝醫生！他腿都軟了。好險！

醫生又一愣，奇怪地看著他們倆。

唐嘉佳撇開醫生直接走出來，冷冰冰的像變了個人。他又犯起迷糊來，不知道自己在幹嘛了。

門外聚著一些人。她驟然說，你先走吧，我現在不想見你，我有個同學在這裡住院，我去看看她，一會兒我自己回去。

他慢吞吞地先回家了。走前，他分明看見一個人，一閃不見了，仿佛王婉楓。

5

巴特勒一連數日賴在床上，不分晝夜地睡覺，有事不得不起來，也一弄完馬上就躺下。他像害了一場大病，不想吃飯，不去上學。

唐嘉佳給他量體溫，端水端飯，但不碰他，也不纏著他。這正合他意。晚上他倆各睡各的，像臥鋪車廂中兩個不認識的人。

巴特勒的父親托關係把他戶口的年齡改大了，說結完婚就給他改回去。父母越發覺得他不靠譜，很多事務直接交代給唐嘉佳去辦。他們說婚禮最好放在暑假，老家的親戚能多來些人。

唐嘉佳像一直等著巴特勒提出領結婚證，等得氣洶洶的，明顯忍不住了，還在硬忍，每天都用期待的神情望著他，他卻像瞎子似的，彷彿沒看見這些圍繞著他的進程和決定。

偶爾，他對著窗外，回想起剛開始在圖書館，在銀行，在自己家裡和唐嘉佳一起時的畫面，重演著這些畫面，變幻著不同的形式，設想當時自己沒去圖書館，或者沒打她的主意，後來會怎樣，現在自己又會在幹嘛。這些重來的夢幻像晚霞，燃燒著誘人的光芒，給他希望，但又很快黯淡、消失了。

幾天後，他走下床，動作遲緩，但彷彿仍對命運抱著一絲希望，在醞釀著什麼。

唐嘉佳不敢再等了，準備趁著某天實習回來跟他再攤牌一次，把結婚證快點領了。但中午到家巴特勒卻不在，桌上留著一張紙條，寫著我累了，出去散散心，不必聯繫，自己保重。

她一怔，掏出手機打給他，關機了。她跌倒在沙發上。

6

巴特勒背著包，頂著炎熱漫無目的地走著。還沒想好去哪，但總之先到客運站，坐汽車出縣城，躲過眼前的旋渦再說。不管他們怎麼鬧，找不到他，就不會弄出已婚的後果，再回來時就已經煙消雲散了。他拿了一套換洗的衣服和湯瑪斯曼的《魔山》，輕便的行李仍嫌沉重。

唐嘉佳肯定看到便條了，此刻她在想些什麼？他想打開手機看一看有沒有她的資訊，盡力忍著了。銀行卡裡有代寫賺的幾百塊，先去重慶，再考慮去某個城市邊打工邊自學，回來就參加高考。

車站很遠，他步行的，恨不得被烤焦、烤死，身體的白虐彷彿能使他沒有力氣再痛苦。從紅旗廣場向南踏上一條破爛柏油路，路一側溝卜是丘陵和農家院，另一側土坡上的白玉蘭綠葉繁鬱，運貨卡車呼嘯而過，路邊盡是卡車上滾下來的碎石了，巴特勒踩著這些石渣，貨車擦著他飛馳而去，但若往邊上再靠又怕摔下路溝，踉蹌著到了汽車站。

臨州縣沒有火車站，汽車站原本矮小，僅一個大廳，今年翻新成了一座碉堡，灰色的牆雄大堅固，視窗暗小得像機關槍槍眼，盤曲的弧形空中橋正在建造，把碉堡圍在中間。

他研究明白路線，從碉堡外的二樓廣場進了售票廳，很多人排隊，到重慶的車還有半小時出發，亂哄哄的長隊從候車廳的安檢口一直排到外間的大門，巴特勒不住踮腳張望。安檢口氣氛緊張，有個瓜子臉女的拿著電子板在乘客身上掃，手正摸反摸，突然說，你不是走過兩遍了，怎麼又來？有個男人的聲音嘿嘿笑著，你摸得舒服唄！周圍人譁然哄笑，瓜子臉惱怒地說滾出去！上來倆人把他轟走了。

巴特勒身旁的人說，你看這十八大查得嚴的，要對著腦袋一個個攝像比對呢！有個保安喊，婦女這邊排！許多女人從隊裡沖出去搶佔新通道，巴特勒跟一幫男人也跑了過去，喊話的保安說沒讓男的來！往外推他們，眼看還有十分鐘發車了，巴特勒說我的車快開了，保安說趕不上就趕下一趟，照樣頂著他胸口把他推出去。巴特勒索性到之前一隊的最前端插隊。保安要推一個男人，旁邊的女人說這是她對象不讓保安推，又推後面農民工模樣的一個人，農民工指著身後說這也是我對象，身後打扮洋氣的女人把手機從耳邊拿開說，你放屁，我對象正跟我打電話呢！保安罵著娘把農民工一路攆到了隊尾。

上車沒走幾步，到了加油站，上來倆員警說要查身份證，人們又掏一遍，員警逐一地掃描看臉，到一個黑矮的男人那裡員警說你下去，那人下去後車就不走了。車後有個棚，員警在棚下問話，旁邊有輛警車，拿槍的員警站著巡視。有男人下車到路邊尿，巴特勒也去尿，車上有女人隔著窗看，巴特勒一轉身女人趕緊低下頭。司機去棚邊詢問情況，巴特勒跟過去，只聽員警說，給你轄區的派出所打電話，黑矮男的說打了沒人接，員警說再打，遂又打。人群煩悶，有乘客說快走吧我急著趕路呢，司機說把他扔這兒咋辦？乘客說十八人有案底的，往北去的車上都不讓坐，等也沒用呀！

又一輛車停下了，下來倆女的，員警盤問，正說著其中一個大叫道，我就是要去北京告狀，我們被騙得這麼慘，你們人民警察該抓的人卻不抓，不該抓的亂抓，我要去國家信訪局反映情況！巴特勒聽她的聲音似乎熟悉，一看竟是前些日了三中校門外辦喪事的劉嫂，另一個女人巴特勒不認識，但是面顏苦楚，不斷地勸阻劉嫂。員警對著電話說，戎隊長，有個人我想確認是不是您的嫌犯。好，好。然後對劉嫂說，你坐好，一會兒有人來接你。看熱鬧的人越發多了，持槍的員警比眾人高出一個腦袋，警惕地掃視著人群。劉嫂掙扎著被員警按住了，塞進棚邊的警車裡，和她一起來的女人也上了警車，混亂的叫聲羼雜著劉嫂的哭喊。巴特勒看著白花花的大地，自己的影子淺淺的像要融化了，忽然就感到胸悶，朝人群再次望瞭望，上車背起包就下來往回走，司機說你幹啥？他說我不去了。

回到車站的路橋下，又餓又累，有個乞丐光著膀子躺著，面前一個鐵碗，不知是睡是死，巴特勒學著他的樣子躺下。一個女人過來問他住宿不，他說不住，問他找小姐不，便宜，他說不找，走了一個又來一個，他乾脆閉上眼不再回應。地上熱烘烘的，頭頂羅織著幾層橋面，擠出一小塊天，又白又亮，躺著就仿佛和上面的世界隔開了一樣。

有人踢他的腿，是個保安，問他怎麼睡這兒，叫他出示身份證。又是身份證，沒了身份證他還會是他嗎？

他一掏口袋，錢包卻沒了，想起下車前有人曾擠過他一把，他還給那人挪了挪地方，應該是那人偷的。保安不信，要他去崗亭登記，他不去，說我是學生，我要回家，保安卻拽住了他，他想掙脫，保安掐緊他，手指和老楊的鉗子一般的手指一樣，難道又是一個老楊嗎？難道校外也有許許多多的老楊嗎？

驀地跳出一人來，喊道，巴特勒！竟是小猴子，小猴子說，他是我同學，我身份證和學生證全帶著呢，給你！保安看完，一臉不信任地交還了小猴子。

小猴子說，這傢伙呆頭呆腦的只會讀書，人情世故一竅不通，但絕對是個好人，喂，巴特勒，你一個人跑到車站幹嘛，離家出走嗎？

巴特勒說，本來想出去溜達的，但又不想了。

小猴子對保安說，你聽他說話多傻！但別怕，這是個刨根問底的人，雖然越執著越適得其反，但這個人不是炸藥包，不會危害社會，而是尋夢者，只會折磨他自己。

保安說，我看你倆都有病，都該送精神病院，說完就腆著肚子走了。巴特勒對小猴子說你才傻呢，傻起來不知道有多傻。他想問小猴子那十萬貸款的事有著落了沒，但還沒問小猴子卻說道，誰都有難受的時候，你先別說我了，你這傢伙是不是想逃跑？

巴特勒說，我想去一個沒見過的城市，尋找我夢想中的生活，真正的生活。

小猴子說，有那樣的城市嗎？

巴特勒說，我覺得有，我本來想遠離這裡，一座一座尋下去的。

小猴子說，那為什麼又回來了？

巴特勒黯然道，我也不明白。

小猴子說，那樣的城市該在你的心裡，你到外界去尋找，不是緣木求魚嗎？

巴特勒說，但我的內心混亂無比，靠著它似乎會一路走錯，錯到深不可測的深淵的。

小猴子說，有那麼邪乎嗎？巴特勒說，有。小猴子說，外界的變幻真的能使你找到答案？走馬觀花地觀看新事物，尋求表面刺激，真的能解決心靈問題？我不反對漫遊，為愉悅身心或瞭解世界而進行的漫遊當然美好，但為某種「尋找自我」而進行的漫遊，我則不認同。多少人想靠著旅遊擺脫痛苦，殊不知「在路上」說到底只是換了個地方，只是獵奇。人不管躲到哪裡都要面對痛苦，不從內心解決，卻逃到別處，可能暫時會躲開，但當新的痛苦又來臨時，人沒有長進，難免會犯同樣的毛病。既然處在心靈的深淵，問題的焦點，就應該毅然地解決問題，爬出深淵，這道理難道你不懂嗎？

巴特勒似想反駁，但他懊喪地搓了搓頭皮說，我並不是想逃，而是思前想後，心靈卻不能清楚地告訴我該怎麼辦。

小猴子說，你哪是在用心靈，你分明在用頭腦權衡，在考量利弊分析得失，這哪是愛！小猴子急得直抓臉，這些天上火長痘，一抓就破，巴特勒說別抓了回去用熱水洗，小猴子說別轉移話題！你這樣分明要坑害一個好姑娘了，你看看你，所有的思慮都在圍繞自己，都是關於你能否得到某種幸福，或者是否繼續某種不幸，越這樣你越痛苦，因為不管哪種抉擇，出於自己的利益都會有痛苦，而基於愛的選擇出發點首先應該是對方。當然，你可能認為你沒考慮自己的利益，但你考慮的雖然不是物質的利益，卻是心靈的利益，是想方設法少去承受心靈的痛苦，這當然可以，趨利避害嘛，但那豈不和物質利益一樣都是利益嗎？況且從目前的情況看，哪種選擇痛苦較少，很難權衡，這種思索方式在我眼裡是條死胡同。至於說自由，真正的自由應該是心靈的歷練，是敢於和痛苦對視，不再受它的束縛。

巴特勒說，你怎麼知道我是因為和她在一起痛苦才這樣的？

小猴子說，你那鳥樣子誰看不出來？你對自己的認可，難道非以犧牲他人，或犧牲某種「有羈絆的關係」為代價？甚至是這樣一個好女孩兒？自由或進步，難道不應該與內心強大臨危不亂而相伴？難道不應該不管身在何處，都能自我調整而不再依賴某種「特設的環境」？況且，你這事我認為與自由無關，不管你跟不跟她走下去，你是一樣的自由或不自由，你所擔心的不自由，難道不像層窗戶紙，一捅就破嗎？

巴特勒焦躁地說，我何時說過因為「不自由」了？

小猴子說，你雖然沒說，但你表現得很明顯，不結婚你就繼續談，一結婚你馬上就跑。

巴特勒說，你怎麼知道跟結婚有關？

小猴子說，我還知道懷孕呢！

巴特勒驚問，孫睿說的？

小猴子說，你別管誰了，那不重要。

巴特勒支吾著說，不結婚也不一定會繼續。

小猴子說，你騙不了自己。

巴特勒抗議似的說，不光是關於自由，而是說我難道就沒有選擇權了嗎？

小猴子說，你當然有，你出逃卻又回來，難道不是你選的？你下藥估計沒下成，不然也不會往外跑了，難道不是你選的？

巴特勒戰慄著說，你全知道了？那是因為我仍在矛盾著，小猴子說你為什麼會矛盾，根源在哪，對你說了這麼多，像是白費心思，可能是我高估了你，或許你根本不愛她。

巴特勒說，仿佛確實是愛得不夠。小猴子說真糊塗，那為什麼還這樣對她？

巴特勒說，起初有深切的同情，和新鮮的美好，後來則是一種奇怪的感覺，像個難以掙脫的陷阱。

小猴子說，咱倆要不是兄弟，我早想打你了，你或許壓根就不會愛，也誰都不愛，真要是這樣，你不和她走下去我也沒話可說，可是瞧你痛苦的，想無愧於心和自我認可的願望，在你身上卻又那麼強烈，那麼即便目前你再怎麼不愛她，還是可以救藥的。咱先從「需要無愧於心」入手，你如果離開了她，你會幸福嗎，你的「需要無愧於心」會放過你嗎？

巴特勒問，但難道因為這個原因就不離開她？

小猴子斬釘截鐵地說，對！雖然不離開她你同樣不滿意自己，但這種「不滿意自己」，是不滿意自己沒有得到「足夠令人滿意的索取」，可是我告訴你，索取從不會讓人滿足的，你得到一個女人，覺得她不夠好，天外有天人外有人嘛，又想要下一個，下一個到手了依然是那麼回事，還有更下一個會走向你，一旦踏上這條索取之船就永不會饜足了。索取式的追求沒有胃口的極限，本身就是不自由的，是把自己系在了所得之物上，而在愛中你能索取什麼？你和她在一起，她也不是你的，而和你一樣同是某種命運的犧牲品，在命運冰冷的利劍下，男女除了結成伴侶，深沉地相互扶持之外，還有什麼能讓彼此更自由，更滿足？巴特勒，我的好兄弟，先不要急著傷害那姑娘吧，在你還沒學會去愛時，先別趕走她，就在她身上去學著愛，實現愛吧！

小猴子眼珠像兩團晶亮的火焰，在瞳仁下燃燒。

巴特勒既感動又沮喪，他說，不說我的事了，你呢，你聯繫上她了沒？

小猴子說聯繫上了，那天她已經逃走了，是她打電話告訴我的，她是趁我打進去的混亂時刻逃走的，他們為了找到她才都出去了的。

巴特勒感到不對勁，但哪裡不對勁，他也說不上來。

小猴子說，我回了趟老家，這不，剛回來就見到你了，她也回了她的老家，歇了幾天，又來到縣城了，去了一個新開業的地方打工，還是那種地方，但她只是做服務員，不再幹那種事了，這樣就很好。我怕她不安全，也應聘去裡頭做兼職了，我打算每個星期去工作四個晚上，一方面保護她，同時也與她相處，並努力掙錢還高利貸，為著以後能和她生活在一起做些打算。

巴特勒說，那挺好，他受到了感染，深淵一樣灰死的眼底漾起了一絲柔和。

小猴子說，我想這就是愛帶給我的吧，你也別老想著逃跑了，去我工作的地方看看吧，不是說那個地方有多好，而是今晚我第一次上工呢。

7

巴特勒打消了去沒見過的城市的計畫，跟著小猴子回了縣城。到紅旗廣場是下午五點半，傍晚將至，涼風拂面，距天黑還尚早，紅旗廣場旁邊有一座樓，掛著「臨州皇宮元鼎保健」的巨大牌子，隱約地閃著淡金色淺光，暗示著夜裡將有的繁華。

小猴子說就是這裡，進來逛逛吧。

巴特勒面色排斥地說，不了，我想回去清靜一下。

小猴子說那也好，記得我的話，明智地做決定。說完就走向了元鼎保健。巴特勒看著小猴子的背影，像做了一個長夢，虛脫無力。又要回家了，今晚又要睡在她旁邊了，她肯定會問他去哪了，還得向她解釋。想到此就先不願回家，溜達到了學校。

拐上了彎曲的甬路，茂盛的綠竹，相互挨擠，枝葉密密地夾道相擁，織成如雲的屏障，在黃昏前鮮豔的藍色裡，綠得刺目。樓蓋得真快，要封頂了，臨州三中國際部幾個紅字，已掛上了樓門。

拾級而上，只見運動員們在操場上練鉛球、鐵餅，貼身的運動衣，緊繃繃地凸顯著身材和肌肉。那些可以稱之為同學的人，都正在熱火朝天地活著，而他的生活仿佛已經跟他們沒瓜葛了。

在一棵搖擺的柳樹下，他看到一個人，紅底白斑短連衣裙，長髮和頭頂的柳枝一起飄著，是王婉楓。

婉楓也看到了巴特勒，似乎有些不情願，想走卻又站住了，巴特勒感慨良多，快步跑過去，像懷著無限的喜悅喊著，婉楓，咱有多久沒見了啊！

婉楓見巴特勒跑來，頓時有些緊張。但聽了巴特勒的語氣，卻不緊張了，像是在揣測什麼。巴特勒仿佛被喚醒了某種記憶，迷茫地問，就你一個人嗎？

婉楓說是呀，她沿操場外側繼續走著，巴特勒跟在她旁邊，婉楓說，你的女朋友還好？聲音輕盈，有些顫抖。

巴特勒說，她倒很好，比我要好。他有些激動，像挨著一股春風，這風他曾經那麼熟悉，卻像將要吹走，再也吹不回來了。婉楓關心地問，你又怎麼不好了？

巴特勒說，最近發生了很多事，全部關係到我的命運，來得太快，我仿佛失去了戰勝它們的勇氣，我不甘心，依然懷抱著希望，但又不忍心傷害他人，多想讓這不上不下的狀態拖長一些啊！

婉楓說，遇上什麼事了？

巴特勒說，她意外懷孕了，我現在還不想結婚，但我爸媽卻很喜歡她，一圈人都在攛掇我結，再拖下去就不好打胎了，可我又不忍逼她打。

婉楓兩腮分明抽搐了幾下。

巴特勒說，每到重要的時刻，就彷彿有東西要從我身上冒出來，要阻撓我的意願，實現它的意願。我已經把她弄到醫院，卻又從手術室把她拽出來了，難道我認為我想要的，又不是我想要的嗎？不結婚又能怎樣，法律賦予了我不結婚的權利。但好像又不是那麼簡單。

婉楓沉思了一下說，做選擇的確需要勇氣和智慧，但每一種複雜情形都是一步步產生的，邁出那每一步時，可能沒預料到後果，或總覺得有足夠的時間造成轉機，扭轉局勢，但實際卻相反，所以便產生了落差。命運這個詞，據我的觀察，主要是反映在某種因果上，即行動導致的後果，它說起來神秘，但我卻願它清清澈澈的，就像此刻傍晚的天空，藍得無瑕，乾淨。不是做不到，而是如此一來，你的每一個重要行動都需要經過反思，不能和自我相違背。當你行動清澈了，命運怎麼會不明朗？老實地回答我，你不愛她，對不對？婉楓表情嚴肅。

巴特勒像被一隻手伸進胸腔，揪住了心臟，緊得難受，他說你們怎麼都這麼問。

婉楓從頭頂上拽下一片柳葉，揉碎，像下定了決心，輕聲但一字一字地說，你找了一個自己不愛的人，因為她長得好看，就和她睡覺了，她想嫁給你，還誤以為你愛她，對你們的關係抱有著期望，是不是？

巴特勒消沉地望著面前的垂柳，垂柳消沉地向前翻垂著一頭的綠髮。

婉楓接著說，既然如此，該怎麼做你心裡很清楚，沒有餘地的。婉楓目光如電，她說，不和她結婚只會傷她一時，她早晚會緩過來，而若是無所作為，造成為了孩子結婚的後果，我瞭解你的，日後你難免會懊悔，婚姻必然會破裂，對你對她的傷害都會更大。

巴特勒小心地問，也就是說，這事可以以不結婚來收場？沒有什麼——大罪？

婉楓說，罪當然有，如今的局面是你親手造成——巴特勒，我並不希望加重你的痛苦，但既然有問題，逃避行不通的，罪有大小之說，將功贖罪總比繼續錯下去的罪要小，只是千萬要聽從真實的內心。

巴特勒說，她人漂亮，遭遇又讓人同情，而且我也孤獨——，多可恥啊，在你面前袒露這些，但相處了一段日子之後，彷彿情況又更複雜了。對於婚姻我從心底是嚴肅的，咱才上高二，我不願意倉促之間被綁架，我與她的感情如何，慢慢才能變得清晰。

婉楓卻斬釘截鐵地說，但沒有時間讓你慢慢清晰了，只有要或不要！巴特勒看她的臉色，她似乎也在忍受著巨大的痛苦，他問她，你不舒服嗎？對不起，我不該和你談這些，把我的痛苦轉嫁給你。

婉楓撐起眉眼來，挑釁似地說，我怎麼不舒服了，又不是我陷於困境，我只是在聆聽你的傾訴，替你分憂罷了，咱倆是好朋友嘛，你不是一再和小猴子這樣講嗎？

巴特勒無地自容。

婉楓又有些顫抖了，她說，既然是好朋友，當然是有難必幫。

巴特勒胸口熱熱的，婉楓卻又憨厚地笑了，說，你能跟我說這些話，至少是真心把我當朋友的，我別無所求，有你這些就夠了。婉楓漲紅了臉，盡力不讓聲音再發抖，說，你雖對愛不愛她和愛到了什麼程度，仍不清楚，但你不想結婚這一點倒很清楚。如果我是你的女朋友，即便愛你也不會強扭你的。記著，即使到了最後一刻，你仍然可以選擇，選擇的權力始終在你的手中。這段時間你理清頭緒，並記住這個教訓吧，今後忠實於自己所要承擔的生活，別憑著性情或誘惑就做違背內心的事了。

巴特勒說，婉楓，跟你一聊，我的慚愧仿佛有了著落。

婉楓說，我覺得你的思考並沒有觸及真實，只是對後果的考慮，但即便如此，也雜糅著矛盾的觀念。在你的考慮裡，沒有真正的她和真正的你。拋開圍繞著你的環境因素，也許「善良」、「內疚」，並不隨著某種做法直接產生，而是在類似情形下的社會心理。假設她願意打胎，你還會內疚嗎？假設環境中只有你們倆，沒別人知道或評判你們，你還會內疚嗎？

巴特勒說，應該不會，或不會那麼強烈，強烈到左右我行動的地步。

巴特勒像被戳中了後腦勺的某個要穴。婉楓又說，女方若是出於愛或者對孩子的愛，不想打胎，就應該不管領不領證都生下孩子，這才是磊落的，不過——婉楓沒說完，巴特勒搶著說，不過那樣難以被目前的社會接受，也沒法去正規的醫院接生，將來孩子上戶口上學都是麻煩事。我也覺得不該把結婚和生子捆綁在一起，以婚姻的犧牲，換得孩子合法的出生和生活。

婉楓說是的，我的建議，目前從客觀來講難以行得通，但這是不合理的社會因素導致的，這些人為的制度，本來沒有理由製造麻煩，讓人在考慮問題時不得不夾纏不相干的因素。當然，我們不能逃避實際，但它們不該作為做重大選擇時的首要標準。

巴特勒說，有道理。但光生孩子不結婚，她不會同意的，何況這也不公平。

婉楓說，別說不公平，你又在用某種社會觀念說話了，這與公平無關，僅與意願有關。每個人都有自己的想法，這要由她自己決定，你要做的僅是瞭解她，而不是替她判斷。不過，目前大部分市民階層的女人，恐怕都不會願意不結婚就要孩子。

巴特勒說，她也明確地說過。婉楓說，這不正順你的意，雖然有些傷感。

巴特勒說，但一想到那是條人命，要用殺死的方式來阻止其生長，就讓人不寒而慄。

婉楓點點頭說，不過，仍應該由她決定，你所應該做的是真誠地告訴她你的打算。我看她未必很願意和你結婚。

巴特勒說，如果沒有懷孕的事，她不會主動和我結婚的。

婉楓說，睿智而淳樸的制度，不應該從社會層面促進人們的夾纏。到那時，她不會讓孩子的存亡取決於能否結婚，自然的母性，對你和你們未來的考慮，制度的保障，和社會的寬容，都會讓她決定是否要這孩子。我希望社會能使所有女性實現這種本能，而不再依賴男性。這可能過於理想化了，但有理想難道不好嗎？目前，我只希望你的做法讓自己認可，需要我時你就告訴我，我願意幫你的。

婉楓像是把憋著的話吐盡了，釋然地笑了，眼中沒有了深邃，變得更加明亮了。巴特勒感到自己雖然不對，卻又不只是自己有錯，而且一切都還有救，心中舒暢了許多。雖然仍要面對兩難處境，至少此刻不那麼孤單了。他感動地停下腳步，從側面伸出胳膊抱住了婉楓。

這個動作毫無預兆，他伸手之後把自己也嚇著了。但已經收不回了。他硬生生地把婉楓扳過來，摟住。

婉楓沒有動。巴特勒貼著婉楓素紅白點的裙子，下巴搭在她的肩上，神經質一般陶醉地望著主席臺，沒有身體的衝動，心靜靜的，既快樂又痛苦。

全世界都像停止了運轉，在他們面前，婉楓的紅裙無限地延展，像紅白的落花凋謝了滿地。婉楓呼吸變快了，胸口頂著他胸口，越來越急促了。他輕撫著她的後背，彷彿在讓她寬心。

她突然推開他，惱怒道，你有女朋友了怎麼還這樣對我？像是在責怪他，卻又不像，他趕緊說我沒別的意思，就只是感激你而已，一邊笑一邊搖手澄清。

她的目光裡晃過一絲難以覺察的落寞。但他們的距離卻像更近了一層，她說話也更自然了。她說我不陪你了，鐘亞雯老師在醫院病得很重，她不讓姚老師跟學校的人說，怕人去探視，打擾她的清靜，最近姚老師晝夜陪護，疲憊得吃不消，告訴了我和張璐，我倆輪流替換著他，今天姚老師有事回了學校，張璐已經在醫院呆了一下午，我得去替她了，你想不想一起去？

巴特勒猶豫著說，今天不去罷，我這樣子怕像個神經病，鐘老師見了別又加重病情。

婉楓卻沉重地說，鐘老師這次相當嚴重，只怕反而會嚇到你。

巴特勒心裡一緊，卻沒再問什麼，只說，還是等我狀態好些再去罷。

婉楓輕聲說，你隨便，說完就從主席臺邊上的斜梯上去了，在旺盛的桂樹叢中，像隨風飄走的落花，霎時不見了。

8

王婉楓和小猴子的話在巴特勒身上激起的將要產生新力量的勢頭，很快就消褪了，巴特勒感到了他和他們之間的巨大差別。但是剛才摟住婉楓的感觸，卻像塗在了身上的清香，難以散去。

他又走到了紅旗廣場，天漸漸變暗，路口的圓壇的花叢和回廊裡，男女老幼在散步，圓壇為四段馬路的交匯處，右前方立著一塊三層樓高的大螢幕，變幻著廣告，下方是一個小廣場，側面是步行街，有許多穿著短裙短褲的漂亮女子，巴特勒心想，如果這次真地結婚了，就意味著和她們中的任何一個都再難有愛情的交集了，或許這才是生活的真面目？他仿佛從一個朝氣的少年，被打到了人生的另一側，那裡充滿了家庭的不如意，對老婆的躲避和在外的獵豔尋歡。既然和唐嘉佳弄成了這樣，還有什麼不能一墜到底的呢？但他像個踩不滅的煙頭，努力地踩，火頭還是一閃一閃的。他溜達了一圈，回到路口，又見到了元鼎保健。

小猴子正在發奮工作吧？小猴子，王婉楓，孫睿，他們都是健全的人，把他圍在了中央，他走馬燈一樣地看著他們，羨慕著他們。

黑夜露出濃重的原形，巨大的天空裡盡是黑暗。人煙在它的底部奔騰著，像璀璨的幻覺。巴特勒仍不想回家，但不回家又去哪？他回頭望著元鼎保健，它在步行街口，從上到下，被射燈照成了刺眼的金色，牆磚瓦棱相距甚遠，造出巨石砌成的效果，旋轉的玻璃門前，成排站著穿禮服的男女，白襯衣黑西服黑短裙對著行人微笑，巨大的條幅從樓頂垂下，寫著「歡迎元鼎進駐臨州，開業首日全場六折」，門頂是「彭曦地產攜手元鼎，共同回饋臨州人民」，門口兩個竹籃，鮮花鬥妍。

巴特勒走了過去，一個穿制服的小夥子熱情地說，今天剛開業，美女眾多，所有專案一律優惠，進來體驗吧！彬彬有禮地伸著手，腰幾乎折到了地上。

巴特勒感到荒誕。

月亮升起，皎白的一輪，仿佛黑暗中唯一的孤島，細小的雲，形狀各異，在月光邊緣無聲地奔走著。

巴特勒走向了那金黃的門廳。

第七章

1

錦上花演講的事，各個網站爭相報導，黃校長很生氣，在他的地盤上發生這麼大的事竟跨過了他，那麼多人不參加運動會，去圖書館聽演講乘涼，黃校長後悔自己也去乘涼了，沒有抓他們。

但黃校長去的不是圖書館，而是休閒會所，早晨十點，他是第一個到的客人，服務生打著哈欠揉著睡眼從前廳沙發爬起來迎接他。校長聳著肚子，滿臉正氣地哼了一聲，直挺挺走了進去。服務生忙安排房間和女人，但房間尚未打掃，女人還在睡覺，房間不乾淨，女人進來時滿眼的眼屎，趴在校長的肚子上哼哼唧唧地像夢遊，眼屎掉到了校長的嘴裡，校長怒了，發誓再也不來這家店，什麼狗屁服務！

校長此時在辦公室想起來，仍覺得錢花的不值，但他摸一摸口袋，掏出一張金卡，卻又淡定了。

他想起了圖書館。找機會封它的門？老校長留下的爛攤子，什麼公益組織，什麼合作關係，都是跟上屆領導班子的，關我甚事？但圖書館的藏書裡有古版善本，很值錢，若收歸學校或乾脆收回家裡那該多好！這麼好的書給學生看真是糟蹋。不過搬到家裡恐怕有難度，最近快開十八大了，查得嚴。

想起了姚燦，這他媽姚燦天天請假，鐘亞雯一生病他就跑去伺候，連課都不上了，這算什麼老師？他正想著，姚燦竟像個幽魂一般出現了，旁邊還有一個人。

姚燦黑瘦，顯得眼很大，雖稍有木訥，整體依舊精神，頭髮張牙舞爪地立著。姚燦說鄭強的家長想見你，我把他給帶來了，從話裡聽不出順從還是反抗。姚燦說我走了，校長說你等等，姚燦就又站住了。

校長說，鄭先生近來在哪兒發財？跟著姚燦來的人說，發什麼財，能保本就不錯了，現在房子不好賣，有價無市的，又成天查環保，穩妥最要緊。一番寒暄後鄭先生說，孩子最近老是說在班上受壓抑，姚老師不在，換了個女老師管班，總是跟他過不去，也難為我們家鄭強了，他這種沒心沒肺的傢伙也能感到壓力，真讓人佩服這女老師。孩子不對，打也好罵也好，卻不能不讓他上課，我找你來反映這個問題，剛好碰見姚老師來辦公室拿東西，就叫他帶我上來了，姚老師早點回校，對孩子或許更有利一些。

校長摸了摸下巴說，鄭先生，你說的李小合帶班有一套本事，可若不能公平地對待學生，則屬於師德問題，我會嚴肅解決的，姚老師要儘快處理完私事回校上崗才好。姚燦說我儘快。

鄭先生說，最近江邊東段的新樓開盤，老樓有住戶不讓拆遷，正幹得厲害，我經常忙得回不了家，這是我做父親的失職。校長說，忙了就好，忙了充實，我也很忙，說完翹翹肚子，仿佛肚子大跟忙有關似的。鄭先生說，今天我們的新會所開業，金卡收到了吧，晚上騰出時間去玩玩，我派車來接你，姚老師不是外人，也早就想邀請你了。

鄭先生拿出和給校長那張同樣的金卡給了姚燦，姚燦推辭著，鄭先生閃電一般塞進姚燦衣兜裡，跟校長又聊了幾句，藉故告辭了。

校長趴在桌子上看報紙喝水，姚燦起身要走，校長叫住了他問道，鐘老師身體恢復得怎樣了？

姚燦臉色青黑著說，很不好。

校長說，你要多多照顧她。

姚燦說，我每天都陪著她的。

校長嗟歎道，你們這些奮戰在一線的老師真是不容易，今晚我們一起去鄭先生那裡吧，我當了校長後還沒和你交流過的，你作為教師骨幹，憑自己的本事在學校搞起了圖書館，這股能力和幹勁是有的，有幹勁是好事，但要用到正地方，國際部要招生了，今晚把你的想法說說。

姚燦說，不行，我還要去醫院。

校長說她沒有親戚嗎？

姚燦說，她不願讓親戚過來。

校長把報紙往桌上一摔，用鼻孔笑笑，你們這些年輕教師真讓人難以理解。前一段時間，圖書館沒申請就請了個學者來演講，而且是在運動會期間，是你幹的？

姚燦說，我一直在請假，沒參與。

校長肅然說，有大量學生逃會，甚至有教師逃會，影響十分惡劣，任何公開演講都要向學校申請，政審通過了才能舉行，擅自舉行屬於違反校規黨紀，你還不是共產黨員吧？

姚燦說不是。

校長說，那也要記住，黨性永遠要放在第一位，要時刻保持校園文化的純潔和先進性，青少年懵懂無知缺少辨別能力，極易被破壞分子利用，灌輸有害思想。新聞都已經上網了，日後我這校長難免會擔責任，錦上花是上了黑名單的所謂公知，我們公立學校怎能邀請這種人來？捅了這麼大的簍子，你叫我怎麼辦？

校長語氣激動，板著臉審問著姚燦。

校長又說道，圖書館不是不能有，全看怎麼做了。有必要開個會徹底整頓一次，包括圖書種類、開館時間、活動安排，都得討論清楚。要傳播正能量，不然只能關門。

姚燦表情難看地說，以前一直是——校長嚴厲地打斷了他，不管以前是如何，現在我是校長，我有責任不讓人搗亂！

見姚燦沒有反應，校長呷了口茶換了個口氣說，咱打開天窗說亮話，你這人我觀察很久了，在學生裡人緣很好，跟同事相處的卻一塌糊塗，除了鐘亞雯之外幾乎沒人待見你，有時候你看似聰明，有時候卻像個傻子。但我們畢竟也需要學生喜歡的老師，特別是現在，學校都在進步，市場不斷湧現出私立學校，跟我們搶生源，有錢的家長都在把學生往重慶送，老一套的威權觀要調整了。今年我們在重慶教委拿下的國際部專案，全盤採用西方教材和教學模式，國際部的學生畢業不參加高考，我們跟留學仲介合作讓他們直接申請出國，要把臨州三中名氣打到全重慶乃至全中國。我想了想，老師裡除了外教，只有你有留學背景，瞭解國外的行情。可你看你成天都在幹什麼！我覺得你是還沒開竅，腦子裡的東西在作怪，但我仍不願放棄你，畢竟你聰明、學歷高，比他們的見識多，一旦開竅了，憑你的本事會突飛猛進的。你還沒入編吧？我們有名額，只要你工作到位，能挑起國際部的大樑，明年就給你解決編制問題。

姚燦一聽說國際部將採取西方教學模式，眼亮了一下，但很快又黯然了，說，我怕我能力不夠，無法勝任。

校長卻也不生氣，走上前說，你的能力是足夠了。校長把窗簾拉開，下午四點的太陽，明亮而耀眼，樓下的操場上，體育課的學生在歡蹦亂跳著。

校長說，你瞧瞧他們，每一個成功轉到國際部的學生，一年五萬的學費，大有可為的。你是實在人，我就跟你說實話，辦公室裡的勾心鬥角，誰與誰一夥，誰與誰不和，別看我坐在校長室裡，我清楚的很，你是哪一夥也不屬於，又臭又硬，不過，驢脾氣也有它的好處，全看怎麼利用了，不跟他們混是對的，跟著我才有前途。

姚燦考慮了一下說，可以，只要圖書館能保持原狀。

校長說，真糊塗，哪壺不開提哪壺！正好借著這次機會，看你如何證明自己。我也去國外考察過，西方國家哪個學校沒有圖書館？關鍵是要為我們所用。你搞的圖書館，那麼多的藏書，又有先進的管理系統，重慶的學校都沒有這麼搞的，要把它打造成大重慶地區首家中學模範圖書館試點，為創立國際部造勢，增加申請經費的籌碼。乾脆就把它叫作國際部圖書館吧！我要你儘快整理出圖書館的介紹，製作出宣傳冊，詳細解說圖書館在閱讀推廣方面所做的貢獻。志願者李淑陽不是每個月統計借閱量，做成簡報向他們組織彙報嗎？你拿來整理成為我們的。

姚燦按捺不住反感，我不善於寫公文。

校長冷笑著，那你就等著關門吧！只有這一次機會，就看你能不能抓住了。

姚燦搓著手面色痛苦，校長似乎打定了主意要把他征服，說，這才是萬里長征的第一步。

姚燦說，我懂你的意思，你要減縮書籍範圍，並開始上參考書，直到把圖書館變成考試鏈條的一部分。這個館是幾個理事共同創立的，重慶的章先生是理事長，必須大家討論後才能決定。

校長說，那是當然，你把理事們都喊來，我請他們吃飯，也見一見這些既有錢又喜歡慈善的大人物。

姚燦鼓著勇氣說，我覺得你壓根不喜歡書，也不想讓學生多看書。

校長說，還沒有哪個老師敢這麼跟我說話的，你是第一個。我是不喜歡書，圖書館的收藏品能賣錢倒是真的，此外的唯一價值，就是打造學校的知名度，便於拿到撥款。

姚燦問，你不喜歡為何要繼續做，那樣不難受嗎？

姚燦表情認真。

校長說，沒有喜不喜歡，只有應不應該，這是工作，是事業，你多大了還這麼任性？

姚燦說，但明知不對的卻去做，明知對的卻不做，難道不愧疚嗎？

校長說，我來告訴你什麼是對的，以考試為中心才是對的，搞圖書館可以，但不要真搞，影響學生的學習。

姚燦針鋒相對地說，你沒有從學生長期的發展考慮。

校長急得直拍桌子，就不該那麼考慮！你以為教育是萬能的嗎？我們就這三年，長期關我們什麼事？我是個務實者，上面領導一天到晚考核我，我不抓能量化的抓什麼？孩子的前途能耽誤嗎？你再這樣就回家清高去！

姚燦沉默了。

校長像不死心，皺著臉想了一想，說道，姚燦，做人要扎實，我從來不相信假大空的道理，作為領導，有些話在臺面上不得不說，但我絕不真信，我只相信實力。人生就是這樣，說的不去做，做的不能說，你還看不透嗎？要不說你們這些書呆子，越讀書越糊塗，人類的法則根本不是書裡那套，書裡從來不敢直寫的。

姚燦像忍受著越來越多的痛苦。

校長卻像是很快活，有意挑逗他似的說，書裡能有多少真話？書裡提倡善良、人道，可是，比如說成吉思汗吧，他殺了那麼多人，卻被史學家評為偉大君主，說他勾連亞歐大陸，促進貿易往來和文化交流，可是若沒有他搞侵略，建立那麼大個帝國，分散的小國家們一樣會貿易往來和文化交流。根本無需殺人，殺人和擴張地盤絕不是文化和商貿的原因，這我們誰都不傻。但你如何解釋這些矛盾？只有從惡的角度去解釋才能豁然明白，那就是，搞歷史的那些臭文人們，滿嘴禮義廉恥，其實奴性一身，遇見強者就磕頭。這世界的核心是權力，是爭鬥，是奪取資源，跟動物界是一樣的。書裡說的往往自相矛盾，混淆視聽，全是誘人的贗品。好書、能夠說全部實話的書，目前還沒有過。我並未攛掇寫書的人都去宣揚惡，為了維持世界的秩序，也不允許人們這麼做，秩序作為隱秘的東西，是留給明白人的。這有什麼不好？這樣，高級的人、承受能力強的人，才會體現出非凡的價值，而軟蛋就應該倒楣，認清了這點，很多事就知道該怎麼做了。

姚燦邊聽邊思考著，校長覺得他的話產生了作用，大笑著走過去拍了他一下，姚燦嚇得向後躲，仿佛校長是一條蛆，要爬上來。

校長渾然不覺地說，時候不早了，該休息休息、快活快活了！要學會休息，才能學會工作。

姚燦說，我真的要去醫院的。

校長說，長期這樣不是辦法，不管怎樣，必須讓她家裡人來。

姚燦說，我尊重她的意見。

校長問，她不讓同事去探望，也是這個原因？

姚燦說，對。校長問，目前到底是什麼情況？

姚燦烏青著臉說，查出來是肺癌，錢不夠，可能沒法再治療了。

校長吃了一驚，他說，此刻是誰在陪護？

姚燦說，有人幫忙頂著，但不能一直頂的，我要回去。

校長像在審慎地考慮著，說，姚老師，今晚再讓人頂一次，沒人我給你派人，你陪我去放鬆放鬆，醫療費我給你想辦法解決，堂堂人民教師，難道能因為醫藥費不夠放棄救治嗎？

姚燦說，但無論如何，我不能幹背叛她的事。

校長驚愕地看著他說，你小子有種，都這個時候了還想這些？背叛，這個詞有意思，我倆去浪耍，我做領導的搞了你卻不搞，我落下把柄在你的手裡，這我能依你？什麼背不背叛的，你搞了，對她、對你倆幸福的總和，能有什麼損失？你多獲得了一些快活，她也沒失去什麼，仍然有你給她的全部，而且你很可能因為愧疚，對她還會更加體貼。你不告訴她，對她來說就跟沒有一樣。這就是為什麼背叛從來都存在。甚至比如，咱倆對面如果坐著個殺人犯，他不說我們就不知道，還會根據他的表現去評價他，或許他禮貌大方、做事幹練，我們都喜歡他呢？誰知道他殺過人？除了對於被殺者外，這事還有何影響與意義？看開點兒吧老弟，背叛和醫藥費哪個重要？萬一我滿意了，真的幫你籌錢呢？校長的力量總是更大的，動用社會影響幫助一個病重的老師，真想幹還會幹不成嗎？

姚燦擰著額頭仿佛在使勁兒琢磨著。

黃校長得意地觀察著他的猶豫，說，姚燦，你是太軟弱了，我從參加工作的第一天起就知道自己要出人頭地的，那時我跟你們一樣是小嘍囉，沒人把我放在眼裡，但我不著急，不斷地克服軟弱，有條不紊地做對的事。人生的真實只有兩種，一是欲求，一是沒有欲求時的休息，休息是為了有更充沛的能量去實現欲求。我修行一般地調整自己，杜絕一切美好而假惺惺的玩意兒。我比你大不了幾歲，我爬得快是因為勤奮，我認真地做這件事，從不抱僥倖心理，說我將來能當市長甚至省長，也都不過分，因為懂得這個道理的人多如牛毛，真能執行到底的就太少了。許多人的發跡，是在人生的某個階段糊塗地走了些對的路，但光靠那樣是不行的，遲早會犯錯誤，只有真正堅強、清醒的人才能走得遠。這些只能意會不可言傳的道理，今天我破天荒說了出來，因為我知道對你說這些話沒有危險，但我只說一次，事後也絕不承認，明天我就會繼續提倡禮義廉恥——強者不就應該這樣嗎？人在走向成熟之中，常常感到惡才是主宰一切的規則，當真相暴露之時，你是抓住真相勇於改變呢，還是繼續撒謊活在自我矇騙之中？

校長的手機響了，是鄭先生打來的，校長掛斷後說，車快到了，姚燦，我今天要你好好想想這些，有人說要自我批判，追求進步，但批判是要敢於直面真相的，對於逃避真相的人，還有什麼進步可言？被膚淺的說教所矇騙，一輩子不敢邁進，這樣的人像大浪淘沙，在歷史的洪流中一代一代出生死掉，無所作為，凡是光耀史冊者，都是在另一條路上勇敢走下去的人。現實只會給強者撐腰，而把弱者看得一文不值，姚燦，你是條漢子，做個站起來的強者罷！

黃校長打開窗子，迎接傍晚的新鮮空氣，涼風霎時捲進屋子，驅散了空調的含有生鐵味的涼氣。

好一個清爽的夜晚，不去尋歡還等什麼？校長對著窗外說。墨綠的操場，在黃昏之中，像個巨形的傷疤，填進一圈紅肉似的跑道裡，學生的聲音依舊如下午一般熱烈。

姚燦像有一身的憤懣無處發洩，看著黃衛功站在窗前，如同一塊踢不開的巨石。

2

鄭強從父親那裡得知，姚燦可能很快就要回學校了，終於能擺脫李小合了，這些天，他像關在隱形籠子裡的野獸，四壁是透明的牆，看不見，以為是在原野，但一動彈就被撞了回來。那牆越來越顯示出威力了，李小合在班上說話處處像是在針對他，卻又沒有指名道姓，他每次都緊張地猜測，不勝煩擾。

冷漠以李小合為中心，像洪水一樣漫開，每個人都像嗅覺靈敏的動物，聞到了鄭強的黴運，越發跟李小合團結一致起來，期間組織過一次勞動評比，全班都在熱氣騰騰地忙活著，平日跟鄭強要得好的人都被分派了任務，單單把鄭強晾在一邊，礙事得沒地方可站。

這種煎熬終於要結束了。

在元鼎的一間辦公室裡，父親剛跟眾位弟兄開完會，囑咐各人安排好小弟堅守崗位，預防突發事件。

鄭強得知姚燦今晚要跟校長一起來，父親要請他們吃飯玩女人，他懷疑姚燦是否會玩女人，把他逼急了他恐怕也會像武松一樣，潘金蓮那樣的好貨在他眼裡也不是好東西了，要從被窩裡攆走甚至一刀劈死。可是這世上哪有好東西？只有好玩或不好玩的東西，況且，武松式的清高純屬害人，武松若肯跟潘金蓮搞，她在家安下心來，也不會去勾結外人，最終害死他哥，弄得家破人亡。但姚燦或許是在裝逼，一到了這裡任誰都得原形畢露的。今晚協助父親撐場，要和父親的兄弟們浪個痛快，父親造這麼大個皇宮，有這麼多宮女，真像個皇帝，而我就是太子，不，父親雖厲害，但擔心這個那個，又要照顧眾人，哪有時間享樂？父親是皇宮匠人兼大內總管，我才是皇帝，一切享受都是留給我的，我想怎麼快活就怎麼快活。想到此鄭強心胸萬丈，大有指點江山般的豪邁，他囑咐自己要得體和上檔次，在自家的地盤練好本事，讓人尊重他，而不只因為自己是父親的兒子而不敢得罪他，這樣將來接手了產業才會穩妥順利。他甚至暗暗計算了不出意外父親還能活多少年，那時自己估計四十歲左右，還大有施展的餘地。先儲備能力，並趁著大好年華痛快地浪吧！他滿心希望，無比快活，雖盼著姚燦回來，卻也更恨姚燦了，要不是姚燦還輪不到李小合虐待他，且上次在江邊較量，姚燦若不插手，孫睿和邵思宇也占不了便宜。他想要個花招整姚燦一次，心念一閃，趁眾人忙亂溜了出來。

街上燈火迴旋，跨江橋從紅旗廣場對面蜿蜒到暗夜中，如一條每個爪子都放著金光的長龍，橫臥在江面，欲度山川，欲入林莽。

一輛轎車停在門口，兩個西裝革履的小夥子去開門，門口的禮儀小姐皮膚白得像水仙瓣，彎腰撅臀欠身，臉上笑濺得對方一身，鄭強如同看著自己的侍女，分外地陶醉。

十分鐘後他回來了，先去後廚，接著揣了一個小瓶拐到技師培訓部。

屋裡一個尖嘴猴腮眼圈濃黑的女人，坐在空調底下，狹窄的碎銀斑灰緊身上衣，胸部飽滿，腰窄臀圓。正是那日校門外葬禮上的妖嬈三姐，鄭強一見她，就想上去揪住她的胸把她揪走。但不行，這是父親的兄弟獨耳老三的女人，雖是他的野女人，鄭強仍不敢動她。

但正因此，鄭強覺得生活多了個目標，這個難企及的尤物像座輝煌的山，讓他有攀爬的雄心。他若迅速成長，壓倒父親的兄弟們，則可以無所顧慮地操這個半老的騷貨了。想到她的騷還有現在的不該動她，鄭強就格外亢奮，雞巴把內褲頂出去老高。

女人正和另一個女人坐在沙發上，對著手機在看，門虛掩著，鄭強在門外看那另一個女人，約摸十六七歲跟他差不多大，粉如木偶的圓臉，齊眉劉海，兩側齊整的短髮，蹩腳而傻氣，大胸快把窄小的空姐服扣子崩斷了，扣子間的縫隙裡許多白肉擠不出來，仿佛很憋悶。

鄭強聽見手機裡啊啊地叫，知道在放色情片，妖嬈女人對玩偶姑娘說，這樣叫才有女人味，男人才銷魂，說起來他們真賤，一點咿呀聲就麻醉了似的服服帖帖任你擺佈，你也來學一下。

玩偶姑娘摸著鬢髮，微張下頜，卻發不出聲。

妖嬈女子說別怕，喊出來。玩偶又張起嘴，啊地一聲十分扁平，如半夜翻身摔下床時的鈍響。鄭強感到可笑。

妖嬈女人把手機放在茶几上，螢幕暫停，畫面中的女人跪著被從後面捏著胸，表情既痛苦又陶醉。妖嬈女人急得拍著大腿說，一會兒就上鐘了，你這樣哪能上鐘呢，要用心投入，能按著片子裡的叫我就用你，你雖沒幹過，卻想也想得明白的。

玩偶姑娘說，會不會懷孕？三姐，我還是好怕的。

三姐說，傻瓜，不是說要客人戴套嗎，你要用嘴給他戴，該怎麼戴剛才不是用電子雞巴給你演示過了嗎。

玩偶姑娘說，我還是沒做好心裡準備，老覺得——您別生氣——太髒。第一次竟栽在了這麼個地方，過不去心裡那道坎。

三姐說，小姑娘，要不咋說你是一流的，姐都不如你。三姐豎起了大拇指，你這麼小，再怎麼說心裡不踏實都是正常的，你能坐在三姐的對面接受培訓，已經很了不起了，姐比你多活了十幾年，以過來人的經驗，只恨出道太晚，不然早發財了，這歲數也早開起店了，哪還會費勁地給別人打工？年輕人敢闖敢幹，但一定要控制好情緒，別讓它給你添亂。做起來就沒有那麼多想法了，而是享受得很，不少男的以為，我們幹這行的只是賣身，是假裝的快活，一邊作踐我們一邊同情我們，我們傻嗎，既然出來賣，幹嘛不會得舒服些？男人太自以為是了，他們越忽略我們我們越要在乎自己。覺得自己不乾淨了的想法，是男人被佔有欲所困心理失衡強加給我們的，我們必須克服。與自己喜歡的人搞當然幸福，純粹地搞也一樣快活，心理問題不該成為問題，只有一個應該注意的問題，那就是安全問題，不戴套的不做，床邊有警報器的按鈕，一有危險就立刻按下。你剛入行，就算心裡不舒服，也別光顧及情緒而忽略了安全。

玩偶姑娘默默坐著，仿佛在想著三姐的話。後者再次安慰她幾句，拿起手機又讓畫面叫上了。

玩偶喉嚨蠕動，頭前後勾動著，像老太太似的顫巍巍的，終於啊了一聲，雖然異樣，卻已趨近於逼真。三姐直誇她有悟性，玩偶也激動了，三姐說再來一次，要積極地融入幻想！玩偶閉上眼又叫，這回更像了。

鄭強雙目發直，彷彿迷失在了半空中棉花一樣的雲堆裡，我們玩女人，女人也玩我們嗎？這就是遊戲的真面目嗎？

他敲著門喊三姐！

三姐抬頭笑著說，少爺來了？見鄭強盯著她的褲襠，彷彿看出了他的腸肚，也盯著他的看，鄭強從她毛絨絨的眼神裡看到了同類的東西，心緒澎湃地說，我有事找你。

三姐讓玩偶等著，跟鄭強出來了。鄭強細看玩偶，挺眼熟，卻記不起在哪裡見過了。玩偶望著鄭強，似也有著同樣的想法。

三姐的大腿擦過鄭強的褲子，他頓時一陣麻酥，濃烈的香氣像情欲籠罩住了他，他大膽地俯身在三姐耳邊說話。

三姐聽罷直向後躲，連說不行不行，會出人命的。

鄭強從她肩後摟住了她，像小孩一樣地撒嬌道，好三姐，我在廚房稱過的，就只有一克重，夾竹桃滿大街都是，卻三克就能致人於死，這幾乎沒人知道，但一克卻只會讓人拉肚子的，我有那麼傻嗎，在自己家的場子裡把老師弄死？

三姐說，哪是你弄，你這是讓我弄呢！你怎麼不自己來？

鄭強說，我若把服務員支走恐會遭人懷疑，你卻沒事的，如果是貴客，你可以親自送茶水的。

鄭強貼著她耳朵說話，幾乎變成了親她的耳朵，你把這汁水倒進他杯子裡就行，是我支使你的，責任在我身上。

三姐戳著他的腦袋說，以下犯上，你想欺負三哥的女人嗎？

鄭強一陣心慌，但豁出去了，說，不是欺負，是信任，是感激，是今後的體貼。

三姐斜他一眼，等你今後姐都該老了。

鄭強說，姐會一直年輕的，我今天等你一下班就來找你。他大膽地用手掌捏住三姐右乳，搖了一搖，他發現世上無難事，只要腆著臉什麼事都能做成。

三姐抖掉他的手說，別來，小閻王，我怕了你了。

鄭強把小瓶交給了她，像受了委屈似的柔聲柔氣的。回到二樓，忽聽霹靂一般的聲音在叫著他名字，是雪豹阿四拉開了包廂門，露著半截魁梧雪白的身子和一身練肉。

鄭強嘖嘖稱讚，好個浪裡白條！你若是生在宋朝，就該跟宋江一起上梁山快活的。

雪豹說，我可不願意，我們趕上好時代了，宋朝有這麼精緻的浴池中央空調KTV和洋酒嗎？去他媽的宋朝罷，對了，你爸在大廳找你叫你去陪客呢，吃完早些回來，哥兒幾個都等著你的。

鄭強遂去了一樓門廳。鄭先生在和幾個人握手，其中有黃校長和姚燦，姚燦像矮了不少，仿佛剛走過幾千里路，風塵僕僕的，另有幾個穿西裝的，伸手讓鄭先生握，卻高揚著頭看著穹頂的浮雕，那是歐式巴羅克的風格，融合了中國傳統的雕廊畫棟，卻不顯混亂，造成了嶄新的層次感，他們讚不絕口，表情卻像一頭頭貪饞的狼，恨不得把房頂剝下來踩爛。

鄭先生馴順地微笑著，讓幾個穿著整改後的短旗袍的高挑女人，領著幾匹狼上了樓，他則帶著校長姚燦和鄭強，繞過一叢假山石，朝廳後的餐飲區走去。

餐飲區造型別致，紅棕色扇形的匾額，掛在花園圍牆般的圓拱門頂，綠漆刻著隸書的「大碗喝酒館」幾個字，兩側為淩霄和扶芳藤所繞，雖在室內卻有天然的野趣。由於光線原因，枝葉重疊，翠如層雲，沿門內的小路在頭頂蜿蜒著，走在下麵就像鋪了一身蔭涼，甚是暢快，有假山泉水石桌石椅，櫃檯內有成壇的精釀，另一半是熟肉涼菜，櫃臺既顯得古老又質地嶄新。泉水淙淙，在樹叢間流淌著，服務員全穿了改版的青花旗袍，露著大腿和胸，面容俊美，立于道邊。

他們揀了一處石桌坐下，服務員見是老闆，端來了佳釀。校長擂了鄭先生一拳說，還是你行，活到今天我才知什麼叫仙境，古代什麼竹林七賢的，也根本沒法享受這般待遇，還有這一根根能揉出水來的長腿在眼前晃著，實在是好！人們常將女人比作花，要我說應該把花比喻成女人，花再好又哪有這些女人好看？黃校長指指點點，對她們挨個評論著。

鄭先生說，這樣的姑娘咱這兒多得很，先喝酒，喝完給你挑個水嫩的。

校長說，這提議不錯，不然酒我也不敢喝的，怕醉了沒地方降火。

姚燦見到處是奇花異草，以為仿造的，仔細一看全是真的。校長說，姚老師，別老躲在自己的世界裡了，外界在發生著天翻地覆的變化，要跟上時代的腳步，老師天天教書，本來就很容易封閉自我，生活在這樣好的時代卻不知道利用資源充實自己，多遺憾。

鄭先生說，有黃校長坐鎮，臨州三中一定會更有搞頭的。

校長說，我比不了你們，你們是直接提升人們的生活品質，讓人活得有價值，沒有你們，我們累死累活抓教育，閑下來連個喝茶的好地方都沒有，這種地方做得越大越好，越大越能給社會提供更多的就業崗位。

鄭先生說，校長總能從宏大的格局處看問題，我沒弄明白的意義，被你幾句話就點透了，小強，給校長和老師倒咱家最好的桂花酒。

校長說，讓姑娘倒就行。

剛說完姑娘就來了，俯身，頭髮掉在校長眼鏡上，校長透過眼鏡，看那敞開的領了下高高低低的白肉，乳頭只差一丁點就瞧見了，卻剛好遮住，回味無窮。

女子泛著旗袍般水清色的笑走開了，香氣留下，校長聳著鼻子聞著，端起桂花酒大口地喝，酒盛在仿古淺底大碗中，厚重而有風韻，引起姚燦的思古幽情。

校長喝罷數碗說，老鄭呀，你是如何想出這麼奇妙的設計的？

鄭先生說，每個樓層都有不同風格的餐飲中心，這層是中式的，還有日式西歐南亞拉美的，每層姑娘的著裝，也隨著文化而不同。

校長說，真像個小世界，我懂了，你這是搞全球一體化嘛，融合各國的先進文化，讓人不出臨州就能環遊地球，這事幹得好！

校長高興地直打嗝，酒從嘴裡冒出來，泡沫翻落在了衣服上。

鄭先生說，喝得差不多了，咱去後頭吧。校長有些發暈，說，這酒後勁真大！拿紙擦著衣領，被鄭先生攙著往裡走。

3

送走他們，鄭強回到雪豹阿四們的包廂，被響亮的聲音鎮住了，幾個赤膊大漢，螢幕每亮一下，就顯出花樣繁多的紋身來。

白胖阿六提著嗓子唱羅百吉的吹喇叭，一個高音吊不上去，嗓音裂成了尖叫。有幾個姑娘一起坐著喝酒。雪豹說，阿六，快收起喉嚨，好端端的歌唱成什麼了？自殺又殺不死似的，有個作家叫三島由紀夫，用刀切腹，橫劃豎劃劃不死，證人補上幾刀才死的，你快趕上三島由紀夫了。戎隊長，在中國自殺死不成的，別人補上幾刀犯不犯法？

刑警隊戎隊長也在座，說，當然犯法了，殺人罪嘛！即便在今天的日本也是犯法的。

阿六坐回沙發上，胖屁股幾乎把彈簧壓斷了，去他媽的，今天就算爽得死了人，也沒什麼狗屁犯法的！

戎隊長哈哈大笑，你那麼囂張，我這個員警還怎麼當？有許多案子要結，正愁沒人抓呢，在這裡隨便你搞，別讓外面人撞見就行，要注意社會影響，馬上開十八大了，一切要以穩定為前提。

雪豹說，敬隊長一杯，有隊長坐鎮，比一百個保鏢都管用！

眾人飲罷，黑塔送戎隊長去里間包廂休息了，回來為慶祝黑塔出院，又喝了一輪。

墩頭老八像個木墩，目光遲鈍，雪豹摟住他說，瞧你喝酒比喝尿還糾結，有啥心事，趁著酒興都講出來！

墩頭說，我最近養了個妞，中學生——這倒不是啥大事，誰不養妞？

眾人不說話了，姑娘們叼著煙含笑看著他。

白胖阿六說，說到妞我喜歡！為了表示喜歡，他把手在旁邊姑娘的領口劃動著，姑娘不惱，反把煙塞在了他嘴裡。

墩頭說，我打錢養她，誰想這妞近來越發掃興了，沒一次叫人快活的，之前騷著呢，那姿勢、眼神、話語，真讓人留連。我覺得她是故意的，錢不少要，好像料定我會給似的，有一次我就想，不給你又怎樣？但我剛說不，她立馬那眼神就像從萬米高空俯視我了，起身就要走，仿佛壓根不在乎我和我的錢似的，走我不怕，把她逮住甚至弄死她這都不難，關鍵是憋屈，但越逼她越難以找回到以前的感覺了，這騷貨的宿舍裡還有個妹子更是水靈，但我還沒和那人聊幾句就被她知道了，惱得不行，我趕緊打住了哄她，興許是為了這事她才恨我的。

阿六說，真窩囊，水靈的多好，你還怕找不到女人嗎？就算弄丟了這個還有的是呢，你不要水靈的介紹給我們，我們幫你拿下！

墩頭卻繼續說，我不斷地道歉，更多的錢甩出去，彷彿就為了證明自己是真的似的。

阿六問，證明什麼是真的，想幹她是真的？

眾人大笑了。墩頭說，跟中邪了似的，不知道圖個啥了，多少次恨得咬牙切齒的卻下不去手。

黑塔接話道，老不要臉的，幹幹算了，還談上戀愛了？慪上氣了？

墩頭說，道理雖然不錯，但每次她幹完就走，就像在利用我似的，可越這樣我卻越惦記她了。

老五阿歡頂著獅鬃般的黃毛說，還是收拾她罷！

墩頭說不行，收拾就沒戲了，她叫任芳，一頭黃毛像你一樣，今天開張她也來玩了，還帶了個想出鐘的女同學，但我不想見她，見了就生氣，你們別動她，我自己會弄利索。說罷又像品酒似的自言自語，不打錢就不理你，一打錢馬上就和你幹，像裝了個按鈕似的。

阿歡說，那還不好，幹唄！

墩頭說，幹當然好，但像用錢買的一樣。

獨耳老三說，可不就是用錢買的嗎？

獨耳老三個子不高，缺的耳朵也不遮蓋，像月球表面的凹陷一般瘮人。墩頭說，但她若真這麼對我了，我卻又無法接受，我儘量不去惹她，像怕她最後連我的錢都不願意要了似的。

老三說，她這是看不起你，把你當擦屁股紙哩！擦屁股紙擦完就扔，誰會放在心裡？

黑塔笑得啤酒噴了姑娘一身，姑娘翻白著眼揉衣服，黑塔抱住她親她耳朵，她張牙舞爪地浪笑著。

阿六說，要麼收拾她，要麼別理她，越不理她她越需要你，真不需要了豈不是更好？錢給別人，給在座的哪個妞兒都行。別再往套子裡鑽了，男女間不該有心理問題的，男女的本質就是性，其它的都讓人不痛快，一男一女從心理上依賴了對方，受罪就已經開始了，你喜歡她，幹她就行了，幹完不滿足，想要更多，她能給你嗎？她根本沒有，你得不到就會有落差感，就會寂寞，就開始折磨自己，多少小男小女在戀愛裡玩著這套，軟弱的東西們！女人在我眼裡新鮮的才好，她們給我們的只有性，這些妞兒，阿六指指在座的女人說，我一個不落地幹過，都好極了，墩頭，你找女人為的是快活，卻獲得了一堆痛苦，你要好好反思的。

墩頭說，六哥，道理我明白。

阿六說，挺起槍，擦亮槍頭，槍桿子裡面出政權，把愁悶一掃光，幹出你的自由來！阿六滿臉油光興奮地抖著煙，妹子們，給老子站一圈兒屁股對外！說著吆喝著打姑娘的屁股，趕她們到屋子中間。

眾人笑他花樣多，紛紛扔掉酒瓶兒圍上去，掏出雞巴，邊動邊勾肩搭背地調侃著，幹了一會兒，在某人的提議下又換位置幹。

阿六說，前段時間開業籌備，有個服務員想跟我談戀愛，被我兩個大嘴巴打清醒了，誰愛你你就抽她，讓她無地自容，墩頭，你覺得反常？

墩頭說，六哥的話真令我拓寬思路。

阿六說，許多看似反常的東西，其實並不反常。

阿六痙攣著射精了，眾人調侃他不持久，阿六說，持久只是滿足女人，使她們有快感，我們為什麼要滿足她們？我們幹她們，難道不是為滿足自己嗎？我們豈不該想射只管射，而不考慮別的？現在流行的壯陽藥，實際都在壯陰，陰盛陽衰，讓男人的雞巴淪為伺候女人的工具。真正的陽剛應該像我，想射就射，射完想搞了再搞。

阿六揉了幾下，又如一挺長矛了，莽夫老二說，老六好身體，這麼快就又聚集精氣，再次屹立了！

莽夫方頭大臉，英氣逼人，卻稍有風吹草動立馬陽痿。據說他跟女人幹時，常有人來搗亂，雖手下在外保護，沒能得逞，卻一次次抓不到人，弄出心理陰影了，尤其某次在楊渡的旅館，幾乎讓人打到了房間門口。據手下描述，騷擾莽夫的總是同一個人，黑衣蒙臉，個子不高，看身材仿佛是個女的。

莽夫疲軟地頂著女人的屁股，裝模作樣地蹭著，黑燈瞎火的，弟兄們看不清，他卻怕被身下的女人揭穿。

阿六說，二哥，我身體確實好，秘訣就是心態健康，能百分百地投入眼前，從技術層面看待一切問題。這些年闖蕩之餘，我一直努力學著用意志控制情緒，當我決定幹什麼或不幹什麼，想什麼或不想什麼時，我要求自己必須做到，最初不行，慢慢就可以了。我強大的力量不斷被挖掘出來，我發現新的我正在從很深處生長，每天都有進步，能清晰地覺察到。

黑塔說，老六，你的話我很共鳴，做我們這行的，打打殺殺，對身體的損傷很大，剛住院時我非常害怕，但又想到出去就又要砍人了，害怕豈不只是增加心理負擔？我看著窗外，正值春天，每天都有樹葉落下，南方的春天就這副德行，我漸漸就看出了門道，出來幫大哥砍過一次人，是那些賴在房子裡不走的人，他們在一兩個月之間把家裡小樓從三層蓋成七八層，有的每層僅一米多高，像紙盒一樣，又從二樓至頂樓全部向前拓寬，在一樓用鐵柱支撐住，變著法子增大面積索要政府賠償，不給就不搬，我在江邊拎著刀往前沖時，眼前突然就出現了那一片片落葉，每一片落下之前都拖延很久，我當時躺著無聊，常提著心尖想著別落別落，可最後還是落了，到後來我就能平靜地看著它們掙扎和凋落了，我想到了死亡，老大誇我勇猛，與我在醫院所想的很有關係。

阿六說，別看你長得像個出土文物，心卻像詩人一樣，咱倆雖不是一路性格，卻能相互理解。阿六隔著幾個女人的屁股拍拍黑塔，四周的哥們不停地幹著，像圍著特殊的神壇，跳著原始神秘的舞蹈，阿六一時興起，抓過了麥克風。

墩頭說，六哥，正快活著呢，你一嗓子下去就該沒興致了。

阿六笑說，墩頭，你能快活，真讓人高興，儘快擺脫荒唐的戀愛心理吧！說到戀愛，我想，我們跟異性的本質關係雖然是性，但在性之外，也會把異性當人，從熟人到越來越熟的人，這個過程是自發的，所謂戀愛，原初正是這樣的情形，相互吸引，搞到一起，一次次地搞，直到搞熟。但戀愛卻不該有約束力的，或說它本身就不含有約束力，跟這個人搞自然也可以跟那個人搞，被這人所吸引，不排除也會被別人所吸引，弄那麼些義務和責任，全是在用道德的謊言遮掩實質。人同時談很多個物件，而且光明正大地幹這件事，才是對的，才符合人的本性，故意束縛自我是懦弱，不敢打破懦弱，在狹隘的溫柔裡安穩地打蔫，這樣消極的人生姿態，簡直是對生命的侮辱。

阿歡說，老六，道理雖不錯，我們卻活在現實社會中，說說可以，做則不太可能的。阿歡一直坐在沙發上，沒上來搞。

阿六說，知道對就該去做，就算剛開始不舒服，——在克服軟弱的路上，人一開始都會彆扭——，也絕不搖擺，這才算是真正的人。我絕不打算將就在相對的生活中，我要高標舉、豎大旗，專門地反對、專門地建設，我要專門讓人知道我有許多女人，我不以為恥，反以為榮。既然認可了就要實踐，不然認可豈不是假的了嗎？我說的不是身下這些女人，而是你們說的戀愛式的，但我的談法跟墩頭不同，我反對的是低級的戀愛，一般情況下我不用戀愛這個詞，就是怕跟那些人的混淆。我說的是最符合戀愛本質的戀愛，在這樣的戀愛中只有情義和享受，沒有道德和義務，哪個女人不滿意這種戀愛，無法自我平衡，不願意走向成熟，那就滾蛋。留下的都是知道並且認同我的原則的。人要克服的永遠是自己，沒有什麼外在的險境，所有的險境都是源於內心，當人的內心沒有險境時，不管在何時或跟誰接觸，都不會再有恐懼。

阿六兩眼發亮，頭頂的射燈發出藍色旋轉光，像幾抹轉動的藍煙，滲在幽深寬闊的包間裡。阿六像頭肥狼，在夜的氛圍裡目光逼人，裡面有股灰暗但明確的力量，震撼了所有的在場者。

莽夫老二方臉冒汗，軟著雞巴假幹，十分難受，他說老六，你一說話就滔滔不絕，該罰你酒。

阿六不理莽夫，莽夫煩悶，乾脆退出了戰場，回到沙發上，在老五旁邊打開一瓶伏特加。

阿六說，後來我發現，你越堅決女人反而越喜歡你，彷彿你更有魅力了似的。女人不傻，她們不喜歡拖泥帶水的假道德，她們知道該從我們這兒索要的是性和金錢的力量。她們出於新鮮的熱情愛上了誰，卻很快就不滿意了，急於跳出火坑，為什麼？因為稀裡糊塗扛上了許多枷鎖，累。而我們一旦豎起大旗，走上了另一條路，自己先硬氣起來，有的是女人會貼上你的。能堅定地忠於本質的人不多，誰邁出了這步，克服舊我，變成新我，誰就戰勝了自己，也贏得了人心。不僅男女關係，其它事情也是這樣。前一陣我看網路上，說有個官員有一百多個情人，工作時也熱血沸騰的，估計跟操女人時一樣，睡得少，意志堅強，果斷高效，政績卓著，我一看就非常瞭解這是個什麼樣的人，這正是我這種人，他雖然栽了被槍斃了，但他在短暫的生命中實現的精華，比常人十輩子的都多，每活一天都是完整的，不，簡直是完美的！

阿六像要張開翅膀的鷹，架著膀子，屁股抖得像台攪拌機，女人叫得越來越猛，阿六卻不想射了，像健身一樣運動著。

雪豹走過去抓住阿歡，你幹嘛不上？

阿歡說，我今天不想搞。

雪豹說，被你老婆吸幹了？過來陪咱樂呵樂呵。

阿歡推脫，雪豹連拉帶扯的，使個眼色，墩頭和老三忙過來拽他褲子，把他拖過去按到一個女人身上。

門被推開了。樓道的光像一縷刺穿霧霾的斜陽，照出一地衣服，一堆裸體。門呀地一聲合上，光沒了，雪豹說，來的可真是時候！

只聽一聲尖叫，狗東西滾出來！

阿歡匆忙提褲子，想把雞巴塞進褲鏈，偷偷坐回沙發上，尖叫聲卻又喊道，別躲了！

獨耳老三認准阿歡，揪住他的一隻耳朵，像嫉妒他有倆耳朵自己卻只有一個似的，說，弟妹，你家阿歡在這裡呢！

阿歡還沒塞好雞巴，就被推到了老婆跟前，嘴裡噓噓地不讓人吭。他老婆挺身沖上來，一掌扇在臉上，阿歡揉著臉說，老三，你揪得我那麼吃勁，是當老師當慣了嗎？職業病不改！

老三說，虧你還記得我當過老師，別讓弟妹混在人堆兒裡，黑燈瞎火的，把弟妹誤當成這裡的就不好了！

阿六撫掌笑說，歡嫂來了？阿歡，我剛剛說完男女問題，且看你如何應付！

阿歡還在忙著塞雞巴，又軟又黏的，半天塞不回去，歡嫂知道他沒幹好事，火冒三丈地抓住他的褲鏈，阿歡驚叫著，我沒幹！

歡嫂也叫著，沒幹這露的是啥！阿歡的雞巴喪眉搭眼地露著小尖頭，被褲鏈一拽，連肉帶皮擠住了，疼得他腿　軟，不敢動了，說，老婆，你真狠！肉卡得太死，他膽顫心驚的，生怕老婆再動手。

雪豹說，阿歡今天這麼可憐，連我都快看不下去了，弟妹，先讓他保住命根再說吧，他的命根是你的，再怎麼說以後也要給你用的。

歡嫂罵道，笑話，給我用？我看著就作嘔！再過八輩子投胎，要發現遇到的還是他，我也決不沾惹了！

雪豹說，弟妹，一日夫妻百日恩，阿歡是你男人，男人拈花惹草正常，只要他還肯顧你，就算好男人了，不能要求太多！

歡嫂說，男人拈花惹草怎麼就正常了？這樣的，她指著一屋子男女說，叫正常？我嫁他時怎麼沒告訴我有這些？早告訴我，哪怕他再有本事，我都不會正眼瞧他！何況還沒本事，弄個飯館投那麼多錢，每天流水樣的開支，開在那麼個偏僻地方，天一黑就只有鬼火毫無人氣，做生意毫無頭腦，就只知道幹這個！說著又想揪阿歡的雞巴，雪豹忙攔住說，弟妹，難道不是你爸不讓你離開老家，阿歡沒辦法才在楊渡開店的嗎？

雪豹像個大夫，在阿歡的皮肉和拉鍊間尋找突破點，歡嫂說，從哪聽來的胡說，我爸沒有不讓我們出來，是他自己不願意的，捨不得那騷戲子唄！是你們劇團的？現在也在這裡？

雪豹說，既然是戲子，肯定在演戲嘛，怎麼會在這裡？

阿六抽口煙說，清官難斷家務事，人都喜歡說別人的壞話，真相是什麼誰又能知道。

歡嫂說，他把門店放著不管，成天往縣城裡跑，或是去打麻將，輸了就回店裡領錢，好像我們開金庫的似的，店裡的賬從不過問，我一個人在店裡，有老公卻沒任何用處，萬事都是我操心，我就想，既然我啥也得不到，又不想當離婚的女人，乾脆累死算了，我就把工人全辭去了，只留一個洗碗工一個廚師，自己又當監工又當服務員的，累的沒法想像，一天干十幾小時，除了睡覺就是工作。我不清楚我為啥還不肯走，還沉浸在悲慘裡，好像還想印證什麼似的。

阿歡突然問，什麼樣的洗碗工？

歡嫂說，你上次在時沒幹滿一天的那個，最近又來了，沒人可用才用的他，這回倒是不聲不響挺勤快的，可穿的卻像個瘋子。

阿歡點了下頭，似在思考。

阿六打斷地，抓住歡嫂的話尾說，嫂子，你過的是自殺式的生活，毫無幸福可言，既是自殺式的，當然早死早解脫了，你故意那麼勞累，甚至可能還想過要死給他看，讓他後悔一輩子呢是吧？真愚蠢，你看起來強悍，實際上軟弱到家了。真的沒幸福了？幸福就那麼難？你稍微轉身看看，幸福離你很近的，只是你一直不想要。我告訴你，你的整個婚姻方式就是你不幸的根源，婚姻裡你們倆對待彼此的方式，更讓這不幸長期紮根。結婚也得保住自由，結婚也不能束縛身心，何況怎麼束縛得了呢？只會嚇得阿歡躲在這兒一樣幹這事，你能阻止嗎？你只能讓他學會偷著幹，他迫不得已嘛！嫂子，你咋不想想，他為什麼願意幹？因為享受才是人生的實質，人活著不就是為得到更多享受嗎？難道為了獲得更多痛苦？古希臘有個哲學流派叫享樂派，提倡有節制的享受，為的是享受得更長久——甭管有沒有節制，咱跟哲學也無緣，至少尋求享受才是生命的本質衝動。阿歡娶了你，就等於賣給你了？他就不能追求自己的享受了？他找他的樂子，你就不會找你的嗎？

歡嫂說，我的生活還能有什麼樂子？

阿六搖著頭說，嫂子，你又來了！

歡嫂委屈地說，在我眼裡，真正的樂子是婚姻的美滿與家庭的和諧。她不像剛才那麼倔強了，甚至撅起了嘴，不滿地瞪著阿六，目光裡充斥著不解和探尋。

阿歡彷彿嗅到了某種恐怖，叫著，老六，別說了！

阿六說，嫂子，今天要不是遇見了我，你的人生還會繼續在痛苦和失敗之中，此刻就是你改變命運的時候，你希望婚姻美滿，婚姻如何才能美滿？你這樣的婚姻美滿嗎？你要美滿卻又並未追求美滿，婚姻的美滿在於承認彼此深沉的人性，促進或至少不阻攔這人性的發揮，這樣的婚姻才讓人舒服，不再恐懼。阿歡的本性，在你這兒甚至不如在這幫女人這兒能得到尊重，你看看你簡直不如她們。為什麼？莫怪別人，就怪你自己。再說了，你就那麼願意一輩子吊著這麼個男的，捧著他那張臭臉，看不夠，親不夠嗎？我看你也不是，我要是個女的也早煩了，我相信，人心在一些基本的問題上是一致的。如此說來，你為何還要抱著家庭的幻覺不放，不讓自己去真實地生活？家庭不就是你倆的組合嗎？你們又沒孩子，倆人都樂呵了家庭才美滿，你守著教條，想靠循規蹈矩來樹立形象，可是他討厭你那副德行，你越那樣他越感到無望，你為著家好，卻一步步把家給毀了。嫂子，要從另一方面著手才行，先把自己過好再管別人吧。

歡嫂像被紮了個窟窿，泄了氣，幾乎站不住了。她摸索著坐下，抓起一瓶打開的人頭馬開始喝。雪豹給阿歡解褲鏈仍沒解開，阿歡像棵冬風裡的衰草，瑟瑟顫抖，滿臉驚疑。

阿六坐在歡嫂旁邊，沉靜地說，嫂子，看到你這樣子真難受，把你的鎖鏈脫掉，加入我們吧！我阿六願意打頭陣，別怕，你仍和以前一樣，人的細胞每三天就更新一次，你的陰道也是，在這方面沒有本質區別的，但你整個人卻徹底解脫了，變得有尊嚴了！

話一說完，歡嫂擰起臉，仿佛極為氣憤，但一看到阿六嚴肅的表情，卻又面色迷茫起來，阿歡哆嗦著指著阿六說，你他媽真不是東西！但阿歡的表情和話語卻不匹配，像在犯迷糊。

阿六仿佛沒聽到，他光頭上滲著汗，眼神滿是誠摯，又像是憋著一股笑，但仔細看又並無笑意。歡嫂愣在那裡，像不知道該咋接話，她年僅二十餘歲，比阿六還年輕。

屋裡突然特別安靜。

莽夫說，老六，別玩過頭了！其他人卻沒說話，像在等著某種奇跡出現，氣氛異常沉悶。

阿六不理睬莽夫。歡嫂盯著阿六，這兩雙對視的眼睛中，有一雙眨了眨，點了點頭，阿歡看出是老婆的，咧開嘴高呼，老六你幹什麼，住手啊！他像要奮力從夢魘中掙扎醒，雞巴還被拉鍊夾著，翹著腿踩高蹺似的要衝過去，誰料歡嫂猛然站起，高喊著，把他攔住！

雪豹竟然答應了，把阿歡抱住了，阿歡上氣不接下氣地說，你們全瘋了嗎？

雪豹瘋狂地摟緊阿歡，在場的人面色都很尷尬，但仿佛全陷進了泥淖，沒人喊停，沒人制止。

歡嫂把扣子解開，連衣裙從腿上褪下去，露出紫色的乳罩，雖然氣氛陰暗，仍能看到白白的兩個奶子，從乳罩上蹦了出來，乳罩，裙子，內褲，依次飄落。

歡嫂眼裡充斥著迷惑，躺到了沙發上，阿六沒脫衣服，扳起歡嫂的大腿壓了上去。女人的呼喊，以阿六赤裸的喘息為底色蕩漾開，眾人全屏住了氣，連阿歡也是，他甚至不罵了，而是驚訝地看著妻子，仿佛陷入了冥想，不自覺地竟流露出了某種下流的臉色。

阿六拔出來，一股腦噴射到歡嫂的肚子上，這動作從剛才看來並不稀罕，一晚上都在幹著這事，此刻卻像很怪異。

阿六收起雞巴，連喝了兩杯伏特加。他的手一直在抖。歡嫂慢慢擦掉身上的精液，把衣服按相反的順序穿回了。

莽夫嘴角飄起了嘲笑。眾人依舊僵硬地站著，或坐著。

阿六啞著嗓音艱難地說，嫂子，歡迎你！他摸了摸歡嫂的頭，聲音孤零零的十分可怕。

歡嫂忽然架著胳膊，張開嘴哇地哭了，不像在哭，而像使勁往外噴著一種什麼東西。她呼號著奔到門口，沖了出去。

阿歡雞巴還卡在褲襠裡，卻像忘記疼痛，趹腳跳著，拖著恐懼的腔調喊著，老婆！跟著沖了出去。

屋裡很久沒有人說話。打火機閃了一下，是阿六在點煙，火苗像垂死的老太太乾癟的乳房，晃悠的一瞬間，阿六看到周圍人臉色的複雜。

有人喝酒，有人親熱，但都小心翼翼的，像不敢打破沉悶。

仿佛又過去很久，門再次被推開了。鄭強見是三姐，才想起剛才的事。

三姐說，少爺，你爸喊你呢。

鄭強怕她再說出什麼來，起身就往門口走。三姐環視著眾人，看到老三和那幫光屁股的女人，就像沒看見一樣，對眾人說，老五跟在一個女人後頭跑，女人給了他一巴掌，他摔倒站起來又跑，露著半截下身，人家都在看他笑話呢！興許已經出大門了，你們也不管管他，全喝多了？喝多了也不該這樣呀！那女的是誰，弄得跟她老婆似的那麼囂張，不像咱這兒的，外面喊的嗎？真該讓我調教調教再上鐘。

眾人頓時哄笑，氣氛重新活躍了，阿六說，我給他們上了一課，不會有事的！小鄭，去找你爸去，完事回來咱繼續喝，還沒十二點，好戲才剛開始。

4

眾人仿佛把鄭強當小孩子了，雖因他是少爺而對他謙讓，卻不讓他融入他們的交談，他挺孤單，但阿六當著他的面把五嫂給幹了，看得他血脈噴張，他雖一聲不吭，心裡卻更親近阿六了，也想上去幹歡嫂，覺得這才是今晚最有挑戰性和意義的事情。

歡嫂走了，真遺憾。

但三姐卻來了，把因歡嫂的離去而帶走的衝動又帶了回來。他知道三姐在和他打暗語，黑咕咚咚的，他在三哥的眼皮底下挺著雞巴走向了三姐。

他像從陰間回到了陽世，樓道裡柔和的燈光，寧靜得像床頭燈，他沖上前抱住三姐說，姐，想死我了！他身體仿佛冷的在顫抖。

三姐拉他到了樓道的拐彎處說，哪能在這兒，另外，剛才的事沒做成。

鄭強像被卡住了喉嚨，為什麼沒成？

三姐帶他到了另一層的包廂，門開著，沒人，桌子上放著一杯茶水。

三姐剛要說話，隔壁卻傳來女人的呼喊，像胳膊被吊起來打著，又像是孕婦在生小孩，把三姐和鄭強都嚇了一跳。

三姐說對面那個包廂空著，你先去躲躲！鄭強鑽了進去，從門縫裡看見三姐向叫喊的包廂走過去，包廂門打開，跳出一個穿浴衣的男人，眉毛上嘴上臉上皆是忍無可忍的狂躁，什麼狗屁貨色往我這兒送，換人！先道歉！

鄭強一看，竟是黃校長。

5

剛才鄭強走後，父親和黃校長來到了小廳，廳裡像鳥兒一樣端立著一排五顏六色的女人，但每人身上最多的卻是肉的顏色，校長面對著這些顏色，醉醺醺的眼裡彷彿灌入了更多的酒。

鄭先生站在佇列之前，女人們像僅會眨眼和微笑的機器人，鄭先生挑牲畜似的摸奶子抓屁股，掂量厚度，回頭對校長和姚燦說，這個胸大，腿又長，喏，這個屁股更緊。

校長眉開眼笑的，姚燦卻找把椅子坐下了。

鄭先生來到一個姑娘身邊，這姑娘說瘦不瘦，說漂亮不漂亮，卻身材豐滿，眉宇間有一股清澈，一股憂愁。

鄭先生忽然想起了什麼，說，這姑娘還是個處女，沒開苞呢，兄弟的女人帶來的。

校長醉眼看不清姑娘的長相，一聽說是個處女，便歡喜地說就要這個了！過去抓姑娘的奶子，奶子厚厚地結實地長在胸口，校長牽著她的奶子要把她牽走，姑娘卻瞪著校長不動彈。

鄭先生喝道，好生接待貴客！又轉身對校長笑道，沒開苞的就這種德行，今兒全看你的本事了，想咋弄就咋弄！

校長把姑娘牽出了小廳，姑娘似乎驚魂未定，走到小門邊，回頭望著廳裡的某個暗角，那裡有個女孩兒，穿著淡黃裙子，臉色快活，對她張著嘴，似乎在調侃她。

黃校長醉眼模糊的，進屋一趴上去才發現，肉雖然嫩，卻仿佛胸不是胸屁股不是屁股的，且這姑娘一進屋就要起派頭，賴在床上不動，校長自然是解風情的，勸她，逗她，姑娘卻每每一和校長目光對視，就一分地驚慌。

校長攛掇姑娘先給他按摩，卻按得針紮一樣的疼，校長來硬的了，趁酒勁兒扒姑娘的衣服，姑娘竭力反抗，還是被扒光了。

校長按住她的胸脯親，姑娘邊扭邊叫著，校長來了興頭，伸出雞巴來，對著那一片亂戳，暈乎乎的鬧了很久，自己也不曉得進去了沒有。

姑娘不停地扭著，似在跟校長較勁，聽到姑娘喊疼，校長以為進去了，動著又像沒進，或進去過但又出來了，總之雲裡霧裡的。

最後校長的雞巴軟了，劈臉就給她一耳刮子，打完，下床裹起浴巾，跳出屋子，一出來就遇見了三姐。

6

三姐連鞠幾躬，得罪貴客了，哪裡不滿意我給您解決！

校長說，鄭先生推薦的是什麼狗娘們，我是誰，你們不認識嗎？

三姐說，咋會不認識，您是校——，卻環顧左右而又住嘴，還輕打了一下自己的臉，輕得像摸一樣，說，您挑了那個處女嗎？都怪我沒跟老大說清楚，這處女是墩頭老八的情人送來的，很欠收拾，沒想到給您攤上了，待會兒給您送去倆好的，來個雙飛，或者送仨，讓您飛上天，再不行我這身子您若不嫌棄，也拿去用！

鄭強心想，完了，我的菜讓校長給奪了。

校長打量一眼三姐，滿臉輕視，鄭強就又放心了。

校長吼道，說那些話還早，讓她道歉再說！

三姐到屋裡，掐住姑娘的脖子，姑娘光著身子被抓出來摁著，跪在了校長面前，背對著鄭強。

三姐說，把客人得罪成啥了，還好意思哭呢，快道歉！

不見回話。

三姐抓著姑娘頭髮從前額往上揪，懇切而小聲地說，還愣著幹嘛，道歉呀！

姑娘翹起臉，滿臉的淚，眼睛腫腫的，卻使勁往地下看，不看三姐。鄭強這時才發現，是三姐剛才培訓的那玩偶姑娘。

三姐煩躁地吼著，抬起你的狗眼！

姑娘抬起了眼，但一見校長，不知怎麼的那眼神又奇怪起來，像是既緊張又仇恨，又像在掩蓋著什麼。

校長更加生氣了，劈臉又兩個巴掌，但不管怎麼打，姑娘就是不說話，校長這時覺得酒彷彿要醒了，脊樑骨子直發冷，仔細地看這姑娘是誰。

三姐說，讓我自己來！也過去打她的耳光，脆生生的聲響，鄭強在另一間屋子裡聽得熱血奔湧，恨不得馬上扳倒三姐壓上去，也這麼響亮地幹她一回。

姑娘卻只是哭。

三姐氣瘋了一般說，別管你是誰推薦的，再不道歉就按規矩收拾你了！警告兩次無效，無奈掏出了對講機，報上房間號碼說，這邊出事了，你們過來罷！

四個人從樓道裡跑來，三姐說收拾她！四人馬上像機器人被輸入了指令，上來拖玩偶。玩偶被拖出去幾米，眼看拐進樓梯間了，突然她嚎叫著迸發出一聲大喊——黃校長！

眾人愕然。

黃衛功猙獰而充氣的臉登時凝結，像魂魄剛飛回來。

三姐看看玩偶，又看看校長，不知如何是好。

四個漢子像被按了暫停鍵，一動不動。

校長臉上有某種殘缺的表情。他走到姑娘旁邊，面色溫和地扶起她來。姑娘仍在哭，校長終於問道，你——是學生嗎？

姑娘像一隻快斃命的鳥兒，所有的羽毛都在哆嗦。

校長舒緩又冰冷地說，你們送她走吧，今晚的事對誰都不要講。他望著走廊盡頭的窗戶，窗外，一顆悠遠的星，在夜空中長明。

眾人攙扶著姑娘走了。校長望著她的背影，也踱步走了。

三姐仍站在原地，鄭強走出屋子，跳到三姐的身邊，摟住她一頓亂摸，三姐仿佛沒知覺似的。

鄭強問她，姚老師呢？三姐輕聲地說，早走了。鄭強又問，夾竹桃汁沖進茶水了沒？三姐說沖了，他沒喝。鄭強看著屋裡那杯滿滿的水，內心很失落，又問姚燦搞了沒？三姐說沒有。

鄭強不明白了。但他見三姐仍在悵惘，就揉著她的胸，邊揉邊說，姐，我送你回培訓部吧！

三姐沉默著。

鄭強忍住心跳，摟著三姐進了電梯，一走進培訓部他就推倒三姐，二人滾在了沙發上。

7

眾弟兄喝酒，夜已深，等不來鄭強，叫獨耳老三去找老大或三姐喊他，叫得最歡的是白胖阿六。

老三走後，阿六說我有個主意，咱打個賭，樓道有女服務員走過時，咱開門隨便抓進一個來，用本事拿下她，讓她同意和你搞，不來硬的，誰弄成算誰贏。

眾人都說我們不行，你來吧，弄成算你贏，弄不成也不算輸！屋裡光屁股的女人們也直說好主意。

不一會兒，有個穿黑制服的女服務員端著果盤路過，阿六開門，服務員說六哥好！阿六不管三七二十一把她拖進屋。

服務員受驚，磕磕絆絆地站好，仍笑著說，六哥你幹什麼？

屋裡許多裸女，有的騎在男的身上扭著，服務員似有恐慌，儘量不去看他們。

阿六說坐下！

服務員說，六哥，我要給客人送果盤呢！說完就要走。

阿六堵住門說，果盤叫別人送吧，和我們一起玩玩兒。

服務員說，六哥，別拿我們這些賺辛苦錢的人開玩笑了，這麼多女人夠你們快活了，不然老闆該罵的。

阿六說，我們不就是老闆嗎？除了老大就屬我們人，我們兄弟按年齡排座次，不分大小的，我阿六今天代表大家的意思准你放假，把外套襯衫都脫下來，瞧這領子硬的，布料這麼差，大熱天的多難受，今晚你不用服務別人了，讓我們服務你就行。

服務員說那怎麼行？

阿六說，我們辛苦你快活，怎麼不是服務於你？

女子撩撩頭髮，強作禮貌地說，我去忙了，說著仍要開門。阿六從後頭抱住她的腰，眾人笑道，老六，說好不硬來的！

阿六鬆手說，想走可以，但你走了就把我得罪了，不怕我陰你嗎？你恐怕得換個工作了，但這小縣城到處是我們的人，你躲到哪去？你要是不走，今後就有我罩著你了，對你有什麼損失？邊說邊解她的領扣，她緊張地擋著說，我不能再這樣了。

阿六說，再？你這樣過是嗎？有出息，那還怕什麼呢！他把她的外套剝下，襯衣領子撕開，光頭頂住她胸脯的白肉，她滿臉是無奈。

阿六說，本來胸口肉就多，大夏天的還戴個厚殼，誰發明的，我阿六胸脯肉也多，胖嘛！要是跟你們女的一樣也戴這玩意，早悶死了！你看看你，工作還能享受，有多少人羨慕你呢！

他掀開她胸罩親她，姑娘仍在推搡，卻像是力氣不足，絕望地粗喘著。

阿六把胖手擠進她褲帶，她掰他肩膀，揪他手臂，阿六說放鬆，不行就喝點酒。他另一手端杯，伸到服務員嘴邊，服務員掙扎著說，六哥，我不同意，你說了不硬來的！

眾人又笑了，老六，看你咋收場！

阿六的手在摳女子的下體，這時不動了。女子低聲地說，六哥，我有男朋友，真的不能的。

阿六說，男朋友？不讓他知道不就不會影響你們了？

女子搖搖頭。

阿六問，打算結婚嗎？

女子說那倒不會，他還在上學。

阿六說，沒打算結婚，即便在你們的觀念下，對他也已經沒有忠貞可言了，因為你在心理上已經做好了棄舊迎新的打算了。

服務員又說，但也可能會結。

阿六說，不是你說的不結的？

服務員說，目前不結，以後或許又想結了，這誰知道。

阿六抹著頭皮說，你們這些糊塗蛋，能堅持什麼？全是些半拉子，在任何路上都走不遠！

服務員說，可我就是不願意嘛！

阿六的手還在她的褲襠裡，貼著她的下體快速摩挲起來，她驚叫著，下體濕漉漉的像在流淚，身子被帶著抖動個不停。

阿六扒下服務員的褲子要強行進去，她竟堅決不依，倆人在沙發上幾乎打了起來。

服務員不斷重複著，六哥，你說了不硬來的，你放我走罷！眾人也都勸阿六。

阿六停下來，似要努力想明白某一件事情。

服務員忙要提褲子，阿六阻止住她，說，我推翻不硬來的話了，你們聽著，這事誰也別插手。

服務員絕望地哀求道，六哥，你這不是失信嗎？

阿六說就是失信，只要我願意，只要失信能讓我快活，有什麼不行呢？當我決定失信時，誰又能從根源上攔住我？當然，比我牛的人能從行為上攔住我，不過眾位兄弟，我這回動真格了，真正的賭博不是安排好某種情境，而是拿生活和生命本身去賭，這不正是人生的縮影嗎？每個人在命運面前，不都是在賭著自己嗎？別攔我，隨我玩兒！

莽夫率先吆喝道，不攔，隨你玩兒！眾人都覺得無從反對，看著伏在沙發上的服務員，神色都充滿了好奇。

阿六撲上去說，你也看見了，再不答應，你可是知道後果的。

女子雖仍在抗拒，顯然很害怕了，從舌尖擠出幾個字，你真要強姦我嗎？

阿六邊爭奪進去的機會邊說，不錯，就是要強姦你，強姦才是最真實的人性，我們看到漂亮女人，都會想如果摸摸她的屁股，甚至沖過去幹了她，那會是什麼場面，這種幻想哪個男人沒有過？這就是為什麼一個國家裡一旦沒有了政府，街上許多女人會被強姦，而強姦她們的人，幾天前政府還在時，還是社會上的普通人，一旦解禁了，你再瞧他們會做些什麼！但正是這樣，人的本性才得以釋放，我們可以憑著力氣拖走漂亮女人，強姦一個又一個，而不受制裁，人一生中有這麼一段颯爽的時期，該多快活！這就是為什麼許多軍人，不管是哪個國家的，一旦開進了某個城市，總會先來他一頓強姦，歷史上的這類例子比比皆是，而且如我所說，無政府時期連平民都會這麼幹的。比如有個女人，住在你家附近，你平時老老實實地和她打招呼，而到了那時，你突然明白，可以為所欲為了，沒人會懲罰你，你興奮地找到那女人，而她還是微笑著像對待鄰居一樣，你卻弄她個措手不及，抱進屋裡就逼她和你幹，哈哈！可惜這種好事情不會隨時有，秩序不會輕易被打破，但我們至少可以發揮想像力，主動建構，就像我目前對你一樣。

阿六在女人身上砰砰啪啪拍著，眾人圍著他倆，像生怕錯過某些細節，甚至推起阿六的屁股，往他們的下體潑酒。

莽夫接了個電話，回來說，老大說江邊有一戶人家，我們的鏟車到達他門口，他竟做了個土炮把鐽車炸壞了，我們的人也受了傷，這家的族人不少，兩邊打了起來，我們人手不夠，老大讓至少出倆人，帶一些兄弟過去，你們誰跟我一起去？

雪豹精神高漲，一身的練肉結成白疙瘩，像一頭巨獸，二哥，我跟著你去收拾他們！遂和老二沖出包廂。

阿六的身體像個鼓槌，敲得更快了，眾人說六哥，再加上個鐃，簡直該要演一齣沙場戲了！眾人越喝越醉，場面愈加失控，阿六在這個女服務員身上鼓搗不休，女子喊得幾乎嗓子都啞了。阿六爬起來，往一個杯子裡淋了泡尿，對著女子說，婊子，給我喝了！

女子滿頭亂髮，光是張嘴卻發不出聲。阿六拎著她的胳膊讓她坐起來，大聲逼問，你喝不喝？

女子目光散亂，但仍在搖頭，阿六說，喝了就放你走，不過你也冒風險的，因為我仍可能會失信，這人世間從沒有真正的保證，人本身就蘊含著無限的可能，但你不喝我肯定不會罷手的，你看著辦吧！

女子錯亂的目光裡，飄過一絲為難，她抓起杯子，臉擠到了一塊兒，嘴拉得極長，難看地硬是把杯子裡的液體往嘴裡倒，每倒一些就往上嘔一些，嘴角和脖子痙攣著，卻不敢閉嘴，雖然溢出了很多，更多的則是咽下了，直到整杯都倒光，嘴裡還有一汪的尿，嘔著要吐，阿六卻說，吐了就不算數了！女子閉上眼，仰著臉似在醞釀，終於努勁咽下了，劇烈地喘著氣，哭泣著。

阿六和眾人無比的亢奮，阿六說，這就是統治術，不過，剛才我說你喝完就不再整你，這回我又要失信了，你肯定如五雷轟頂吧，但這恰恰是我的真實想法。

接下來，阿六叫女人學狗叫，女人不學，打她，學了，眾人聽得大笑，又叫她學貓叫驢叫豬叫牛叫，把能想得到的動物學了個遍，眾人都說還不夠，再來！

阿六說，你們還能想的到什麼，都說說看！

女子像一團混亂而垂死的肉體，發出野獸死前一般的慘叫。

阿六掏出一把刀，按著女子，瘋狂地往她身上劃，墩頭說老六，弄一屋子血不好收拾的，阿六聽罷又劃了一刀，趴下用嘴喝那血，像嬰兒吸奶似的，他說喝了不就行了？有個古代詩人曾說過渴了就喝匈奴的血，你們以為那是耍文字嗎？不，那是實實在在喝血，就像我現在這樣，墩頭，你也來體驗體驗！

墩頭恐懼著，但忍不住湊過去，伏身吸了一口，還咬了她一下。黑塔和幾個姑娘也經不住阿六的鼓動，一臉害怕地趴過來，把女子的手腳拉開，找傷口來吸，仿佛吸上了才踏實，他們將整瓶暗褐色的人頭馬幹邑倒在她身上，芬芳之氣自血腥中漫開。

阿六仍覺不過癮，發狂地說，我要劃開她的喉管，把她的頭割下，吃她的腦子，把她的腦殼做酒杯，像古人所說的，用匈奴的腦袋做酒器。

眾人都駭然地說，不能再這樣了！

阿六卻像個將軍，提著女子的頭髮，講道似的說，我為興之所至，想殺了她就殺她，這樣的殺戮才最符合殺戮的本質意義。為了實現本質，即使中途會痛苦，但一想到我正是要這樣做的，那麼不管怎樣都必須做下去，這是考驗魄力的時候，我們且看這事會怎樣結束！我不知道下一刻我又會冒出什麼奇招來，或許比割頭更刺激？簡直是一場創造！單憑這點不就讓人無比狂喜嗎？由於這場創造直接和生死相關，不可逆轉，豈不更是驚心動魄？這裡的大悲喜就像自然界裡的一樣，當自然界要結束一個人時，異常地冷酷，毫無體恤，完全不管這個人正在經受著什麼，正有著怎樣的希望和痛苦，而是上來就直接做，事前無醞釀，事後無反思，對於我們這些惡徒，大自然豈不才是真正的榜樣嗎？古人以把人殺死，來作為祭祀的重要環節，是不無道理的，即便在近代戰爭中，為什麼攻下一座城池，原本可以刀槍入鞘了，卻仍有士兵屠殺平民？因為決定他人的生死，是人和他人所產生的最本質的關聯，人性的這一部分被社會化帶來的文明不斷地扭曲和壓抑著，在現代社會中，只有少數身居高位或處於邊緣的人，才能秘而不宣地實現它，然而，擁有這種強大意志，是光榮和神聖的，我今天正是要朝著這神聖的目標去邁進，讓我們打起精神罷！

阿六興奮地彷彿要暈倒，眾人被激發了意氣，氣氛幾乎要爆裂了一般。

門突然又開了，像人世的光照亮了一座地獄——屋裡竟又多了個人。這人頃刻打破了平衡，阿六高漲的熱情，在關門的那一剎那，像從高樓上跌下，瞬間顯露出疲倦，眾人也像剛從夢中驚醒。

進來的是個黑瘦矮小的男子，往桌上放了一籃子冰鎮酒飲。眾人都忘記曾經囑咐過前臺，夜裡兩點叫人再送酒來的。

來人不再說話，弓身退出，站在門邊的光線裡時，阿六恰好回頭，啊地大叫一聲。另有一聲驚叫從黑塔嘴裡發出。這服務生藉著光線往屋裡看時，也高聲地驚叫，蹦回屋內。門嘭地閉上了，黑暗中服務生跳到桌上，阿六把手裡抓著的女子甩掉，眾人一起撲過來，這黑瘦小子狹小的身子在桌上翻滾著，手不停地撈著，劈裡啪啦！許多酒瓶杯子打在了眾人頭上，眾人流血，除了地下躺倒的女子外，連光屁股的女人們都上了，黑瘦小子尖叫著閃躲，屋子太黑，眾人捉不住他，擠在一起，墩頭打了阿六的下巴，阿六掀翻了黑塔，幾乎把黑塔剛封上的腸肚又抓破。

黑塔說快開燈，開燈呀！黑瘦小子身手快，跳下桌子把燈開關打爛了。

墩頭奔過去把門打開，大罵著，操他娘的這麼笨！

於是有了光。借著光，他們摸清了黑瘦小子的位置，各路人馬一起殺來。黑瘦小子越戰越勇，重新跳上桌，然而他的腿被人拉住，摔在了桌上。一個酒瓶砸下去，他躲閃開，滾到地上阿六的腳邊，前沖抱住阿六的腳踝，把阿六像個行李箱一樣掀翻，然後向倒地的那女子撲了過去。

沒等他抱起她，他就被人抓住了，人們關起門來打他，打得他渾身是血。

眾人終於累了，隨著時間的流逝，一個一個坐下來休息，喝酒。

黑瘦小子躺在地上的女子旁邊，眼睛睜著，不知道眼珠動沒動，嘴巴張著，似乎在輕喚著孟曉玲，不知道究竟喚沒喚。是女子聽錯了嗎？女子伏在他的旁邊，臉對著他的臉小聲說，都是我的錯，從一開始就是！邊說邊哭著。

一個龐大的身子過來了，又是阿六，拿著一把刀，向地上的兩人走來了！刀高高揚起，已經落下了！

不知怎的刀竟落偏了，落在了幾米之外。

阿六向後跳了兩步，眾人緊張四顧，屋裡竟又多了一人，衣服奇異，破舊而整潔，卻帶有香味，像自然界百種花的融合。

他來自花的國度嗎？他沒有穿鞋，腳像是泥土，粗糙堅固，頭髮和鬍子都亂蓬蓬的，不知何時站到了屋子中央，把黑瘦小子與眾人隔開。

眾人大吃一驚，不知道這人是不是人，阿六看他更像是一棵千年古樹，但接著越看越眼熟，忽而明白過來了，說，黑塔，是他回來了！

黑塔也看清了，全身一聳，憤怒地吼道，媽的，你終於回來了！

真是你嗎，張揚？你經歷了怎樣的逃亡，在江山如舊、夏風和暖的夜裡，踏著滿江的星光，重回這片土地了?!

屋子裡人聲沸騰，滿臉的殺氣，滿嘴的咒罵，是對你熱烈的迎接嗎？你緘口不言，身手如電，把他們全都撂倒，然後抬起黑瘦的服務生，扛到一邊的肩頭，並從桌上抓走一些小袋，你知道那是什麼嗎？是毒品，海洛因！被你撂倒的人們，眼睜睜地看著你抓起它們放入一個大袋中，跨上了另一邊的肩頭，奪門走了。

你走前沒有看見，倒地的黑塔正在悄悄發短信，你扛著黑瘦的服務生奔到了大門，門外等著你的是幾列精強的保鏢，你能應付他們嗎？

像一陣清風掠過，飄來了一展黑衣，飄到你的面前站定。你身前如林的保鏢，見你把服務生和大袋交給了黑衣，黑衣如飛，保鏢來擒時，已不見蹤跡。
你沒了後顧之憂，伸展開手腳來，怎樣一場酣戰啊！
你像狂風中遒勁的古藤，鞭笞著所有環繞你的惡，他們強大得像機器，不會說話，只會行兇，這些人招搖過市，從來都橫衝直撞，氣焰跋扈，現在聚在一起，把所有的罪惡都向你一人施展。
你四處躲避，尋隙就鞭笞他們，你的手腳和身子結實瘦長，像條長鞭。
他們倒下了，再次爬起，每個人不知道多少遍，你卻始終沒倒，也不能倒，你倒了，他們的刀槍劍戟合併起來，你就再難起身了。
他們終於全躺在了地上，你站定了，大聲喘息著，似乎想將胸膛中的氣化作利劍，刺穿悶熱的暑氣，讓它重新回到嚴寒。
這暑氣難道不是假的？周圍的氛圍，難道不正像寒冰，冷而堅硬？
衣著時尚的男女們，好奇地用手機拍你，拍完嘰喳著跑掉了，發到網上嗎？無聊。
你在寒冰的盛夏，乾裂的腳一掌一掌的，踏著皇宮前巨大的大理石，然後是瀝青路，接著是通往江邊的泥路，消失在了海洋般深邃的夜空。

8

阿六一眾糾合內堂打手趕來，戎隊長在包廂裡，聞訊也穿衣戴帽，沖到了門口。地上是一堆傷胳膊瘸腿的人，像扭動的蛆蟲，戎隊長大罵他們不中用。

阿六說，他拿走了幾包貨，戎隊長說，那就告他藏毒，你們確定是被通緝的那小子？

黑塔說，我認得他的眼神的。接著他指著左邊說，你們看！

遠處牆根有兩個人，雖離得遠，但看口吻是在爭吵。

黑塔說，那不是歡哥和歡嫂嗎？

阿歡正圍著歡嫂，像一條焦急的狗，不停地叫喚著。歡嫂站在原地，嘴裡也說個不停。

阿六說，五哥可真有趣，我們走吧！

戎隊長自去快活，眾人仍來到大包廂。地上那半死的女服務員不見了，阿六急著要把她找回來，眾人都阻擋，阿六卻說，這娘們搞成了這樣，她能起來走？肯定是被人劫跑的。

眾人都甚為擔憂，黑塔對墩頭說，你跟上老六，別讓他再出岔子。

墩頭去攆阿六了。

阿六樓上樓下地疾走，到處搜索，忽然見到一條血淋淋的胳膊，從拐角甩出來，阿六大喝著，婊子，你躲在這兒了嗎？

奔至角落，見正是那血淋淋的女子，正要抓住她，看到旁邊的一張臉，卻登時驚呆了。墩頭趕到，也看見了，竟然是鄭先生，在摟著那女子打電話。阿六原本順口罵著，立刻住嘴，僵硬地站住了。

鄭先生打完電話，把手機放回口袋，緊鎖著雙眉，掏出一個黑乎乎的東西，二話不說，直指阿六的腦袋，阿六見是槍口，目光暫態錯亂。一聲巨響，猛地旋轉，什麼都沒了。

9

墩頭俯身看，阿六的頭已經變成了雜色的碎物，粘糊糊的一灘，像故意擺出的姿勢，令人難以置信。

黑塔等人上來了。

鄭先生肅然地對眾人說，霸淩兄嫂，是為不義，癲狂作態，是為不智，欺壓弱女，是為不武，犯上作亂，是為不齒，四不已全，死不足惜！

眾人卻在想，是誰告訴老大的？少爺嗎？若說是五嫂的事還有可能，但這女服務員的事卻是少爺走後發生的，老大怎麼會知道？大家都懷疑地相互打量著。

鄭先生說，這女人為我們的公司打拼，我們殺人放火，卻不能做這種不義之事，誰若再欺負她，休怪我不客氣！你們肯定在想，老大竟然捨得殺自家兄弟，但我告訴你們，做兄弟也要有底線，阿六這次是死有餘辜。

眾人沒有言語，卻彷彿才明白過來，阿六已經死了，都像去掉了一塊心病，但心裡空落落的彷彿失去了什麼重要的東西。

鄭先生叫人送那女服務員去醫院，治好了再送回他辦公室。女人被架走時，抖著嘴，已無力說話。

眾人先走，留黑塔善後，黑塔叫打掃衛生的老太太前來清理。老太太來了，默默地清理完，卻用乾枯的手指從一個小荷包裡拿出了一張照片，對著黑塔說，這是他小時候的樣子。

黑塔湊近一看，是一個初中生模樣的小胖礅兒，虎頭虎腦的，能認出來是白胖阿六的相貌。

老太太搖晃著下巴說，小的時候，他總是被人灌尿，一群小孩把他按在廁所的地上，不喝就不讓他出來。

有似淚水又似膿水一般的東西，堆在了老太太眼角的皺紋邊上，半晌不下來。

黑塔喃喃地說，還有這樣的事？

老太太要走了。

黑塔納悶地問，你又是誰？

老太太說，我是他的媽媽。

黑塔震驚。

老太太擺著褲管，一晃一晃地走了。過一會兒鄭先生回來，問道，老三和老四呢？

黑塔說，老四和老二奉你命去掃釘子戶，老三不知去了哪。

這時有個保安跑過來，驚呼著，三哥——少爺——

鄭先生怒道，有話好好說！

保安說，三哥——他把少爺給殺了！

轟地一聲，仿佛天塌了。

鄭先生的眼睛像要紮進保安的眼裡，保安連連後退，我沒騙您，您趕緊去罷，興許少爺還有救！

保安跑在前頭，鄭先生一眾跟在後頭，來到了培訓部。辦公室滿地是血，鄭強躺在中間，全身被血染得殷紅，身上有一個大口子，還在往外冒血，獨耳老三在一旁跪著哭訴道，大哥，都是我的錯，不該放這騷娘們在這裡，少爺沒忍住，想要辦她，我正好撞見，一下子夯過去，少爺就不行了。

鄭先生面色異樣，像看到什麼罕見的東西，失神了。他踩著鄭強的血走過去，把鄭強的身體扳一扳，不見動彈，他在流血最多的地方仔細地摸，問，你用的是什麼？

老三說，老大，你殺了我罷！

鄭先生又問，你用的是什麼？

老三囁嚅著，摔破的杯子棱。

鄭先生緩緩站起，走到老三的身前，神態灰冷地掏出槍。

老三說，我願受死，但求你放了這娘們！他指著身後沙發，上面的女人已暈倒，正是妖嬈三姐。老三說，她懷了我的孩子，我一直沒個仔的，不然也不會對少爺動手，求你讓她生下，你新開的樓盤多是我一手協助的，沒功勞也有苦勞。

鄭先生紅著眼說，你打死了我兒子，卻讓我給你留後？

老三哀求，你若肯答應，我馬上就死，他握住鄭先生的手，把他的手指塞進扳機按住，槍口指著自己腦袋。

鄭先生面色痛苦，搖頭說，老三，我沒法答應。

老三絕望地哀號，像要站起和鄭先生拼命。

鄭先生勒動扳機，老三一歪，死了。

屋裡分外安靜。鄭先生木訥地往外走，卻像想起了什麼，指著沙發上的三姐說，讓她生吧，讓老三的鬼魂看到，我沒虧待他。

眾人應諾，隨老大走到他的辦公室，老大進去了，眾人在門外站著。

門裡無聲。讓服務員進去送茶水，服務員出來說，鄭先生挺正常的，正在沙發上休息，眾人這才去給鄭強和老三收殮，準備火化。

第八章

巴特勒被領進皇宮。兩排女子齊刷刷躬身說，歡迎來到元鼎會所，讓您快樂是我們最大的心願！帶他來的小夥子說，我推薦莞式套餐，包括毒龍冰火胸推口暴SM，您能想像到的全都有！

巴特勒望著天上地下閃動的色彩，聽著那些似懂非懂的字眼，無法應對，他想起小猴子在這兒做工，說，我是來找朋友的。

服務生說，您朋友在哪個包廂？我帶您去。

巴特勒說，我知道他在哪，你去忙吧！服務生看巴特勒容貌俊秀，神色傲慢，便退至一旁。

巴特勒上樓，撫摸樓梯弧形把手，像追懷著某種逐漸逝去之物。

到二樓，過了幾條長廊，迎面的服務員甜聲問好，他忘記找小猴子，越走越華麗，不知身在何處了。

忽進一屋，異常寬敞，許多男女，載歌載舞，角落一排金雕的床上躺著半裸的人，一些蛇樣的女人纏著他們，肉色在旋轉燈下，鍍上了腥紅銀藍和淺綠，他欲停難停，欲走難走，屋後面還有屋，像再也走不出這虛幻的迷宮了。

兩個女人來牽他，把他推在一張像床又像沙發的東西上，他清醒了，掙扎著起來離開她們，腳下不停，走呀走，終於走出迷宮，回到安靜的走廊。

一個姑娘，淺黃裙子，細小白花，像美麗的金秋，挽著另一個姑娘，仿佛認識，他跟了過去，到樓梯人不見了，他悵然站了片刻，再回首，姑娘已回到樓道，是任芳，依然是爽朗的半披肩淺黃頭髮。

任芳表情吃驚，巴特勒也很驚訝，忽然激動了，面頰火熱地問，你怎麼在這兒？

任芳爽利地說，我來看朋友。

巴特勒說我也是。

任芳問，找到朋友了嗎？

巴特勒說，沒有，你呢？

任芳說，我剛把她送走，我們找個地方坐坐吧！

她帶著他轉幾個彎，到了一間包廂，他懵頭懵腦地跟著她。

她叫來酒，對服務生說掛在她的賬上，而後點起了一根煙。

她在煙霧中仿佛思索著。酒來了，他端起酒杯和她碰杯，她一氣喝完了一杯馬爹利，表情像是毫不在乎，居高臨下似的問道，你和她相處怎樣？

他像在墜崖的途中，滿身冷風地滑翔著。她說真讓人羨慕，不像我，沒人在乎。

他心中翻滾著，鼓起勇氣說，任芳，我其實是喜歡你的，真的。

她仍用她那慣有的饒有興趣和看不起人的眼神望著他，他懊惱地說，你為什麼不信？

她說，我信，怎麼不信？她又掏出了一支煙，縹緲的煙霧背後，她眼裡閃動著熾熱的嘲諷，和某種像是既堅強而又痛苦的怪笑。

巴特勒說，我本來想若能和你在一起該多好，但我又不敢告訴你，只是每天默默地想著你，看著你，我知道現在說這些都已經太晚了，但你會怪我嗎？

她不動聲色地撣著煙灰，不會，你繼續說。

他急躁不堪，話一出口就變質了一樣，彷彿最後的一絲的美好也被打得稀爛了。

任芳卻目光深隧，像要把他吸走一般。

他惱怒了，迎著她那目光坐近了她，瘋狂地問她，你到底想要幹嘛？

她似乎毫無窘迫之感，伸手給他倒滿了一杯馬爹利說，我想再喝一個。

巴特勒仰頭喝下，感到全身涼的彷彿結了冰。

他放下杯子，語無倫次地仍在說，我喜歡你，可是你卻毫不在乎。

她嗤笑著說，醉了？酒量真不行。

他彷彿被不斷地擊打著，氣衝衝地伸手掐滅她的煙，一把抱住了她，她沒有反抗，在他懷裡大口呼吸著，靜靜的像在做著什麼準備。

巴特勒想掀開樓頂，遠離這裡的一切，他在絕望中揪住任芳的頭，噙住她的嘴，她立刻吐出了舌頭，撕開他的兩片嘴，有力地纏住了他。

他全身燃燒起來，強烈的忐忑與邪念，像在褻瀆著昔日的聖母。

任芳像唐嘉佳一樣也會呻吟。

周圍的一切讓他分外孤獨，像在從未有過的世界裡，面臨著從未得過的重病。他盯著她的身體，像盯著茫茫的暗夜，他扳倒了她，解她的衣服，她自己也飛快地脫，他氣憤地擠壓住她，像是為了打壞一樁障礙，一樁背叛了他而他也決心背叛的東西。他擠進她的身體，傷心地把她的腿扳到他的肩上，抬起她，兩手用力地按著她，幾乎直上直下地刺向她。

她尖叫著，他不想聽，伏下來用嘴堵她的嘴，但堵不住聲音仍從嘴邊呲出來，他使勁地翹她，把她翻過來讓她趴著，把她立起來，從前從後，從各個地方沖向她，還能怎麼幹呢？他已經用盡了自己，他通身是汗，像在暴風雨中不能呼眼只顧亂竄的孩子，困于泥濘，失去了希望，失去的希望向他尖叫著，不斷調戲著他。

他在瓢潑大雨裡呼喊著，痙攣著跌落了，摟著浮出真面目的假像，像抱著一片廢墟。

任芳先起來的，拍拍他的臉說，真厲害，以前還不知道，做你女朋友這麼享受的。

他像個木頭一般又喝了一杯酒。他忽而想到唐嘉佳，她這時應該是躺在被窩裡，估計睡了，或在似睡非睡地等著他回去。

打開手機，幾十個未接電話。

他說我走了，不管怎樣都謝謝你。任芳說，這就走了？生氣了嗎？

他忍住不再看任芳，走到了大門口，他看到　地扭曲的人，像沙灘上奇形怪狀的軟體動物。

他告別了這裡，沿著濱江路往東跑。街道越來越靜，想必已經夜深了。

臥室亮著臺燈，唐嘉佳趴在床沿上，手邊有一本書，是他的《多難而偉大的十九世紀》，她枕著湯瑪斯・曼枯瘦的臉上的煙斗，臉都被書的封面擠扁了，看著她那副樣子，他心猛地就一跳。

桌上攤著一些紙，是他最近接的罰抄代寫，他今天出走時，竟然忘記還沒給他們寫完。各種筆體寫在不同的紙上，是唐嘉佳幫他寫的。

他一下子跌坐在桌邊。

坐了好一會兒，他走到她的身旁，躺下。

她哼了一聲，轉身迷糊地問他，你去哪了？卻又似不需要他的回答，一把抱住他，把《多難而偉大的十九世紀》甩開說，這麼枯燥的書你都看得進去，跟著歎一聲氣又睡了，像是毫不奇怪他的出走，對他會回來也瞭若指掌似的。

他莫名地感到失落，移開她的胳膊，關上燈，把床邊的窗簾拉開，窗外夜色幽靜，似乎只有月光和他還醒著。蒼鷺從遠處長鳴，像渺茫的簫音，在江面的夜霧中漂浮。

他被驚醒，是王婉楓打來電話，說，鐘老師今晚的情況很不好，你不是沒住校嗎，可不可以來一趟中心醫院。

巴特勒見唐嘉佳還在熟睡著，就輕輕出了門。

深夜三點半，回到清寂的街上，剛才的事已經像是一天前發生的了。婉楓所說的中心醫院，正是巴特勒上次叫唐嘉佳去打胎的地方。

走進門診樓，人像白天的菜市場一樣多，地上鋪著報紙衣服，人們坐著躺著，亂糟糟的頭髮，紅腫的眼睛，還有吃奶的嬰孩，幾乎所有的角落都有人。大廳左側的交費處排著蜿蜒的隊，穿過地上的人們，繞到了座椅陣中，椅子上也滿是人，神態莊嚴而悲慘，像在弔喪，但能看出是在等待，因為那些驚慌而又克制的臉上，偶爾還會泛起希望的波瀾。人們從大門進進出出，卻一到街上就不見了，彷彿一出去就融化了，消失了。

不斷有忙碌的白衣天使，面色冷漠地從巴特勒面前走過去，有人喊著護士拔液體！護士都在奔走或說話，沒人過去。

地上站起來一個顫巍巍的人，說，我給你拔！是一個估摸七十多的老太太，在病人的手上一拽，按住，家屬感激地鞠著躬，老太太嘴裡嘟嘟囔囔的又坐回了地上。

擁擠的人堆旁，幾扇巨大的窗戶外，雪亮的射燈沖入夜空，是醫院的新樓在建，已蓋到了七層，鋼管從暗黑的樓頂伸向天穹，工人像彪悍的鷹隼，正立在鋼管的尖端施工，吊車水泥車轟響不絕。

巴特勒在門口暈頭轉向，打算到前臺問問，這時一個紅裙飄到了他面前，他忙說婉楓，鐘老師和姚老師呢？

婉楓和下午在操場時判若兩人，眼皮浮腫著，像是好多天沒睡過覺一樣。

她說已經回去了。巴特勒驚問，怎麼回事？

婉楓說，床位不夠，鐘老師在樓道躺了好多天，有屏風圍著，但嘈雜不堪，今晚已經沒錢充醫藥費了，姚老師剛才去找院方交涉，問能不能明早再走，我忙不過來了才喊你來的。

巴特勒問，醫院怎麼說的？

婉楓說，他們不同意，說不交錢只能立刻拔針走人。

巴特勒激憤地說，媽的這醫院壞透了，然後呢？

婉楓說，他們剛走，姚老師叫我等著你並告訴你的。

巴特勒呼吸艱難地說，走，我陪你回學校去。

到了教師公寓，敲姚燦的房門，卻沒人應，到鐘亞雯的門口再敲，姚燦開的門，門裡燈光微弱，沿牆的床上，鐘亞雯雙眼緊閉，天氣炎熱卻嚴實地捂著被子。

姚燦說，她睡了，今晚沒事的，你們也去休息罷。姚燦臉色陰鬱，巴特勒和王婉楓雖然難過，也只好安慰幾句就先走了。

婉楓去了寢室，巴特勒又回了家，到家時天已經濛濛亮。

接下來幾天，姚燦在鐘亞雯寢室裡閉門不出，有人敲門，他只說一句鐘老師不願被打擾，不給來者開門。

來探視的學生老師都很惶惑，再敲姚燦就徹底不回應了，眾人都說，要不要把門撬開？但都知道姚燦脾氣，沒人敢上去撬，告訴了黃校長，黃校長卻說，你們都別管，讓他折騰。

×××××××××

整個事件後來才弄清楚，有人偷看了姚燦的日記才得知的。姚燦自從知道鐘亞雯患上絕症，到處籌錢，這段時間，他們在鬧市一樣的醫院裡，卻度蜜月般地兩相恩愛，二人常關掉手機，和外界幾乎失去聯繫。後來姚燦累得熬不住了，才叫信得過的學生幫忙。鐘亞雯不想告訴家人病況，因為家人沒見過姚燦，不知道二人關係，怕家人來了支走姚燦。

那天回去，鐘亞雯一醒來就不住地喊疼，兩天后的深夜她睜著眼要水，姚燦端來水她卻雙目無神地斷氣了。姚燦把水杯放回桌上，把她眼瞼合上，從那時起，一直把自己關在鐘亞雯的屋子裡。

姚燦摟著鐘亞雯的屍體睡了一覺，覺得鐘亞雯跟還活著一樣，睡著了似的不動也不說話，姚燦內心寧靜，別人敲門他像沒聽見，腦海裡卻熾熱地上演著各種回憶。他剛到這學校時鐘亞雯已經來了一年多，他沒跟她說過對她有好感，但她終於察覺了，她察覺時他是多麼的高興啊！他們在學生的攛掇下走到了一起，她卻像一柄乾枯的葉子，無法逆轉地凋落了。他回想起很早以前兩人沒戀愛時的細節，那麼真實，像剛發生過一樣，但往往突然就又露出真面目，一切早就完了，回憶像孤獨的幽靈無依無靠地挺立著，走不出這間屋子。他瞬間就陷入哀傷，像一頭無法思考的動物，赤裸而毫無希望地迎著這無法容忍的巨大悲痛。

她死後第一天的黃昏，當玻璃窗裡滲進仿佛寒氣一般的微光時，他嚎啕大哭，哭了恐怕有兩個多小時，經證實周圍屋子的老師全聽見了，哭完他就直接躺在地上睡著了。冰箱裡有餃子和掛麵，他煮著吃完，然後就一直餓著只是燒水喝。然而此時整體來說姚燦依然感到幸福，因為他既然愛著鐘亞雯而又能和她朝夕相處，就也沒什麼不好。

她死後當天曾溺尿溺屎，姚燦在日記裡嚴格記載了給她收拾的過程，在日記裡他把她比喻成一個渾渾噩噩的孩子。時間仿佛解開了束縛，他和她一起靜止了。但第二天清早，姚燦醒來聞到一絲異味，雖然細微但非常明顯，他尋找來源，發現她背部長了許多綠色斑點，並看見她的下體有一隻蟲子在爬，他心猛地一跳，把蟲子捏開，又有一隻，他捏開，她身體似乎沒有大的變化，但又似乎整體都在變了，仿佛有許多隱藏的東西想浮出表面，雖然還沒有浮出來，但已經在皮膚底下蠢蠢欲動。他慌了神，把被子單子清洗一遍，用毛巾把她的身體擦淨，動作仍然緩慢，像怕驚醒她。

接下來幾天鐘亞雯的屍體徹底變形了，全身腫脹，膿血橫流，容貌都難以辨認了，尖銳的腐臭味像一團惡魔纏繞著滿屋蠅蟲，猙獰著圍住她和她共舞，他不敢再睡在她身側了，他睡到了地上，這還是她嗎？

可若不是她又是誰？

他轉不過勁兒，半夜不斷地爬起來開燈去看她，每次都盼望著出現能奇跡，甚至淚流滿面地沖過去抱住她，但頃刻間就呸呸地驅趕起飛蟲來，驚悚地躺回地板上。如果這真的是她，我愛的分明不是這個東西，但如果不是她，她又在哪裡？

不，這就是她，這些腐肉難道不是她變成的嗎？

難道這就是一切？什麼都沒有，只有腐肉？之前的全部是假相？

但我的愛呢？難道也是假的？

難道根本沒有所愛之人，一切全都在騙我？

姚燦的日記裡寫著許多瘋狂的追問，到最後他連續地書寫騙子兩個字，寫了二十多頁，從瘋狂而勾連的筆體能看出是一氣呵成的，筆跡越寫越繚亂，到六月二十八號他的日記中斷了，六月三十號下午鐘亞雯的屋門突然打開，人們聞聲跑來，劇烈的惡臭中姚燦抱著裹著鐘亞雯屍首的被子站在門口，頭髮鬍子亂得像纏著屍體的蚊蟲。胡守利也在現場，說辦喪事要通知她家人，姚燦卻像鬼魂似的說不需要，姚燦陰沉得像隨時可能撲向哪個方向的瘋犬，他說你們都讓開，因為太臭了眾人掩鼻沒去制止，胡守利問姚燦要去哪，姚燦卻逕自抱著鐘亞雯出了學校，眾人攆至大門已不見了。

第九章

1

曾田那天一回來就很抑鬱，一言不發，第二天任芳問她拿到錢沒，她也不說，第三天的中午，有個學生會的幹部敲門說，曾田，校長找你！曾田出去了，出去以後就再也沒回來。

傍晚來了個中年婦女，和曾田一樣胖，衣著破破爛爛的，說，我是曾田的媽，來給她收拾東西來了。

張璐甩著剛洗好的頭髮說，幹嘛收拾東西？

曾田媽媽說，領導說最近她精神不正常，要求她退學，我和她爸爸接到通知，就從官壩過來了。

張璐和婉楓面面相覷。

任芳說，老天爺，她不正常又不是一天兩天了，誰讓她退學的？

曾田媽說，校長親自找的我們。

任芳輕蔑地說，至於這樣嗎？阿姨你別急，我幫你找校長，這他媽算什麼東西啊！

曾田媽看著任芳，像是不明白她的意思，說，手續都辦完了，田田已經在大門口了，我們收拾好東西就走的。

任芳驚詫道這麼快？不能再等等嗎？

任芳和眾人幫忙收拾，陪這婦人到了大門口，曾田沒精打采地在門外站著，滿眼的怨憤，任芳走上去拉住她的手急切地說，你別慌，我給你想辦法，他們不敢開除你的，咱也抓著別人的把柄，不能就讓人這麼欺負。

曾田兩眼空蕩蕩的，但突然一口唾沫使足勁兒吐在了任芳臉上，曾田媽慌不迭地說你傻了嗎？快給人家道歉！但不管咋捅咕她她都不道歉，臉上抹著像濃重的陰雲一般瘋狂的笑。任芳艱難地說，阿姨算了，沒想到她這麼脆弱的，但這事也確實賴我。任芳表情中的惋惜，像此刻傍晚散不開的鬱熱。曾田媽罵著曾田把她拽上了機動三輪車，騎三輪的是一個黑臉男人，車冒著黑煙突突響著開走了。

任芳顫抖著望著曾田一家的後影，張璐看不下去了，拉住任芳的手說，都過去了，以後再沒她這人了，咱回去罷。

2

小猴子失蹤多日，鐘亞雯不見屍首，姚燦也沒了蹤影。鄭強轟轟烈烈的死在學校傳開，閑漢們有的高興有的害怕，但都蠢蠢欲動的。曾田走後風聲漸起。先是有許多隱晦的說法在學生當中流傳，說此事和校長有關係，但模模糊糊的難以令人相信。臨州三中連續發生惡性事件，信譽一落千丈，為了不影響國際部的組建，學校緊急採取高壓管理。然而人們對於曾田的事件興趣越來越濃厚，過了一陣，據家在官壩的學生說，曾田也已經死了。

他們說，曾田的家人要把她嫁給鄰村的人，曾田死活不答應，但她沒錢往外跑，只能一天天等著結婚。其間有個小子，貌似她從小認識的，回村裡去了她家，隔壁的人聽見叫罵聲，有人見到這小子青腫著臉走了。曾田據說是跳水死的，也有說不小心掉在河裡的，但死於落水無疑。

張璐和婉楓知道了很悲傷。一天下晚自習，二人在甬道碰見了，婉楓說，曾田在時，我很不喜歡她，不料竟死了，室友一場，她的下場如此之慘，她平日雖然霸道，但也性情耿直，愛恨分明，且最後數日和我交談甚多，我很知道她的一些痛苦，不如我們去操場點一柱香，祭一祭她的鬼魂，我不信有鬼的，但此刻卻深深地希望有，那樣死去的人就如同仍然存在，不會湮滅，對人而言，也算是有東西還能撐得起永恆這詞了。說罷潸然垂淚。

二人來到國際部蓋了新樓的地方，這幾天校門口多加了好幾個保安。張璐囑咐婉楓等著她，在月色中翻出了圍牆。

張璐回來說沒有買到香和紙錢，學校周圍的小賣部不賣這些東西，我又到街上前些天死人的劉嫂那家去借，他們的喪事已經辦完，劉嫂上訪不成反而被抓了，家裡人急得火燒眉毛的，我去敲門他們都說沒有，我就買了一包煙，不知道閻王小鬼抽不抽煙，我們就以煙代香，插土祭拜罷！

二人蹲下用手挖土，把三支煙立著，放入坑裡點燃。

香煙升騰，空中彌漫著一種味道，似是通往令人神往的另一個世界的一座浮橋。張璐從書包裡掏出一個本子說，沒紙錢，就拿我的作業本燒罷，這是物理作業，去它的，明天我不交了。

婉楓說，作業也值錢的，曾田不是還幫人寫過罰抄，雖然字太爛沒弄成，陰間的鬼魅，不知道用不用寫作業，如果用，拿這些賄賂他們，或許也頂事的。

張璐一頁頁撕下來，火光大亮，臨州三中國際部幾個大字像被火染成的一樣，火光照亮圍牆的綠藤和四下的荒草，紙屑翻飛，如洪流奔向了半空，漫天黑絮蓬亂地撲散著，火焰裡像凝聚著許多無法看懂的喜怒哀樂。

火光引來了夜巡的老驢，老驢身體早已康復，恢復了架勢，還帶著兩個小保安。

張璐用樹枝挑動火焰說，曾田，你這豬臉兒怎麼就走了？你素來大大咧咧的，一整就罵人，但我們知道你不堪一擊，都讓著你，可你怎麼就死了？我們今天拜你，願你在另一個世界裡不用再受我們所受的苦，能獲得真正的解脫！

兩人都抹淚了。

有一個聲音說，大晚上不回宿舍，點火做什麼？她們哀傷地扭過頭，驢子的手電筒照著她們。

她們說，我們在祭拜室友，老師，你也添一些紙罷！

驢子說，哪個室友？

婉楓說，曾田。

曾田？驢子面容一緊，把火滅了跟我走！

張璐邊往火里加紙邊說，小豬臉兒，你得了這最後幾張紙錢就上路罷，來世投胎咱要是還能認識，一定好好地做姐妹！

驢子大喝著上來踢火，張璐滿臉傷感仿佛沒看見，婉楓抱住驢子的腿說，等一下，就快完了的！

驢子甩開腿，婉楓跌坐在焦幹的地上。

驢子上前撲火，身後的保安也來幫忙，張璐正要出手，一聲呼嘯閃出個影子，幾下悶響，驢子倒地，大蓋帽滾到火邊，兩個小保安也栽倒了。

張璐婉楓吃了一驚，一個長長的身子立在火堆後面。

張璐問你是誰？

那人說，他們沒事，只是被我打昏了，我是田妹自小的好朋友，在深圳收到她退學的消息，回去看她，她爸說給她訂了婚不讓我見，一窩親戚人棍把我趕了出來，剛一回深圳就聽說她沒了，這次我專門來她上學的地方看看的，說罷跪倒大哭，田妹！你仇人的名字我已記下了，不會讓你白死的！聲淚齊下，咚咚地磕頭。

張璐不解地問，她的仇人？哪個仇人？

這人不再多說，起身收了淚，看著將熄的紙火，縱身翻牆而出。

婉楓也滿臉疑惑，二人低下頭，摸摸驢子和另外兩人的鼻息，正常，就快快地回了宿舍。

第十章

1

唐嘉佳父母從拔山來到了臨州巴特勒的家，找個機會把唐嘉佳叫到裡屋，關上門，不知說了些什麼。

唐嘉佳沮喪地出來了，老兩口卻是一團樂和。他們把小縣城翻了個遍，一直逛到沒地方可去了才回去的。

唐嘉佳悄悄對巴特勒說，我爸媽想要十萬塊錢聘禮哩，巴特勒張大眼睛看著她，她說，爸媽養活我這麼大很不容易，一嫁到你家就什麼都沒有了。

巴特勒說，那我爸媽就容易了？我上哪給你弄十萬？再者，你嫁給我怎麼就什麼都沒有了？難道嫁給我你就不是他們的女兒了？

唐嘉佳說跟你說不通的，況且是他們在要，又不是我，巴特勒問，你跟我爸媽說了沒有？唐嘉佳說，我怎麼好意思開口？還是你說罷！巴特勒說，你不好意思，你以為我就好意思嗎？唐嘉佳惱得一扭身走了。

他們似乎談妥了一種方案，巴特勒不關心，也懶得去問。唐嘉佳告訴他婚禮定在七月十八號，那時親戚家的小孩兒全都放假了，都可以過來。唐嘉佳想把結婚證領了，巴特勒死活不同意，非要辦完婚禮再領，她只好再次讓步。

那天中午，一幫人熱熱鬧鬧的租了一排轎車，去了紅旗廣場北端的中華飯店。

巴特勒一身黑西裝，自覺不倫不類的，下車一看，馬路對面竟然就是那元鼎保健。

宴會廳裡許多同學已到，婉楓張璐孫睿與任芳都在，班上閒人也都來了，但是沒有老師，巴特勒覺得丟臉沒有通知老師。

巴特勒站在主席臺上，發現人叢中的任芳打扮得像個貴婦，卻沒有見到小猴子，正心神不寧地掃視著台下，主持人已經在說，夫妻對拜，丈夫給妻子戴戒指！

他慌忙收了心給唐嘉佳戴上戒指，臺下掌聲響起，他配合主持人親了唐嘉佳一下，總算折騰完了，巴特勒走下臺，發現某個角落坐著一些古怪的人。

他指著一個黃髮高聳的人問唐嘉佳，這是你的親戚？

唐嘉佳看了一眼說，是我表哥王歡，人稱阿歡。但唐嘉佳突然變了臉，望著阿歡旁邊的桌子，巴特勒看到那裡竟坐著刑警隊戎隊長，另有幾個面容猙獰的人，滿胳膊的紋身。

戎隊長沖唐嘉佳咧嘴笑笑，唐嘉佳險些摔了個跟頭，巴特勒扶住她說，這戎隊長怎麼也來了？

阿歡走到一個身材高大披頭散髮的人耳邊，輕聲說話，這人張開了銳利的眼，投向巴特勒的同學，似在尋找。這人正是雪豹阿四，其餘的是鄭先生和他的兄弟們。獨耳老三和白胖阿六已死，除了墩頭老八在江邊處理拆遷的事務外，剩下幾個兄弟全來了。

鄭先生剛經歷了喪子之痛，精神銳減。他右側有個女子，無精打采的像生過大病，脖子上臉上許多傷痕，左側是一個塗脂抹粉的妖嬈女人，巴特勒認得是那日校門外喪禮上的妖嬈三姐。

他覺得邪門，問唐嘉佳，你表哥是做什麼的？

唐嘉佳說，他就是我上次跟你說過的混黑道的那個哥，父母怎麼請他來了？

王婉楓張璐發現了這幫人，臉色都很沉重，淑陽也在座，惡狠狠地盯著戎隊長。兩邊距離很遠，卻像有股張力把他們吸在了一起。

巴特勒一桌一桌敬酒，學生閑漢調侃著喝交杯！任芳跟著起哄攛掇，巴特勒抱住唐嘉佳後肩喝了一大杯，任芳帶頭拍巴掌。

王婉楓神色複雜地說，巴特勒，希望你以後能夠幸福！

巴特勒似不敢直視王婉楓，唐嘉佳站在他的身後笑得很緊張，王婉楓卻直勾勾地望著巴特勒，張璐捅著王婉楓的胳膊說，別光說話了，喝酒！王婉楓仰面喝下了，巴特勒跟著胡亂喝完，踉蹌著要走，唐嘉佳說慢一點喝，過會兒還有很多桌要敬的。

快走到戎隊長那桌，唐嘉佳卻害怕了，磨蹭著不願走，巴特勒給她找個空桌坐下了。父母過來詢問，巴特勒說唐嘉佳不舒服想休息一會兒。

戎隊長招手把主持人喊過去，耳語了幾句，主持人走過來說，那邊的員警客人問怎麼不敬酒了？巴特勒說，不勝酒力，誰都不敬了，望見諒！主持人說，員警客人還讓給新娘傳話，問新娘是不是報過案，有個案子還沒銷完的！

唐嘉佳登時臉孔灰青，巴特勒也心中一緊，忙對主持人說沒有的事，你忙你的去罷！主持人走回去，戎隊長和他又嘀咕了幾句，主持人就走上臺子說，今天是雙喜臨門，新娘新郎的大婚之外，在場的員警同志還有個好消息要傳達，剛破獲了一起大案，疑犯涉嫌蓄意傷人與窩藏毒品，現已摸清行蹤，開始抓捕了！

眾人鼓掌，戎隊長站起來，抱拳致敬。

巴特勒還有那邊婉楓張璐等人聽罷霎時臉色大變，唐嘉佳正要詢問巴特勒緣由，主持人又說，罪犯落網，是大快民心的事，這正是獻給黨的十八大的最好禮物！

掌聲一浪接一浪，巴特勒聽了卻像劈啪無數的子彈射進胸口。

忽有一聲銳叫，一個女子甩著頭髮跳上了桌，踩著桌面奔走如飛，朝戎隊長沖過來。是張璐，她飛腳就踢，人群的掌聲變成驚呼，戎隊長躲閃開，聳肩撞張璐，張璐摔出去翻了個筋斗，落在旁邊的桌上。

人們紛紛奔跑躲避，張璐一站穩又沖過來。

戎隊長冷笑著說，跟我鬥，找死！

不等戎隊長出手，雪豹阿四黑塔老七和莽大老二都站起來，把張璐圍住。

不知哪兒「咚」的一聲，像樓塌了一樣，奔跑的眾人聽到巨響慌忙抱頭蹲下，不是樓塌，而是一個圓桌面立起滾了過來。

打鬥的人閃開，有人從桌後躍出，踢向黑塔剛癒合的傷口，傷口劇痛，黑塔倒下了。

這人踢完，虎視眈眈地站住，是李淑陽。

有許多人不知從哪跳出來的，黑衣黑褲，戎隊長坐下和鄭先生抽起了煙，黑色的身體們在旁邊舞得眼花繚亂。

張璐和淑陽漸漸力不從心了，不斷挨打，黑影把她們圍緊，巴特勒難以看清狀況。

再看學生座位，閑漢們大都走了，沒走的也很萎靡，玩手機，吃菜。

巴特勒恨自己不會功夫，幫不上忙。

忽然，孫睿拿著個杯子站起來，往地上一摔，長喊一聲，往打架的人堆裡沖。他揮拳打倒一個黑衣，扯住另外兩個，他被人踢翻了，那人想繼續踢他，人群卻因孫睿的加入打開了缺口，張璐搶出來把那人踢倒，守在孫睿身旁，不讓人打他。

她和淑陽被分開，成了兩個圈子，各被一群人圍攻。

孫睿爬起，張璐說，起來幹嘛，躺下！

孫睿說不躺，我幫你打他們！剛說罷又被踢了一腳，噗通跪倒。

張璐氣吁吁地說，這怎麼幫我，快躺下，別添亂！

孫睿說，我行的，上次你救了我，這次我也要救你的！捂著膝蓋又站起，張璐一怔，中了一掌，也險些摔倒。

孫睿邊招架邊問道，小猴子去哪了，數日都不見？他想起小猴子，更勇敢了，邊打邊說，你們只管放馬過來！

接下的一幕慘不忍睹，孫睿跟著小猴子光學進攻了沒學防守，被打得左跌右撞，每挨一下就大叫著揮一拳，摔到地上了，還不忘扯住誰的腳踝掀翻他，好讓張璐有機會搶攻，就這麼磕磕絆絆的和張璐配合起來，誰打他張璐趁勢打誰，他打誰張璐就合力把這人打翻，因此得以支撐。

張璐見孫睿拼命，出手也更迅猛，她今日赴宴穿了　身淺紅衣服，像一朵美麗的蝴蝶，穿來繞去。

張璐和孫睿是與小混混對打，對方人雖多，但沒什麼本事，淑陽卻在打雪豹和莽夫，且照樣有很多小混混圍著，淑陽身中數招，漸漸難以抵抗，尤其雪豹的指頭，抓傷她多處，血肉淋漓的。

正在緊要處，有個人三蹦兩蹦，蹦到大廳，遠處的巴特勒，席邊的王婉楓，都叫道，小猴子！

張璐孫睿等人聽了，精神登時振奮，孫睿說，猴子哥，你早不來晚不來，我快被打死了你才來！

小猴子一見鄭先生身邊滿臉傷口的女人，忽然愣住了，女人也發現了他，原本垂頭喪氣的，突然神色激動起來。

小猴子黑臉變紅，像股旋風沖進了淑陽的圈子，賀客之中除去愛看熱鬧或十分相關的，都走了。巴特勒媽媽跑來說，兒子，咱也趕緊走吧，今天夠丟人了，別再捲進什麼是非裡去了！

巴特勒執拗地不走，怎麼拽都不動，媽媽著急地說，等會兒打到你身上你就不逞能了！

巴特勒驚呼一聲，只見小猴子奮不顧身地抓住雪豹的長髮，跳著把他掀起，雪豹伸出堅硬鐵手，小猴子卻已撒手，雪豹被抓得太猛，不能自控，淑陽趁勢仰沖，飛腳踢雪豹眼窩，雪豹見眼前有東西飛來，但還是慢了一步，眼珠躲開卻踢到了眉骨，剎那間如頭骨碎裂，眼珠似震碎了一般，人滾到一邊，幾乎成了瞎子。

鄭先生站起來了。

鄭先生的武功他們沒見過，一出手卻讓所有人震撼。

他看起來並不高大，卻似有千鈞之力，他練就了上乘太極，身體每處都能瞬間爆發，彈出巨大的力量。淑陽和小猴子攻他，還沒出手就被他閃電一般貼上。

淑陽和小猴子好容易脫險了，不敢靠近，只是圍著他遊走。小猴子身形小巧還能支撐，淑陽是個胖子，沒法持久，正僵持不下，又有個人神不知鬼不覺地出現在了廳裡。

戎隊長發現了，猛喊著，就是他！我們已經獲知了他的行蹤，正在全力抓他，可那些隊員呢？他怎麼自己跑到這兒了？

孫睿張璐等一眾看著這人，都不敢置信，竟是張揚！張揚這次變了樣子，穿著迷彩服，踏著厚底軍皮鞋，十分瀟灑，他的眼睛像雨霧中的燈火，望向眾人，小猴子卻像早已知情，只對張揚點了點頭。

張揚飛竄著踏進淑陽的圈子，接過鄭先生的招式。張揚的武功彷佛又長進了，鄭先生不敢輕敵。

戎隊長坐不住了，撩起衣服在皮帶下摸著，是掏槍嗎？果然掏出了槍，但剛一掏出來就被打飛了，是廳裡又來了一個黑衣蒙面人幹的，小巧的身子，被黑紗裹住，像穆斯林女人一樣只露著眼睛，她走到戎隊長跟前，把頭上黑巾扯下，竟然是萬香！

萬香的眼睛仍然是亮晶晶的，王婉楓望著她像跌入了夢境，又像陷入了回憶。巴特勒和唐嘉佳的父母不住勸他倆快走，巴特勒卻就是不走，唐嘉佳氣得像沒力氣再說話，索性趴在了桌上。

萬香黑衣服連著兩條黑帶，裡面似嵌入了鋼鞭，眾人齊心協力，情況瞬間逆轉。婉楓卻突然滿眼是淚，在遠處哆嗦著說，香兒，你到底是誰？

萬香被這話分了神，不小心讓鄭先生靠近了，抓到臉上，「嗤」地一下把臉撕破了，眾人心一驚，但誰料撕掉的卻是假臉，臉後面還有一人！

任芳在遠處正考慮著走不走，看到這一幕，也驚得站住了。臉後的這人是另一副面孔，清秀，蒼白，雖表情有些茫然，但一見鄭先生把她的假臉丟在地上，就怒目圓睜又像萬香一樣了。

婉楓仔細看她，顫抖著問，姐姐，真的是你嗎？女子聽後，看著婉楓微微一笑，點了點頭。人們十分詫異，只有張揚小猴子無動於衷，像早已經知道。

孫睿和張璐這時剛把圍著他們的小混混全打翻，孫睿趴著起不來了，張璐蹲下握住他的手問，胖子，還行不行？一聽喊他胖子，孫睿彷彿又來勁兒了，扭著屁股站起說，誰說我胖，我減了二十斤呢！然後又疼得齜牙咧嘴了。

張璐指著他的屁股和腰說，都這樣了，還不胖？孫睿說，你試試看，能不能一個月減二十斤？接著又說，你的救命之恩總算是報了，你也教我功夫吧，我天天跟著你學。

他被拽起來，仍握著張璐的手，張璐彷彿沒有注意到，奚落他說，就你這身板兒怎麼學功夫，再減二十斤還差不多，孫睿說那就減唄，再減四十斤我也願意！說完突然在張璐臉上親了一口，張璐一驚，出手如電，正要打下去，卻又在半路僵住了，定了定神，一臉的輕視與懷疑，說，我這人可不好惹，惹上了以後會有大麻煩。孫睿平靜地笑著說，麻煩我不怕的，我若跟你學功夫不努力，你把我吊起來打都行，就是繩子要結實些，別斷了才好。張璐噗嗤笑了，看看孫睿握著她的手的胖手，不語了。

這邊莽夫老二看清了萬香的真容，恐懼地說，竟然是你！

原來萬香是婉楓同父異母的姐妹，她生父在很以久前戀上了別的女子，生下一女即是婉楓，婉楓從小與母親長大的，極少見到生父，母親每次安慰她說父親工作太忙不能回家，後來婉楓漸漸懂事，看出了蹊蹺。在她不斷的追問下，母親雖然痛苦，還是告訴了她真相。再後來父親與那邊離異和母親結了婚，婉楓得知父親前妻那裡也有一女，從那以後，婉楓在內心深處生出一種強烈印象，覺得若非自己的出世，那對母女很可能不會失去家庭，自己的媽媽也不會痛苦多年，或許早就撇開了這個壞男人另找幸福了。對於父親前妻的女兒，即那素未謀面的姐姐，更是有許多歉疚和同情，很想見她一面求得原諒，但家人隱瞞甚嚴，她不知該如何找尋。再後來聽說這姐姐彷彿也來到了臨州三中，但還沒查清楚是誰，就突然聽聞有一女生遭繼父蹂躪並失蹤的事，仔細追訪，得知那女孩極可能就是自己的姐姐，遂大為傷心，多次獨自到江邊哭泣，但在別人面前一直忍著沒提過。此刻這獨自承受久矣的痛苦，瞬間爆發了，她含著淚說，萬香，你真是我的姐姐嗎？我只是覺得你親近，還不知道你的名字的。

萬香說，那就還叫我萬香吧！我早知你是妹妹的，剛回臨州就知道的，上一代人的錯和我們無關，你別太在意，有你這麼好一個妹妹，誰不心疼的！接著她盯著莽夫老二，滿眼憤怒與悲傷地說，兩年前你糟蹋過我，我立志報仇，沿江西上，在川藏邊界拜了一位萬姓高人為師，化名萬香，承他教我功夫，傳我易容之術，回到臨州他囑人幫我重新弄到學籍，仍在三中，此後我一心尋你報仇，我查到你是鄭強家族的勢力，那晚婉楓生日我去借錢，實際上就是向鄭強借的，我想借機會靠近你們，後來被小痞子毆打，我故意不還手，也是希望被你們抓走，但揚哥他們心有不忍，跑來救我，因此而闖下大禍，我和揚哥下楊渡，一方面是護送他，一方面也是知你這惡魔常出入楊渡，多次行刺你的蒙面人就是我，那次在楊渡旅館打翻了你全部的手下，幾乎得手了，但楊哥卻剛好回來，我不願被他識破，更不願他知道我可恥的遭遇，所以放過了你，現在終於抓到你了，接招兒罷！說著雙目圓睜，來攻莽夫。

莽夫擋萬香幾招，很快就像體力不支了一般，萬香掌風劈上他的額頭他竟不還手，直勾勾地把臉對她，萬香說惡人，你為何不還手！說著竟哭了，又說，媽媽對你有多好，你知不知道！張揚聽見了趕緊喊，千萬別殺他，別為他這種人犯罪，呆會兒他們就都來了！

戎隊長驚懼地問，誰要來？雙臂一架避開張揚，跳出圈子不打了，張揚過去抱住萬香說，千萬別做傻事，萬香貼著他軟軟的不動了，張揚看著戎隊長冷笑著說，你說還會有誰！

鄭先生突然問道，阿歡呢，怎麼不見阿歡了？戎隊長，莽夫，還有地上的黑塔與雪豹，都環視著四周驚問，是呀，阿歡去哪了？

四面八方是淩亂的桌椅，滿地的湯飯肉菜，新娘與新郎坐在遠處，新娘仿佛在生悶氣，新郎正往這邊瞧著，像在尋找著某個失落的東西，他們的父母在一旁焦慮地歎息著。

沒有阿歡的蹤影。

躲在場子一角的任芳像終於看夠了，拔腳要走，有人卻走過來在她耳邊說了幾句話，任芳看著這人問，是誰找我？這人又微笑了，附在她耳邊再次說話，她猶猶豫豫的跟著這人走了，從旁邊側門走的。除了巴特勒，仿佛沒人注意到。

忽然許多跑步的聲音，整齊，鎮定，快速，許多深藍裝束的特警從大門沖進廳裡，有一個人拿著喇叭對眾人吆喝，請放下武器，迅速投降！

哪還有什麼武器？戎隊長的槍早被萬香踢飛了，戎隊長興奮地眼冒凶光，你們終於來了，快抓他們！抓他們！

特警跑來，卻把手銬拷在了戎隊長的手上，他驚叫著幹什麼，不認識我了嗎？我是刑警隊隊長啊！

拿喇叭的人走到戎隊長跟前說，當然認識了！戎隊長一看，更是傻眼了，此人竟是阿歡！所有的人，除了張揚小猴子和萬香外，全大吃一驚！

鄭先生素來處變不驚，也抖索著問，阿、阿歡？怎、怎麼回事？

雪豹阿四突然揉著紅腫的眼皮說，叛徒！我早覺得不對勁兒了，那兩次開車劫走學生的蒙面人，肯定也是你了！

阿歡說，不錯，但我不是什麼阿歡，是王歡警官，上峰派回老家潛伏在臨州，調查涉黑涉黃涉毒涉貪腐的團夥大案的高級警司，這次得到張上校的兒子張揚以及眾位同學的支持，才得以順利破案，此案牽出了臨州和重慶的許多隻大老虎，張揚與萬香等同學因正當防衛，屢受涉黑分子的威脅，離家出走飽受風雨，現在都已調查清楚，該還他們一個清白了！兩位同學搜集到了許多犯罪證據，並協助繳獲毒品超過十千克，立下了大功，同時多謝各位心存正義且功夫了得的同學，王歡在此致敬了！說罷敬禮，上前和張揚萬香張璐小猴子李淑陽孫睿等一一握手。

眾人除了張揚萬香與小猴子，都十分困惑，驚魂未定，疑懼地看著王歡。

遠處的唐嘉佳一聽到這些，走過來指著王歡咬牙切齒地說，你到我的婚禮就是為了搞這些？巴特勒趕緊拉住她，父母也都嚇著了，忙說沒事沒事，婚禮辦不成咱可以再辦，還有下回的！王歡對唐嘉佳說，對不起，此次我執行任務未能提前打招呼，你們若再次舉辦婚禮，我一定好好參加的！說著望著巴特勒，巴特勒只好尷尬地陪笑著。

王歡一脫帽，竟是光頭，巴特勒沒話找話地說，你這腦袋倒是挺酷，王歡摸著頭說是嗎？要裝瘩子沒辦法的，而且家有悍妻，還不能讓她不小心揪住頭髮看出來，真是難做！

有個員警給鄭先生戴上了手銬，妖嬈三姐早就遠遠躲到了另一張桌子邊。鄭先生不屑地說，要抓就抓，今天這一幕早就在我腦海中演繹了許多回了，我知道你們會如何對付我的，最終不過是一死，頂多多受些苦而已，是不是戎隊長？

戎隊長說，你問我我怎麼知道！

鄭先生說，你怎麼不知道，你不是也幹這個的嗎？

戎隊長表情突然十分恐懼，鄭先生卻放肆地大笑起來。

有個員警把鄭先生旁邊有傷的女人叫住了，似要帶她走，小猴子卻跑上來對員警說，不關她的事，她在那兒打工時被他們打成這樣的，我當時也在，還救過她的！員警看著他的小身板，像是不信，他猶豫了一下又說，她其實是我的女朋友，員警看著他倆，眼神像是更加不信了。

鄭先生被架著走著，這時突然回頭對小猴子讚歎了一聲，小猴子拉住這女子說，曉玲，你恢復了沒有？那天多虧了揚哥，他不來咱就慘了，往後可要注意，再也別去這種地方上班了。說著摸著她臉上的傷。

員警去到一邊不再理他們了，孟曉玲臉色蒼白，抽搐著，像是呼吸困難，站不住似的一直往後挫，小猴子扶住她，她流著淚使勁兒望著小猴子說，你聽著，我有話要說的。但她還沒說就有個高大白淨的男人過來了，孟曉玲一見他就像十分害怕，小猴子也覺得他臉熟，卻想不起來在哪見過了。他對孟曉玲說，老婆，終於找到你了！都是我不好，但我這次回來就不走了！說著挽住孟曉玲的胳膊，對小猴子含笑點頭。

小猴子驚住了，看著這男的，胳膊慢慢地垂下了。

然而孟曉玲像是更加恐懼了，她望望小猴子，望望這男人，像無法取捨。終於她對小猴子說，這就是我說過的——我老公。小猴子顫抖著嗯了一聲，眼神像是沒地方擱。

那男的問，你的事都解決好了？孟曉玲支吾著，像是不理解，但看了這男的一眼，立刻說都解決了，男的說那就回家吧，孟曉玲說你稍等，我跟這孩子有幾句話要說。不顧男的不停地擰她，對她使眼色，把小猴子拉到了一邊，臉上是為難與不舍，說，都怪我，我不該這樣的——，總之，我欠你太多了！

小猴子看著她，憨憨地一笑，沒什麼的，你好就行的。孟曉玲皺起了眉，似還要解釋什麼，但那男的過來說，好了，我們走吧！把她硬是拽走，從人堆穿過不見了。

孫睿問那人是誰？小猴子說，她的老公。孫睿說，老天，就這麼讓她走了？小猴子看看孫睿，臉上說不清楚是傷感，失望，還是輕鬆。孫睿問，那十萬貸款呢？鄭家的勢力垮了，魯家恐怕又要翻過來，剛聽他們有人在說，魯先生杳無大事，估計很快就會出來了，魯京也改成取保候審了，重慶的那區長開會回來後，恐怕就要升官的，十萬塊可不少啊，你不該讓她走的！

小猴子沉默了半晌，只說了句我也不知道。忽然一陣鼓噪，人們都在喊讓開讓開！幾個員警抬著一個滿身是血的人，從側門出來了，這人竟是任芳！唐嘉佳也認出了任芳，嚇得不輕，抓緊了巴特勒的手腕，任芳被人抬著手腳，眼睛雖睜著，眼珠已經不能動了。

2

剛才喚走任芳的，是曾田青梅竹馬的好朋友阿明，阿明去過曾田家，得知她有個仇人叫任芳，她退學和被逼婚全是拜此人所賜，具體的細節曾田沒說清楚就死了，阿明去她學校祭拜後，含恨在心，暗暗查訪任芳的背景，在婚宴的尾聲混進場來，跟任芳說她媽來找她了，本來在門口的，但有好多員警，害怕了就從側門溜了進來，見大廳有人在打架就躲在側門樓梯等她的。這些是他急中生智想出來的，但阿明確實查到了任芳的老家，把她母親的相貌描述得一清二楚。任芳半信半疑，納悶媽媽來幹嘛，又怎麼會有員警在門口，但不管怎樣肯定沒好事，最好是快走，就跟著他進了樓梯間。進去卻發現媽媽不在，樓梯間黑黑的，阿明身形魁梧，也不說話，只顧往上走，任芳招手問我媽在哪兒？聽不到回答，任芳覺得不妙，剛一停下，阿明轉身撲來，任芳只覺胸口被頂了一下，頂得好深，全身一掙，站不住，窩在了樓梯上，頭朝下，躺得歪歪斜斜。只聽阿明說，我替曾田報仇的，你害死了她，下去陪葬吧，給田田道個歉！說完仔細在她身上看，像確定沒有捅錯地方，才走。

任芳一口氣提不上，聽腳步聲遠才反應過來，是刀紮心口了。她突然很恐懼，想到了死，止不住渾身抖得緊，整個人像要散裂成許多碎片，每片都自行分散，不聽她的指揮了，這種感覺從來沒有過，她沉著臉，咬緊牙，使出老大勁與它抗衡，但越使勁胸口越疼，又冷又疼的，鼻子和嘴彷彿全都被堵上了，沒有了進氣的通道。她睜大眼躺著，腦海裡盤旋著，不能死，不能死，直到最後再也攏不住身體各部分了，仍全力地盯著樓梯頂，凝聚著視覺，耳朵嘩啦嘩啦響著，是外面的聲音，希望能撐過去，直到有人發現她，救她。

這會兒巴特勒見任芳已成屍體，忍不住驚呼著。唐嘉佳一半是害怕，一半是惱恨地掐他的胳膊，他甩開唐嘉佳沖到屍體前，只聽員警吆喝，這不是新郎嗎？新郎別擋路！又把他推到一邊。他看任芳的頭髮垂到地上，發梢上滿是土，身上到處是血，像灑上去的，臉也像變了形，不禁嗓子一熱，淚水洶湧出來。唐嘉佳雖也露出悲傷，卻表情十分難看，問巴特勒，你是怎麼回事，她死了你為何如此傷心？

巴特勒惱恨地說，因為我還算是個人，還有起碼的人性！唐嘉佳聽了氣得暈頭轉向。別的同學卻沒像巴特勒一樣，彷彿都因為瞭解任芳的為人，也因為曾田的事，對任芳少有同情，僅僅在遠處歎了歎氣。

任芳披頭散髮，死不瞑目地被抬走了。

任芳剛去就有人沖進來，小猴子一看，又是孟曉玲，她像是很著急，跑得大口地喘氣，小猴子驚問你怎麼又回來了？

孟曉玲說，對，我又回來了！她神情古怪，像是傷心又像是高興，急不可耐地說，我雖也參與過，但我早就不想再做了，可是他們後來對我確實是動真格了的，你能相信我嗎？

她發瘋似的搖著小猴子的胳膊，小猴子迷惑地說，你慢點兒說，孟曉玲又說，他們要我跑路，我中途溜回來，就是因為不想一輩子那樣去做人，我跑到這兒來工作，是因為這是他們的敵對勢力開的會所，我覺得可能安全一些，沒想到還是出了事，並連累了你！但我早已暗下決定，等一切都結束時，你若還不嫌棄我，我一定真心對你的，剛才的那人不是我老公，是他們一夥派來抓我一起跑路的，他們都跑了，怕我被人逮住供出他們。我老公根本不會再回來的，我瞭解他。自從認識了你，我已慢慢地改變了許多，很多久遠以前的東西又像被重新發現重新找回來了，我決心不再做那樣的事，你肯給我這一次機會嗎？她瘋狂一般推著小猴子，小猴子從來沒見她這樣過，驚的手腳無措，但也像想起來了什麼，剛才的那人仿佛是那次他去江對岸的房子時，打牌的人當中的一個。

跑來兩個員警，一個是剛才跟他說過話的，看著手機裡照片說，我老覺得臉熟，沒錯，就是你，高利貸詐騙團夥的！說著把手銬拷上孟曉玲的腕子。

小猴子驟然間全明白了。

孟曉玲一看小猴子的表情，更加驚恐地說道，我是真地變好了，不然我也不會回來了！你要相信我！

員警拽住她像怕她會跑掉。

小猴子驟然斬釘截鐵地說，我相信你！孟曉玲立刻不再掙扎了，小猴子對員警說，她真的是我的女朋友，麻煩你們對她客氣點兒，員警不語，但手腳輕了一些，小猴子看著孟曉玲說，你去吧，別害怕，我會去看你的，等著你出來的，說完目送著她被員警帶了出去，她頻頻地回頭，他也頻頻地揮手，最後剩下小猴子一個人了，站著搓著手咧著嘴，嘿嘿地又哭又笑，往旁邊一看，孫睿正和張璐說話，但暗暗朝他豎了豎大拇指，他也對孫睿豎了豎大拇指。

突然門口有人嚷道，婉楓不見了！眾人發現門口站著的竟是姚燦，都喊著姚老師跑了過去，姚燦黑瘦，頭髮鬍子卻都剪了，孫睿問鐘老師的屍體呢？問完才掩住了嘴，似覺出不妥，姚燦漠然地說，我埋在江邊了。張揚皺著眉說這不會有問題嗎，姚燦說我不在乎的。

眾人發現確實不見了婉楓，姚燦說，我剛才見她跑了出去，往馬路對面跑，車一交錯卻不見了，她神思恍惚的像受到了什麼打擊，怕會出危險，快去找找罷！

巴特勒立刻就往外跑，眾人都跟著跑，到了門外，發現特警已經把路對面的元鼎皇宮包圍住，厚厚的藍黑的人牆，圍成一圈端著槍，堵住門口，只准人進不准人出。許多女子穿著豔麗的短裙，在太陽底下用手抱著頭，老高的高跟鞋左右扭著，排隊走上停在路邊的大巴車，車真多呀！一長排看不到頭，像這一串串走不完的女人。中華飯店門前也有很多特警，但集中在飯店北側，那裡亂哄哄，巴特勒跑過去，見跪著一地的人，舉著各種牌子，哭喊吵嚷，眼巴巴望著員警，巴特勒認出了三中門外那次辦喪事的劉嫂的兒子，舉的牌子上寫著「逼迫良民騙取財產，關押老母天理何在」，字是紅色的，難道是用血寫成的嗎？

劉嫂的兒子頂著太陽，臉像乾裂的土，他突然像是看見了什麼，把牌子一扔，站起來跑出人群，沖到一個女的跟前，亮起小刀明晃晃地一下子刺了過去，員警迅速把他圍住，喧嘩四起，烘托著他尖銳的嚎叫聲，和被刺的女人的慘叫，巴特勒聽到劉嫂的兒子在喊，就是她害死了我爸，害得我媽被關押的！

被刺的女子正是妖嬈三姐，哭喊著媽媽唉，老子出血了唉，快救我喲！叫著倒在地上，但滾幾滾卻又站起來，看看胸口的血，仿佛僅刺破了乳房的皮，傷不深，就又嚷嚷著把手往員警堆兒裡塞，想抓出劉嫂的兒子來打，員警分出幾人去攔她，沒想到劉嫂兒子又掙脫了，沿著大路瘋跑，員警猛追，在馬路中心撲倒了他，死死按住，幾乎壓扁在路面上，巴特勒看得心驚肉跳，突然他的胳膊也被抓住了，嚇得他一跳老遠，一看是唐嘉佳怒氣衝衝地在說，還看不夠嗎？人都走遠了，去找你婉楓妹妹了，你還不去還等什麼！

他看著她還有他們，像不明白怎麼回事了。眾人已在路對面了，他跟唐嘉佳一起去追。有個女的從花壇裡斜刺著穿來，拉住姚燦說，姚老師，我是裴勝的媽呀，我家娃總是被鄭強欺負，都快瘋了，你回來了，可得管管啊！孫睿卻搶先說，鄭強都死了幾天了，你不知道嗎？女人愣了愣說，死了？不知道呀，裴勝沒說過的，真的死了？孫睿說騙你做什麼！女人自言自語地說，死了倒好，省事了，死得真好！

眾人四處找不到婉楓，巴特勒走在前頭說，咱去江邊看看吧，有人說去江邊幹嘛，巴特勒說我瞭解她，應該去江邊的。眾人來到江邊，浩蕩的江水鋪滿金光，像座沙漠，靜止在熱氣之中。仍然不見婉楓，王歡警官說不該到這兒來，巴特勒卻執意說應該，大家都看著巴特勒，唐嘉佳冷傲地說，你的婉楓丟了，你很急是吧？巴特勒突然像頭發怒的獅子，對著江水大吼，婉楓！婉楓！山水靜止，四下亮得像凝固了一樣，對面的山異樣得綠，鮮活在死寂的空曠之中，聲音在這空曠裡一重重地跌宕，一直重疊到消失。

巴特勒接連地喊，唐嘉佳冷笑著說看把你急的！巴特勒突然扭過身憤怒地說，人丟了，我是急，我相信這裡所有的人都急，只除了你！

巴特勒媽媽過來抓住兒子的手說，你幹啥，不能好好說嗎？人家姑娘為你懷了孕，跟著你顛簸，說出個氣話來那也是因為在乎你，你連這點心胸都沒有了嗎？

唐嘉佳卻又笑了，笑得十分神秘和怪異，說，巴特勒，你仍然是不想結婚的，對吧？巴特勒理直氣壯地說，是！這話我說過多少次了！

眾人驚愕了。唐嘉佳卻像已經等到了想要的，大聲地說，就算你想，我也不會和你結了！說完開始捶肚子，一邊罵，不要臉的，不長記性！巴特勒一臉的不耐煩，但也趕忙過來拉住她說，你又折騰些什麼！巴特勒的父母也說，可不敢打孩子呀！唐嘉佳卻一把甩掉巴特勒，退後幾步說，早就不怕了，那天你進去病房時，其實就已經打過胎了！

眾人像木樁夯進地裡，都不動了。

唐嘉佳哀傷地轉身走了，越走越遠，走出了江灘。唐嘉佳的父母一直沒說話，臉色愁苦，這時淒切地喊道，趕緊去看看呀，閨女這是去哪了！人們這才像會動了一樣，亂成一團。巴特勒爸爸沖過來，掐住巴特勒的手臂說，敗家的東西，去把人找回來，去！攆他，用腳踢，用手推，巴特勒歪歪斜斜氣憤地獨自走了。

眾人彷彿做了一場夢，醒來唐嘉佳王婉楓和巴特勒全都不見了，像是夢裡遺失的。他們商量來去，覺得巴特勒唐嘉佳還有王婉楓都有可能出事，決定兵分三路去找，巴特勒父母去找巴特勒，小猴子孫睿張璐跟唐嘉佳的父母去找唐嘉佳，張揚萬香惦記著婉楓，去找婉楓。王歡警官說還有任務要去執行，淑陽說要回學校去，最近其它地區的幾個分館陸續被關閉，她也接二連三地被人上門找茬，她想把書全部轉移走，看看動靜再決定是否繼續運營，免得書被人強行查沒，阿輝卻打電話來說不讓她撤書，說要開到最後的一刻，寧願全部被查，以此來見證政府的惡，淑陽說那麼多好書，被收走了多可惜，不如搬去校外繼續開館，阿輝卻說那樣意義就不同了，我們做的事本身不重要，它的意義在於以這樣的結局來喚醒民眾，讓他們認識到變革的必要性！淑陽氣得嗓子直冒煙，學生以後沒書看了怎麼辦？阿輝卻說這不重要！淑陽認為要儘快行動了，她買來了許多編織袋放在館裡，已經打包好一部分書，今天下午再整理一次就可以弄完，明天約輛車把書拉走再說。

特警走後，淑陽往學校跑，江邊只剩姚燦一個人，非要在這兒等婉楓，說巴特勒說得對，婉楓肯定是在江邊，淑陽本想叫上姚燦一起，因為他也是圖書館理事，但看他這副樣子，索性自己回去了。

學校裡雖期末考完了試，卻不安靜，淑陽聽到嘈雜的聲響從國際部新樓傳出來，她很久沒關注過校方的舉動了，這時想起，應該是他們所說的，請了本地與重慶的領導及外賓來參加的國際部的建成儀式。她趴在一扇窗上往裡看，裡面的多功能放映大廳坐滿了人，有個戴眼鏡的領導在臺上講話，旁邊站著高二九班的班主任老楊，領導每講一句她就翻譯成英語。胡守利新升任副校長，並擔任國際部校長，學校領導層商議決定開除姚燦，啟用九班老楊擔任國際部總主任，這些淑陽並不知道。老楊蹩腳的英語從大喇叭裡粗獷地往外蹦，臺下的外賓聽得直咧嘴。

放映大廳的門突然打開，進來幾個荷槍實彈的員警。會場猛然但又輕微地「轟」了一聲，牆上的掛鐘噠噠地響，像小錘敲在每個人頭上。主持人本來在講話，頓時像斷了氣，不說了。員警在人們的注視下穿過主席臺，走向兩邊的過道，見有外國人在場，猶豫了片刻，但沒有停下。有人被架著胳膊拽走，有人以為來拽自己的，嚇得不行，後來發現不是，趕緊給被拽走的人讓道，假裝整理襯衣領帶，一下下摸著心口。

淑陽看被帶走的人裡面有校長黃衛功。

會場大亂，仿佛群龍無首了，人們像不知道該出去還是不出去，主持人戰戰兢兢的像不知道該繼續還是不繼續。

新升任副校長的胡守利和另一位副校長交談著，倆人表情雖嚴肅，但左顧右盼像在展示一種新的姿態與身份。

很快，員警們都從國際部出來了，每人押著個戴手銬的人往校門外走，淑陽認出運動會開幕式上對啦啦隊用手機照拍的那個局長，這人被王歡押著。

淑陽轉身跑向圖書館。圖書館外聚著許多學生，吵嚷說，先別搬，等淑陽姐回來再說！淑陽蹬蹬地跑過去，學生閃開一條通路，裡面幾個穿黑衣服的人在和學生僵持著，淑陽見他們把一袋袋的書拖出來，問，你們是什麼人，憑什麼動圖書館的書？

有人斜了淑陽一眼說，我們收到命令來查封非法公益組織的，書籍要全部沒收，你是誰？別擋道！淑陽氣衝衝地說，我是這個館的義工，我們是民政局註冊的合法機構，怎能說是非法？你們得到我們理事會的許可沒？我怎麼沒有收到通知？請出示證件和搜查令！

這時館內走出一人，眼光銳利，讓淑陽瞬間想起了戎隊長，拿著一張紙，盯著淑陽慢慢說道，這是重慶文化局的批文，讓執行圖書館停運的事宜，你看一下！淑陽接過紙，看著看著嘴唇顫抖了，這人把紙抽走說，你最好讓開，我們執行我們的公務，特警也在門口執行他們的，最好別惹麻煩，不然他們也不得不參與的！說罷每人一麻袋書，開始往外抬，抬的是早已被學生熟悉的文學社科科學哲學的經典讀物，經過淑陽身邊，毫不猶豫地把她擠到牆上。

學生圍在門口眼看一袋袋書被運下樓，都用眼瞄著淑陽姐，淑陽心裡像紮進一團針，給重慶地區的理事長章先生打電話，章先生說事情有些棘手，他也剛剛收到通知，請淑陽不要擅自行動，並注意人身安全。淑陽不忍心看他們把圖書館清空，和館門口的眾學生一一告別，回宿舍當天就收拾行李，坐長途汽車離開了這座縣城。

只有姚燦還在江邊，眾人走後，姚燦在一塊大石頭上躺下了，像是異常疲憊。夜色緩緩地下沉，天藍得越發灰暗，終於又是漆黑一片了。鷓鴣嘶啞地叫著，聲音那麼的遙遠，江灘卻無比寧靜，一兩艘渡船從姚燦的眼前飄過，像落葉飄浮在水面上。山水無比靜謐地展開在姚燦的視野中，星星升起來了，一顆一顆的，像鑽石鑲嵌在遠處深黛色的山頂。姚燦定定地向左轉頭，目不轉睛地看著這一切，一動不動。

不知過去多少時候，姚燦突然覺得右胳膊被人碰了一下，他醒來，發現已經曉色微明。想往右扭頭，但左轉得太久，脖子已然僵硬，他硬生生地轉過臉，看到有一隻手，正緊緊拉著另一隻手。他抬起頭，先是看見了巴特勒，心神不寧地正四下張望著，又轉過身，看到那拉著巴特勒的人，頭髮輕盈地飄著，彷彿有兩顆星星，是她兩顆晶亮的眸子，在深藍的曙色中閃爍著，不是王婉楓在眨眼望著他，又是誰呢？

2017年8月初稿完
2019年6月改完

國家圖書館出版品預行編目

末卜之夜 / 王東岳著. -- 臺北市：獵海人,
2020.08
面； 公分
ISBN 978-986-98841-6-7(平裝)

857.7 109012036

末卜之夜

作　　者／王東岳
封面設計／豆鵬靂
出版策劃／獵海人
製作銷售／秀威資訊科技股份有限公司
114 台北市內湖區瑞光路76巷69號2樓
電話：+886-2-2796-3638
傳真：+886-2-2796-1377
網路訂購／秀威書店：https://store.showwe.tw
博客來網路書店：http://www.books.com.tw
三民網路書店：http://www.m.sanmin.com.tw
金石堂網路書店：http://www.kingstone.com.tw
讀冊生活：http://www.taaze.tw

出版日期／2020年8月
定　　價／500元